普通高等教育"十一五"国家级规划教材

电子信息科学与工程类专业规划教材

嵌入式系统
开发基础与实践教程

钱恭斌　肖敦鹤　编著

电子工业出版社

Publishing House of Electronics Industry

北京·BEIJING

内 容 简 介

本书以 Super-ARM（MCU 为 S3C2410）为教学平台，全面详细地介绍了基于 ARM 的软件设计和硬件设计技术、开发工具及仿真调试技术等。本书将复杂的嵌入式系统设计和开发技术分解、细化，形成了包括基于 ARM 的嵌入式系统与开发简介、Super-ARM 教学实验系统、软件实验环境介绍、基于 ARM 的嵌入式软件开发基础实验、基本接口实验、人机接口实验、通信和总线接口实验、实时操作系统实验等内容的一套完整的实验体系。本书还提供全部的实验例程，帮助读者系统全面地掌握嵌入式系统设计和开发技术。

本书可作为高校计算机、通信或电子工程专业本科生、研究生相关课程的教材，也可以作为基于 ARM 的嵌入式系统开发工程技术人员的参考资料。

图书在版编目（CIP）数据

嵌入式系统开发基础与实践教程 / 钱恭斌，肖敦鹤编著. —北京：电子工业出版社，2011.5
电子信息科学与工程类专业规划教材
ISBN 978-7-121-12080-0

Ⅰ. ①嵌…　Ⅱ. ①钱…　②肖…　Ⅲ. ①微型计算机－系统开发－研究生－教材　Ⅳ. ①TP360.21

中国版本图书馆 CIP 数据核字（2010）第 206372 号

策划编辑：王羽佳
责任编辑：冉　哲
印　　刷：北京市顺义兴华印刷厂
装　　订：三河市双峰印刷装订有限公司
出版发行：电子工业出版社
　　　　　北京市海淀区万寿路 173 信箱　邮编：100036
开　　本：787×1092　1/16　印张：20.25　字数：518.4 千字
印　　次：2011 年 5 月第 1 次印刷
印　　数：4 000 册　　定价：39.00 元

凡所购买电子工业出版社图书有缺损问题，请向购买书店调换。若书店售缺，请与本社发行部联系，联系及邮购电话：（010）88254888。

质量投诉请发邮件至 zlts@phei.com.cn，盗版侵权举报请发邮件至 dbqq@phei.com.cn。

服务热线：（010）88258888。

前　言

嵌入式系统在下一代无线设备、数字消费品、成像设备、工业控制、通信和信息系统、军事、航空航天、医疗电子等方面的应用日益广泛，社会对嵌入式系统的开发和应用人才的需求也不断加大。为适应嵌入式技术的迅速发展和产业界对嵌入式人才的需求，各高校纷纷开设有关嵌入式系统开发和应用的课程，并受到本科生和研究生的欢迎。为促进嵌入式系统的开发和应用课程的发展，使学生更好地掌握这一技术，作者编写了这本嵌入式系统开发基础与实践教材。

本书的主要内容是在深圳市旋极历通科技有限公司的《Super-ARM 嵌入式教学实验系统使用说明》和《Super-ARM 嵌入式教学实验系统实验教程》两本内部技术资料的基础上整理而来的。

全书共 8 章，各章节内容安排如下。

第 1 章介绍嵌入式系统的基本概念、嵌入式系统的开发环境、当前主流的嵌入式操作系统，同时简单介绍了 ARM 的处理器系列。

第 2 章介绍 Super-ARM 教学实验系统的特点、组成及其硬件和软件的使用方法，还介绍了基于 JTAG 的 Flash 下载软件的安装和使用。

第 3 章首先介绍几种基于 ARM 的嵌入式开发环境与工具，接着详细介绍 ARM Developer Suite（ADS）的安装与使用，包括 ARM Developer Suite（ADS）的安装、ADS 系统配置、工程项目管理、代码编译与链接、加载调试及实验软件平台与硬件平台的连接。

第 4 章重点介绍 ARM 的体系结构和编程模型、ARM 指令集和 Thumb 指令集、C 语言编程、C 语言与汇编语言交互工作等。

第 5 章给出了 ARM 启动、I/O 控制及 LED 显示、ARM 中断处理、ARM 定时器及时钟中断、Flash 驱动编程、Nand Flash 驱动编程、CPLD 设计、IIC 驱动编程等实验。通过这些实验，可使读者基本熟悉 ARM 的接口，掌握接口的驱动编程。

第 6 章给出矩阵键盘编程、LCD 真彩色显示驱动编程、触摸屏控制、嵌入式汉字显示等实验。该章内容贴近实际应用，部分代码和设计思路可直接用于嵌入式系统开发。

第 7 章给出串口通信、USB 协议及 USB Device 实验、以太网通信、IIS 总线驱动音频、GPRS 编程、GPS 编程、蓝牙编程、步进电机驱动编程等实验。通过这些实验，使读者能够了解这些通信协议的编程原理及方法。

第 8 章给出 RTOS 基础、Nucleus 移植、Nucleus 应用等实验。通过这些实验，使读者了解 RTOS 的内核结构，掌握 Nucleus 的移植过程、Nucleus 启动流程，了解 RTOS 的功能及应用程序的编写。

本书融入了嵌入式系统开发设计的最新技术，所有实践内容均源于嵌入式工程项目研发第一线，涉及嵌入式应用的多种关键技术，具有很强的实际意义。所有例程都在 Super ARM 系列教学实验系统上运行通过，并可适当修改后运用在用户的实际系统中。本书免费提供所有例程和电子课件，请登录华信教育资源网下载（http://www.hxedu.com.cn）。

本书可作为高校计算机、通信或电子工程专业本科生、研究生相关课程的教材，也可以作为基于 ARM 的嵌入式系统开发工程技术人员的参考资料。

本书获得深圳市旋极历通科技有限公司的正式授权，使用了该公司的大量技术资料，并得到大力支持，在此表示衷心感谢！

由于水平所限，书中必然存在错误和缺陷，敬请读者原谅并批评指正。

作　者

目　　录

第 1 章　基于 ARM 的嵌入式系统与开发简介

本章主要介绍基于 ARM 的嵌入式系统与开发的一些基本概念。首先介绍嵌入式操作系统的基本概念及嵌入式系统的特点，接着简单介绍嵌入式系统的集成开发环境及常用的调试技术，简述了目前常见的嵌入式操作系统及其特点，最后简单介绍 ARM 的处理器系列。本章内容安排旨在使读者在较短时间内掌握基于 ARM 的嵌入式系统与开发的基本概念和方法，为本书后续章节的学习打下一定的基础。

1.1　嵌入式系统的基本概念

嵌入式系统是指基于计算机技术的、集硬件和软件于一体的专用系统。简单地说，就是系统的应用软件（通常还包括嵌入式操作系统）与系统的硬件一体化，类似于 BIOS 的工作方式。它具有软件代码小，集成度高，响应速度快（实时）等特点，适合于应用系统对功能、可靠性、成本、体积和功耗要求严格的、实时的、多任务的体系。

嵌入式系统的核心是嵌入式微处理器（MPU）或嵌入式微控制器（MCU）。其地位相当于 PC 机中的 CPU。不同的是，MPU 或 MCU 还集成了各种外围设备，并且在功耗、体积、工作温度等方面做了特别的设计，以适应嵌入式环境的需要。

1.2　嵌入式系统开发环境

（1）嵌入式系统集成开发环境（IDE）

用户开发嵌入式系统时，一套含有编辑软件、编译软件、汇编软件、链接软件、调试软件、项目管理及函数库的集成开发环境（IDE）可以加快开发进度并节省开发成本。编辑、编译、汇编和链接等全部工作可在 PC 机的 IDE 内完成，相应的仿真调试工具则完成程序的下载工作并配合 IDE 进行系统调试。

针对 ARM 的常用嵌入式集成开发环境（IDE）有：ARM 公司的 SDT、ADS、RealView 等，及 GreenHill 公司的 MULTI 2000 等。

（2）嵌入式系统系统仿真调试技术

目前常用的调试技术有指令集模拟器、驻留监控软件、在线调试器和在线仿真器等几种。

指令集模拟器可以使用户无须仿真器和目标环境，就可以在 PC 机上实现调试逻辑流程、算法等功能，简单、方便、价廉。其不足是，由于指令集模拟器与真实的硬件环境相差很大，即使用户使用指令集模拟器调试通过的程序也有可能无法在真实的硬件环境下运行。ARM 公司的 ADS 中包含了一个叫做 ARMulator 的指令集模拟器。

驻留监控软件（Resident Monitors）是一段运行在目标板上的程序。调试软件通过以太网口、并行端口、串行端口等通信端口与驻留监控软件进行交互，由调试软件发布命令通知驻留监控软件控制程序的执行、存储器和寄存器的读/写、断点的设置等。它的优点是，工作时不需要任何其他的硬件和仿真设备。缺点在于，它要求硬件稳定之后才能进行应用软件的开发，同时它占用目标板上的部分资源且程序不能全速运行仿真。ARM 公司的 Angel 就是该类软件。

在线调试器是通过集成在 MCU 芯片上的调试接口（如 BDM、JTAG、OCDS 等）进行仿真的设备，属于完全非插入式（即不使用片上资源）调试，它无须目标存储器，不占用目标系统的任何端口。在线调试的目标程序在目标板上执行，仿真更接近于真实的目标环境。因此在目前 ARM 的应用开发中，较多使用集成开发环境配合 JTAG 仿真器。

在线仿真器使用仿真器完全取代目标板上的 CPU，完全控制并仿真 MCU 的行为，提供更加深入的调试功能，能够提供实时而又强大的调试功能。但对于时钟速率高于 100MHz 的处理器，设计和工艺极其复杂，价格昂贵。ARM 处理器时钟速率较高，很少使用在线仿真器。

1.3 嵌入式操作系统概述

嵌入式操作系统（Embedded Operating System，EOS），有时又称实时操作系统（Real Time Operating System，RTOS），是一种支持嵌入式系统应用的操作系统软件。它是嵌入式系统重要的组成部分，包括与硬件相关的底层驱动软件、系统内核、设备驱动接口、通信协议、图形界面、标准化浏览器等。嵌入式操作系统的特点是：能够有效地管理嵌入式系统的全部软、硬件资源的分配、调度；能够控制和协调并发活动；能够通过装卸某些模块来达到系统所要求的功能；能够把硬件虚拟化，使得开发人员摆脱复杂的驱动程序移植和维护；能够提供库函数、驱动程序、工具集及管理应用程序；能对实时性要求苛刻的事件进行快速、可靠的处理。嵌入式实时操作系统需要额外的 ROM/RAM 开销和 2%～5%的 CPU 额外负荷。

目前市场上流行的嵌入式操作系统主要有以下 5 种。

（1）VxWorks

VxWorks 是目前市场占有率较高的一种嵌入式系统。它支持 80x86、i960、Sun Sparc、Motorola MC68xxx、MIPS RX000、Power PC 等多种处理器，具有高性能的内核、较好的持续发展能力及友好的用户开发环境。VxWorks 的实时性好，其系统本身的开销很小，进程调度、进程间通信、中断处理等系统程序精练高效，采用优先级抢占（Preemptive Priority Scheduling）和轮转调度（Round-Robin Scheduling）机制，充分保证了系统的实时性。VxWorks 在嵌入式实时操作系统领域具有重要的地位并在通信、军事、航空航天等领域等被广泛地应用。

（2）Nucleus

Nucleus 实时操作系统是 Accelerater Technology 公司开发的嵌入式 RTOS，它的主要特点是：用户只需购买 Licenses 就可以获得操作系统的源码，并且免产品版税；支持当前主流RISC、CISC、DSP 处理器，如 80x86、68xxx、PowerPC、i960、MIP、SH、ARM、ColdFire等；操作系统开放给程序员，不同的目标板在操作系统 BOOT 时可以通过修改源码进行不同的配置；Nucleus 内核只有 4～20KB，稳定性高；提供种类丰富的功能模块，如局域网和广域网模块、Web 产品模块、实时 BIOS 模块、图形化用户接口及应用软件性能分析模块等。在手机终端设备、工控、医疗、汽车电子、导航、通信等领域具有广泛的应用。

（3）OSE

OSE 是 ENEA Data AB 公司推出的一款面向深嵌式微控制器应用程序的快速、小型且低成本的 RTOS。它的主要特点是：完全以汇编程序编写的全抢占式实时内核，可提供高效的系统调用，缩减应用程序代码大小，且最低配置仅占用 4KB 内存；OSE Epsilon 采用内置错误处理，可增强最终产品的耐用性与可靠性；可提供崩溃安全 Flash 文件系统和基础网络协议套件；OSE 支持多种 CPU 和 DSP，为开发商开发由不同种处理器组成的分布式系统提供了最快捷的方式；提供了一种简单的通信方式，简化了多 CPU 的处理。在电信、无线、控制、航空、汽车、医疗和消费类电子等领域有广泛应用，被爱立信、诺基亚、阿尔卡特、摩托罗拉、朗讯、索尼爱立信、富士通、三星、西门子、索尼、ABB、波音、华为、中兴、大唐、普天等众多厂商所采用。

（4）Windows CE

微软公司的 Windows CE 操作系统是一种常见的嵌入式操作系统，是从整体上为有限资源的平台设计的多线程、完整优先权、多任务的操作系统。1996 年开始发布 Windows CE 1.0 版本，2004 年 7 月发布 Windows CE .NET 5.0 版本，目前用得较多的是 Windows CE .NET 4.2 版本，其发展速度也是很快的。其主要特点是：它的模块化设计允许它对从掌上电脑到专用的工业控制器的用户电子设备进行定制；Windows CE 操作系统的基本核心需要至少 200KB 的 ROM（对系统硬件资源的要求较高），能够在多种平台上运行；它支持 Win32 API 的字集，同时提供熟悉的开发模式和工具；支持多种用户界面硬件，包括可以达到 32 位像素颜色深度的彩色显示器；支持多种串行和网络通信技术；支持 COM/OLE、OLE 自动操作及与其他进程间通信的先进方法；主要应用领域有 PDA 市场、Pcket PC、Smartphone、工业控制、医疗等。

（5）嵌入式 Linux

嵌入式 Linux 是一个类似于 UNIX 的操作系统。其主要特点是：它是一个具有层次结构且内核完全开放的系统，由很多体积小且性能高的微内核系统组成；具有强大的网络支持功能；开发环境自成体系；Linux 能运行于 Intel x86 芯片族、Motorola 公司的 68K 系列 CPU、IBM、Apple、Motorola 公司的 PowerPC CPU 及 Intel 公司的 StrongARM CPU 等众多处理器。

除上述的 5 种嵌入式系统外，常见的嵌入式操作系统还有 uClinux、PalmOS、Symbian、eCos、uCOS-II、pSOS、ThreadX、Rtems、QNX、INTEGRITY、C Executive 等。

1.4　ARM 处理器介绍

ARM 公司（Advanced RISC Machines Ltd.）成立于 1990 年，专门从事基于 RISC 技术的芯片设计开发。它作为知识产权供应商，主要从出售芯片设计、技术的授权获取收益，并不生产芯片。用户从 ARM 公司购买其设计的 ARM 微处理器核，根据不同需求，加入相应的外围电路，从而生产出自己独特的 ARM 微处理器芯片。目前，全世界有几十家大的半导体公司都使用 ARM 公司的授权，如 Intel、德州仪器、三星半导体、摩托罗拉、飞利浦半导体、意法半导体、亿恒半导体、科胜讯、ADI、安捷伦、高通、Atmel、Intersil、Alcatel、Altera、Cirrus Logic、Linkup、Parthus、LSI logic、Micronas、Silicon Wave、Virata、Portalplayer、NetSilicon、Parthus 等，华为公司和中兴公司也已购买 ARM 芯核，用于设计自主版权的专用芯片。

ARM 芯核的应用领域十分广泛，在工业控制、无线通信、网络应用、消费类电子产品、成像和安全产品等领域都有成功的应用。

采用 RISC 架构的 ARM 微处理器的主要特点是：体积小、低功耗、低成本、高性能；支持 Thumb（16 位）/ARM（32 位）双指令集，兼容 8 位/16 位器件；大量使用寄存器，指令执行速度更快；大多数数据操作都在寄存器中完成；寻址方式灵活简单，执行效率高；指令长度固定等。

当前主要的 ARM 处理器系列简单的介绍如下。

ARM7 系列：是低功耗的 32 位 RISC 处理器，适用于对价位和功耗要求较高的消费类应用。其主要应用于工业控制、Internet 设备、网络和调制解调器设备、移动电话及多媒体等方面。ARM7 系列微处理器内核包括 ARM7TDMI、ARM7TDMI-S、ARM720T、ARM7EJ 等几种，其中，ARM7TMDI 是低端 ARM 处理器核，是目前使用最广泛的 32 位嵌入式 RISC 处理器内核。

ARM9 系列：ARM9 系列微处理器是高性能和低功耗处理器，主要应用于无线设备、仪器仪表、安全系统、机顶盒、高端打印机、数字照相机和数字摄像机等领域。该系列包含 ARM920T、ARM922T 和 ARM940T 三种类型，适用于不同的应用场合。

ARM9E 系列：ARM9E 系列微处理器是一个综合处理器。它使用单一的处理器内核提供微控制器、DSP、Java 应用系统的解决方案，从而在需要同时使用 DSP 和微控制器的应用场合减小了芯片的面积和系统的复杂程度。其主要应用于无线设备、数字消费品、成像设备、工业控制、存储设备和网络设备等领域。ARM9E 系列微处理器包含 ARM926EJ-S、ARM946E-S 和 ARM966E-S 三种类型。

ARM10E 系列：ARM10E 系列微处理器具有高性能、低功耗的特点，采用了新的体系结构，在相同条件下比 ARM9 性能提高约 50%。ARM10E 系列微处理器采用了两种先进的节能方式，使其功耗极低。ARM10E 系列微处理器主要应用于下一代无线设备、数字消费品、成像设备、工业控制、通信和信息系统等领域。ARM10 系列微处理器包含 ARM1020E、ARM1022E 和 ARM1026EJ-S 三种类型。

SecurCore 系列：SecurCore 系列微处理器是为安全需要而设计的，不但具有 ARM 体系结构的低功耗、高性能的特点，还提供了完善的 32 位 RISC 技术的安全解决方案，主要应用于一些对安全性要求较高的应用产品及应用系统中，如电子商务、电子政务、电子银行业务、网络和认证系统等领域。SecurCore 系列微处理器包含 SecurCore SC100、SecurCore SC110、SecurCore C200 和 SecurCore SC210 四种类型。

Intel 的 StrongARM：Intel StrongARM 融合了 Intel 公司的设计和处理器技术优势及 ARM 体系结构的电源效率，兼容 ARMv4 体系结构。Intel StrongARM 处理器主要用于便携式通信产品和消费类电子产品，在许多家公司的掌上电脑等产品上有成功的应用。

Intel 的 Xscale：Xscale 处理器是 StrongARM 的后续产品，它基于 ARMv5TE 体系结构，是全性能、高性价比、低功耗的处理器，支持 16 位的 Thumb 指令和 DSP 指令集，主要应用于数字移动电话、个人数字助理和网络产品等场合。

第 2 章　Super-ARM 教学实验系统

嵌入式系统的核心是嵌入式处理器。目前应用最为广泛的是 ARM 处理器，其体系结构、指令系统、运行模式、编程调试及系统设计等都具有非常典型的代表性。因此，在高校的嵌入式教学和实验中选用 ARM 的开发平台是非常适合的。

本章主要介绍深圳旋极公司推出的嵌入式教学实验系统——Super-ARM。它是以 ARM 处理器为基础，针对嵌入式教学、实验需求而专门设计的，本书后续的诸多实验皆是基于这个实验系统设计的。本章介绍 Super-ARM 教学实验系统的特点、组成及其硬件和软件的使用方法，另外还介绍基于 JTAG 的 Flash 下载软件的安装和使用。本章和第 3 章的内容是本书后续章节具体实验操作的基础。

2.1　Super-ARM 教学实验系统的特点

Super-ARM 是教学实验系统一个完整的基于 ARM 的嵌入式教学平台，它集软件、硬件、编译、调试、测试等功能于一体，既可用于基础嵌入式教学与实验，也可用于项目开发与应用。该教学实验系统的主要特点如下。

- 完备性：提供完整的 ARM 实验环境。在硬件方面，包括主功能板、液晶显示、扩展板、各种输入/输出接口、JTAG 仿真器；在软件方面，提供完善的编译调试环境、使用手册和精心编写的实验教程及参考教材，可以进行与 ARM 应用相关的大部分实验。
- 先进性：提供当今嵌入式系统开发的各种先进技术和资源，如：USB、以太网、彩色 LCD、IIS、NandFlash、I^2C、实时操作系统、CPLD、GPRS、蓝牙等。
- 易用性：完备的使用说明和实验教程让使用者可以轻松上手，尽快熟悉基于 ARM 开发的相关操作。教学系统通过键盘、数码管、LCD、触摸屏、A/D 输入、音频输入/输出、232 串口、USB、以太网、SD 卡等接口提供从模拟到数字、从图像到声音、从输入到输出多种形象直观的显示、控制手段，使用户得到感性的知识，从而加深对 ARM 的理解。
- 灵活性：教学系统在结构设计上独具匠心，采用可配置的模块化架构，既可用于 ARM7，也可用于 ARM9。通用卡口式扩展槽和无飞线连接，使教学系统有机地结合成一个整体。另配有若干可选的扩展功能板，充分满足不同的需求。

2.2　Super-ARM 教学实验系统的组成

Super-ARM 由以下两个部分组成：
- 模块化设计的实验箱
- 完善的编译调试环境

2.2.1　模块化设计的实验箱

Super-ARM 教学系统采用模块化设计，组建灵活，扩展方便。所有硬件模块及配件都安放在一个便携式实验箱中（见图 2.1）。基本模块包括主板、核心模块、液晶显示、底板（含键盘和数码管等）。另配有若干可选的扩展功能板及仿真调试工具——ProbeICE。实验箱布局合理，使用方便，美观大方。

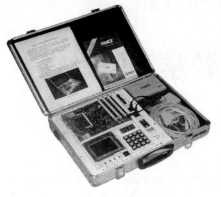

图 2.1　Super-ARM 教学实验箱全图

兼容性主板+核心模块是 Super-ARM 的一大特色。作为整个系统"心脏"的核心板，其实就是一个嵌入式最小系统，它充分展示了 ARM 内核的卓越性能。Super-ARM 同时支持 ARM7 和 ARM9 内核，这种兼容性使得教学系统既可以配置成价廉物美的中档 ARM7 实验箱，又可以配置成功能强大的高档 ARM9 教学系统。

ARM 处理器的其他资源通过主板和底板等充分展示出来，使用者可以非常方便地设计底层驱动程序和上层应用软件。人机交互设备有液晶显示、触摸屏、小键盘、数码管，还特别扩展了 VGA 接口和 PS/2 键盘鼠标。其中小键盘和数码管是为了与传统的单片机应用技术接轨而专门设计的。液晶显示有彩色 TFT 和单色灰度 LCD 两种，其中彩色 TFT 与 ARM9 核心板配套，单色 LCD 则与 ARM7 核心板配套。

教学系统主要资源如下。

（1）ARM 处理器：采用三星公司的处理器 S3C2410X(ARM9)。它基于 ARM920T 内核，主频高达 203MHz，带 MMU（内存管理单元），片上资源丰富，性价比极高，是目前 ARM9 处理器中使用较多的一种。

（2）存储器：4MB Flash、64MB Nand Flash 及 64MB SDRAM（容量皆可扩展）。

（3）主要资源：

- 主/从 USB 接口
- RS-232 接口两个
- SM 卡/SD 卡
- 多功能 I/O 扩展接口
- 4×4 小键盘和 4 位 8 段数码管
- 外中断输入
- LCD/触摸屏接口
- A/D 输入

- I^2C
- IIS 及音频输入/输出接口
- JTAG 调试接口
- 总线扩展接口 3 个
- 以太网口
- VGA
- PS/2 键盘、鼠标接口
- 语音输入/输出（拾音器、扬声器）

（4）其他选配资源：

- GPRS 扩展模块
- 蓝牙扩展模块
- USB 扩展模块
- 步进电机

- 非接触式 IC 卡读/写器
- GPS 扩展模块
- 指纹识别扩展模块

2.2.2　完善的编译调试环境

作为一个完整的教学和开发系统，编译环境和仿真调试工具是必不可少的。我们选用 ARM 公司的 SDT251 或 ADS1.2 作为集成开发环境（IDE），SDT251/ADS1.2 虽然不是最新版本，而其应用范围却非常广泛，是目前 ARM 开发中的主流 IDE。

仿真调试工具选用深圳旋极公司生产的 JTAG 仿真器 ProbeICE-ARM（见图 2.2）。它是基于 JTAG 调试接口的、用于 ARM 系列微处理器的仿真调试工具，支持 ARM7/ARM9/ARM10/

XSCALE 等全系列 ARM 内核，使用时要与 SDT251 或 ADS1.2 配合使用。ProbeICE-ARM 价廉物美，使用方便。如果用户希望使用更高档的仿真工具，也可选用 Lauterbach 公司（德国）的 Trace32-ICD 或 ARM 公司的 RiewView-ICE。

图 2.2　JTAG 仿真器 ProbeICE-ARM

2.3　Super-ARM 教学实验系统硬件的使用

2.3.1　主板资源、接口及其配置

Super-ARM 主板的资源和接口非常丰富，如图 2.3 所示。I^2C、Flash 和 CPLD 由专用芯片实现。为方便使用，各种接口安置在电路板的四周，主板左侧主要有 RS-232 接口、USB 接口，上部有 SD 卡、多功能通用 I/O 扩展接口（含 SPI、I^2C 等）、彩色/单色 LCD（含触摸屏）接口、A/D 输入接口，右侧有总线扩展槽接口、IDE 接口、直流输入等，下部有语音输入/输出、调试接口、以太网接口、中断按钮、复位按钮和电源开关。

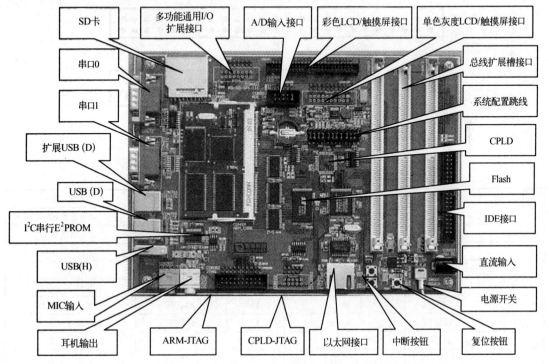

图 2.3　主板接口及其配置示意

（1）RS-232 接口

主板设有两个符合 RS-232-C 标准的通用异步串口（UART），均为 DTE（数据终端设备），采用 DB-9 型针式插座。其中 CON601 默认为核心板的 UART0，CON602 默认为 UART1。其定义如下（参见图 2.4 和表 2.1）。

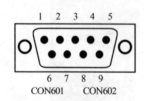

图 2.4 RS-232 接口示意图

表 2.1 RS-232 串口引脚定义

引 脚 号	引 脚 定 义	说 明
1	NC	无连接
2	RXD	接收数据
3	TXD	发送数据
4	NC	无连接
5	GND	信号地
6, 7, 8, 9	NC	无连接

当系统采用 ARM9 核心板时，CON601 始终为 UART0，但 CON602 除默认的 UART1 外，还可配置为 UART2，方法是去除 R601 和 R603 并焊接到 R602 和 R604 上（R601~R604 在 RS-232 接口芯片 U601 的下方）。当系统采用 ARM7 核心板时，由于处理器只有两个串口，UART2 不可用，故不可以重新配置。

注意：CON601 和 CON602 均为 DTE，与 DCE（数据通信设备，DB-9 型孔式插座）相连时须使用延长线，与其他 DTE（如 PC 机串口）相连时须使用交叉线。

（2）LCD/触摸屏接口

主板还设有两个 LCD/触摸屏接口。其中 CON501 为 50PIN 彩色接口，支持 TFT 彩屏；CON502 为 20PIN 接口，支持 16 级灰度 LCD，如图 2.5 所示。两者都带有触摸屏控制器（4 线电阻式）。它们的引脚定义参见表 2.2 和表 2.3。

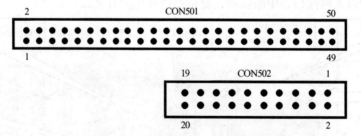

图 2.5 LCD/触摸屏接口示意图

表 2.2 单色 LCD/触摸屏接口（CON502）定义

引 脚	引 脚 定 义	说 明	引 脚	引 脚 定 义	说 明
1	VEE	LCD 高压	11	VD2	显示数据 bit2
2	VDD33	3.3V 电源	12	VD1	显示数据 bit1
3	VFRAME	帧同步	13	VD0	显示数据 bit0
4	GND	地	14	—	—
5	VCLK	数据时钟	15	YMON	触摸屏 Y（下）
6	GND	地	16	XMON	触摸屏 X（右）
7	VM	交流偏置	17	nYPON	触摸屏 Y（上）
8	LCD-PWR	LCD 使能	18	nXPON	触摸屏 X（左）
9	VLINE	行同步	19	VDD33	3.3V 电源
10	VD3	显示数据 bit3	20	EL-EN	背光使能

注意：单色 LCD 接口（CON502）采用的是 4bit 单扫描方式，可用于 16 级灰度显示。CON502 只能与 ARM7 核心板配合使用。当系统为 ARM9 时，该接口无效。

表 2.3　彩色 LCD/触摸屏接口（CON501）定义

引　脚	核心板	TFT	说　明	引　脚	核心板	TFT	说　明
1	VDD33	VDD33	3.3V 电源	26	VD19	R0	红基色 bit0
2	VDD33	VDD33	3.3V 电源	27	VD20	R1	红基色 bit1
3	VDD33	VDD33	3.3V 电源	28	VD21	R2	红基色 bit2
4	GND	GND	地	29	VD22	R3	红基色 bit3
5	nRESET	nRESET	复位	30	VD23	R4	红基色 bit4
6	—	—	—	31	GND	GND	地
7	—	—	—	32	LCD-PWR	LCD-PWR	LCD 电源使能
8	—	—	—	33	—	—	—
9	VD3	B0	蓝基色 bit0	34	—	—	—
10	VD4	B1	蓝基色 bit1	35	—	—	—
11	VD5	B2	蓝基色 bit2	36	VM	VDEN	数据使能
12	VD6	B3	蓝基色 bit3	37	VFRAME	VSYNC	场同步
13	VD7	B4	蓝基色 bit4	38	VLINE	HSYNC	行同步
14	—	—	—	39	VCLK	VCLK	数据时钟
15	—	—	—	40	LEND	LEND	行结束
16	VD10	G0	绿基色 bit0	41	—	—	—
17	VD11	G1	绿基色 bit1	42	GND	GND	地
18	GND	GND	地	43	XMON	XMON	X 轴公共端
19	VD12	G2	绿基色 bit2	44	nXPON	nXPON	X 轴位置端
20	VD13	G3	绿基色 bit3	45	AIN7	AIN7	Y 轴坐标
21	VD14	G4	绿基色 bit4	46	GND	GND	地
22	VD15	G5	绿基色 bit5	47	YMON	YMON	Y 轴公共端
23	—	—	—	48	nYPON	nYPON	Y 轴位置端
24	—	—	—	49	AIN5	AIN5	X 轴坐标
25	—	—	—	50	GND	GND	地

注意：彩色 LCD 接口（CON501）支持 TFT 真彩，采用的是 16 位显示模式，其三基色数据宽度之比为

$$R{:}G{:}B=5{:}6{:}5$$

其他显示模式不可用。

CON501 只能与 ARM9 核心板配合使用。当系统配置成 ARM7 时，该接口无效。

上述接口定义中包含了触摸屏接口，在 S3C2410 中集成了触摸屏控制器，其原理如图 2.6 所示。

当选用 ARM7 核心板时，触摸屏控制器由外围电路完成，如图 2.7 所示。该电路所用处理器资源如下：

Y 轴：nYPON=GPF8，YMON=GPF7　　　　X 轴：nXPON=GPF6，XMON=GPF5

中断：EXINT1　　　　　　　　　　　　　模拟输入：AIN0（Y 轴），AIN1（X 轴）

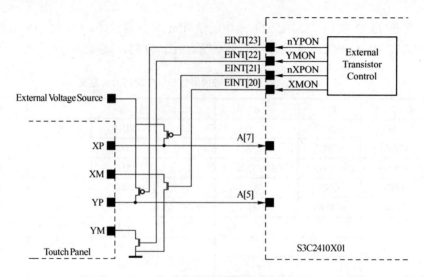

图 2.6　S3C2410 触摸屏控制器功能示意图

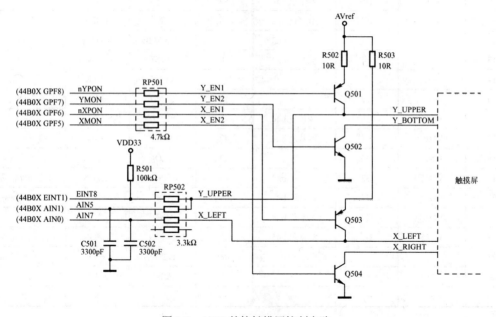

图 2.7　44B0 外接触摸屏控制电路

（3）USB 接口

主板左侧设有三个 USB 接口，一个 Host（CON701），两个设备（CON702 和 CON703），支持 USB1.1 协议。

当选用 ARM9 核心板时，CON701 和 CON702 为 CPU（S3C2410）内置，CON703 为外扩 USB 设备，只有在扩展槽中插上 USB 扩展板后才可用。

当选用 ARM7 核心板时，因为 44B0X 本身不带 USB 控制器，所以 CON701 和 CON702 不可用。此时只可通过扩展板使用 CON703。

（4）以太网接口

主板的以太网接口是通过外扩电路实现的，符合 10BASE-T 标准。扩展芯片选用 CIRRUS LOGIC 公司的 CS8900，网口通过 RJ-45 插座（CON201）引出。

（5）音频输入/输出接口

IIS（I2S）是近年来应用非常广泛的数字音频总线协议。在 S3C2410 和 44B0 中都集成有 IIS 控制器。Super-ARM 主板将 IIS 总线与 Philips 公司的音频接口芯片 UDA1341TS 配合，构成音频输入/输出电路，可用于音频信号的录制与重放。其中，CON302 用于外接麦克风，CON301 用于外接耳机。IIS 音频输入/输出接口如图 2.8 所示。

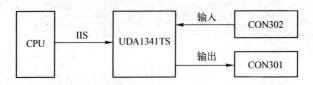

图 2.8 IIS 音频输入/输出接口电路示意图

（6）SD 卡接口

在 S3C2410 中内置有安全数字接口（SDI），可用于 SD 存储卡、SDIO 设备和多媒体卡（MMC）。主板上只引出了 SD 卡座（CON401），可直接插入 SD 卡。SD 卡插座引脚排列如图 2.9 所示，引脚定义见表 2.4。若欲用于 SDIO 设备或多媒体卡，可通过 CON003 引入（参见多功能通用 I/O 扩展接口说明）。

表 2.4 SD 卡引脚定义

引 脚	引脚定义	说 明	引 脚	引脚定义	说 明
1	CD/DAT3	片选/数据位 3	7	DAT0	数据位 0
2	CMD	命令	8	DAT1	数据位 1
3	VSS1	地	9	DAT2	数据位 2
4	VDD	电源 3.3V	10	WP	写保护
5	CLK	时钟	11	nCD	片选
6	VSS2	地			

图 2.9 SD 卡插座引脚排列

注意：以上定义只对 S3C2410 核心板有效，若使用 44B0 核心板，则该接口不可用。

（7）多功能通用 I/O 扩展接口

为方便用户，主板将 CPU 部分 I/O 端口引出，集中到 CON003 上。这些引脚均为复用型，有两种或多种功能，可通过软件设定。CON003 引脚定义如图 2.10 所示。多功能通用 I/O 扩展接口引脚定义（S3C2410）见表 2.5，多功能通用 I/O 扩展接口引脚定义（44B0）见表 2.6。

由于 ARM7 和 ARM9 核心板的不同，导致其接口引脚定义也不相同。

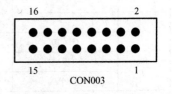

图 2.10 CON003 引脚排列

从表 2.5 中可以看出，当使用 ARM9 核心板时，CON003 可以用于以下 5 个方面：

● SD/SDIO/MMC；
● SPI 总线（通道 0）；
● I^{2}C 总线；

- 通用 I/O（GPH8、GPE5～15）；
- 外中断输入（EINT10、EINT18）。

表 2.5　多功能通用 I/O 扩展接口引脚定义（S3C2410）

引　脚	引 脚 定 义	说　明	引　脚	引 脚 定 义	说　明
1	WP_SD	SD 卡写保护	9	SDDAT1	SD 卡数据 1
	GPH8	通用 I/O 接口 H 之 8		GPE8	通用 I/O 接口 E 之 8
2	VDD33	3.3V 电源	10	IICSCL	I²C 总线时钟
				GPE14	通用 I/O 接口 E 之 14
3	SDCLK	SD 卡时钟	11	SDDAT2	SD 卡数据 2
	GPE5	通用 I/O 接口 E 之 5		GPE9	通用 I/O 接口 E 之 9
4	SPIMISO	SPI 数据	12	IICSDA	I²C 总线数据
	GPE11	通用 I/O 接口 E 之 11		GPE15	通用 I/O 接口 E 之 15
5	SDCMD	SD 卡命令	13	SDDAT3	SD 卡数据 3
	GPE6	通用 I/O 接口 E 之 6		GPE10	通用 I/O 接口 E 之 10
6	SPIMOSI	SPI 数据	14	nSS_SPI	SPI 使能
	GPE12	通用 I/O 接口 E 之 12		EINT10	外中断输入之 10
7	SDDAT0	SD 卡数据 0	15	nCD_SD	SD 卡片选
	GPE7	通用 I/O 接口 E 之 7		EINT18	外中断输入之 18
8	SPICLK	SPI 时钟	16	GND	地
	GPE13	通用 I/O 接口 E 之 13			

表 2.6　多功能通用 I/O 扩展接口引脚定义（44B0）

引　脚	引 脚 定 义	说　明	引　脚	引 脚 定 义	说　明
1	TOUT0	定时器 0	9	EINT4	外中断输入之 4
	GPE3	通用 I/O 接口 E 之 3		GPG4	通用 I/O 接口 G 之 4
2	VDD33	3.3V 电源	10	IICSCL	I²C 总线时钟
				GPF0	通用 I/O 接口 F 之 0
3	TOUT3	定时器 3	11	EINT5	外中断输入之 5
	GPE6	通用 I/O 接口 E 之 6		GPG5	通用 I/O 接口 G 之 5
4	SIOTXD	SIO 发送数据	12	IICSDA	I²C 总线数据
	GPF5	通用 I/O 接口 F 之 5		GPF1	通用 I/O 接口 F 之 1
5	—	—	13	EINT6	外中断输入之 6
	GPC10	通用 I/O 接口 C 之 10		GPG6	通用 I/O 接口 G 之 6
6	SIORXD	SIO 接收数据	14	SIORDY	SIO 就绪
	GPF7	通用 I/O 接口 F 之 7		GPF6	通用 I/O 接口 F 之 6
7	—	—	15	EINT7	外中断输入之 7
	GPC11	通用 I/O 接口 C 之 11		GPG7	通用 I/O 接口 G 之 7
8	SIOCLK	SIO 时钟	16	GND	地
	GPF8	通用 I/O 接口 F 之 8			

　　在 Super-ARM 中，利用 CON003 的多功能性扩展出了许多接口和应用，如底板上的 4×4 小键盘、数码管、PS/2 接口（键盘、鼠标）等。

从表 2.6 中可以看出，当使用 ARM7 核心板时，CON003 可以用于以下 5 个方面：

- 定时器输出（T0、T3）；
- SIO 总线；
- I²C 总线；
- 通用 I/O（GPC10、GPC11、GPE3、GPE6、GPF0、GPF1、GPF5~8、GPG4~7）；
- 外中断输入（EINT4-7）。

（8）A/D 输入接口

S3C2410 和 S3C44B0 都有模数转换功能，集成了 8 通道的 A/D 转换控制器。主板将部分 A/D 输入以双排插座的形式引出（CON503），便于用户使用，如图 2.11 所示。其引脚定义参见表 2.7。

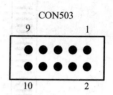

图 2.11　A/D 输入接口引脚排列

表 2.7　A/D 输入接口引脚定义（CON503）

引　脚	引 脚 定 义		说　明	引　脚	引 脚 定 义		说　明
	ARM9	ARM7			ARM9	ARM7	
1	VDD33	VDD33	电源 3.3V	6	AIN3	AIN2	模拟输入
2	AVref	AVref	A/D 转换参考电压	7	AIN5	AIN1	模拟输入
3	AIN0	AIN5	模拟输入	8	AIN7	AIN0	模拟输入
4	AIN1	AIN4	模拟输入	9	GND	GND	地
5	AIN2	AIN3	模拟输入	10	GND	GND	地

注意：在 CON503 中，并没有引出所有的 A/D 输入端口，只有 6 路可以使用。其中第 7、8 脚用于触摸屏，一般不做其他用。另外，当使用不同的核心板时，各引脚对应的通路不一样。

表 2.7 中，AVref 是 A/D 转换参考电压。使用 ARM9 核心板时，AVref 是 3.3V，此时应将第 1、2 脚用跳线短接。而使用 ARM7 核心板时，AVref 是 2.5V，由核心板提供，此时第 1、2 脚不能短接！

底板上已将 CON503 的第 3、4、5、6 引脚连接到 4 路 A/D 输入插孔上，用户可直接通过插孔引入模拟信号。

（9）总线扩展槽接口

主板设有 3 个 16 位宽的多功能总线扩展槽接口，分别是 CON801、CON802 和 CON803。这些接口类似于计算机主板上的扩展槽，用于接插扩展板。扩展槽共有 72 个引脚，不仅引出了 16 位数据总线、地址总线，还引出了片选、中断、总线控制、DMA 控制、复位及其他可能用到的电源和信号线。3 个扩展槽的引脚定义是完全相同的，因此在使用时扩展板可以插在任一插槽上。总线扩展槽接口及 IDE 接口示意图如图 2.12 所示，引脚定义见表 2.8。

表 2.8 中，DN2、DP2 直接与 CON703 相连，得到扩展的 USB 设备。串口（TTL 电平）、通用 I/O 的引入是为了方便扩展板的设计与应用。注意，当使用不同的核心板时，部分引脚定义会有所不同，表 2.8 中灰色部分（对应 ARM7）显示了二者的差别。

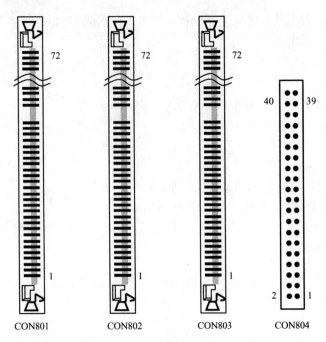

图 2.12　总线扩展槽接口及 IDE 接口示意图

表 2.8　总线扩展槽接口引脚定义

引　脚	引脚定义		说　明	引　脚	引脚定义		说　明
1	GND		地	22	NXDREQ0	nXDREQ1	DMA 请求
2	DATA0		数据 0	23	nXBREQ		总线保持应答
3	DATA1		数据 1	24	nXBACK		总线保持请求
4	DATA2		数据 2	25	GND		地
5	DATA3		数据 3	26	ADDR0		地址 0
6	DATA4		数据 4	27	ADDR1		地址 1
7	DATA5		数据 5	28	ADDR2		地址 2
8	DATA6		数据 6	29	ADDR3		地址 3
9	DATA7		数据 7	30	ADDR4		地址 4
10	DATA8		数据 8	31	ADDR5		地址 5
11	DATA9		数据 9	32	ADDR6		地址 6
12	DATA10		数据 10	33	ADDR7		地址 7
13	DATA11		数据 11	34	ADDR8		地址 8
14	DATA12		数据 12	35	ADDR9		地址 9
15	DATA13		数据 13	36	ADDR10		地址 10
16	DATA14		数据 14	37	ADDR11		地址 11
17	DATA15		数据 15	38	ADDR12		地址 12
18	nEXT_OE		读控制	39	ADDR13		地址 13
19	nEXT_WE		写控制	40	ADDR14		地址 14
20	RESET		复位（高有效）	41	ADDR15		地址 15
21	NXDACK0	nXDACK1	DMA 应答	42	ADDR24		地址 24

引 脚	引脚定义		说 明		引 脚	引脚定义		说 明	
43	nCS1		片选 1		58	EINT19	EINT4	外中断 19	外中断 4
44	nCS2		片选 2		59	DN2		扩展 USB 信号	
45	nCS4	nCS3	片选 4	片选 3	60	DP2		扩展 USB 信号	
46	nCS5		片选 5		61	TXD0		串口 0 发送数据	
47	nWAIT		等待		62	RXD0		串口 0 接收数据	
48	GPE11	GPF5	通用 I/O		63	TXD1		串口 1 发送数据	
49	GPE12	GPF6	通用 I/O		64	RXD1		串口 1 接收数据	
50	GPE13	GPF7	通用 I/O		65	TXD2	nCTS0/GPC15	串口 2 发送数据	nCTS0/GPC15
51	GPE10	GPF8	通用 I/O		66	RXD2	nRTS0/GPC14	串口 2 接收数据	nRTS0/GPC14
52	nRESET		复位（低有效）		67	GND		地	
53	CLKOUT0		时钟输出		68	GND		地	
54	GND		地		69	VDD33		3.3V 电源	
55	EINT0		外中断 0		70	VDD33		3.3V 电源	
56	EINT2		外中断 2		71	VDD50		5.0V 电源	
57	EINT11	EINT3	外中断 11	外中断 3	72	VDD50		5.0V 电源	

（10）IDE 硬盘接口

主板设有一个 40 针的 IDE 接口（CON804，见图 2.12），可直接用于硬盘驱动实验。CON804 的接口引脚定义见表 2.9，它与常用的 IDE 接口兼容。

表 2.9　IDE 接口引脚定义

引 脚	引脚定义	说 明	引 脚	引脚定义	说 明
1	nRESET	复位	21	IDE_DREQ	DMA 请求
2	GND	地	22	GND	地
3	DATA7	数据 7	23	IDE_WE	IDE 写
4	DATA8	数据 8	24	GND	地
5	DATA6	数据 6	25	IDE_OE	IDE 读
6	DATA9	数据 9	26	GND	地
7	DATA5	数据 5	27	IDE_RDY	IDE 就绪
8	DATA10	数据 10	28	GND	地
9	DATA4	数据 4	29	IDE_DACK	DMA 应答
10	DATA11	数据 11	30	GND	地
11	DATA3	数据 3	31	IDE_INT	IDE 中断
12	DATA12	数据 12	32	GND	地
13	DATA2	数据 2	33	A2	地址 2
14	DATA13	数据 13	34	—	—
15	DATA1	数据 1	35	A1	地址 1
16	DATA14	数据 14	36	A3	地址 3
17	DATA0	数据 0	37	A4	地址 4
18	DATA15	数据 15	38	A5	地址 5
19	GND	地	39	nDASP	激活指示
20	（KEY）	—	40	GND	地

注意：上述定义中的读/写控制逻辑由 CPLD 实现，故在使用 IDE 接口前，应先设计好 CPLD 并编程，否则该接口不可用。

（11）调试接口

Super-ARM 主板上有两个调试接口，一个是 20 针的 ARM-JTAG（CON002），用于主板和整个系统的调试，另一个是 10 针的 CPLD-JTAG（CON102），用于主板上 CPLD 芯片（U101）的编程。CON002 和 CON102 的接口定义如图 2.13 所示，ARM-JTAG 接口引脚定义见表 2.10，CPLD-JTAG 接口引脚定义见表 2.11。

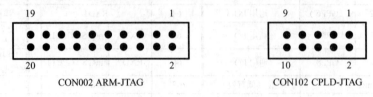

CON002 ARM-JTAG   CON102 CPLD-JTAG

图 2.13　调试接口示意图

表 2.10　ARM-JTAG 接口定义（CON002）

引　脚	引脚定义	说　明	引　脚	引脚定义	说　明
1	Vref	参考电压（3.3V）	11	—	—
2	VDD	3.3V 电源	12	GND	地
3	nTRST	JTAG 复位	13	TDO	JTAG 数据输出
4	GND	地	14	GND	地
5	TDI	JTAG 数据输入	15	nRST	复位
6	GND	地	16	GND	地
7	TMS	JTAG 模式选择	17	—	—
8	GND	地	18	GND	地
9	TCK	JTAG 时钟	19	—	—
10	GND	地	20	GND	地

表 2.11　CPLD-JTAG 接口定义（CON102）

引　脚	引脚定义	说　明	引　脚	引脚定义	说　明
1	CPLD_TCK	时钟	6	—	—
2	GND	地	7	—	—
3	CPLD_TDO	数据输出	8	—	—
4	VDD	3.3V 电源	9	CPLD_TDI	数据输入
5	CPLD_TMS	模式选择	10	GND	地

（12）系统配置跳线

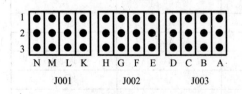

N M L K　H G F E　D C B A

J001　　　J002　　　J003

图 2.14　系统配置跳线示意图

主板上设有 3 组跳线配置开关，每组 4 位，共 12 位。这 3 组开关分别是 J001、J002、J003（见图 2.14）。12 位跳线自右至左分别命名为 A、B、C、D、E、F、G、H、K、L、M、N，每位有 3 个连接点，自上到下命名为 1、2、3。各跳线只能设置成"1-2 短接"，或"2-3 短接"。系统配置跳线用于系统设置及功能选择，其跳线说明见表 2.12。

表 2.12　系统配置跳线说明

跳线	功 能 说 明		选项 1（1-2 短接）	选项 2（2-3 短接）	备　注
A	OM0	启动模式选择	从主板 Flash 启动	从核心板 NandFlash 启动	仅对 ARM9 核心板有效
B	ADDR20	Flash 空间选择	高半段有效	低半段有效	1.0 核心板有效
C	nUSB_EN	USB 使能	由 CPLD 驱动	由外围逻辑电路驱动	CON702
D	VDD_DC/DC	液晶高压电路使能	3.3V 供电	禁止	仅对单色 LCD VEE 电路有效
E	nIOR_P	以太网 I/O 接口"读"	由 CPLD 驱动	由外围逻辑电路驱动	针对网口扩展芯片 CS8900
F	nIOW_P	以太网 I/O 接口"写"			
G	nMEMR	以太网存储器"读"	由 CPLD 驱动	由外围逻辑电路驱动	针对网口扩展芯片 CS8900
H	nMEMW	以太网存储器"写"			
K	nEXT_OE	扩展接口"读"	由 CPLD 驱动	由外围逻辑电路驱动	仅对总线扩展接口有效
L	nEXT_WE	扩展接口"写"			
M	nBUFBIR	总线驱动方向	由 CPLD 驱动	由外围逻辑电路驱动	针对数据总线驱动芯片 U102
N	nBUFBUS	总线驱动使能			

主板上配有 2MB 的 Flash，当使用 ARM9 核心板 1.0 版本时，由于地址线的限制它只能使用 1MB 的空间，此时可通过跳线 B 来选择 Flash 的可见空间。但不管如何选择，对 CPU 来说，Flash 的地址范围始终是 0x00000～0xFFFFF。

如果使用 1.1 版本以上的核心板，则不受上述限制。核心板上 Flash 空间默认值为 4MB（可扩展至 16MB），对应片选 nGCS0，地址范围是 0x00000～0xFFFFF。而主板上 Flash 对应片选 nGCS1，2MB（可扩展至 8MB）地址空间是 0x8000000～0x81FFFFF，此时跳线 B 不再使用（1-2，2-3 全部断开）。

核心板和主板上的 Flash 均可用于 Flash 编程实验，其中，核心板 Flash 还可用于系统启动。需要注意的是，核心板上的 Flash 型号为 Intel 公司的 E28F320J3（Strata Flash），而主板上的 Flash 型号为 SST 公司的 39VF1601，这两种 Flash 的编程方法不尽相同。也正因为如此，用户可以学习两种不同的烧写方法。

跳线 D 用来控制单色 LCD 的 VEE 电路，用户在使用彩色 LCD 时可停止其工作。在新版本中，跳线不再使用。

跳线 C 及 E～N 用来选择控制信号的来源。主板对以太网 I/O 接口及存储器的读/写控制、总线扩展接口的读/写、总线驱动的控制等信号设计了两种来源：一是来自可编程器件 CPLD，二是来自外围逻辑电路。

（13）其他

板上 CPLD 选用了 Altera 公司的 EPM3032，这是一款特别适合初学者学习和开发的可编程逻辑器件。通过对 EPM3032 的设计和编程，用户可以掌握基本的 CPLD 开发技术，为今后掌握更多的开发和应用技术打下基础。

主板上 U302 是一片串行 E^2PROM（24C08），它与处理器的 I^2C 总线相接，可用于 I^2C 总线的开发与应用。

主板上还设有两个中断按钮 S002 和 S003，分别对应 CPU 的 EXINT0 和 EXINT3。当中断按钮按下时，会产生低电平中断信号，可用于外中断实验。

2.3.2　底板资源、接口及其配置

底板除将主板的部分接口加以延伸外，还扩展部分资源。此外，底板上还设有电源开

关、直流供电及配置开关等（见图 2.15）。

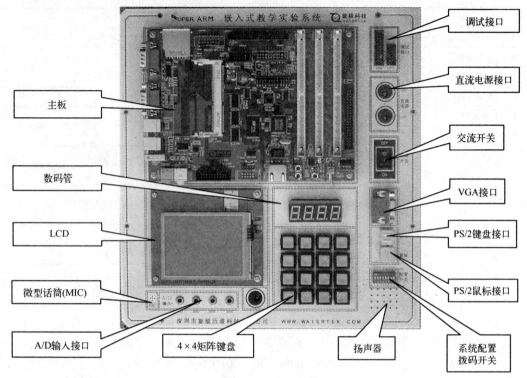

图 2.15 底板资源示意图

底板上共有如下资源：

- 液晶显示器（LCD）
- 4 位 8 段数码管
- 4×4 矩阵键盘
- 调试接口
- 直流电源接口
- 交流开关

- VGA 接口
- PS/2 键盘、鼠标接口
- 系统配置拨码开关
- 扬声器
- A/D 输入接口
- 麦克风

下面逐一进行说明。

（1）液晶显示器（LCD）

LCD 电路模块安装在底板的下方左侧。若选用 ARM9 核心板，则与之相配的是 3.5"彩色 TFT 屏（带触摸屏），分辨率为 320×240（或 240×320）。彩色 LCD 通过底板与主板的 CON501 相连。

若选用 ARM7 核心板，则与之相配的是单色灰度 LCD（带触摸屏），分辨率也为 320×240（或 240×320）。灰度 LCD 可通过底板与主板的 CON502 或 CON501 相连。

LCD 电路模块可根据用户的要求横向安装或竖向安装，分别对应 320×240 编程和 240×320 编程。如图 2.15 所示即为横向安装的例子。

有关接口的详细描述请参见 2.3.1 节的有关说明。

注意：LCD 的使用与所选用的核心板密切相关，故上述两种 LCD 不可同时使用。

（2）4 位 8 段数码管

底板上设有数码管和键盘，便于与传统单片机输入/输出实验接轨。数码管有 4 位，每位 8 段，采用硬件解码驱动，即输入 BCD 码，输出相应的字符。可显示带小数点的 0～9 这 10

个数字和几个特殊字符（见表 2.13）。

表 2.13　BCD 码输出与数码管显示字符的对应关系

输　入					输　出							显 示 字 符
十进制数	D	C	B	A	a	b	c	d	e	f	g	
0	0	0	0	0	L	L	L	L	L	L	H	
1	0	0	0	1	H	L	L	H	H	H	H	
2	0	0	1	0	L	L	H	L	L	H	L	
3	0	0	1	1	L	L	L	L	H	H	L	
4	0	1	0	0	H	L	L	H	H	L	L	
5	0	1	0	1	L	H	L	L	H	L	L	
6	0	1	1	0	H	H	L	L	L	L	L	
7	0	1	1	1	L	L	L	H	H	H	H	
8	1	0	0	0	L	L	L	L	L	L	L	
9	1	0	0	1	L	L	L	H	H	L	L	
10	1	0	1	0	H	H	H	L	L	H	L	
11	1	0	1	1	H	H	L	L	H	H	L	
12	1	1	0	0	H	L	H	H	H	L	L	
13	1	1	0	1	L	H	H	L	H	L	L	
14	1	1	1	0	H	H	H	L	L	L	L	
15	1	1	1	1	H	H	H	H	H	H	H	（无）

数码管驱动原理图如图 2.16 所示。

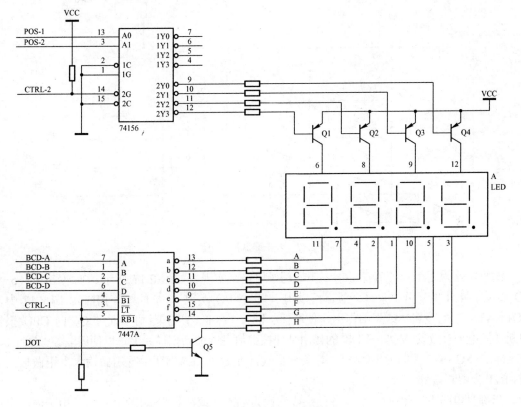

图 2.16　数码管驱动原理图

数码管共 4 位，从右至左分别为第 0、1、2、3 位。LED 采用共阳极驱动，每位有 8 段，其中 A、B、C、D、E、F、G 这 7 段由一片专用 BCD 解码显示芯片（7447A）来驱动，小数点 H 则用一个晶体管 Q5 单独驱动。控制哪一位点亮由一片 2-4 译码器（74156）通过 4 个晶体管来完成。图 2.16 中，BCD-A、BCD-B、BCD-C 和 BCD-D 为 4 位 BCD 码输入端，POS-1 和 POS-2 为位置码输入端，而 CTRL-1 和 CTRL-2 是两个驱动芯片的控制信号，在系统配置拨码开关中设置（参见后续说明）。

这种设计使得 LED 驱动编程非常简单。要在某一位显示某数字，如在第 1 位显示"5"，只需将该数字的 BCD 码"0101"送到 7447 输入端，同时将表示第 1 位的位置码"01"送到 74156 的输入端就可以了。要在多位同时显示数字，则要采用动态扫描的办法，即周期性地输出 BCD 码和位置码到相应的驱动芯片。

数码管能够显示的字符列于表 2.13 中。表中最后 6 种情况已超出 BCD 码范围，可用于特殊显示。

由图 2.16 可知，要驱动数码管显示需要 6 个输出信号，其中 2 位指示点亮位置，4 位传送 BCD 码。这些信号均来自主板多功能 I/O 扩展接口（CON003）。它们的对应关系见表 2.13。

（3）4×4 矩阵键盘

底板上设计了 4 行 4 列共 16 键的矩阵键盘。每个按键并没有固定定义，用户可自行设计。键盘按照从左到右，从上到下的顺序排列，如图 2.17 所示。

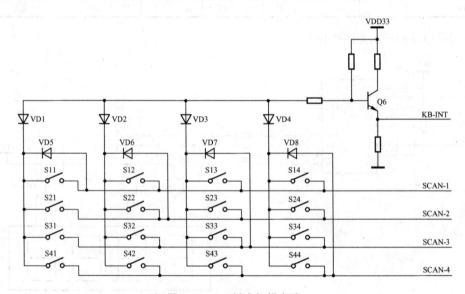

图 2.17 4×4 键盘扫描电路

键盘电路采用了一种节省 I/O 资源的巧妙电路来实现。如图 2.17 所示，该电路用了 5 个 I/O 实现了 4×4 的矩阵键盘（一般，可以用 $N+1$ 个 I/O 实现 $N×N$ 的矩阵扫描）。图 2.17 中，VD1～VD4 起着逻辑"或"的作用，使得任一键按下（低电平）都可以通过 Q6 向 CPU 报告中断（低电平有效）；VD5～VD8 的作用是使按键信息回馈到扫描线上，以便读取。SCAN-1、SCAN-2、SCAN-3 和 SCAN-4 为 4 条扫描线，在键盘扫描程序中既用做输入也用做输出，KB-INT 为中断信号。

当键盘电路不工作时，将 4 条扫描线均设为输入（或都置为输出高电平），由于内部上拉电阻的作用，不论按键与否都不会产生中断。

若将 SCAN-4～SCAN-1 线设置成输出，且都置为低电平（0000），则键盘电路进入"Ready"状态。VD1～VD4 四条纵向线由于上拉的关系均为高电平，此时如果有某一键按下，势必拉低对应的纵向线，从而产生一个键盘中断，启动键盘扫描程序。

CPU 接收到键盘中断后（也可以用查询的办法），可通过"一线输出数线输入"方法扫描其键值，从而确定按键的位置。下面说明其原理和步骤。

先将 SCAN-1 线置为输出"0"，其余 3 线置为输入并读取其值。若 SCAN-3 线为"0"，其余 2 线为"1"，可知是 S13 按下。同理，若 SCAN-2 线为"0"，其余 2 线为"1"，则是 S12 按下……

若输入值均为"1"，而 KB-INT 仍为低，则可判断是 S11 按下。

若输入值均为"1"，且 KB-INT 也变为"1"，可知 SCAN-1 线上无键按下。再设 SCAN-2 线输出"0"，其余 3 线输入，进入第二轮扫描。重复上述步骤，直至扫出键值为止。

4×4 键盘扫描电路用到 4 个 I/O，一个中断，它们也来自主板通用 I/O 扩展接口（CON003），其对应关系见表 2.14。

表 2.14　键盘/数码管电路与 CON003 的对应关系（S3C2410）

引　脚	引脚定义	应　用		引　脚	引脚定义	应　用	
1	WP_SD	DOT		9	SDDAT1	SCAN-4	K-DATA
	GPH8				GPE8		
2	VDD33	3.3V 电源		10	IICSCL	—	
					GPE14		
3	SDCLK	SCAN-1	M-CLK	11	SDDAT2	POS-2	
	GPE5				GPE9		
4	SPIMISO	BCD-B		12	IICSDA	—	
	GPE11				GPE15		
5	SDCMD	SCAN-2	M-DATA	13	SDDAT3	BCD-A	
	GPE6				GPE10		
6	SPIMOSI	BCD-C		14	nSS_SPI	POS-1	
	GPE12				EINT10/GPG2		
7	SDDAT0	SCAN-3	K-CLK	15	nCD_SD	KB-INT	
	GPE7				EINT18		
8	SPICLK	BCD-D		16	GND	地	
	GPE13						

（4）调试接口

底板右侧设置了各种延伸接口、控制开关。最上方为调试接口，包括 ARM-JTAG 和 CPLD-JTAG。这两个接口与主板上的 ARM-JTAG 和 CPLD-JTAG 接口完全等效，参见相应的说明。

（5）直流供电接口

紧接调试接口下方是两个 5V 直流电源，分别用于给主板和仿真器供电。在 LCD 屏的右下方还有一个备用的 5V 直流电源。电源接口具有如图 2.18 所示的极性。

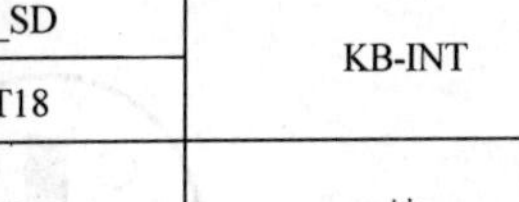

图 2.18　直流插孔的极性

（6）交流开关

Super-ARM 由 220V 交流供电，其开关位于底板右侧直流电源接口的下方，是整个系统的"总闸"。使用时，先插好电源线，然后将交流开关拨于"ON"端。当电源开关上红色指示灯点亮时，表明系统正常通电。应按"先开交流开关，再开直流开关"的顺序开机。关机时，顺序正好相反，先关直流开关，再关交流开关。

（7）VGA 接口

底板上设有一个 VGA 接口，可与普通 VGA 显示器相接。在系统工作时，VGA 中输出的图像与 LCD 的显示内容是相同的。

VGA 接口为 DB15 型孔式插座，如图 2.19 所示，其引脚的定义见 2.15。

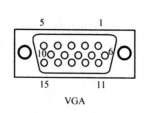

图 2.19 VGA 接口示意图

表 2.15　VGA 接口引脚定义

引脚号	引脚定义	说　　明
1	ROUT	红基色输出
2	GOUT	绿基色输出
3	BOUT	蓝基色输出
4	—	无连接
5	DGND	数字地
6，7，8	AGND	模拟地
9，11，12，15	—	无连接
10	DGND	数字地
13	HSYNC	行同步
14	VSYNC	场同步

（8）PS/2 键盘、鼠标接口

底板上的 PS/2 键盘、鼠标接口是由通用 I/O 接口扩展而来的，紫色插座（上）接 PS/2 键盘，绿色插座（下）接 PS/2 鼠标。PS/2 接口与矩阵键盘扫描线是复用的，其中鼠标复用了 SCAN-1 线和 SCAN-2 线，键盘复用了 SCAN-3 线和 SCAN-4 线（参见表 2.16），在设计驱动程序时要注意。PS/2 键盘、鼠标接口示意图如图 2.20 所示，其引脚定义见表 2.16。

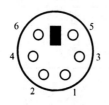

图 2.20 PS/2 键盘、鼠标接口示意

表 2.16　PS/2 键盘、鼠标接口引脚定义

引脚号	引脚定义	说　　明
1	DATA	数据
2	—	未使用
3	GND	电源地
4	+5V	+5V 电源
5	CLOCK	时钟
6	—	未使用

（9）系统配置拨码开关

由于数码管，4×4 键盘，PS/2 键盘、鼠标均是由 CON003 扩展得到的，考虑到引脚都是复用的，特别设置了系统配置拨码开关，以避免不同应用时相互干扰。例如，当使用 SD 卡时，应禁止键盘电路工作，同时也不希望数码管胡乱显示。系统配置拨码开关的功能见表 2.17。

表 2.17 系统配置拨码开关的功能

拨　　码	控　制　信　号		ON	OFF
1	SCAN-1	键盘扫描线 1		
2	SCAN-2	键盘扫描线 2		
3	SCAN-3	键盘扫描线 3	键盘电路可用	键盘电路不可用
4	SCAN-4	键盘扫描线 4		
5	KB-INT	键盘中断		
6	DOT	小数点控制		
7	CTRL-1	数码管控制 1	数码管驱动可用	数码管驱动不可用
8	CTRL-2	数码管控制 2		

（10）扬声器

底板的右下角设有一个小功率扬声器，它与主板音频耳机接口 CON301 相连，IIS 音频解码输出可直接通过扬声器发声。当在 CON301 上使用耳机时，扬声器自动断开。

（11）A/D 输入接口

在底板 LCD 下方设有 4 路 A/D 转换模拟输入，它们与主板 CON503 相连，用于 A/D 转换实验。A/D 输入接口自右至左分别为 AIN0、AIN1、AIN2 和 AIN3。它们与 CON503 的对应关系见表 2.18。当使用 ARM7 核心板时，则分别对应 CPU 的 AIN2、AIN3、AIN4 和 AIN5。

表 2.18　A/D 输入接口与主板 CON503 接口的对应关系

底板 A/D 接口	CON503 接口		
	引脚	ARM9	ARM7
AIN0	3	AIN0	AIN5
AIN1	4	AIN1	AIN4
AIN2	5	AIN2	AIN3
AIN3	6	AIN3	AIN2

注意：A/D 输入信号幅度是 0～refV（ARM9 为 3.3V，ARM7 为 2.5V），应用时要特别注意不要超出其范围。另外，refV 的获得也因核心板的不同而不同。

（12）微型话筒（MIC）

在 A/D 输入接口的左侧设有一个微型话筒（MIC），它与主板音频输入接口 CON302 相连，可拾取语音信号送至音频编码电路中。当在 CON302 上使用话筒时，底板微型话筒将自动断开。

2.3.3　核心板的使用

Super-ARM 支持两种核心板：ARM9（2410X）核心板和 ARM7（44B0X）核心板。它们与主板的连接方式相同，用户可以根据自己的需要选择。需要注意的是，使用不同核心板时，主板的部分接口、资源和使用方法会有所不同，具体请参见 2.1 节中的说明。

ARM9 核心板提供 4MB Strata Flash、64MB Nand Flash 及 64MB SDRAM（可扩展）。系统可以从 Nand Flash 启动，也可以从 Flash 启动（主板上设有启动方式选择）。

ARM7 核心板提供 32MB SDRAM、128KB RAM 和 2MB Flash（可扩展）。

核心板除提供处理器和存储器等资源外，还将大部分引脚引出（共 144pin），与主板的 CON101（DO-SIMM144）相连，其定义见表 2.19。

表 2.19　核心板引脚定义

引　脚	ARM9	ARM7	引　脚	ARM9	ARM7
A1	GND	GND	B1	LDATA0	LDATA0
A2	LADDR0	LADDR0	B2	LDATA1	LDATA1
A3	LADDR1	LADDR1	B3	LDATA2	LDATA2
A4	LADDR2	LADDR2	B4	LDATA3	LDATA3
A5	LADDR3	LADDR3	B5	LDATA4	LDATA4
A6	LADDR4	LADDR4	B6	LDATA5	LDATA5
A7	LADDR5	LADDR5	B7	LDATA6	LDATA6
A8	LADDR6	LADDR6	B8	LDATA7	LDATA7
A9	LADDR7	LADDR7	B9	LDATA8	LDATA8
A10	LADDR8	LADDR8	B10	LDATA9	LDATA9
A11	LADDR9	LADDR9	B11	LDATA10	LDATA10
A12	LADDR10	LADDR10	B12	LDATA11	LDATA11
A13	LADDR11	LADDR11	B13	LDATA12	LDATA12
A14	LADDR12	LADDR12	B14	LDATA13	LDATA13
A15	LADDR13	LADDR13	B15	LDATA14	LDATA14
A16	LADDR14	LADDR14	B16	LDATA15	LDATA15
A17	LADDR15	LADDR15	B17	LnOE	LnOE
A18	LADDR16	LADDR16	B18	LnWE	LnWE
A19	LADDR17	LADDR17	B19	LnWBE0	LnWBE0
A20	LADDR18	LADDR18	B20	LnWBE1	LnWBE1
A21	LADDR19	LADDR19	B21	nXDACK0	nXDACK1/GPC8
A22	LADDR24	LADDR24	B22	nXDREQ0	nXDREQ1/GPC9
A23	nGCS0	nGCS0	B23	nXBREQ	NXDACK0/nXBREQ
A24	nGCS1	nGCS1	B24	nXBACK	nXDREQ0/nXBACK
A25	nGCS2	nGCS2	B25	GND	GND
A26	nGCS3	nGCS4	B26	nTRST	nTRST
A27	nGCS4	nGCS3	B27	TCK	TCK
A28	nGCS5	nGCS5	B28	TDI	TDI
A29	nWAIT	nWAIT	B29	TDO	TDO
A30	GND	GND	B30	TMS	TMS
A31	WP_SD/GPH8	GPE3	B31	VD3	VD0
A32	SDCLK/GPE5	GPE6	B32	VD4	VD1
A33	SDCMD/GPE6	GPC10	B33	VD5	VD2
A34	SDDATA0/GPE7	GPC11	B34	VD6	VD3
A35	SDDATA1/GPE8	EINT4	B35	VD7	L3CLOCK/VD4
A36	SDDATA2/GPE9	EINT5	B36	VD10	L3DATA/VD5
A37	SDDATA3/GPE10	EINT6	B37	VD11	L3MODE/VD6
A38	nCD_SD/EINT18	EINT7/GPG7	B38	VD12	GPC4/VD7

引 脚	ARM9	ARM7	引 脚	ARM9	ARM7
A39	IICSCL/GPE14	IICSCL/GPF0	B39	VD13	nWBE2/GPB4
A40	IICSDA/GPE15	IICSDA/GPF1	B40	VD14	nWBE3/GPB5
A41	SPIMISO/GPE11	X_EN2/SIOTXD	B41	VD15	—
A42	SPIMOSI/GPE12	Y_EN2/SIORXD	B42	VD19	—
A43	SPICLK/GPE13	X_EN1/SIOCLK	B43	VD20	LADDR20
A44	nSS_SPI/EINT10	Y_EN1/SIORDY	B44	VD21	LADDR21
A45	GND	GND	B45	VD22	LADDR22
A46	DN0	nCAS0	B46	VD23	LADDR23
A47	DP0	nCAS1	B47	LCD_PWREN	LCD_EN/GPE5
A48	DN1	AIN6	B48	VM	VM
A49	DP1	AIN7	B49	VFRAME	VFRAME
A50	GND	GND	B50	VLINE	VLINE
A51	CLKOUT0	CLKOUT	B51	VCLK	VCLK
A52	OM0	OM0	B52	GND	GND
A53	nRESET	nRESET	B53	XMON	X_EN2/SIOTXD
A54	I2SLRCK	I2SLRCK	B54	nXPON	X_EN1/SIOCLK
A55	I2SSCLK	I2SSCLK	B55	YMON	Y_EN2/SIORXD
A56	CDCLK	CDCLK	B56	nYPON	Y_EN1/SIORDY
A57	I2SSDI	I2SSDI	B57	AIN0	AIN5
A58	I2SSDO	I2SSDO	B85	AIN1	AIN4
A59	L3MODE	L3MODE/VD6	B59	AIN2	AIN3
A60	L3DATA	L3DATA/VD5	B60	AIN3	AIN2
A61	L3CLOCK	L3CLOCK//VD4	B61	AIN5	AIN1/X_IN
A62	nCTS0/GPH0	EL_EN/GPE4	B62	AIN7	AIN0/Y_IN
A63	nRTS0/GPH1	VEE_EN/GPE7	B63	AVref	AVref
A64	TXD0	TXD0	B64	GND	GND
A65	RXD0	RXD0	B65	EINT0	EINT0
A66	TXD1	TXD1	B66	EINT2	EINT2
A67	RXD1	RXD1	B67	EINT11	EINT3
A68	TXD2	nCTS0/GPC15	B68	EINT19	EINT4
A69	RXD2	nRTS0/GPC14	B69	EINT9	EINT5
A70	EINT8	EINT1/TP_IRQ	B70	VDDRTC	VDDRTC
A71	VDD33	VDD33	B71	VDD33	VDD33
A72	VDD33	VDD33	B72	VDD33	VDD33

不同核心板部分引脚有所不同，表 2.19 中以阴影部分示出了 ARM7 核心板的不同之处。

ARM7 核心板的右上脚设有一组跳线开关，共 3 位，用以选择启动时 CS0/CS1 所选择的存储器和总线宽度（见图 2.21）。ARM7 核心板配置跳线说明见表 2.20。

图 2.21　ARM7 核心板配置跳线示意图

表 2.20　ARM7 核心板配置说明

跳　　线	功能 1（1-2 短接）	功能 2（2-3 短接）
A	CS0 指向核心板 Flash	CS0 指向核心板 SRAM
B	CS1 指向核心板 SRAM	CS1 指向核心板 Flash
C	启动时总线宽度为 16 位	启动时总线宽度为 8 位

注意：上述跳线配置不可以随意组合。核心板支持以下两种配置方式：① 将全部跳线均置为 1-2 短接，则 CS0 指向核心板 Flash，CS1 指向 SRAM，启动时总线宽度为 16 位；② 将全部跳线均置为 2-3 短接，则 CS0 指向核心板 SRAM，CS1 指向 Flash，启动时总线宽度为 8 位。

不论何种配置，核心板 Flash 和主板上 Flash 的地址空间都是连续的。

2.3.4　扩展板的使用

Super-ARM 教学系统配有不同功能的扩展板，可供用户选择使用。扩展板均通过主板总线扩展槽接口（CON801～CON803）连接，其接口定义参见图 2.12 和表 2.8 的说明。这 3 个扩展槽是完全等价的，用户在使用时可以任意选择，但同时使用的扩展模块不能超过 3 个。

扩展槽具有方向导入机制和定位锁定功能，以防止错误插入，并保证插入到位和接入可靠。

按照如图 2.22 和图 2.23 所示方法正确安装和卸载扩展模块。

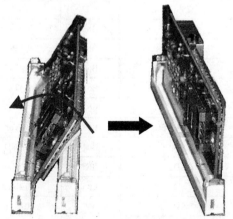

① 将扩展板斜向插入扩展槽（与水平面呈约 60° 角）；② 按箭头所指方向推压扩展板；

③ 扩展板呈垂直站立，且有明显手感（定位锁定）

图 2.22　扩展板的安装方法

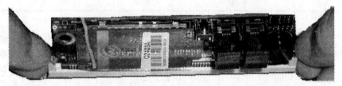

① 两手按箭头所示方向同时按压扩展槽两侧的金属弹片；② 扩展板将自行松脱，取出即可

图 2.23　扩展板的卸载方法

扩展板右上角一般都设有跳线选择组件（1～6 共 6 位），以实现适当的配置和选择。跳线有 3 种连接方式。

① 不连接。

② 通常的配置方法是纵向连接，使用普通跳线帽。

"1" 位与反面的 "1" 位对应，

"2" 位与反面的 "2" 位对应。

……

③ 有时也需要交叉连接，使用随板提供的特别跳线帽。

"1" 位与反面的 "2" 位对应，"2" 位与反面的 "1" 位对应，

"3" 位与反面的 "4" 位对应，"4" 位与反面的 "3" 位对应，

……

注意：扩展板不论是安装还是卸载都要在断电情况下操作，带电拔插可能永久损坏扩展板或主板！

（1）USB 扩展板的使用

由于 ARM9 核心板本身带有 USB 控制器，故不需要外扩。因此，USB 扩展板一般与 ARM7 核心板一起使用（虽然也可用于 ARM9 系统），扩展出的 USB 接口通过主板 CON703 引出。扩展板选用了两种比较流行的 USB 接口芯片，一种是 Philips 公司的 PDIUSBD12，另一种是 NS 公司的 USBN9603。

注意：这两种接口芯片并非同时使用，且二者的编程方法也不同，用户可通过扩展板上的跳线选择其中之一，跳线使用说明见表 2.21。

USB 扩展板用到的 CPU 资源有：8 位数据总线、1 位地址线和若干控制线，如图 2.24 所示。图中 ADDR24 用于地址选择，扩展板的片选是 CS4（ARM7 核心板为 CS3），中断请求则使用了 EINT2。

表 2.21　USB 扩展板跳线的使用

跳线连接方式	说　　明
1、2、3 连接，4、5、6 断开	使用 PDIUSBD12
1、2、3 断开，4、5、6 连接	使用 USBN9603
其他	不可用

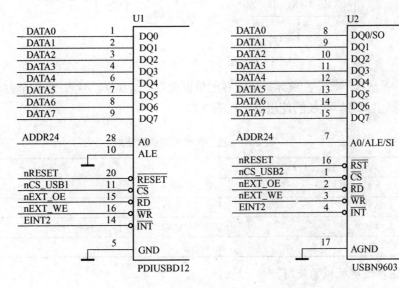

图 2.24　USB 扩展接口电路示意图

（2）GPRS 扩展板的使用

GPRS 扩展板选用了 WAVECOM 公司的 GPRS 模块 Q2403A，它具有通话、收发短信等基本功能。扩展板设有两路语音通道，可直接连接话机手柄进行通话。GPRS 模块在扩展槽上是通过串口与主板相连的，且不需 RS-232 电平转换。

扩展板右上角设有一组 6 位跳线，自左至右编号分别为 1～6，用来选择串口号。GPRS扩展支持与 ARM 处理器通信（编程实现），也支持与 PC 机直接通信（使用主机通信软件，如超级终端），跳线使用说明见表 2.22。

表 2.22　GPRS 扩展板跳线的使用

跳线连接方式	说　　明
1、2 连接，3、4、5、6 断开	使用 CON601 与 PC 机通信
3、4 连接，1、2、5、6 断开	使用 CON602 与 PC 机通信
1、2 交叉连接，3、4、5、6 断开	使用 UART0 与 ARM 通信
3、4 交叉连接，1、2、5、6 断开	使用 UART1 与 ARM 通信
5、6 交叉连接，1、2、3、4 断开	使用 UART2 与 ARM 通信（ARM7 核心板时不可用）
其他	不可用

（3）蓝牙扩展板的使用

蓝牙技术是目前较为先进且应用广泛的热门无线通信技术。蓝牙扩展板采用了业界领先者 ERICSSON 公司的蓝牙模块 ROK101008，配之以 OKI 公司的语音编解码芯片 M7540L，可以实现数据通信和语音通信。其连接方式如图 2.25 所示。

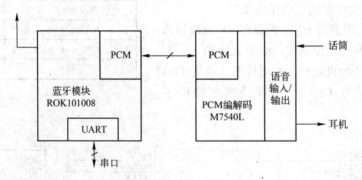

图 2.25　蓝牙扩展电路示意图

与 GPRS 扩展板一样，在蓝牙扩展板右上角也设有一组 6 位跳线，自左至右编号分别为1～6，用来选择串口号。跳线的使用说明见表 2.23。

表 2.23　蓝牙扩展板跳线的使用

跳线连接方式	说　　明
1、2 连接，3、4、5、6 断开	使用 UART0
3、4 连接，1、2、5、6 断开	使用 UART1
5、6 连接，1、2、3、4 断开	使用 UART2（ARM7 核心板时不可用）
其他	不可用

（4）PWM 步进扩展板的使用

PWM（脉宽调制）步进扩展板分为两个模块：一个是 PWM 步进驱动模块，另一个是步进电机模块。其中步进扩展板插在主板扩展槽上，步进电机模块需要外接直流电源（实验箱底板或另配的电源模块）供电。

PWM 步进模块以东芝公司的 TA8435H 作为驱动芯片，它具有双向正弦曲线步进电机驱动器；输出电流平均值为 1.5A，峰值 2.5A；TA8435H 以 PWM 为输入驱动，采用高电压 Bi-CMOS 处理技术，可驱动电机双向转动，HZIP-25P 封装。

步进电机模块采用四相混合式步进电机或五相带电源端混合式步进电机，步距角一般为 0.72°。PWM 步进模块是通过扩展槽与主板的中断控制寄存器和时钟定时器相连接的。而步进电机通过 10 针的接口与 PWM 步进模块相连接（如果是五相步进电机，还需要给步进电机模块接上直流电源，步进电源电压不能超过 12V）。

扩展板右上角设有一组 6 位跳线，自左至右编号分别为 1~6，用于电机旋转方向控制和工作模式选择。其中，1、2、3、4 位用来控制电机旋转方向，5、6 位选择电机步进工作模式。跳线的使用说明见表 2.24。

表 2.24　PWM 步进扩展板跳线的使用

跳线连接方式	说　明
1、2、3、4 分别连接（纵向）	正向旋转
1、2 相连（横向），3、4 相连（横向）	反向旋转
5、6 断开（00）	整步方式
5 断开、6 连接 （01）	1/4 细分方式
5 连接、6 断开（10）	半步方式
5、6 连接（11）	1/8 细分方式
其他	不可用

（5）GPS 扩展板的使用

GPS 扩展板选用了 Trimble 公司的新式 Lassen SQ 模块，它将完整的 GPS 功能加到便携产品上，大小如邮票，能耗超低。这个模块通常用于电池供电的便携式产品中。该模块能在多种情况下传递完整的定位、速度和时间（PVT）信息。Lassen SQ 模块采用两个最受欢迎的标准协议原型：TSIP 和 NMEA 0183。它们与 3.3V DC 天线相容。

总体：L1（1575.42MHz）频率、C/A 代码、8 通道连续跟踪接收器、32 个相关器。更新率：TSIP@1Hz，NMEA@1Hz。定位精度：水平　小于 6m(50%)，小于 9m(90%)；高度　小于 11m(50%)，小于 18m(90%)；速度　0.06m/s，PPS 精确度　±95ns。

GPS 模块在扩展槽上是通过串口与主板相连的，且不需 RS-232 电平转换。扩展板右上角设有一组 6 位跳线，自左至右编号分别为 1~6，GPS 扩展支持与 ARM 处理器通信（编程实现），也支持与 PC 机直接通信（使用主机通信软件，如超级终端）。跳线使用说明见表 2.25。

表 2.25　GPS 扩展板跳线的使用

跳线连接方式	说　明
1、2 连接，3、4、5、6 断开	使用 CON601 与 PC 机通信
3、4 连接，1、2、5、6 断开	使用 CON602 与 PC 机通信
1、2 交叉连接，3、4、5、6 断开	使用 UART0 与 ARM 通信
3、4 交叉连接，1、2、5、6 断开	使用 UART1 与 ARM 通信
5、6 交叉连接，1、2、3、4 断开	使用 UART2 与 ARM 通信（仅限于 ARM9 核心板）
其他	不可用

2.4　Super-ARM 教学实验系统软件的使用

为方便用户正确使用，初学者快速入门，Super-ARM 教学实验系统在出厂时内置了两套软件，并提供相关的文档和代码。用户通过这两套软件，既可以验证系统的实用性和正确性，也可以迅速进入实验状态，学习或借鉴其编程方法，甚至可以直接应用到自己的设计中。这两套软件是：

● 底层驱动及嵌入式应用编程软件（Super-ARM-Demo）
● 嵌入式 Linux 移植及应用编程软件（Linux-Demo）

其中，SuperARM-Demo 提供了大部分片上、片外资源的底层驱动，如 LCD、触摸屏、RS-232 串口、IIS、I²C、USB、数码管、矩阵键盘及外扩板等，并将这些驱动程序整合成一个简洁的嵌入式应用系统软件。用户可以通过菜单提示，利用触摸屏进行操作。

SuperARM-Demo 为横屏显示。

Linux-Demo 是在借鉴公开的 Linux 在 ARM 上应用的基础上经裁剪移植而成的，它包含了大部分常用的 Linux 功能，如文件系统、记事本、浏览器、多媒体、小游戏、网络等。用户同样可以通过菜单提示，利用触摸屏进行操作。

Linux-Demo 为竖屏显示。

2.4.1　Super-ARM-Demo 的使用

特别提示：Super-ARM-Demo 一旦启动，即表明实验系统已准备好，进入"临战状态"。用户可随时中止 Demo，通过 ProbeICE 下载自己的程序，进行各种实验。

系统启动后，SDRAM 初始化，其地址空间为 0x30000000～0x33FFFFFF，在 Demo 程序中分配如下：

显存：	0x30000000～0x3002FFFF	;用于 LCD 显示缓存
向量表：	0x30030000	;RESET，用户程序入口地址
	0x30030004	;Undef
	0x30030008	;SWI
	0x3003000C	;Prefetch Abort
	0x30030010	;Data Abort
	0x30030014	;(Reserved)
	0x30030018	;IRQ
	0x3003001C	;FIQ

从 0x30030020 开始为应用程序的代码区或数据区，应用程序的堆栈设在最后（高端）。

用户调试自己的程序时，应参照上述参数进行配置和调试。例如，将实验程序入口地址设为 0x30030000，用 ProbeICE 下载，程序立刻就可以运行和调试了。

上述向量表由 Demo 程序映射而来，是固定的，不可更改。向量表映射到 RAM 空间后，可以随时设定或修改向量值，为用户学习和调试 ARM 异常处理带来了极大的方便。SDRAM 其他空间则可根据需要灵活使用。

（1）Super-ARM-Demo 的启动

Super-ARM-Demo 预先烧录在核心板 Flash 存储器中。将主板配置跳线 A 置于 1-2 位（参见表 2.12），打开电源开关，系统将从 Super-ARM-Demo 启动，核心板上 D1、D2 点亮，LCD 首先显示如图 2.26 所示页面。

单击屏幕上任意处，程序将进入主菜单，如图 2.27 所示。

图 2.26　Super-ARM-Demo 首页

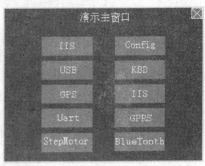

图 2.27　Super-ARM-Demo 主菜单

图 2.27 中，长方块区域为触摸屏点触有效区，分别对应不同的功能。系统可供测试和演示的主要功能模块（随着软件版本的升级，功能模块会不断增加）说明如下：

- GPRS：GPRS 扩展模块应用，包括呼叫、短信等；
- BlueTooth：蓝牙扩展模块应用；
- USB：ARM9 核心板内置 USB Device；
- IIS：IIS 数字音频输入/输出；
- Uart：RS-232 串行口；
- KBD：矩阵键盘和数码管驱动；
- GPS：GPS 扩展模块应用；
- StepMotor：步进电机；
- Config：用于设置时间和进行触摸屏校对。

（2）GPRS 模块的测试和使用

按下述步骤测试和使用 GPRS：

- 使用配套跳线帽置于 GPRS 扩展模块右上角配置跳线的 1-2 位，选择串口 0（参见前面 GPRS 扩展板的使用）；
- 将 SIM 卡插入 GPRS 扩展模块背面的 SIM 卡插座 J2；
- 关闭电源，将 GPRS 扩展模块插入主板扩展槽 CON801～CON803 中的任意一个；
- 打开电源，模块上电源指示灯将点亮，启动 Demo 程序，进入主菜单（见图 2.27）；
- 选择 GPRS 菜单，进入如图 2.28 所示的 GPRS 演示窗口。

该窗口有两个菜单选项：call 用于呼叫，即拨打电话；message 用于发送短信。选择 call 项，进入 CALL 演示窗口，如图 2.29 所示。

图 2.28　GPRS 演示窗口

图 2.29　CALL 演示窗口

此时底板上 4×4 矩阵键盘可用，按键输入呼叫号码，如"26727608"。在输入过程中，屏幕上会有相应的显示。再选择 CALL 项，即可实现主动呼叫。通话结束，选择 ESC 项挂机。若在输入号码过程中出错要修改，可用矩阵键盘中的"←"键消除刚刚输入的数字。

单击右上角的"×"（关闭）按钮，返回上一级界面，再选择 message 项进入 MESSAGE 演示窗口，如图 2.30 所示。短消息内容固定为"HELLO"。按照前面所述的方法输入电话号码，选择 SEND 项实现发送。单击"关闭"按钮退出。

（3）USB 功能的测试

USB 测试是针对 ARM9 核心板自带的 USB 设备端的。从如图 2.27 所示的主菜单中选择 USB 项，进入 USB 演示窗口，如图 2.31 所示。

图 2.30 MESSAGE 演示窗口

图 2.31 USB 演示窗口

按照提示，用系统所配 USB 电缆将 CON702 与主机的 USB Host 连接起来，主机屏幕上会出现如图 2.32 所示界面，表明主机已发现新的 USB 设备。随后出现找到新硬件向导，提醒用户安装驱动程序。因为上述 USB 配置并不完整，所以主机无法找到启动程序。

注意：上述测试只对 CON702 有效，对 CON701（HOST）和 CON703（扩展 USB）均无效。

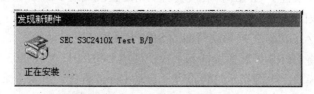

图 2.32 主机发现 USB 设备

图 2.33 串口演示窗口

（4）Uart 的测试和使用

在主界面中选择 Uart 项，进入串口演示窗口，如图 2.33 所示。

按照提示，用系统所配串口线连接 CON601（UART0）和主机串口，启动主机超级终端并选择端口 COM1，按以下参数对其进行配置：

● 每秒位数（波特率）：115200；

● 数据位：8；

● 奇偶校验：无；

● 停止位：1；

● 数据控制流：无。

选择 Start 项，超级终端上将显示如下字符，如图 2.34 所示，表明主机已接收到目标板发来的信息，串口工作正常。

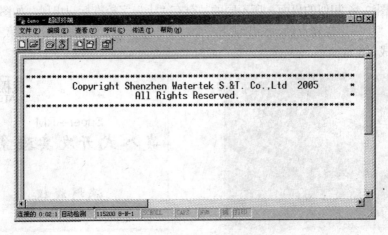

图 2.34　超级终端接收数据

再次选择 Start 项，则再次发送。单击"关闭"按钮返回上一级菜单。

（5）矩阵键盘和数码管的测试与使用

Super-ARM-Demo 中矩阵键盘的定义如图 2.35 所示，该键盘在测试 GPRS 时也有效。其中 0～9 可用于一般的数字输入，如电话号码。9 之后的按键用于特殊功能。

在主界面中，选择 KBD 项，进入键盘及数码管演示窗口，如图 2.36 所示。此时，矩阵键盘和数码管已经配置好，每按一键，数码管上就会显示其数值。单击"关闭"按钮，返回上一级菜单。

注意：在进行矩阵键盘和数码管操作时，应确认底板配置拨码开关 1～8 位均处于"ON"的位置。

（6）时间设置和触摸屏校对的使用

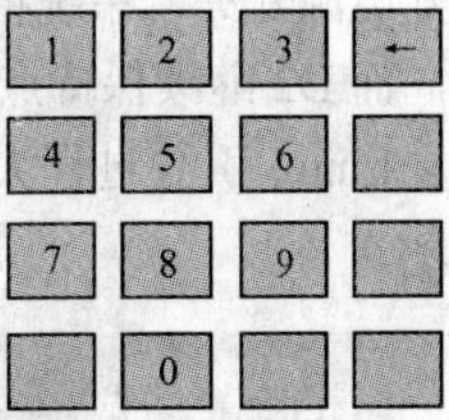

图 2.35　矩阵键盘定义

Super-ARM-Demo 中专门设有 Config 功能，用于进行时间设置和触摸屏校对。系统实时时钟是通过主板上的电池保存的，系统上电时，实时时钟有可能是随机的，要让其显示正确时间，需要进行配置。

另外，实验箱在出厂时已进行触摸屏校准，一般无须校对。但若在使用中发生偏差，也可通过 Config 功能进行校对。

在主菜单中选择 Config 项，进入时间和校准设置窗口，如图 2.37 所示。

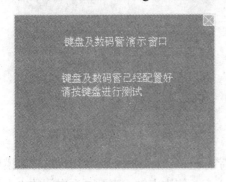

图 2.36　键盘及数码管演示窗口

图 2.37　时间和校准设置窗口

选择 Time 项，进入时间设置窗口，如图 2.38 所示。

此时，通过矩阵键盘依次输入时、分和星期数，单击"关闭"按钮退出便生效。

在时间和校准设置窗口中，选择 Adjust 项，屏幕提示"请重新启动！"后按复位按键重启，会出现与图 2.26 相似的界面，所不同的是会有"十"字校准标记出现，如图 2.39 所示。用触摸笔对准"十"字轻轻点触，会出现下一个"十"字标记，点触后又出现第三个……点触 4 次，校准完成。

图 2.38　时间设置窗口

图 2.39　触摸屏校准

2.4.2　Linux-Demo 的使用

Linux-Demo 预先烧录在核心板的 Nand Flash 存储器中。将主板配置跳线 A 置于 2-3 位，打开电源开关，系统将从 Linux-Demo 启动，核心板上 D1、D2 先点亮，几秒后 D1 开始闪烁，而 D2 继续保持点亮，LCD 首先显示如图 2.40 所示画面，进入 Linux 引导过程。

Linux 引导过程大约需要数十秒至 1 分钟的时间，然后进入 Linux 初始界面，如图 2.41 所示。

图 2.40　Linux 引导过程

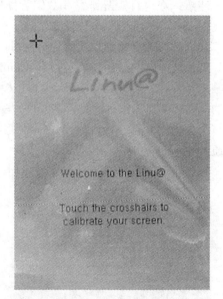

图 2.41　Linux 初始界面

在 Linux 初始界面中的左上角有一个黑色"十"字标记，该标记用于提醒用户进行触摸屏校正。对准"十"字标记轻轻点触，会出现下一个校正点，依次点触，直至画面中间的"十"

字也校正完毕，系统将进入 Linux-Demo 的主界面，如图 2.42 所示。

注意：上述校正过程一定要仔细、准确，否则会降低触摸屏的精准度，影响系统操作。严重时，程序有可能原地踏步，无法继续运行。

2.4.3　Linux-Demo 的基本操作

在 Linux-Demo 中，提供了部分常用的功能模块，并以图标的形式排列在主界面中（见图 2.42）。这些功能模块主要包括：互联网、办公、多媒体、小游戏、工具箱、文档夹、设置、地址本、备忘录等。

欲使用某一功能，只需选择相应的图标，并根据画面提示操作就可以了。例如，想玩小游戏，选择"小游戏"图标，系统进入下一级界面，有扫雷、方块、纸牌等游戏（见图 2.43）。选择某个游戏图标，就可以尽情地玩了。

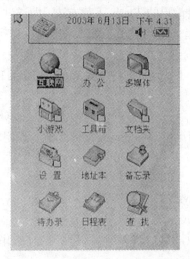

图 2.42　Linux-Demo 主界面

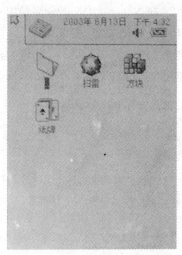

图 2.43　Linux-Demo 小游戏页面

欲退出小游戏页面，选择左上角的箭头或文件夹图标即可。

同样，还可以使用其他功能，选择"工具箱"→"文件浏览"图标，就可以进入相应的操作页面，如图 2.44 和图 2.45 所示。

图 2.44　Linux-Demo 工具箱页面

图 2.45　Linux-Demo 文件浏览页面

由于 Linux-Demo 所有功能模块都是图形化显示的，操作方法也类似，这里不再一一叙述，用户只需根据屏幕显示，并参照上述方法进行操作就可以了。

2.5 基于 JTAG 的 Flash 下载软件

完整的 Super-ARM 教学系统包含了典型的编译调试环境（ADS1.2/SDT251+ ProbeICE），不仅可以实现软件的编译和调试，也可以实现软件在 Flash 中的烧录，也就是常说的 Flash 在线下载。

使用仿真调试工具实现 Flash 下载时，一般要先启动调试软件，连接 JTAG 仿真器，并事先准备好用于烧写 Flash 的驱动程序，然后才能完成代码的下载。如果仅仅实现软件的下载或升级，上述过程未免过于烦琐。

为此，在 Super-ARM 教学系统中专门设计了一种简单的 Flash 下载方法，即通过一个简易的 JTAG 转换器，将主机和目标系统连接起来，启动主机上的一个专用软件（NandFlashDown.exe），就可以非常方便地完成 Flash 烧录。

NandFlashDown.exe 主要用于对核心板 NandFlash 下载，同时也支持 Intel 的 Strata Flash。

2.5.1 JTAG 下载软件的安装

JTAG 下载软件须运行在 Windows 主机平台上，下面以 Windows 2000 为例，说明软件的安装步骤和配置方法。

- 以 Administrator（管理员）的身份登录。
- 将光盘中 Flash download 目录下的 giveio.sys 文件复制到%systemroot%\system32\drivers 目录中，例如，C:\WINNT\ system32\drivers。
- 打开"控制面板"，选择"添加/删除硬件"项，启动添加/删除硬件向导，如图 2.46 所示。

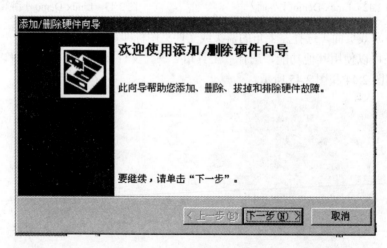

图 2.46　添加/删除硬件向导（1）

- 单击"下一步"按钮，选择"添加/排除设备故障"项，如图 2.47 所示。
- 单击"下一步"按钮，选择"添加新设备"项，如图 2.48 所示。
- 单击"下一步"按钮，选择"否，我想从列表选择硬件"项，如图 2.49 所示。

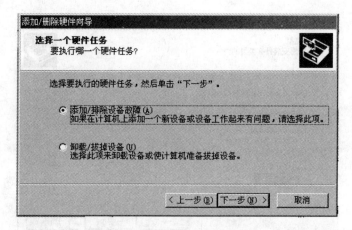

图 2.47　添加/删除硬件向导（2）

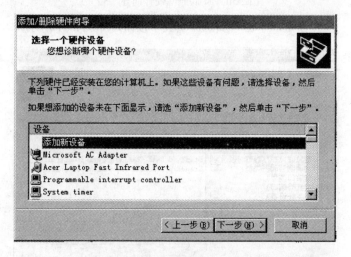

图 2.48　添加/删除硬件向导（3）

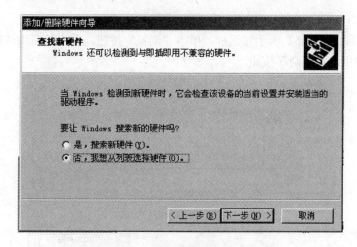

图 2.49　添加/删除硬件向导（4）

● 单击"下一步"按钮，选择"其他设备"项，如图 2.50 所示。

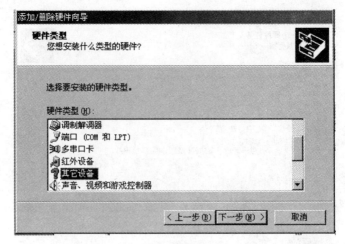

图 2.50　添加/删除硬件向导（5）

● 单击"下一步"按钮，单击"从磁盘安装"按钮，如图 2.51 所示。

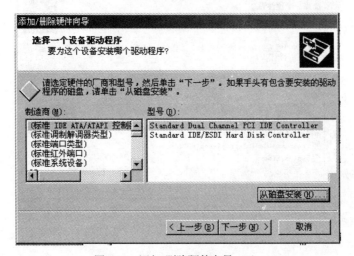

图 2.51　添加/删除硬件向导（6）

● 此时会出现如图 2.52 所示对话框，单击"浏览"按钮，并在随后出现的"插入磁盘"对话框中单击"取消"按钮。

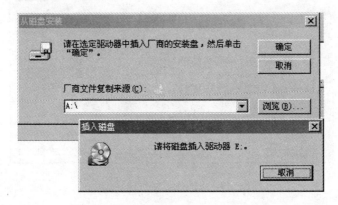

图 2.52　添加/删除硬件向导（7）

● 在弹出的对话框中定位 giveio.inf 文件，如图 2.53 所示。

图 2.53　添加/删除硬件向导（8）

● 单击"打开"按钮，返回图 2.52 所示对话框，单击"确定"按钮。
● 返回图 2.51 所示页面，此时已选定"giveio"作为设备的驱动程序，单击"下一步"按钮，出现如图 2.54 所示页面。

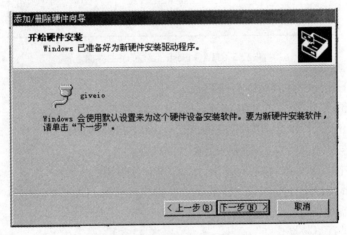

图 2.54　添加/删除硬件向导（9）

● 单击"下一步"按钮，开始安装驱动程序。安装完成后将显示完成提示页面，如图 2.55 所示。

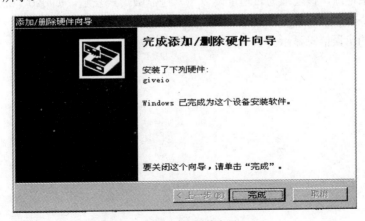

图 2.55　添加/删除硬件向导（10）

● 单击"完成"按钮，至此，安装全部完成。

2.5.2 JTAG 下载软件的使用

驱动程序安装完成后，将 NandFlashDown.exe 文件复制到需要的目录中，直接运行就可以了。如图 2.56 所示为 NandFlashDown.exe 运行后的主界面。

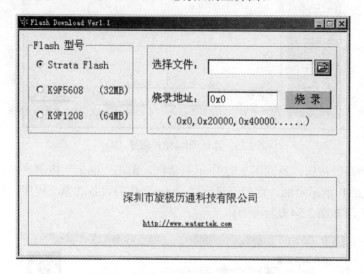

图 2.56   JTAG Flash 下载程序主界面

JTAG Flash 下载程序目前支持两种 Flash：
● Nand Flash：三星公司的 K9F5608、K9F1208；
● Strata Flash：英特尔公司的 E28F320/E28F640/E28F128 等。
在启动下载程序之前，先做好硬件连接，步骤如下：
● 使用并口电缆连接 PC 机打印口和 JTAG/并口转换器；
● 使用 20pin 扁平电缆连接 JTAG/并口转换器和目标板 JTAG 接口；
● 打开目标板电源。
按下述步骤进行下载操作：
● 选定 Flash 型号，如 Strata Flash 或 K9F1208；
● 选择要烧录的文件，单击"打开文件"按钮，定位准备好的待下载文件；
● 输入烧录地址，该地址为首地址，以十六进制数形式表示，如 0x0、0x20000 等；
● 单击"烧录"按钮，开始烧录，烧录过程中有动态进程提示，若烧录过程有错，则会有相应的错误信息显示。

第3章 软件实验环境介绍

本章介绍软件实验环境。首先介绍几种基于 ARM 的嵌入式开发环境与工具，包括 ARM Developer Suite（ADS）、RealView Developer Suite（RVDS）、ARM 硬件仿真器 Multi-ICE 与 Multi-Trace、ARM 新版硬件仿真套件 RealView-ICE 与 RealView-Trace 及德国 Lauterbach 公司 的 TRACE32 开发系统，接着详细介绍 ARM Developer Suite（ADS）的安装与使用说明，包 括 ARM Developer Suite（ADS）的安装、ADS 系统配置、工程项目管理、代码编译与链接、 加载调试及实验软件平台与硬件平台的链接。本章和第 2 章的内容是本书后续章节具体实验操 作的基础。

3.1 基于 ARM 的嵌入式开发环境与工具

3.1.1 ARM Developer Suite（ADS）

ADS 是 ARM 公司推出的新一代 ARM 集成开发工具，用来取代 ARM 公司以前的开发工 具 SDT，它是一种快速而节省成本的完整软件开发解决方案。ADS 可以支持 ARM7/9/10 系列 的 CPU。

ADS 由以下 6 部分组成。

（1）代码生成工具

代码生成工具由编译器、汇编器和链接工具集组成。ARM 公司针对 ARM 系列的每一种 结构都进行了专门的优化处理，这一点除了作为 ARM 结构的设计者 ARM 公司外，其他公司 都无法办到。ARM 公司宣称，其代码生成工具最终生成的可执行文件可以比用其他公司的工 具套件生成的文件小 20%。

ADS 提供 ARM 和 Thumb 的 C/C++的编译器与汇编器。

（2）集成开发环境

ADS 集成了功能强大的 CodeWarrior IDE 集成开发环境，是一个直观、易用的环境，并集 成了所有的 ARM 开发工具，包含项目管理器、代码生成接口、语法敏感编辑器、源文件和类 浏览器、源代码版本控制接口及文本搜索引擎等。

（3）调试器

ADS 中包含有 AXD、ARMSD 等调试器。AXD 基于 Windows 9x/NT，除包括以前 ARM 调试器（ADW 和 ADU）的所有特性外，还增加了以下新的特性：

- 新型的 GUI；
- 改进的窗口管理；
- 改进的数据显示、格式及编辑；
- 完全集成的命令行接口；
- 调试会话设置的驻留。

使用 AXD 加上 JTAG 仿真器（如 MultiICE）可实现目标系统的在线调试。

（4）指令集模拟器

用户使用指令模拟器（ARMulator），无须任何硬件即可在 PC 机上完成一部分调试工作。ADS 中的指令集模拟器对基于内核处理器的 ARM 和 Thumb 提供精确的模拟。用户可在硬件做好之前开发基准测试代码。

（5）ARM 开发包

ARM 开发包由一些底层的例程和库组成，可以帮助用户快速开发基于 ARM 的应用和操作系统，具体包括系统启动代码、串口驱动程序、时钟例程和中断处理程序等。

（6）ARM 应用库

ADS 的 ARM 应用库完善和增强了 SDT 中的函数库，同时还包括一些相当有用的提供了源代码的例程。ADS 对一些广泛使用的函数提供了源代码。这些函数不包含在标准的 C/C++库中，可将这些库结合进应用程序中，从而降低开发难度。

3.1.2　RealView Developer Suite（RVDS）

RVDS 是 ARM 公司最新的针对 ARM 的开发工具。它是最好的 ARM 编译器，编译链接生成的代码质量最高、尺寸最小、编译速度最快。

它主要由以下三部分组成。

（1）RealView 编译工具（RVCT）

RVCT 由一套工具连同支持文档和示例组成，用于为 ARM 系列 RISC 处理器编写和编译应用程序。可以使用 RVCT 来编译 C、C++或 ARM 汇编语言程序。

开发工具主要由 armcc（ARM 和 Thumb C/C++编译器）、armasm（ARM 和 Thumb 汇编程序）、armlink（链接程序）、Rogue Wave C++库、支持库等组成。

实用程序主要包括：fromELF（ARM 映像转换实用程序）和 armar（ARM 库管理程序），可使多组 ELF 格式目标文件集中到一起并保留在库中。

（2）RealView 调试器（RVD）

RVD 主要包括以下部分。

① 多内核调试

RealView Debugger v1.6 为混合 ARM 和 DSP 调试提供了单一调试内核。该调试器完全支持断点的同步启动和停止、步进及交叉触发。

② 操作系统级调试

- 使用 RTOS 调试，包括暂停系统调试（HSD）；
- 暂停执行后询问并显示资源；
- 访问信号和队列；
- 查看当前线程或其他线程的状态；
- 访问信号和队列；
- 查看当前线程或其他线程的状态；
- 自定义应用程序线程的选项卡。

③ 扩展的目标可见度（ETV）

用户可以使用板芯片定义文件配置目标，预配置文件可从以下位置找到：

- 作为部分安装文件提供的 ARM 系列文件；
- 通过 ARM DevZone 提供的客户/合作伙伴板文件。

④ 高级调试设备

提供标准调试选项卡和高级调试功能：

- RealView Debugger 在整个用户界面中支持 64 位"超长"型变量；
- 在 Call Stack 窗格中支持静态模型，即非局部范围的静态变量；
- RVD 提供强有力的命令行接口和脚本功能，包括宏支持、ARM AXD 和 armsd 的转换及记录以前操作的历史记录列表；
- RVD 可使用户根据 Register、Watch 窗格或 Src 选项卡中变量或寄存器的内容找到并显示 Memory 窗格中的存储区域；
- 用户现在对 Code 窗口中的窗格和显示的调试选项卡有更大的控制权；
- RealView Debugger 提供在调试期间使用单个 Code 窗口显示系列数据选项卡中的选项；
- Flash 编程模型作为标准组件提供；
- 彩色存储器选项卡可根据存储器映射设置显示存储器类型。

⑤ 跟踪、分析和配置

这是 RealView Debugger v1.6 新增功能。跟踪、分析和配置功能通过跟踪调试许可证启动。跟踪支持适用于：

- ARM ETMv1.0（ETM7 和 ETM9），包括片上跟踪；
- DSP 模拟器；
- Motorola 56600 片上跟踪。

跟踪和配置功能可提供包括简单与复杂跟踪点及数据过滤在内的全部跟踪支持：

- 查看源跟踪；
- 查看代码跟踪；
- 查看数据跟踪；
- 查看反汇编跟踪；
- 函数调用跟踪；
- 每个函数所花时间的配置报告；
- 按字段对捕获的跟踪数据进行分类的功能。

可以在源级选项卡或反汇编级选项卡中直接设置跟踪点。Memory 窗格提供相同的功能，以便用户可以选择要跟踪的存储区域，或者在特定存储器值发生变化时跟踪该值。

（3）RealView ARMulator ISS（RVISS）

它是 ARM 内核模拟器，可提供指令精确的 ARM 处理器模拟，并能够使 ARM 和 Thumb 可执行程序在本机上运行。RealView ARMulator ISS 提供一系列模块，可以：

- 模拟 ARM 处理器内核；
- 模拟处理器所用的存储器。

每个部件都有备选的预定模型，而且如果所提供的模型不能满足用户的要求，用户可创建自己的模型。

3.1.3　ARM 硬件仿真器 Multi-ICE 与 Multi-Trace

Multi-ICE 是 ARM 公司自己开发的 JTAG 在线仿真器。Multi-ICE 支持 ARM7/9/10 和 Xsale 处理器系列。它通过 JTAG 接口链接到 TAP 控制器上，支持多处理器及混合结构芯片的在片调试，也支持低频或变频设计及超低压核的调试，还支持实时调试。

Multi-ICE 主要优点如下：

● 快速的下载和单步速度；
● 用户控制的输入/输出位；
● 可编程的 JTAG 位传送速率；
● 开放的接口，允许调试非 ARM 核或 DSP；
● 网络链接到多个调试器；
● 目标板供电，或外接电源。

Multi-Trace 是一个嵌入式实时追踪模块，通过 ETM 接口（嵌入式追踪宏单元）与 ARM 处理器相连。Multi-Trace 包含一个处理器，因此可以跟踪触发点前后的轨迹（指令或数据），并且可以在不终止后台任务的情况下，对前台任务进行调试，在微处理器运行时改变存储器的内容。所有这些特性都可使延时降到最低。

Multi-ICE+MultiTrace 是 ARM 实时调试解决方案之一。

3.1.4 ARM 新版硬件仿真套件 RealView-ICE 与 RealView-Trace

ARM RealView ICE（RVI）是 ARM 公司新一代 JTAG 仿真器。它也是通过 JTAG 接口链接目标系统的，专为 RVD 设计，并且只有 RVD 支持。RVI 支持所有的 ARM 处理器，并且可以增加扩展的模块，如 ARM RealView Trace（RVT）。

RVI 主要功能如下：

● 高性能调试；
● 可支持低速率的 JTAG 时针（低至 3kHz）；
● 支持网络链接（10/100Mbps 以太网链接）和 USB 链接（USB1.1 和 USB2.0）；
● 紧密联系的多内核控制；
● 可支持 ARM7、ARM9、ARM9E、ARM10 及最新 ARM1136J（F）-S。

ARM RealView Trace（RVT）是一个实时追踪扩展模块，用来捕获和分析 ARM ETM 的输出。RVT 需要与 RVI 配合使用。

RVT 主要特点如下。

① 缓冲器的深度可编程。
● 利用 4bit 追踪端口追踪 4 百万个处理器周期；
● 利用 8/16bit 追踪端口追踪 2 百万个处理器周期；
● 利用 4bit 追踪端口追踪 8 百万个处理器周期；
● 利用 8/16bit 追踪端口追踪 4 百万个处理器周期。
② 最高的追踪时钟频率为 250MHz。
③ 快速的数据上传。
④ 充分地触发变量位置。
⑤ ETM 协议 v1.x, v2.x, v3.x for ETM7TM, ETM9TM, ETM10TM 和 ETM11TM。
⑥ ETM 追踪端口支持模式。
● 单倍和两倍的时钟。
● 4bit, 8bit, 16bit 数据端口宽度。

3.1.5 德国 Lauterbach 公司的 TRACE32 开发系统

由德国 Lauterbach 公司研制的 TRACE32 系列产品开发系统具有极高的技术指标，采用精良的制造工艺和独特的结构，为全球电子开发工程师提供了得心应手的开发工具。该公司成立于 1979 年，具有 30 多年微处理器与微控制器设计经验，其产品具有高度的可靠性。

TRACE32 开发系统主要包括以下 3 个系列：

TRACE32-ICE：全仿真调试工具；

TRACE32-ICD：基于 BDM/JTAG 的在线调试工具；

TRACE32-FIRE：针对部分 RISC 处理器的全仿真调试工具。

对 ARM 处理器来说，使用最广泛的是 TRACE32-ICD。下面主要介绍 TRACE32-ICD 的特点。

（1）模块化设计

TRACE32 在硬件上由一个个相对独立的功能模块组成，如接口模块、调试模块、逻辑分析模块、实时追踪模块、仿真模块等。用户可以根据自己的需要像搭积木一样搭配组装。

（2）通用性

TRACE32 不是为哪一种或哪一个系列的处理器而设计的。它支持几乎所有的嵌入式处理器，如 ARM、PPC、68K、C166、MIPS 等，也支持 MCS51、X86 等处理器。使用时，更换相应的仿真模块（其他模块可重复使用）即可，大大节省了开发投资。

（3）软件支持接口丰富

一般的仿真器支持语言无非是 Assembler、C、C++、PL/M 语言，而 TRACE32 除支持这些以外，还支持 Pascal、MODULA2、ADA（军用）语言，支持 60 多家公司的 Compiler（编译器），几乎包括了欧、美等地区的通用 Compiler 厂商。

TRACE32 支持几乎所有的 RTOS （实时多任务操作系统），可以在调试界面中实现操作系统级调试，如任务/进程的控制、状态、通信等，并设有专门的操作命令/菜单。

TRACE32 支持十几种主机操作平台，像 Windows、UNIX、Solaris 等。此外，TRACE32 调试界面可由用户定制，功能强大的调试脚本语言 Pratice，不仅带来了更加灵活、方便的调试手段，而且使调试技术艺术化，工程师们不再感到枯燥乏味。

（4）技术性能

TRACE32 采用了很多领先技术，如双端口存储技术、实时多任务处理机制、以太网/光纤通信技术、多 CPU 调试技术、软件代码覆盖分析技术、基于断点系统的存储技术、多级触发（trigger）单元技术、时钟处理单元技术、动态存储技术等。

（5）可靠性

触发器延时循环触发时间可从 100ns 到 300 天，连续工作可达 300 天。触发存储器可记录 90 天轨迹，实时追踪可记录 30 天轨迹。

3.2　ARM Developer Suite（ADS）的安装与使用

3.2.1　ARM Developer Suite（ADS）的安装

本节主要给出最流行的 ARM 开发工具 ARM Developer Suit（ADS）在 Windows 平台下的安装方法，以及怎样获得一个正式版的永久 License。

一般，在安装新版本的 ADS 之前，要删除其他版本，从而使安装的版本更完美地工作。

下面介绍 ADS 1.2 的安装步骤。

在 ADS 1.2 安装目录下，找到 SETUP.EXE 文件，如图 3.1 所示。

图 3.1　安装 ADS 图示（1）

双击执行该文件，进入安装画面，如图 3.2 所示。

图 3.2　安装 ADS 图示（2）

单击 Next 按钮，进入如图 3.3 所示页面。

图 3.3　安装 ADS 图示（3）

单击 Next 按钮，进入如图 3.4 所示页面。单击 Yes 按钮，同意安装条款，才能继续安装。

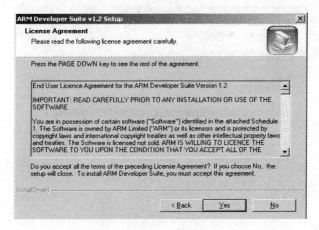

图 3.4　安装 ADS 图示（4）

进入如图 3.5 所示页面，单击 Browse 按钮，确定安装目录，或者按照默认目录安装。

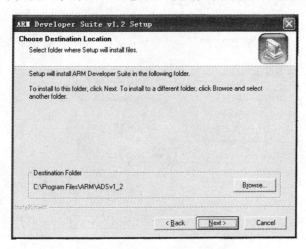

图 3.5　安装 ADS 图示（5）

单击 Next 按钮，进入如图 3.6 所示页面，选择安装类型，这里选择 Full 类型。

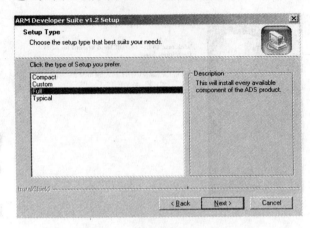

图 3.6 安装 ADS 图示（6）

单击 Next 按钮，进入如图 3.7 所示页面。

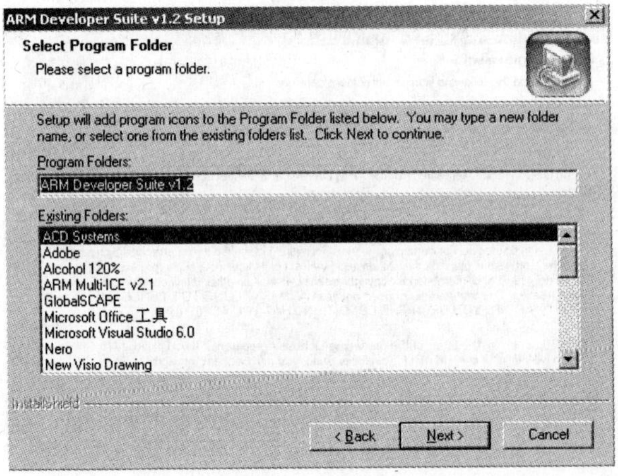

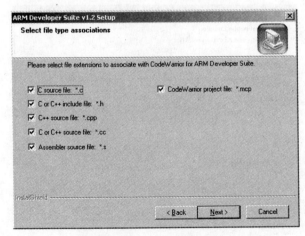

图 3.7 安装 ADS 图示（7）

单击 Next 按钮，进入如图 3.8 所示页面。

图 3.8 安装 ADS 图示（8）

单击 Next 按钮，进入如图 3.9 所示页面。

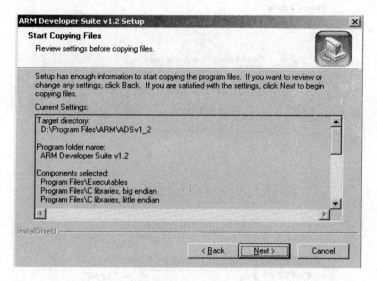

图 3.9　安装 ADS 图示（9）

单击 Next 按钮，进入如图 3.10 所示安装页面。
安装完毕，页面如图 3.11 所示。

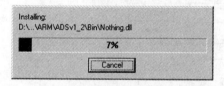

图 3.10　安装 ADS 图示（10）

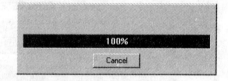

图 3.11　安装 ADS 图示（11）

安装 License，页面如图 3.12 所示，单击"下一步"按钮。

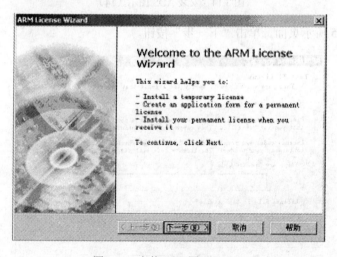

图 3.12　安装 ADS 图示（12）

进入如图 3.13 所示页面，选择要执行的动作为 Install License，单击"下一步"按钮。
进入如图 3.14 所示页面，单击 Browse 按钮，选择并打开 LICENSE.DAT 文件。

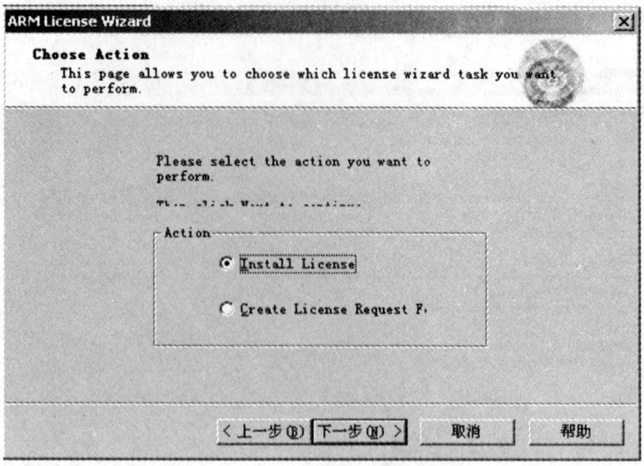

图 3.13　安装 ADS 图示（13）

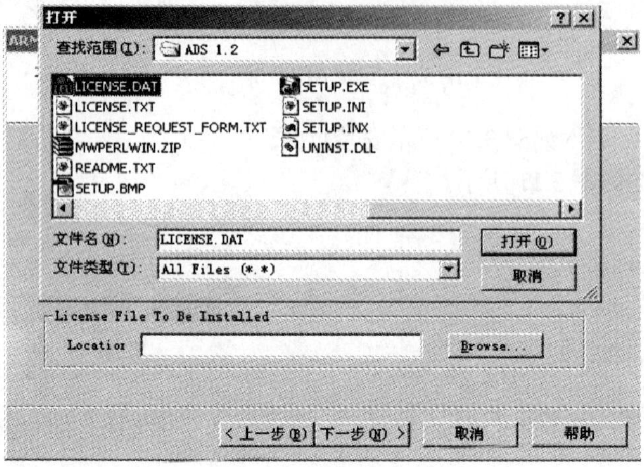

图 3.14　安装 ADS 图示（14）

进入如图 3.15 所示页面，单击"下一步"按钮。

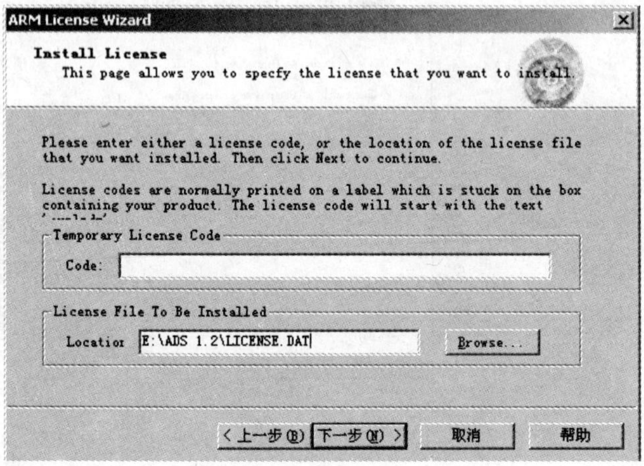

图 3.15　安装 ADS 图示（15）

进入如图 3.16 所示页面，单击"下一步"按钮。

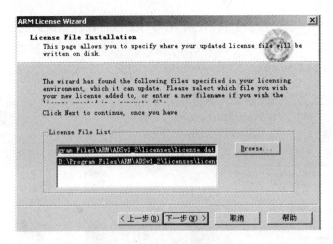

图 3.16　安装 ADS 图示（16）

进入如图 3.17 所示页面，单击"完成"按钮。

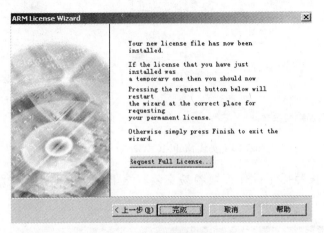

图 3.17　安装 ADS 图示（17）

进入如图 3.18 所示页面，单击 Finish 按钮。

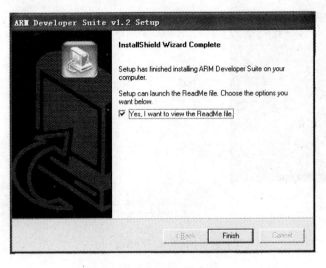

图 3.18　安装 ADS 图示（18）

以上是 ADS 1.2 的安装全过程。在使用 ADS 1.2 进行硬件调试的过程中，将用到另外一个 PC 机上的软件 Multi-ICE Server，在此也给出其安装过程，供读者参考。

在安装目录下找到 Setup.exe 文件，双击执行，如图 3.19 所示。

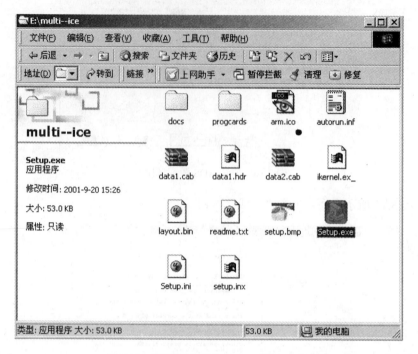

图 3.19　安装 Multi-ICE Server 图示（1）

以下各个步骤按照提示操作，很容易安装，这里只简单地按顺序给出提示页面，如图 3.20～图 3.27 所示。

图 3.20　安装 Multi-ICE Server 图示（2）

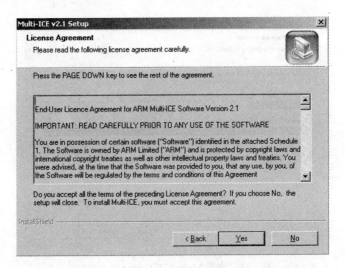

图 3.21　安装 Multi-ICE Server 图示（3）

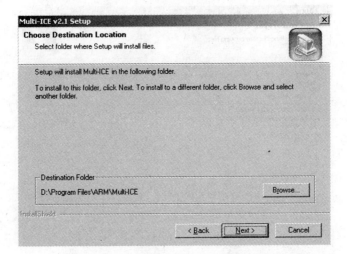

图 3.22　安装 Multi-ICE Server 图示（4）

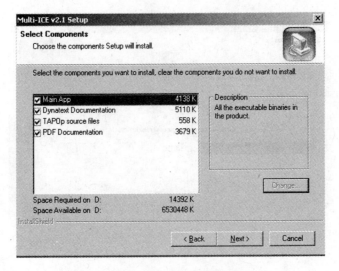

图 3.23　安装 Multi-ICE Server 图示（5）

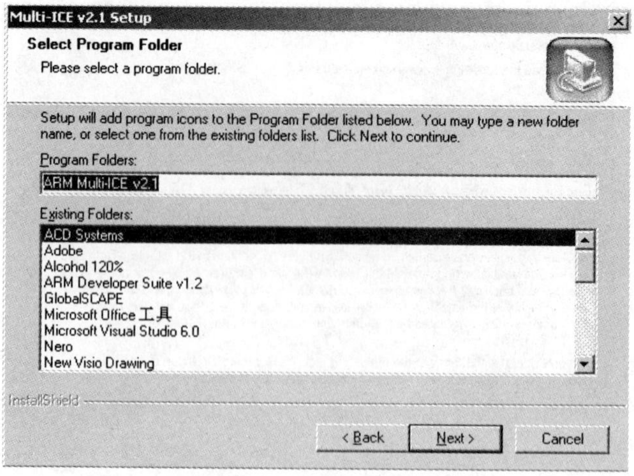

图 3.24　安装 Multi-ICE Server 图示（6）

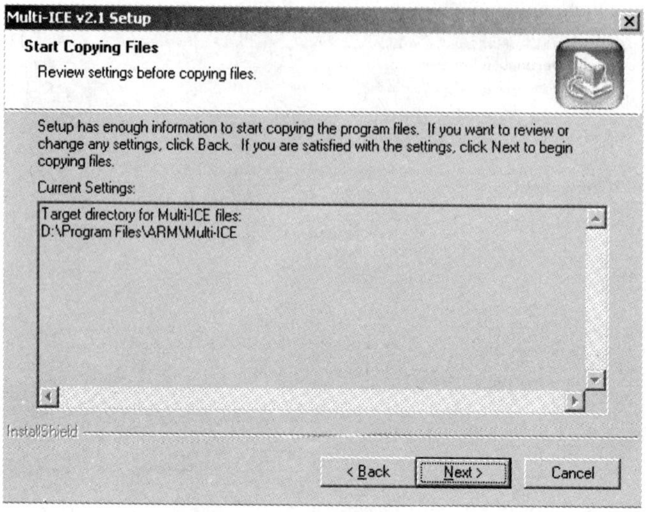

图 3.25　安装 Multi-ICE Server 图示（7）

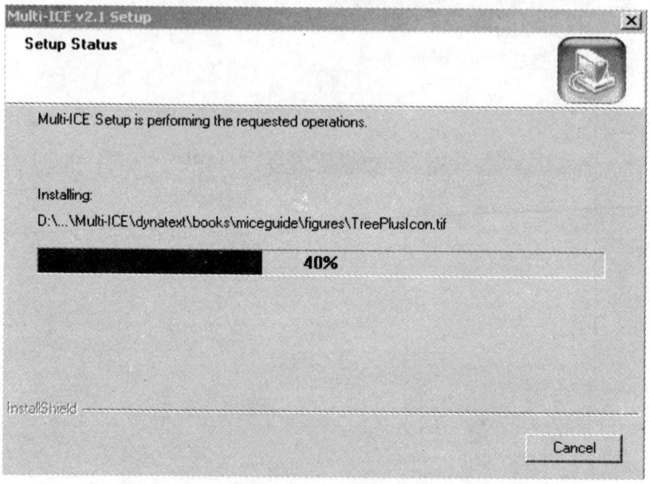

图 3.26　安装 Multi-ICE Server 图示（8）

图 3.27　安装 Multi-ICE Server 图示（9）

至此，整个安装过程完毕。在"开始"菜单中可以找到安装的程序，如图 3.28 所示。

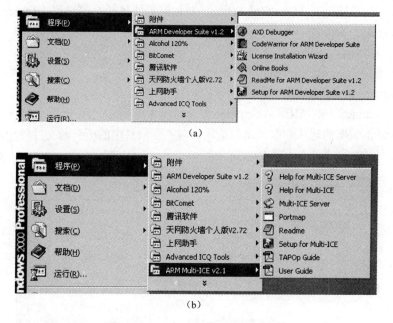

（a）

（b）

图 3.28　"开始"菜单中的 ADS 与 Multi-ICE Server 快捷方式

从图 3.28 中可以看到安装的程序，其中，CodeWarrior for ARM Developer Suite 是代码的编译链接开发环境；AXD Debugger 是调试的开发环境，它配合 Multi-ICE Server 和硬件 Multi-ICE 调试器，完成完全的板级调试。

下面几节将详细地介绍本开发系统的使用方法。

3.2.2　ADS 系统配置

在编译链接时，一个工程项目中可以包括多个生成目标（Target）。可以通过配置来生成不同的生成选项。在 ADS 中，通过 CodeWarrior 中的 DebugRel Settings 对话框来配置一个工程项目的各生成目标。

DebugRel Settings 对话框如图 3.29 所示。

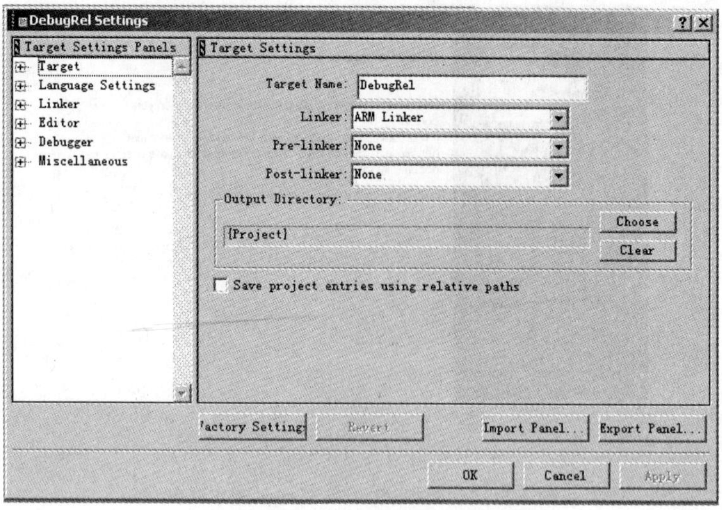

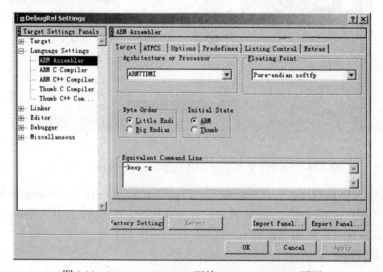

图 3.29　DebugRel Settings 对话框

从图 3.29 中可以看出，DebugRel Settings 对话框主要包括 6 类设置：Target（生成目标基本设置）、Language Settings（编程语言选项设置）、Linker（链接器选项设置）、Editor（编辑器选项设置）、Debugger（调试器选项设置）、Miscellaneous（其他选项设置）。

这里主要介绍 Language Settings 和 Linker。

（1）Language Settings 设置

Language Settings 下的 ARM Assembler 页面如图 3.30 所示，用于设置 ADS 中语言处理工具的选项，包括汇编器的选项和编译器的选项，对工程项目中的所有源文件使用，不能单独设置某一个源文件的编译器选项和汇编器选项。

图 3.30　Language Settings 下的 ARM Assembler 页面

如图 3.30 所示，ARM Assembler（汇编器）包括 6 个选项卡，分别是 Target、ATPCS、Options、Predefines、Listing Control 和 Extras。

一般，在编译链接之前，要根据实际的硬件情况，在 Target 选项卡中设置 ARM 体系结构版本号或处理器编号、系统中浮点部件的体系结构、字节顺序（内存模式）和初始状态。

其他选项卡可以使用默认设置。

ADS 支持两种编程语言（C/C++），有两种状态（ARM/THUMB 状态），所以，有 4 个编译器的选项设置：ARM C Compiler、ARM C++ Compiler、Thumb C Compiler 和 Thumb C++ Compiler，如图 3.30 所示。

各个编译器包括的选项卡大同小异，ARM C Compiler 页面包括 8 个选项卡，如图 3.31 所示。

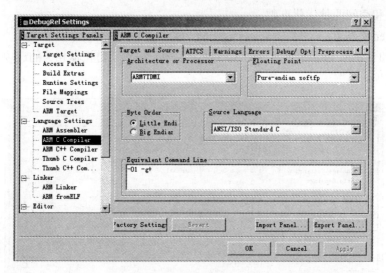

图 3.31　Language Settings 下的 ARM C Compiler 页面

在编译链接之前，要根据实际的硬件情况，在 Target and Source 选项卡中设置 ARM 体系结构版本号或处理器编号、系统中浮点部件的体系结构、字节顺序（内存模式）和编程语言类型。

另外，在这里再介绍一下 Debug/Optimization 选项卡，它也体现了 ADS 在代码优化上的一些特色。它主要用于控制编译器对源程序的优化级别及生成的目标程序中包含的调试信息的多少，如图 3.32 所示。

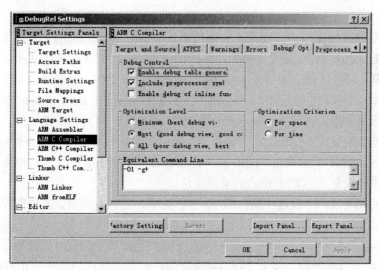

图 3.32　Debug/Optimization 选项卡

其中，Debug Control 选项组用于控制目标文件中的调试信息。选中 Enable debug table

generation 复选框，指示编译器在目标文件中包含 DWARF2 格式的调试信息表，它支持源码级的调试；如果不选中该复选框，则生成的目标文件只有有限的调试信息。选中 Include preprocessor symbols 复选框，编译器将在目标文件中包含预处理的符号。选中 Enable debug of inline function 复选框，编译器将用 inline 声明的函数处理为非嵌入的函数，这样可以在源码级调试该函数。另外，Optimization Level 选项组提供三个级别的调试，Optimization Criterion 选项组提供时间和空间两种优化准则。

（2）Linker 设置

Linker 下的 ARM Linker 页面如图 3.33 所示，用于设置与链接器相关的选项及与 fromELF 工具相关的选项。

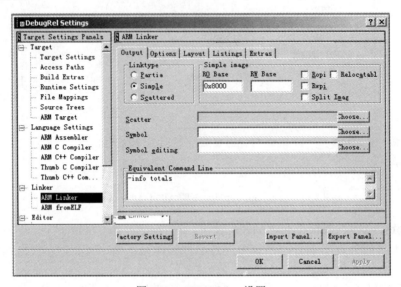

图 3.33　ARM Linker 设置

ARM Linker 包括 5 个选项卡，分别是 Output、Options、Layout、Listings 和 Extras 选项卡。

Output 选项卡用来控制链接器进行链接操作的类型。ARM 链接器可以有 3 种类型的链接操作，对于不同的链接操作，需要设置的链接器选项有所不同。Output 选项卡如图 3.33 所示。其中，Linktype 选项组中的单选按钮用于确定使用的链接方式。选择 Partial 单选按钮，链接器执行部分链接操作，部分地链接生成 ELF 格式的目标文件。这些目标文件可以再作为进一步链接时的输入文件，也可以作为 ARMAR 工具的输入文件。选择 Simple 单选按钮，链接器根据链接器选项中指定的地址映射方式，生成简单的 ELF 格式的映像文件。这时，所生成的映像文件中地址映射关系比较简单。如果地址映射关系比较复杂，则需要使用 Scattered 链接方式。选择 Scattered 单选按钮，链接器根据 Scatter 格式的文件中指定的地址映射方式，生成地址映射关系比较复杂的 ELF 格式的映像文件。

在学习的初期阶段，一般选用默认的 Simple 方式，在该方式下，需要设置以下的链接器选项。

● RO Base 文本框用于设置映像文件中 RO 属性输出段的加载时地址和运行时地址。地址必须是字节对齐的。如果没有指定地址值，则使用默认的地址值 0x8000。

● RW Base 文本框用于设置映像文件中包含 RW 属性和 ZI 属性输出段运行时域的起始地址。地址必须是字节对齐的。如果本选项与 Split Image 一起使用，本选项将映像文件中的 RW 属性和 ZI 属性输出段的加载时地址和运行时地址都设置成文本框中的值。

- 选中 Ropi 复选框，映像文件中的 RO 属性的加载时域和运行时域是位置无关的（PI Position Independent）；否则，相应的域被标记为绝对的。
- 选中 Rwpi 复选框，映像文件中的 RW 属性和 ZI 属性段的加载时域和运行时域是位置无关的（PI Position Independent）；否则，相应的域被标记为绝对的。
- 选中 Split Image 复选框，将包含 RW 属性和 RO 属性的输出段的加载时域分割为两个加载时域。

ARM fromELF 工具可以将 ARM 链接器产生的 ELF 格式的映像文件转换成其他格式的文件，其设置页面如图 3.34 所示。相关的选项介绍如下。

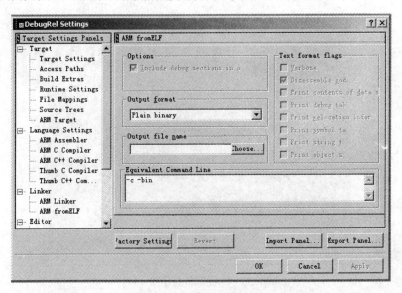

图 3.34　ARM fromELF 设置

- Output format 下拉列表框用于选择目标文件的格式。它可能的取值有 9 种，分别是 Executable AIF（可执行的 AIF 格式的映像文件）、Non executable AIF（非可执行的 AIF 格式的映像文件）、Plain binary（BIN 格式映像文件）、Intellec Hex（IHF 格式映像文件）、Motorola 32 bit Hex（Motorola 32 位 S 格式映像文件）、Intel 32 bit Hex（Intel 32 位格式映像文件）、Verilog Hex（Verilog 十六进制映像文件）、ELF 格式映像文件和 Text information（文本信息）。
- Output file name 文本框用于设置 fromELF 工具的输出文件的名称。
- Text format flags 选项组在输出文件为文本信息时，用于控制文本信息内容的选项，包括 8 个复选框。选中 Verbose 复选框，链接器显示关于本次链接操作的详细信息，其中包括目标文件及 C/C++运行时的库信息；选中 Disassemble code 复选框，链接器显示反汇编代码；选中 Print contents of data sections 复选框，链接器显示数据段信息；选中 Print debug table 复选框，链接器显示调试表信息；选中复选框 Print relocation information，链接器显示重定位信息；选中 Print symbol table 复选框，链接器显示符号表；选中 Print string table 复选框，链接器显示字符串表；选中 Print object sizes 复选框，链接器显示目标文件的大小信息。

以上讲述了在使用 ADS 时，通常需要设置的地方，在建立一个工程项目后，链接编译前，用户可以更深刻地体会这些设置。

3.2.3 工程项目管理

在 ADS 的 CodeWarrior 中是通过工程项目来组织用户的源文件、库文件、头文件及其他的输入文件的。一个工程项目至少有一个生成目标，每个生成目标定义了一组选项（也就是3.2.2 节讲过的内容），用于生成特定的目标文件。本节将一步步介绍工程项目管理的使用。

工程项目的建立步骤如下。

① 选择"开始"→"程序"→"ARM Developer Suit 1.2"→"CodeWarrior for ARM Developer Suit"命令，界面如图 3.35 所示。

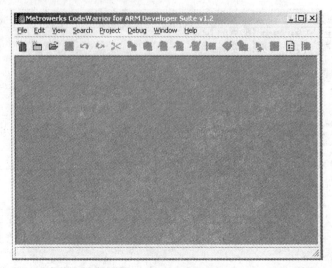

图 3.35 工程项目的建立（1）

② 选择"File"→"New"命令，打开 New 对话框，如图 3.36 所示，可以新建一个工程、源文件或者目标文件。这里，选择新建一个 ARM Executable Image。在 Project name 文本框中输入工程项目的名称，如 ads_lx，在 Location 文本框中输入要建立的工程项目的路径，或者单击文本框旁边的 set 按钮，设置工程项目的路径。

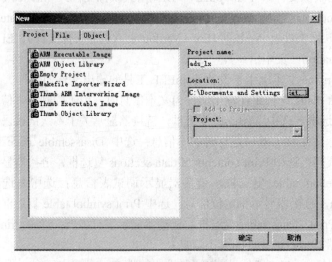

图 3.36 工程项目的建立（2）

单击"确定"按钮，就新建了一个工程项目，如图 3.37 所示。

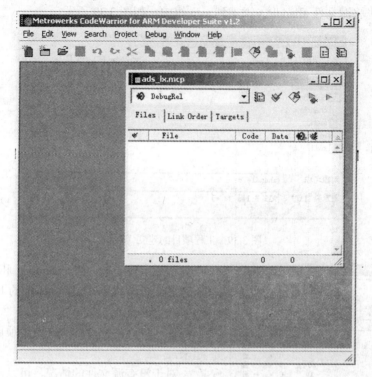

图 3.37 工程项目的建立（3）

可以看到，项目管理器中有 3 个选项卡：Files、Link Order 和 Targets。Files 选项卡包含了该工程项目中所有文件的列表，这些文件可以根据一定的逻辑关系进行分组。对于不包含在当前生成目标中的文件，Files 选项卡中也给了出来。与 Files 选项卡不同，Link Order 选项卡包含了在当前生成目标中的所有输入文件，用来控制各输入文件在链接时的顺序。在默认情况下，Link Order 选项卡中各输入文件的排列顺序与 Files 选项卡中各文件的排列顺序是一样的，但可以通过 Link Order 选项卡来改变输入文件的顺序，从而使生成的各目标文件按照这个排列顺序安排在最终生成的映像文件中。Targets 选项卡中列举了一个工程项目中的生成目标及它们之间的相互依存关系。

③ 了解了项目管理器的基本情况以后，下面来向这个新建的项目中添加源程序。

添加源程序之前，先在这个工程项目中按照一定的逻辑关系新建几个文件夹。在空白处单击右键，从弹出的快捷菜单里选择 Create Group 命令，如图 3.38 所示。

在弹出的对话框中输入组的名称 c，然后，再建立其他组 h 和 asm。这样就可以把类型不同的源文件放在不同的组里面了。

向工程项目中添加的源文件可以是已经存在的，也可以是新建的源文件。

对已经存在的源文件，将它加入某一个组

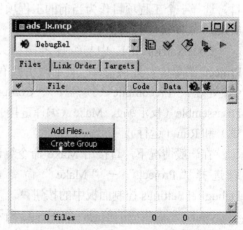

图 3.38 工程项目的建立（4）

中：选中该组名，单击右键，从快捷菜单中选择 Add Files 命令，在弹出的对话框中找到要的
添加文件。这里将源文件 ahandle.s 添加到 asm 组中，如图 3.39 所示。

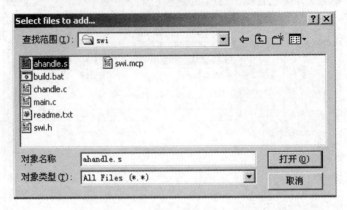

图 3.39　工程项目的建立（5）

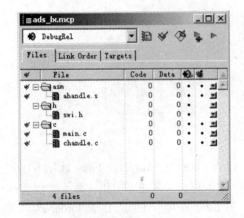

图 3.40　工程项目的建立（6）

按照上述步骤，将 chandle.c 和 main.c 文件添加到 c 组中，将 swi.h 文件添加的 h 组中。添加后的项目管理器如图 3.40 所示。

这样，就将已有的源文件用项目管理器组织了起来。

对于没有源文件的情况，可以新建源文件，并将其加入到该工程项目中。用户可以自己实践。

双击工程项目中的源文件，可以进行编辑和查看操作。

这样，就完全建立了一个工程项目，之后就可以进行设置了。

3.2.4　代码编译与链接

在 CodeWarrior IDE 中可以同时打开多个工程项目，选择一个工程项目作为当前的工程项目，然后进行 Make（编译链接）或者纯粹的编译。

CodeWarrior IDE 中与编译链接相关的命令都在 Project 菜单中，如图 3.41 所示，主要有：Preprocess（预处理）、Precompile（预编译）、Compile（编译）、Disassemble（反汇编）、Make（编译链接）、Debug（调试）和 Run（运行）。

在一般情况下，直接用 Make 命令编译链接。也可以选择"Project"→"Make"命令，或者单击 DebugRel Settings 控制面板中的按钮 ✍。

Make 之后生成的信息，如图 3.42 所示。

编译链接后生成格式为.ELF 的可调试文件，它可以在 PC 机上或者下载到目标板上调试和运行。

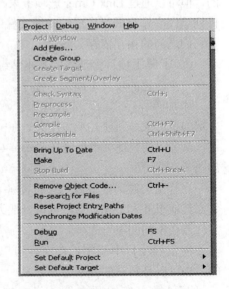

图 3.41　Project 菜单

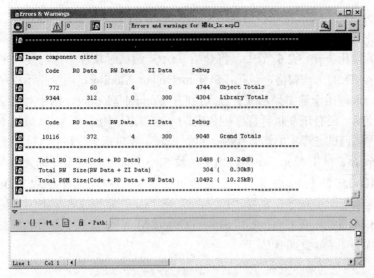

图 3.42　Make 之后生成的信息

3.2.5　加载调试

ADS 包括两个主要的 IDE 部分：CodeWarrior IDE 和 AXD IDE。前几节介绍了 CodeWarrior 使用中的一些内容，经过 CodeWarrior 生成的可调试文件要在 AXD 中进行模拟调试和板级调试。本节将讲述加载调试的内容。

程序加载可以在 CodeWarrior 中直接调出 AXD：选择"Project"→"Debug"命令或者在 DebugRel Settings 控制面板中单击 或 按钮；也可以选择"开始"→"程序"→"ARM Developer Suite 1.2"→"AXD Debugger"命令，从而打开 AXD IDE，然后再从菜单中加载程序，选择"File"→"Load Image"命令。加载后页面如图 3.43 所示。

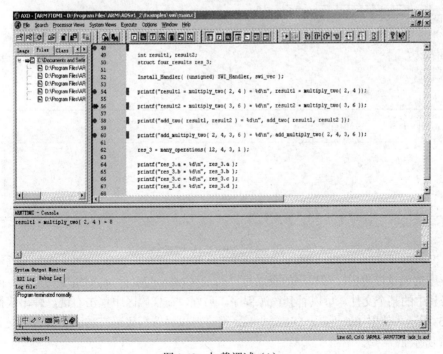

图 3.43　加载调试（1）

ADS 有三种调试方法：指令级仿真 ARMulator、JTAG 调试和 Angel 调试。

本节主要讲述调试器 AXD IDE 的用法，着重介绍使用 Armulator 这种调试方法来讲解软件平台 AXD 的使用。在 3.2.6 节中，将介绍 JTAG 调试时软件平台与硬件平台的链接。图 3.43 中显示了 AXD 的一些窗格，包括：System Output Monitor，用于指示程序运行过程中的一些状态；Console，用于输出显示或者输入控制；Control Monitor，用于对源文件和生成的映像文件等进行控制，还有正在执行程序的代码区。这些窗格构成了 AXD 最基本的界面。

首先介绍程序调试过程中的运行控制。运行控制主要包括全速运行 Go、停止 Stop、单步跳入子函数 Step In、单步 Step、单步跳出子函数 Step Out 和运行至光标处及设置断点等。这些可以通过 AXD IDE 的 Execute 菜单执行，也可以通过工具栏执行。

例如，全速运行一个程序：选择"Execute"→"Go"命令或者单击工具栏中的 按钮。运行结果如图 3.44 所示。在 Console 和 System Output Monitor 窗格中都有相应的输出。在代码区中，PC 指针显示程序运行的位置。

图 3.44　加载调试（2）

在程序的调试过程中，对程序的查看可以通过 Control Monitor 窗格中的 Files 面板来控制，双击其中的某个文件，可以看到该源程序。另外，在代码区中单击右键，弹出快捷菜单，如图 3.45 所示，使用 Interleave Disassembly 命令可以设置高级语言和汇编语言的交叉显示，如图 3.46 所示。

图 3.45　加载调试（3）

图 3.46　加载调试（4）

还可以设置单步的方式：Disassembly、Strong Source 和 Weak Source，如图 3.47 所示。

图 3.47　加载调试（5）

现在，重新下载影像程序到调试器中：选择"File"→"Reload Current Image"命令或者单击工具栏中的 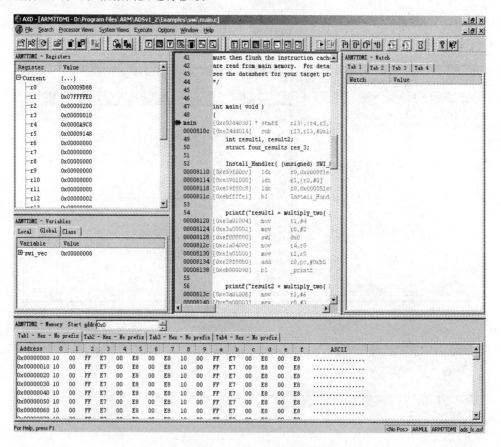 按钮。再查看寄存器、变量及内存的内容：在 Register 面板中，单击 Current 项前面的"+"号，可以看到当前的寄存器，如图 3.48 所示，可以通过右键快捷菜单对其格式进行设置；在 Variables 面板中，可以对一些变量进行查看，包括局部变量 Local、全局变量 Global 和类 Class，可以通过右键快捷菜单对其格式进行设置；在 Memory 面板中，可以查看 4 个起始地址的内存段，可以通过右键快捷菜单对其格式进行设置；在 Watch 面板中，可以将变量、寄存器按照一定的逻辑加到 Tab1、Tab2、Tab3 和 Tab4 这 4 个面板中，更方便进行查看，还可以通过右键快捷菜单对其格式进行设置。上面讲的这些可以查看的内容，在允许的情况下都可以根据需要进行修改。

图 3.48　加载调试（6）

以上介绍了调试中的具体操作，下面总结 AXD 调试的一般步骤。

① 选择"开始"→"程序"→"ARM Developer Suite v1.2"→"AXD Debugger"命令，打开 AXD IDE 环境。

② 在 IDE 的菜单中，选择"Options"→"Configure Target"命令，弹出 Choose Target 对话框，如图 3.49 所示。在 Target Environments 列表框中已有的调试方式有 ADP（即 Angel 调试方式）和 ARMUL（即指令级仿真 ARMulate）。这里，选择 ARMUL，进行指令级仿真。

在这里，顺便介绍一下 JTAG 调试的配置方法。单击图 3.49 中的 Add 按钮，弹出"打开"对话框，找出 Multi-ICE 安装的路径，打开 Multi-ICE.dll 文件，如图 3.50 所示。

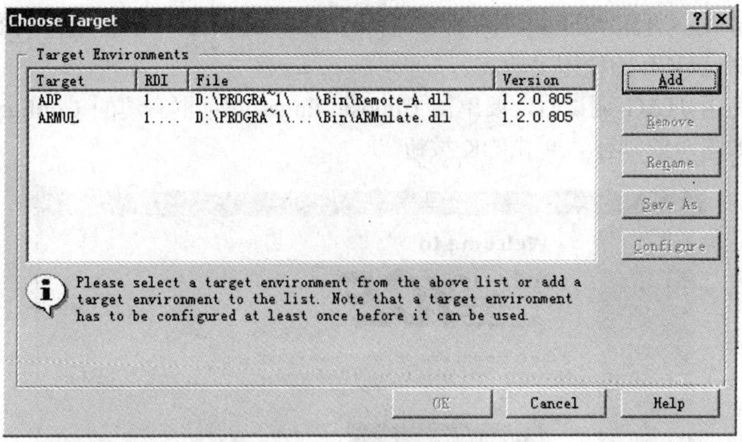

图 3.49　AXD 调试（1）

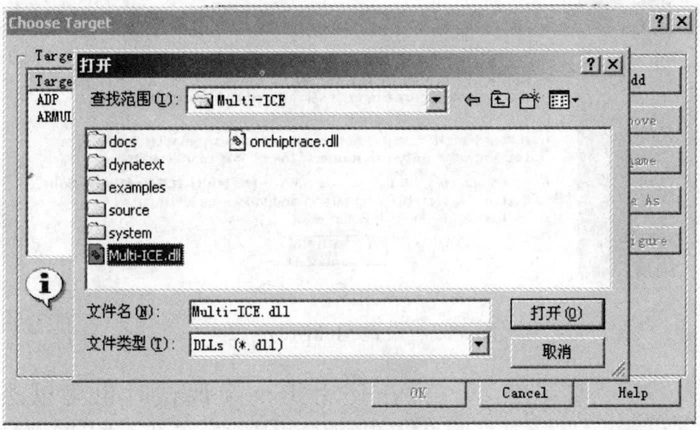

图 3.50　AXD 调试（2）

这样，三种调试方式都可以使用了，如图 3.51 所示。

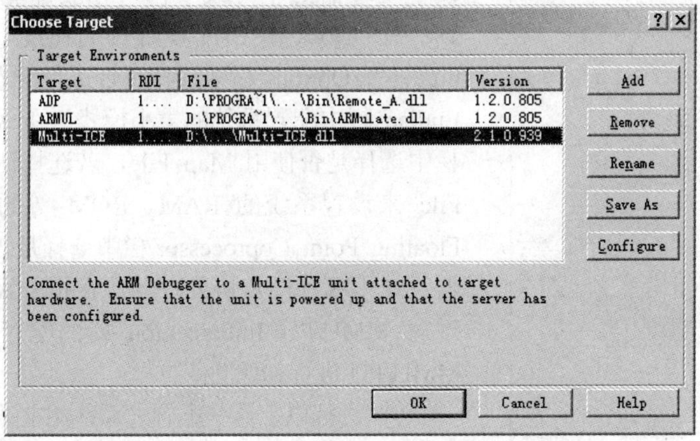

图 3.51　设置 Multi-ICE（1）

注意：要实现上述配置，应事先安装好 Multi-ICE 的服务程序 Multi-server，否则无法找到上述配置选项。如果选择 JTAG 方式进行调试，需要链接好 ProbeICE 仿真器和目标板，并启动 Multi-server，配置好相应的 ARM 内核。有关 Multi-server 的安装使用和 ARM 内核的配置方法，请参见 ProbeICE 的使用手册。

在第一次使用 JTAG 调试时，要单击 Choose Target 对话框右边的 Configure 按钮进行配置。设置页面如图 3.52 所示，单击 OK 按钮。

图 3.52　设置 Multi-ICE（2）

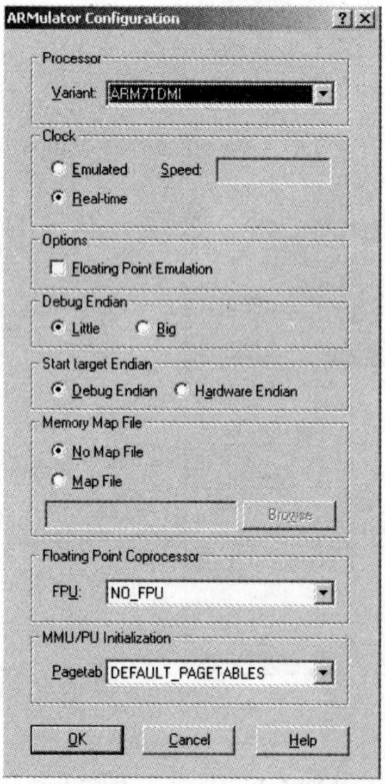

在使用指令级调试时也可以进行配置，选中 ARMUL 项，单击 Configure 按钮，弹出如图 3.53 所示的对话框。

在这里可以配置模拟的硬件环境。在 Processor 栏中设置处理器的型号或架构，一般都能在下拉列表中找到；在 Clock 栏中配置时钟的速度，可以选择 Real-time；在 Options 栏中选择是否进行浮点仿真；在 Debug Endian 栏中配置系统的大小模式；在 Memory Map File 栏中选择是否使用 Map File，若选择使用则可通过 Map File 来设置系统的 RAM、ROM 等的大小和特性；在 Floating Point Coprocessor 栏中选择是否使用浮点协处理器及使用哪种浮点协处理器；在指令级仿真时，可以通过对 MMU/PU Initialization 栏的配置使用 AXD 来对 MMU/PU 进行初始化。

③ 进行以上这些配置之后，用前述方法加载程序。

④ 设置断点，添加要观察的变量。

⑤ 运行程序，观察变量，逐步调试。

重复步骤③、④、⑤，直到实现偏程目的，程序顺利运行。

图 3.53　设置 Multi-ICE（3）

3.2.6 实验软件平台与硬件平台的链接

本节主要介绍 JTAG 调试时软件平台与硬件平台的链接。

因为 JTAG 调试的是最终系统，所以，在进行 JTAG 调试时，同时需要 PC 机的软件环境、硬件调试器（这里用的是 ARM 公司的调试器 Multi-ICE）和目标板。三者之间的简图，如图 3.54 所示。

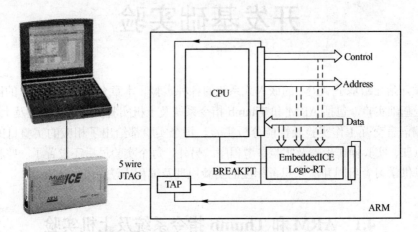

图 3.54　PC 机、仿真器与实验板的链接

要进行这种 JTAG 调试，必须有硬件芯片的支持，也就是说，在 ARM 芯片中，必须含有 EmbeddedICE Logic-RT 单元和 JTAG 调试接口。

下面给出进行 JTAG 调试时软件平台与硬件平台的链接步骤。

① 将 PC 机与调试器 Multi-ICE 用并口（或者网口等）链接，调试器与开发板用 14 针或 20 针的 JTAG 线相连。

② 依次打开调试器电源、开发板电源。

③ 启动 Multi-server 服务程序并配置好相应的 ARM 内核。

④ 通过 Codewarrior 启动 AXD，或直接启动 AXD。

⑤ 首次使用时，需要配置 JTAG 调试方法。

⑥ 加载程序。

⑦ 设置断点，打开有关变量、寄存器和内存等界面进行观察。

⑧ 调试运行，如 go、step 等。

⑨ 若修改源程序，则需重新编译，可重复步骤④～⑨直至调试成功。

⑩ 退出 AXD，关闭调试器和开发板的电源。

第 4 章 基于 ARM 的嵌入式软件开发基础实验

从本章开始介绍基于 ARM 的嵌入式系统的各种实验。本章介绍基于 ARM 的嵌入式软件开发的一些基础实验，包括 ARM 和 Thumb 指令系统及上机实验、C 语言编程及上机实验、C 语言与汇编语言交互工作实验及性能分析实验。每个实验都给出了相应的实验目的、实验内容、实验原理、实验操作步骤及实验参考程序。另外，每个实验最后还设置了一些相关的问题与讨论，以供学习者巩固并深入思考相应的实验原理及编程方法。

4.1 ARM 和 Thumb 指令系统及上机实验

实验目的

- 初步学会使用 ADS1.2 开发环境进行编译板链接和调试
- 通过实验掌握 ARM 汇编指令的使用方法
- 通过实验掌握 ARM 处理器 16 位 Thumb 汇编指令的使用方法

实验内容

- 学习 ARM 编程的基础
- 学习 ARM 指令
- 学习 Thumb 指令
- 学习 ARM 的两种工作状态及两者之间的切换

实验原理

字节顺序：ARM 体系结构可以有两种方法存储数据，分别为大端格式（Big Endian）和小端格式（Little Endian）。其中，大端格式，是指字数据的高位字节存储在低地址中，而字数据的低位字节存储在高地址中；小端格式，是指字数据的高位字节存储在高地址中，而字数据的低位字节存储在低地址中。

1. ARM 指令简介

（1）ARM 指令特点

① 所有 ARM 指令均为 32 位长。

② 大部分为单周期指令。

③ 所有指令都可以条件执行。

ARM 指令可以通过添加适当的条件码后缀来达到条件执行的目的，这样可以提高代码密度，减少分支跳转指令数目，提高性能，例如：

```
CMP    r3,#0                CMP    r3,#0
BEQ    skip                 ADDNE  r0,r1,r2
ADD    r0,r1,r2
skip
```

在默认情况下，数据处理指令不影响条件码标志位，但可以选择通过添加 S 来影响标志位。CMP 不需要增加 S 就可改变相应的标志位，例如：

```
Loop
…
    SUBS r1,r1,#1                 ; R1 减 1，并设置标志位
    BNE loop                     ; 如果 Z 标志清零，则跳转
```

表 4.1 中列出了所有可能的条件码。注意，AL 为默认状态，不需要单独指出。

表 4.1　条件码助记符

代　码	后　缀	标　志	含　义
0000	EQ	Z set	equal（相等）
0001	NE	Z clear	not equal（不相等）
0010	CS	C set	unsigned higher or same（无符号数大于或等于）
0011	CC	C clear	unsigned lower（无符号数小于）
0100	MI	N set	negative（负数）
0101	PL	N clear	positive or zero（正数或零）
0110	VS	V set	overflow（溢出）
0111	VC	V clear	no overflow（没有溢出）
1000	HI	C set and Z clear	unsigned higher（无符号数大于）
1001	LS	C clear or Z set	unsigned lower or same（无符号数小于或等于）
1010	GE	N equals V	greater or equal（大于或等于）
1011	LT	N not equal to V	less than（小于）
1100	GT	Z clear AND（N equals V）	greater than（大于）
1101	LE	Z set OR（N not equal to V）	less than or equal（小于或等于）
1110	AL	(ignored)	always（无条件执行，指令默认条件）

④ 采用 Load/Store 架构。

常见的基本 Load/Store 指令列举如下：

```
LDR    R1,[R0]                ;Load R1 from the address in R0
LDR    R8,[R3, #4]            ;Load R8 from the address in R3+4
LDR    R12,[R13,#-4];         Load R12 from R13-4
STR    R2,[R1,#0x100]         ;Store R2 to the address in R1+0x100

LDRB   R5,[R9]                ;Load byte into R5 from R9
                             ;(zero top 3 bytes)
LDRB   R3,[R8,#3]             ;Load byte to R3 from R8+3
                             ;(zero top 3 bytes)
STRB   R4,[R10,#0x200]        ;Store byte from R4 to R10+0x200
```

| LDR | R11,[R1,R2] | ;Load R11 from the address in R1+R2 |
| STRB | R10,[R7,-R4] | ;Store byte from R10 to addr in R7-R4 |

LDR	R11,[R3,R5,LSL #2]	;Load R11 from R3+(R5x4)
LDR	R1,[R0,#4]!	;Load R1 from R0+4,then R0=R0+4
STRB	R7,[R6,#-1]!	;Store byte from R7 to R6-1, then R6=R6-1

| LDR | R3,[R9],#4 | ;Load R3 from R9,then R9=R9+4 |
| STR R2,[R5],#8 | | ;Store R2 to R5, then R5=R5+8 |

LDR	R0,[PC,#40]	;Load R0 from PC+0x40(=address of
		;the LDR instruction+8+0x40)
LDR	R0,[R1],R2	;Load R0 from R1, then R1=R1+R2

LDRH	R1,[R0]	;Load halfword to R1 from R0
		;(zero top 2 bytes)
LDRH	R8,[R3,#2]	;Load halfword into R8 from R3+2
LDRH	R12,[R13,#-6]	;Load halfword into R12 from R13-6
STRH	R2,[R1,#0x80]	;Store halfword from R2 to R1+0x80

LDRSH R5,[R9]		;Load signed halfword to R5 from R9
LDRSB	R3,[R8,#3]	;Load signed byte to R3 from R8+3
LDRSB	R4,[R10,#0xc1]	;Load signed byte to R4 from R10+0xC1

LDRH	R11,[R1,R2]	;Load halfword into R11 from address R1+R2
STRH	R10,[R7,-R4]	;Store halfword from R10 to R7-R4
LDRSH	R1,[R0,#2]!	;Load signed halfword R1 from R0+2, then R0=R0+2
LDRSB	R7,[R6,#-1]!	;Load signed byte to R7 from R6-1, then R6=R6-1
LDRH	R3,[9],#2	;Load halfword to R3 from R9, then R9=R9+2
STRH	R2,[R5],#8	;Store halfword from R2 to R5, then R5=R5+8

Load/Store 指令使用实例：

STMFD	R13!,{R0-R12,LR}
LDMFD	R13!,{R0-R12,PC}
LDMIA	R0,{R5-R8}
STMDA	R1!,{R2,R5,R7-R9,R11}

这种 Load/Store 指令一般用于堆栈操作，多存储器传送指令可参考表 4.2。

表 4.2　多存储器传送指令列表

名　　称	堆　　栈	其　他	L 位	P 位	U 位
Pre-Increment Load	LDMED	LDMIB	1	1	1
Post-Increment Load	LDMFD	LDMIA	1	0	1
Pre-Dcrement Load	LDMEA	LDMDB	1	1	0
Post-Decrement Load	LDMFA	LDMDA	1	0	0
Pre-Increment Store	STMFA	STMIB	0	1	1
Post-Increment Store	STMEA	STMIA	0	0	1

名　　称	堆　　栈	其　他	L 位	P 位	U 位
Pre-Decrement Store	STMFD	STMDB	0	1	0
Post-Decrement Store	STMED	STMDA	0	0	0

（2）ARM 指令简介及分类

表 4.3 中列出了 ARM 指令结构格式及每个数据处理指令所对应的二进制码，并对每一位给出了详细的说明。

表 4.3　ARM 指令结构格式

31	28 27 26 25 24	21 20 19	16 15	12 11 10	0
Cond	00　I　OpCode	S　Rn	Rd	Operand 2	

[24:21]Operation code
0000=AND–Rd:=Op1 AND Op2
0001=EOR–Rd:= Op1 EOR Op2
0010=SUB–Rd:=Op1–Op2
0011=RSB–Rd:=Op2–Op1
0100=ADD–Rd:=Op1+Op2
0101=ADC–Rd:=Op1+OpC+C
0110=RSC–Rd:=Op1–Op2+C–1
0111=RSC–Rd:=Op2–Op1+C–1
1000=TST–set condition codes on Op 1 AND Op2
1001=TEO–set condition codes on Op1 EOR Op2
1010=CMP–set condition codes on Op1–Op2
1011=SMN–set condition codes on Op1+Op2
1100=ORR-Rd:=Op1 OR Op2
1101=MOV-Rd:=Op2
1110=BIC-Rd:=Op1 AND NOT Op2
1111=MVN-Rd:=NOT Op2

[25]Immediate operand
0=Operand 2 is a register　1=Operand 2 is an Immediate Value

[11:0]Operand 2 type selection

11	4 3	0
Shift	Rm	

[3:0]2nd Operand Register　　　[11:4]Shift Applied to Rm

11	8 7	0
Rotate	Imm	

[7:0]Unsigned 8 bit immediate value　　　[11:8]Shift applied to Imm

举例：

MOV	PC, R14
MOVS	PC, R14
ADDEQ	R2, R4, R5
SUB	R4, R5, R7, LSR R2

① 分支跳转指令

格式：

a）跳转指令

B <label>
PC ±32 Mbyte

b）带返回的跳转指令

指令格式：BL <子程序>

说明：保存返回地址到 LR 中，返回时从 LR 恢复 PC。对于 non-leaf 函数，LR 必须压栈保存。

c）点状态切换的跳转指令

BX{cond}　　Rn

举例：

B　　label

```
        BCC   label
        BL    label
        BX    R0
```

② Load/Store 指令（在前面有详细的介绍）

③ 乘法指令

ARM 有两种乘法指令：

● 32 位结果，MUL、MLA；

● 64 位结果，SMULL、SMLAL、UMULL、UMLAL。

举例：

```
    MUL     R4,R2,R1              ;Set R4 to value of R2 multiplied by R1
    MULS    R4,R2,R1              ;R4=R2xR1,set N and Z flags
    MLA     R7,R8,R9,R3           ;R7=R8xR9+R3
    SMULL   R4,R8,R2,R3           ;R4=bits 0 to 31 of R2xR3
                                  ;R8=bits 32 to 63 of R2xR3
    UMULL   R6,R8,R0,R1           ;R8,R6=R0xR1
    UMLAL   R5,R8,R0,R1           ;R8,R5=R0xR1+R8,R5
```

④ 协处理器指令

ARM 协处理器指令有：CDP、MRC/MCR、LDC/STC。

⑤ 软中断指令

ARM 提供软中断，指令为：SWI。

举例：

```
    SWI   0x123456
```

⑥ 状态寄存器存取指令

ARM 状态寄存器存取指令有：MRS、MSR。

举例：

```
    MRS    R0,CPSR
    MSR    CPSR_c,R0
```

⑦ 单个数据交换指令

ARM 单个数据交换指令有：SWP、SWPB。

举例：

```
    SWP    R3,R4,[R8]       ;load R3 from address R8 and store R4 to address R8
    SWPB   R3,R4,[R8]       ;load R3 one byte from address R8 and store one byte of R4 to address R8
    SWP    R1,R1,[R2]       ;Exchange value in R1 andaddress in R2
```

2．Thumb 指令简介

指令特点：条件执行不可用，源和目的寄存器相同，只有低端寄存器可用，常量大小受限制，内嵌的桶形移位不可用。

优点：优化代码密度（65% of ARM），提高窄内存操作性能，是 ARM 指令集的一个功能子集。

Thumb 存储器存取指令：

● Thumb 单寄存器存取指令只能访问 R0～R7 寄存器；

- 多寄存器存取指令可以访问任何 R0～R7 寄存器的子集；
- PUSH/POP 指令使用 SP（R13）作为基址来实现满递减的堆栈。

Thumb 数据处理指令：

- Thumb 数据处理指令只对通用寄存器或立即数进行操作，在大多数情况下，操作的结果存入其中一个操作数寄存器中，而不是第三个寄存器中；
- 对寄存器 R8～R15 的访问受限制，访问 R8～R15 的 Thumb 指令不更新标志位。

（1）Thumb 分支指令

语法格式：

```
B{L}/{cond}    label ；B{L}X  Rm
```

举例：

```
BEG     Label1
BX      R0
```

注意：有条件 B 指令范围为 ±256B，无条件 B 指令范围为 ±2KB。

（2）Thumb 软中断指令

语法格式：

```
SWI    immed_8
```

举例：

```
SWI    0x12
```

注意：本指令不影响条件码标志。

实验操作步骤

① 准备实验环境。启动 Multi-server 并配置好 Armulator，CPU 内核为 ARM920T。

② 启动 CodeWarrior，打开所需工程文件（\…\实验项目\ARMTHUMB 指令\ARMTHUMB.mcp）。

③ 重新编译（make）。

④ 直接进入 AXD，使用 Load image 命令加载 image 文件。

⑤ 单步运行，重点学习汇编语言的编程方法。

⑥ 如果有必要，可修改源代码，重新编译。然后单击 Reload 按钮重新调试。

⑦ 退出系统。

⑧ 理解和掌握实验内容后，完成后面的问题与讨论。

实验参考程序

```
//主函数
        AREA ThumbSub, CODE, READONLY     ; Name this block of code
        ENTRY                             ; Mark first instruction to execute
        CODE32                            ; Subsequent instructions are ARM
header
        ADR     r0, start + 1             ; Processor starts in ARM state
        BX      r0                        ; so small ARM code header used
        CODE16                            ; Subsequent instructions are Thumb
start
```

```
        MOV     r0, #10                          ; Set up parameters
        MOV     r1, #3
        BL      doadd                            ; Call subroutine
doadd
        ADD     r0, r0, r1                       ; Subroutine code
        MOV     pc, lr                           ; Return from subroutine
        END                                      ; Mark end of file
```

问题与讨论

① 简述 ARM 指令与 Thumb 指令的区别及各自的优点。

② ARM 和 Thumb 两种状态怎样相互切换？

4.2　C 语言编程及上机实验

实验目的

- 掌握 ADS 工程的建立与调试
- 学习 ARM 平台下简单 C 程序的编写
- 学习启动代码与高级语言程序的跳转
- 掌握高级语言的调试方法
- 掌握如何指定代码入口点地址和入口点
- 学习 SCATTER 文件的用法

实验内容

- 异常向量表
- inline 函数的用法
- SCATTER 文件的编写

实验原理

关于异常向量表的知识请查看第 2 章的内容。当多个异常同时发生时，处理器按照固定的顺序进行处理，它们的优先级顺序见表 4.4。

表 4.4　异常的优先级

事　件	优　先　级	I 位	F 位
Reset	1	1	1
Data Abort	2	1	0
FIQ	3	1	1
IRQ	4	1	0
Pre-fetch Abort	5	1	0
SWI	6	1	—
Undefined Instruction	6	1	—

1．ARM 映像文件的介绍

ARM 映像文件是一个层次性的文件，其中包括：region、output section、input section。

● 一个映像文件由一个或多个域组成。
● 每一个域包含一个或多个输出段。
● 每个输出段包含一个或多个输入段。
● 各输入段包含了目标文件中的代码和数据。

（1）输入段

输入段包括4类内容：

● 代码段.data；
● 已初始化的数据段.txt；
● 未初始化的存储区域.bss；
● 初始化为0的存储区域.zi。

输入段有三种属性：RO、RW、ZI。

（2）输出段

一个输出段包含了一系列相同属性的输入段。输出段的属性与其中包含的输入段的属性相同。

一个域包含 1～3 个输出段，每个输出段的属性各不相同。输出段按照地址增加的顺序依次为：RO、RW、ZI。

（3）域

一个域通常映射到一个物理存储器上，如 ROM 或 RAM 等，如图 4.1 和图 4.2 所示分别表示其物理映射和地址映像关系。

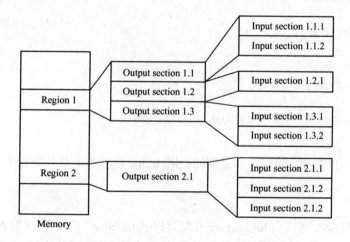

图 4.1　一个域映射到一个物理的存储器

SCATTER 文件的例子。

```
ROM_LOAD OX0
{
    ROM_EXCU OXO
    {
        *(+RO)
    }
```

```
RAM_EXCU    OX80000
(
        *(+RW)
        *(+ZI)
    }
}
```

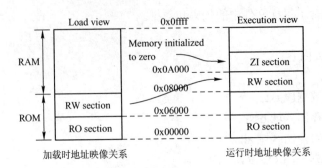

图 4.2　地址映像关系

2. inline 函数

ARM C 支持 _inline 关键字，如果一个函数被设计成一个 inline 函数，那么在调用它的地方将会用函数体来替代函数调用语句，这样将会彻底省去函数调用的开销。但使用 inline 的最大的缺点是，函数在被频繁调用的时候代码量将增大。

inline 函数应用示例：

```
_inline int square(int x)
{
        return x * x;
}
#include <math.h>
double length(int x, int y)
{
        return sqrt(square(x) + square(y));
}
```

但是，为了调试方便，可以在调试期间把用 _inline 声明的函数看做普通的函数来调试。

实验操作步骤

① 准备实验环境。启动 Multi-server 并配置好 Armulator，CPU 内核为 ARM920T。
② 启动 CodeWarrior，打开所需工程文件（\…\实验项目\C 和汇编编程\CArm.mcp）。
③ 重新编译（make）。
④ 直接进入 AXD，使用 Load image 命令加载 image 文件。
⑤ 单步运行，重点学习 C 语言的编程方法。
⑥ 打开 AXD，使用 Reload image 命令不断调试，直到程序运行成功。
⑦ 如果有必要，可修改源代码，重新编译。然后单击 Reload 按钮重新调试。
⑧ 退出系统。
⑨ 理解和掌握实验内容后，完成后面的问题与讨论。

实验参考程序

```
//引导函数 init.s
    AREA    INIT,CODE,READONLY
    ENTRY
START
    B       INT_Reset
    LDR     PC,Undefined_Addr
    LDR     PC,SWI_Addr
    LDR     PC,Prefetch_Addr
    LDR     PC,Abort_Addr
    NOP
    LDR     PC,IRQ_Addr
    LDR     PC,FIQ_Addr
Undefined_Addr    DCD    Undefined_Handler
SWI_Addr          DCD    SWI_Handler
Prefetch_Addr     DCD    Prefetch_Handler
Abort_Addr        DCD    Abort_Handler
                  DCD    0
IRQ_Addr          DCD    IRQ_Handler
FIQ_Addr          DCD    FIQ_Handler
    EXPORT Undefined_Handler
Undefined_Handler
    B   Undefined_Handler
    EXPORT SWI_Handler
SWI_Handler
    B   SWI_Handler
    EXPORT Prefetch_Handler
Prefetch_Handler
    B   Prefetch_Handler
    EXPORT Abort_Handler
Abort_Handler
    B   Abort_Handler
    EXPORT FIQ_Handler
FIQ_Handler
    B   FIQ_Handler
    EXPORT IRQ_Handler
IRQ_Handler
    B   IRQ_Handler
INT_Reset
    LDR   sp,=0xE7FFFFA0
    IMPORT _main
    BL    _main
    END
//Main.c
void delay(times)
{
    int i,j=0;
```

```
            for(i=0;i<times;i++)
            {
                for(i=0;j<10;i++);
            }
        }
    _main()
    {
        int i=5;
        for(;;)
        {
        delay(i);
        }
    }
```
（注：限于篇幅，详细程序请参考实验例程。）

问题与讨论

① 本节的 SCATTER 文件的例子在 Debug Settings 中如何实现？

② _inline 的优缺点？

4.3　C 语言与汇编语言交互工作实验

实验目的

- 在 ADS 中编写、编译及调试汇编语言与 C 语言相互调用的程序

实验内容

- 使用汇编编写一段字符复制程序
- 使用 C 语言编写主函数，在主函数中调用汇编程序
- 用汇编写引导程序，调用 C 程序主函数

实验原理

汇编程序调用 C 程序：汇编程序的设计要遵守 ATPCS，保证程序调用时参数的正确传递。在汇编程序中使用 IMPORT 伪操作声明将要调用的 C 程序。

一般在引导程序调用主函数时，按照下面的格式操作，例如：

```
    IMPORT  _main
    BL      _main
```

C 程序调用汇编程序：汇编程序的设计要遵守 ATPCS，保证程序调用时参数的正确传递。在汇编程序中使用 EXPORT 伪操作声明本程序，使得本程序可以被别的程序调用。在 C 语言程序中使用 extern 关键词声明该汇编程序。

实验操作步骤

① 准备实验环境。启动 Multi-server 并配置好 Armulator，CPU 内核为 ARM920T。

② 启动 CodeWarrior，打开所需工程文件（\…\实验项目\交互工作\ALTERNATE.mcp）。

③ 重新编译（make）。

④ 直接进入 AXD，使用 Load image 命令加载 image 文件。

⑤ 单步运行，重点学习 C 语言与汇编语言的编程方法。

⑥ 打开 AXD，reload image，不断调试，直到程序运行成功。

⑦ 如果有必要，可修改源代码，重新编译。然后单击 Reload 按钮重新调试。

⑧ 退出系统。

⑨ 理解和掌握实验内容后，完成后面的问题与讨论。

实验参考程序

引导程序同 4.2 节。

主函数：

```
//C 程序
  #include <stdio.h>
  extern void strcopy(char *d,const char *s);// 使用关键词 extern 声明 strcopy

  int _main()
  {
      const char *srcstr="source strings";
      char    dststr[]="destination strings";
      printf("Before Copying:\n");
      printf("%s\n%s\n",srcstr,dststr);
      return 0;
  }
```

汇编程序：

```
  AREA Scopy,CODE,READONLY
      EXPORT strcopy;//使用 EXPORT 伪操作声明本汇编程序 strcopy

  strcopy

      LDRB r2,[r1],#1
      STRB r2,[r0],#1
      CMP   r2,#0

      BNE   strcopy
      MOV   pc,lr

  END
  (注：限于篇幅，详细程序请参考实验例程。)
```

问题与讨论

① 简述汇编程序调用 C 程序的过程。

② 简述 C 程序调用汇编程序的过程。

第 5 章 基本接口实验

本章介绍基于 ARM 嵌入式系统的基本接口实验，包括 ARM 启动及工作模式切换实验、I/O 控制及 LED 显示实验、中断处理编程及实验、定时器及时钟中断实验、Flash 驱动编程及实验、Nand Flash 驱动编程及实验、实时时钟实验、I²C 驱动编程及实验和 Altera EPM3032A 编程实验。这些是基于 ARM 嵌入式系统的最基本的接口实验，在嵌入式系统的开发中经常用到，希望读者熟练掌握每个实验的原理及编程方法，为今后从事嵌入式系统的开发工作打下坚实的基础。

5.1   ARM 启动及工作模式切换实验

实验目的

- 通过实验了解 ARM 的工作模式
- 掌握 ARM 处理器的启动过程

实验内容

- 学习 ARM 的工作模式，观察各种模式下寄存器的区别，掌握熟悉 ARM 不同模式的进入与退出
- 掌握对 ARM 内核的启动过程

实验原理

处理器模式可以通过软件控制进行切换，也可以通过外部中断或异常处理过程进行切换。大多数的应用程序运行在用户模式下，这时，正在执行的程序不能访问某些被操作系统保护的系统资源，也不能直接进行处理器模式的切换，除非异常发生，在异常处理过程中进行处理器模式的切换。这允许适当编写操作系统来控制系统资源的使用。

除用户模式外的其他模式称为特权模式，它们可以自由地访问系统资源并改变模式。其中的 5 种称为异常模式，即：

- FIQ（Fast Interrupt Request）；
- IRQ（Interrupt Request）；
- 管理（Supervisor）；
- 中止（Abort）；
- 未定义（Undefined）。

当特定的异常出现时，进入相应的模式。每种模式都有一组寄存器，可以保证在进入异常模式时，用户模式下的寄存器（保存了程序运行状态）不被破坏。

系统模式并不是通过异常过程进入的，它和用户模式具有完全一样的寄存器。但是系统模式属于特权模式，可以访问所有的系统资源，也可以直接进行处理器模式切换。它主要供操

作系统的任务使用。通常，操作系统的任务需要访问所有的系统资源，同时该任务仍然使用用户模式的寄存器组，而不是使用异常模式下相应的寄存器组，这样可以保证当异常中断发生时任务状态不被破坏。

本节重点讲解 ARM 启动过程及程序的编写过程。

嵌入式系统的资源有限，程序通常固化在 ROM 中。程序执行前，需要对系统的硬件、软件运行环境进行必要的初始化工作，通常这些工作由汇编语言编写的启动程序来启动完成。

启动程序是嵌入式程序的开头部分，与应用程序一起固化在 ROM 中，并首先在系统上运行。启动程序的作用就是初始化应用程序所需的运行环境：CPU 的初始化、I/O 的初始化、存储器的初始化等。写好启动程序是设计好嵌入式程序的关键之一。

对于嵌入式应用系统和具有操作系统支持的应用系统来说，相同运行环境初始化部分的工作是不同的。对于由操作系统支持的应用系统，在操作系统启动时将会初始化系统运行环境。操作系统在加载应用程序后，将控制权转交给应用程序的 main()函数，然后运行库中的_main()初始化应用程序。而对于嵌入式应用系统，由于没有操作系统的支持，存放在 ROM 中的代码必须进行所有的初始化工作。

一般初始化启动代码的流程如下。

1. 设置入口指针

初始入口点是映像文件运行时的入口点，每个映像文件只有唯一的一个初始入口点，它保存在 ELF 头文件中。在汇编中以关键字 ENTRY 作为入口点标志。如果映像文件被操作系统加载，则操作系统通过跳转到该初始入口点处执行来加载该映像文件。初始入口点必须满足下面两个条件：

● 初始入口点必须位于映像文件的可执行域内，参见程序段 1。
● 包含初始入口点的可执行域不能被覆盖，它的加载时地址和运行时地址必须是相同的（也就是固定域 root region）。

程序段 1：

```
AREA      STARTUP,CODE,READONLY              //StartUp 只读域定义
          ENTRY                              //入口点标志
START
          B         INT_Reset                //无返回跳转指令
          LDR       PC, Undefined_Addr
          LDR       PC, SWI_Addr
          LDR       PC, Prefetch_Addr
          LDR       PC, Abort_Addr
          NOP
          LDR       PC,  IRQ_Addr
          LDR       PC, FIQ_Addr
```

2. 设置异常中断向量表

异常中断向量表必须设置在从 0x0 地址开始的空间，在实际应用中，0x0 地址的位置有两种：ROM 和 RAM。在系统运行过程中，如果地址 0x0 处为 ROM，则异常中断向量表一定要固定在 0x0 处，在程序运行过程中不能被修改；如果地址 0x0 处为 RAM，则系统初始化时在 RAM 中重建异常中断向量表，参见程序段 2。

对于 S3C2410 实验板，0x0 地址为 ROM 区域。

程序段 2：

```
Vector_Init_Block
        LDR     PC,Reset_Addr
        LDR     PC,Undefined_Addr
        LDR     PC,SWI_Addr
        LDR     PC,Prefetch_Addr
        LDR     PC,Abort_Adrr
        NOP
        LDR     PC,IRQ_Addr
        LDR     PC,FIQ_Addr

        MOV     R8,#0                    //RAM 在 0 地址
        LDR     R9,Vector_Init_Block
        LDMIA   R9!{R0-R7}
        STMIA   R8!{R0-R7}               //重建向量表
```

对于未使用的异常向量，使用哑元函数的方式处理，让程序停留在中断处，防止程序运行混乱，参见程序段 3。

程序段 3：

```
        EXPORT   Undefined_Handler
Undefined_Handler
        B    Undefined_Handler           //未定义指令异常

        EXPORT   SWI_Handler
SWI_Handler
        B    SWI_Handler                 //软中断异常

        EXPORT   Prefetch_Handler
Prefetch_Handler
        B    Prefetch_Handler            //指令预取异常

        EXPORT   Abort_Handler
Abort_Handler
        B    Abort_Handler               //数据访问异常

        EXPORT   FIQ_Handler
FIQ_Handler
        B    FIQ_Handler                 //快速中断异常
```

3. CPU 的初始化

CPU 上电启动后，产生的第一个异常就是 RESET 异常，在这个异常处理中主要的工作就是初始化系统。

CPU 的初始化就是用最少、最简单的初始化代码先让 CPU 跑起来，主要包括 CPU 最基本的初始化工作，如模式的切换、中断的屏蔽、看门狗的屏蔽、运行时钟的设置等。这里以 S3C2410 的 CPU 初始化为例：要让 S3C2410 简单地跑起来，首先切换 CPU 的模式为管理模式，并设置 I 和 F 标志位为禁止响应中断，然后屏蔽看门狗，设置 PLL 和 CPU 工作频率，设置时钟对所有的片内外设有效，关闭 MMU。初始化完之后，CPU 就基本上能简单地跑起来

了，初始化程序参见程序段 4。

程序段 4：

```
        EXPORT  INT_Reset
        INT_Reset
        ;//     模式转换为管理模式
                MRS     R0,CPSR
                BIC     R0,R0,#MODE_MASK
                ORR     R0,R0,#MODE_SUP
                ORR     R0,R0,#INTLOCK
                MSR     CPSR_cxsf,R0


        ;//     硬件屏蔽中断
                LDR     R0,=INTMSK
                LDR     R1,= 0xFFFFFFFF
                STR     R1,[R0,#0]
                LDR     R0,=INTSUBMSK
                LDR     R1,=0X7FF
                STR     R1,[R0]


        ;// 屏蔽看门狗   ****注意立即数规范****
                LDR     R0, =WTCON
                LDR     R1, = 0x0
                STR     R1, [R0]


        ;// PLL 稳定输出时间
                LDR     r0,= LOCKTIME
                LDR     r1,= 0xffffff
                STR     r1,[r0]


        ;// 设置 CPU 工作频率  Fin = 10MHz, Fout = 90MHz
                LDR     R0,=MPLLCON
                LDR     R1,=0X70022
                STR     R1,[R0]


        ;// 设置时钟对所有的片内外设有效
                LDR     r0,=CLKCON
                LDR     r1,= 0x7FFF0
                STR     r1,[r0]


        ;//关闭MMU
                MOV     R0,#0
                MCR     p15,0,R0,c1,c0,0
```

4. 初始化存储系统

CPU 初始化完之后，就是存储系统的初始化。对 S3C2410 来讲，存储系统的初始化工作主要包括：存储器的位宽、访问时钟周期、容量、起始地址、结束地址等设置，参见程序段 5。

程序段 5：

```
;//设置内存控制寄存器，配置内存参数，初始化内存
        LDR     R0,=BWSCON
        LDR     R1,=0X22111110
        STR     R1,[R0]
        LDR     R0,=BANKCON0
        LDR     R1,=0X700
        STR     R1,[R0]
        LDR     R0,=BANKCON6
        LDR     R1,=0X18005
        STR     R1,[R0]
        LDR     R0,=BANKCON7
        LDR     R1,=0x18005
        STR     R1,[R0]
        LDR     R0,=REFRESH
        LDR     R1,=0X8E0459
        STR     R1,[R0]
        LDR     R0,=BANKSIZE
        LDR     R1,=0X32
        STR     R1,[R0]
        LDR     R0,=MRSRB6
        LDR     R1,=0X30
        STR     R1,[R0]
        LDR     R0,=MRSRB7
        LDR     R1,=0X30
        STR     R1,[R0]
```

5．RW 数据段的复制，ZI 数据段的建立

存储系统初始化完成之后，外接的 RAM 就可用了。由于 ROM 是不可改写的，因此接下来要做的工作就是可读/写数据（RW 和 ZI 数据段）的复制和建立。要从 ROM 中把这些数据复制至 RAM 中去运行，或在 RAM 中建立其使用区，在起始代码中必须有一段代码完成复制和建立的操作，具体操作参见程序段 6 和程序段 7。其中，符号|Image$$ZI$$Base|，|Image$$ZI$$Limit|，|Image$$RO$$Limit|，|Image$$RW$$Base|都是 ADS 连接器自动生成的区域段的起始与结束地址变量，我们采用直接引入调用的方式来使用它们，由此得知要复制和建立的代码段的大小。

> |Image$$ZI$$Base|：ZI 段的起始地址；
> |Image$$ZI$$Limit|：ZI 段的结束地址；
> |Image$$RO$$Limit|：RO 段的结束地址；
> |Image$$RW$$Base|：RW 段的起始地址。

程序段 6：

```
BSS_Start_Ptr
        IMPORT  |Image$$ZI$$Base|
        DCD     |Image$$ZI$$Base|


BSS_End_Ptr
        IMPORT  |Image$$ZI$$Limit|
        DCD     |Image$$ZI$$Limit|
```

```
ROM_Data_Start_Ptr
        IMPORT    |Image$$RO$$Limit|
        DCD       |Image$$RO$$Limit|

RAM_Start_Ptr
        IMPORT    |Image$$RW$$Base|
        DCD       |Image$$RW$$Base|
```

其中，BSS_Start_Ptr，BSS_End_Ptr，ROM_Data_Start_Ptr，RAM_Start_Ptr 这些汇编语言行标号的作用相当于 C 语言中变量的作用，用于保存特定信息值。

程序段 7:

```
        LDR     r0,ROM_Data_Start_Ptr    ;// 读取 RO 段起始地址
        LDR     r1,RAM_Start_Ptr         ;// 读取 RW 段起始地址
        LDR     r3,BSS_Start_Ptr         ;// 读取 ZI 段起始地址
        CMP     r0,r1                    ;// 是否有要复制的 RW 数据

        BEQ     INT_BSS_Clear            ;// 没有 RW 数据，建立 ZI 段数据

INT_ROM_Vars_Copy
        CMP     r1,r3                    ;// 是否复制完
        LDRCC   r2, [r0], #4             ;// 从 ROM 中读取数据
        STRCC   r2, [r1], #4             ;// 从 RAM 中写数据
        BCC     INT_ROM_Vars_Copy        ;// 循环复制

INT_BSS_Clear
        LDR     r1,BSS_End_Ptr           ;// 读取 ZI 段结束地址
        MOV     r2,#0                    ;// 清 R2 值为 0

INT_BSS_Clear_Loop
        CMP     r3,r1                    ;// 清零是否完毕
        STRCC   r2,[r3],#4               ;// 清零操作
        BCC     INT_BSS_Clear_Loop       ;// 循环操作
```

6. 初始化堆栈指针

数据段复制与建立完成之后，接下来要做的工作就是初始化系统的堆栈，即 SVC、USER、IRQ、FIQ、UND、ABT、SYS 模式下的堆栈，根据程序运行的需要来初始化对应的堆栈，为系统开辟一个独立的堆栈空间的程序参见程序段 8。一般，把堆栈放在 RAM 最大地址的地方，堆栈的增长方向为向 RAM 地址减小的方向（符合 ATPCS 规范）。

程序段 8:

```
        ;// 初始化 SVC 模式下的堆栈
        LDR     SP,=SYS_STACK

        ;// 初始化 IRQ 模式下的堆栈
        MRS     r0,CPSR                  ;// 取当前 CPSR
        BIC     r0,r0,#MODE_MASK         ;// 清模式位
        ORR     r0,r0,#MODE_IRQ          ;// 设置 IRQ 模式位
```

```
        MSR      CPSR_cxsf,r0              ;// 转为 IRQ 模式
        LDR      SP,=IRQ_STACK            ;// 设置 IRQ 堆栈指针

;// 初始化 SUP 模式下的堆栈
        MRS      r0,CPSR                  ;// 取当前 CPSR
        BIC      r0,r0,#MODE_MASK         ;// 清模式位
        ORR      r0,r0,#MODE_SUP          ;// 设置 SUP 模式位
        MSR      CPSR_cxsf,r0             ;// 转为 SUP 模式
        LDR      SP,=SVC_STACK            ;// 设置 SUP 堆栈指针

;// 转回系统模式，并使能中断标志位
        MRS      r0,CPSR                  ;// 取当前 CPSR
        BIC      r0,r0,#MODE_MASK         ;// 清模式位
        ORR      r0,r0,#MODE_SYS          ;// 设置 SYSTEM 模式位
        BIC      R0,R0,#INTLOCK           ;// 开中断
        MSR      CPSR_cxsf,r0             ;// 全部中断堆栈设置完毕返回
```

7．初始化关键的 GPIO

初始化关键的 GPIO 的工作主要是设置一些有特殊功能的 I/O 引脚。对 S3C2410 这块学习板来说，共有 117 只多功能输入/输出引脚。

GPA 口：23 只输出口；

GPB 口：11 只输入/输出口；

GPC 口：16 只输入/输出口；

GPD 口：16 只输入/输出口；

GPE 口：16 只输入/输出口；

GPF 口：8 只输入/输出口；

GPG 口：16 只输入/输出口；

GPH 口：11 只输入/输出口。

每组端口都有复用的功能，例如，作为输入口或输出口，还可以定义为中断触发功能，可以通过软件配置寄存器来满足不同系统和不同设计的需要。在运行主程序之前，必须先对每一个用到的引脚的功能进行设置。如果某些引脚的复用功能没有使用，那么可以先将该引脚设置为 I/O 口。具体代码参见程序段 9。

程序段 9：

```
        LDR      R0,=GPBCON
        LDR      R1,=0X44555
        STR      R1,[R0,#0]
        LDR      R0,=GPBDAT
        LDR      R1,=0X414
        STR      R1,[R0,#0]
        LDR      R0,=GPBUP
        LDR      R1,=0X7FF
        STR      R1,[R0,#0]
        LDR      R0,=GPCCON
        LDR      R1,=0XAAAAAAAA
        STR      R1,[R0,#0]
```

```
        LDR     R0,=GPCUP
        LDR     R1,=0XFFFF
        STR     R1,[R0,#0]
        LDR     R0,=GPDCON
        LDR     R1,=0XAAAAAAAA
        STR     R1,[R0,#0]
        LDR     R0,=GPDUP
        LDR     R1,=0XFFFF
        STR     R1,[R0,#0]
        LDR     R0,=GPEUP
        LDR     R1,=0XFFFF
        STR     R1,[R0,#0]
        LDR     R0,=GPECON
        LDR     R1,=0X2aa
        STR     R1,[R0,#0]
        LDR     R0,=GPFUP
        LDR     R1,=0XFF
        STR     R1,[R0,#0]
        LDR     R0,=GPFCON
        LDR     R1,=0x2
        STR     R1,[R0,#0]
        LDR     R0,=GPGCON
        LDR     R1,=0XFF000000
        STR     R1,[R0,#0]
        LDR     R0,=GPGUP
        LDR     R1,=0XF800
        STR     R1,[R0,#0]
        LDR     R0,=GPHCON
        LDR     R1,=0XAA
        STR     R1,[R0]
        LDR     R0,=GPHUP
        LDR     R1,=0X3FF
        STR     R1,[R0]
```

8. 改变处理器工作模式（如果需要）

整个初始化的操作都是在管理模式下进行的，当所有的初始化操作完成之后，可根据用户需要调整处理器的工作模式。具体操作代码参见程序段 10。

程序段 10：

```
;//模式转换为用户模式
        MRS     R0,CPSR
        BIC     R0,R0,#MODE_MASK
        ORR     R0,R0,#MODE_USER
        BIC     R0,R0,#LOCKOUT              //使能中断
        MSR     CPSR_cxsf,R0
```

9. 使能中断系统

现在 ARM 内核已经可以处理中断了，为了保证实时系统的实时性，应及时将中断使能。

10. 调用 C 程序

跳转至 C 入口函数参见程序段 11。

程序段 11：

```
IMPORT    C_Entry          //引入 C 入口函数
B         C_Entry          //跳转至 C 入口函数
```

实验操作步骤

① 准备实验环境。连接好主机——Probe-ICE——目标板，启动 Multi-server 并配置好 ARM 内核（ARM920T）。

② 启动 CodeWarrior，打开所需工程文件（\···\实验项目\interrupt\sourcecode\interrupt\interrupt.mcp）。

③ 选择目标模板为 ReInRam。若源文件有改动或路径发生变化，则需要重新编译（make）。

④ 直接进入 AXD，单击 Go 按钮，然后单击 Stop 按钮，以初始化 CPU 及 SDRAM。

⑤ 使用 Load image 命令加载 image 文件。

⑥ 全速运行。

⑦ 设置断点。

⑧ 单步运行程序，观察指示灯的反应。

⑨ 如果有必要，可修改源代码，重新编译。然后单击 Reload 按钮重新调试。

⑩ 退出系统。

⑪ 理解和掌握实验内容后，完成后面的问题与讨论。

实验参考程序

略。

问题与讨论

① 如果从用户模式切换到其他模式，应该如何实现？

② 在 ARM 启动时，为什么要关闭看门狗？

5.2　I/O 控制及 LED 显示实验

实验目的

- 熟悉 ARM 芯片 I/O 口编程配置方法
- 通过实验掌握 ARM 芯片 I/O 口控制 LED 显示的方法
- 学习 LED 驱动原理

实验内容

- ARM 芯片 I/O 口通常都是与其他引脚复用的，要熟悉 ARM 芯片 I/O 口的编程配置方法、LED 基本原理，熟悉 S3C2410 芯片 I/O 口配置寄存器
- 编程实现发光二极管 LED4 依次点亮与熄灭

实验原理

5.1 节对 GPIO 做了大致的介绍，本节主要对端口控制的寄存器进行详细的介绍与说明，包括对寄存器的描述及有关 LED 的驱动。

1. 寄存器描述

由于 I/O 口的配置过程都完全类似，因此接下来主要以 GPF 口作为对象来进行讲解。

（1）端口控制寄存器（GPFCON）

在 S3C2410 中，大多数的引脚都是复用的，因此，可以通过控制寄存器来配置每个 I/O 引脚的功能。如果 GPF0～GPF7 和 GPG0～GPG7 用做断电模式下的唤醒信号，则这些端口必须配置成中断模式。

其引脚定义见表 5.1。

（2）端口数据寄存器（GPFDAT）

如果端口被配置成输出口，那么输出数据可以写入 PnDAT 相应的位；如果端口定义为输入口，那么输入数据可以从 PnDAT 相应的位读入。

其定义见表 5.2。

表 5.1 端口控制寄存器位描述

GPFCON	位　域	描　　述
GPF7	[15:14]	00=Input，01=Output 10=EINT7，11=Reserved
GPF6	[13:12]	00=Input，01=Output 10=EINT6，11=Reserved
GPF5	[11:10]	00=Input，01=Output 10=EINT5，11=Reserved
GPF4	[9:8]	00=Input，01=Output 10=EINT4，11=Reserved
GPF3	[7:6]	00=Input，01=Output 10=EINT3，11=Reserved
GPF2	[5:4]	00=Input，01=Output 10=EINT2，11=Reserved
GPF1	[3:2]	00=Input，01=Output 10=EINT1，11=Reserved
GPF0	[1:0]	00=Input，01=Output 10=EINT0，11=Reserved

表 5.2 端口数据寄存器位描述

GPFDAT	位　域	描　　述
GPF[7:0]	[7:0]	当端口配置为输入时，外部数据可以从对应的引脚读入；当端口配置为输出时，写到该寄存器中的数据可以发送到对应的引脚；当端口配置为功能性引脚时，将读到未定义的值

GPFDAT 是 GPF 口的数据寄存器，它的第 0～7 位分别对应 GPF0～GPF7 的数据。当 GPF 为输出口时，对 GPFDAT 中的相应位写 1，即可输出高电平，反之则输出低电平。当 GPF 口为输入口时，GPF 口读到的数据即为 GPF 口相应引脚的外部电平状态。

（3）端口上拉寄存器（GPFUP）

当 GPF 口作为输入口时，还可以设置内部上拉电阻，其定义见表 5.3。

表 5.3 端口上拉寄存器位描述

GPFUP	位　域	描　　述
GPF[7:0]	[7:0]	0=对应引脚的上拉功能被允许 1=上拉功能被禁止

端口上拉寄存器控制每个端口的上拉电阻的使能和关闭。当相应位为 0 时，上拉电阻使能；当相应位为 1 时，上拉电阻关闭。

2. LED 的驱动

由于单只 LED 管的工作电压低（大约在 1.5～2V），个别需要达到 4V，同时工作电流仅为 1～5mA，因此可以用 CPU 的通用输入/输出引脚（GPIO）直接控制。

如图 5.1 所示为由 CPU 的 GPIO 直接驱动控制 LED 的原理图。以 D804 为例，它的阳极接在 3.3V 电源上，阴极通过 1 只串联的 1kΩ电阻接在 CPU 的 GPF4 IO 引脚上。假设 D804 的正向导通压降为 1.5V，当 GPF4 输出低电平时（一般为 0.2V 左右），D804（绿色 LED）中将会有$(3.3-0.2-1.5)/1=1.6$mA 的电流通过，并导致 D804 发光。反之，当 GPF4 输出高电平时，D804 中几乎没有电流流过，因此将不会发光。

所以要控制 LED 的发光与否，关键在于如何去控制 CPU 的 GPF 的输出状态。

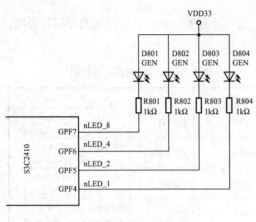

图 5.1 LED 驱动连接图

实验操作步骤

① 准备实验环境。连接好主机——Probe-ICE——目标板，启动 Multi-server 并配置好 ARM 内核（ARM920T）。

② 启动 CodeWarrior，打开所需工程文件（\…\实验项目\interrupt\sourcecode\interrupt\interrupt.mcp）。

③ 选择目标模板为 ReInRam。若源文件有改动或路径发生变化，则需要重新编译（make）。

④ 直接进入 AXD，单击 Go 按钮，然后单击 Stop 按钮，初始化 CPU 及 SDRAM。

⑤ 使用 Load image 命令加载 image 文件。

⑥ 单击 Go 按钮，全速运行，观察灯闪烁的现象。

⑦ 在主函数处设置断点，单步运行，注意灯开、灯灭时相应寄存器的控制。

⑧ 如果有必要，可修改源代码，重新编译。然后单击 Reload 按钮重新调试。

⑨ 退出系统。

⑩ 理解和掌握实验内容后，完成后面的问题和讨论。

实验参考程序

```
#include <stdarg.h>
#include "2410addr.h"
#include "def.h"

void Led1_On_or_Off(int flag);
void Led4_On_or_Off(int flag);
void EINT0_Enable(int flag);

void C_Entry()
{
    int i;
    EINT0_Enable(TRUE);
    while(10);
```

```
                ;
        }

        void EINT0_LISR(void)
        {
                int i;
                Led4_On_or_Off(TRUE);
                while(i++<100000);
                Led4_On_or_Off(FALSE);
                while(i++<10000);
        }

        void Led1_On_or_Off(int flag)
        {

          int temp;
          if(flag ==TRUE)                          //led1 on
             {
             //set GPF4
             temp = rGPFCON;
             rGPFCON = temp |(1<<8);
             temp = rGPFDAT;
             rGPFDAT = temp&(0<<4);
             }
             else                                  //led1 off
             {
             //set GPF4
             temp = rGPFCON;
             rGPFCON = temp |(1<<8);
             temp = rGPFDAT;
             rGPFDAT = temp|(1<<4);
             }
          }

        void Led4_On_or_Off(int flag)
        {

          int temp;
          if(flag ==TRUE)                          //led1 on
             {
             //set GPF7
             temp = rGPFCON;
             rGPFCON = temp |(1<<14);
             temp = rGPFDAT;
             rGPFDAT = temp&(0<<7);
             }
             else                                  //led1 off
             {
```

```
        //set GPF7
        temp = rGPFCON;
        rGPFCON = temp |(1<<14);
        temp = rGPFDAT;
        rGPFDAT = temp|(1<<7);
        }
    }

    void EINT0_Enable(int flag)
    {
        int temp;
        if(flag == TRUE)
        {
            //set GPF0
            temp = rGPFCON;
            rGPFCON = temp |0x2;
            temp = rGPGUP;
            rGPFDAT = temp|0x1;
            rINTMSK&= ~(BIT_EINT0);
        }
        else
        {
            rINTMSK&= BIT_EINT0;
        }
    }
```
（注：限于篇幅，详细程序请参考 Nand Flash 实验例程。）

问题与讨论

① 分析函数 void Led4_On_or_Off()。
② 如果要定时闪烁 LED4，如何解决？

5.3 中断处理编程及实验

实验目的

● 通过实验了解中断机制的原理
● 掌握中断程序的编写方法

实验内容

● 学习编写中断程序，完成中断实验

实验原理

1. 中断处理

在嵌入式系统中，外部设备的功能实现主要靠中断机制来实现。中断功能可以解决 CPU

内部运行速度远远快于外部总线速度而产生的等待延时问题。ARM 提供的 FIQ 和 IRQ 异常中断用于外部设备向 CPU 请求中断服务，在一般情况下都是采用 IRQ。

（1）ARM 处理器对程序状态寄存器的处理

ARM 处理器复制当前程序状态寄存器（CPSR）的数值到备份程序状态寄存器（SPSR_MODE）中。由于 ARM 内核有多种模式，每种模式都有自己对应的备份程序状态寄存器，因此将 CPSR 的值存在哪一种寄存器中取决于发生中断前系统运行在哪一种模式下，以便中断程序执行完毕后，系统能够正确地返回到执行中断前的环境中去。在 ARM 系统中，环境一般是指 CPSR 的值、PC 指针和通用寄存器的数值，因为将这些值保存之后就可以保存当时的执行环境，并且能够正确地返回。

（2）设置适当的 CPSR 位

包括改变处理器状态进入 ARM 状态，改变处理器模式进入相应的异常模式，设置中断禁止位禁止相应中断（如果需要）。发生中断之后，处理器必须在 ARM 状态下，这是因为，只有在 ARM 状态下才有对程序状态寄存器进行操作的指令。改变处理器模式实际上就是进入到中断模式，设置中断禁止位禁止相应中断。如果中断程序是不可抢占的，即一旦进入中断之后，只有将程序执行完后才能返回从而响应其他的中断，即使优先级别高的中断发生了也一样要等待。这种中断是不可剥夺的，在实际中很少用，因为它在很大程度上不能够反映出中断的优先级。所以当两者同时出现时要优先前者，即前者可以抢断，而后者有可能被丢弃。

（3）保存返回地址

保存返回地址到 LR_<mode>中，只有保存了返回地址才有可能正确地返回先前执行的地址处继续执行程序，同时在中断程序执行的时候要保存那些将要用到的通用寄存器，以防破坏原来的数据。

（4）设置 PC 为相应的异常向量

前面几步是保存现场，从这一步才开始去执行中断程序。在这之前所做的工作是占用时间的，即执行中断程序是有一定代价的，它需要一些额外的开销。所以，在某些时候用中断来响应外设可能没有用轮循法来得快，但在外设较多的情况下，轮循法就不行了。

（5）返回

异常处理需要从 SPSR_<mode>恢复 CPSR 和从 LR_<mode>恢复 PC。当做到这两步时，就可以返回到发生中断之前程序的执行处继续执行。

S3C2410 的中断控制器可以接收来自 56 个中断源的中断请求。当多个中断同时发生的时候，要依靠优先级别决定中断执行的顺序。

图 5.2 显示了中断产生的各个环节，首先要有中断源产生中断，这里面有两条路径，上面一条是次级中断源产生的中断，然后再通过 SUBSRCPND 显示出来，最后还要经过次级掩码寄存器（SUBMASK）来决定这个次级中断源所产生的中断是否被掩码掉，被掩码的中断源将不会被执行，但 SUBSRCPND 上会有显示。次级中断源所产生的中断在这之后将会与没有次级寄存器的中断源汇合，然后在 SRCPND 上显示出来，再往后还要经过主掩码寄存器的决定，同时还要经过模式判别器来决定是产生 IRQ 中断还是产生 FIQ 中断。如果是 FIQ 中断则直接触发，因为为了保证 FIQ 中断的执行效率，一般 FIQ 中断只有一个。如果是 IRQ 中断，则还要判断中断的优先级别，级别高的先执行，然后在 INTPND 上登记。这里要注意，只有被执行的中断源才能在 INTPND 上登记。最后则是中断的执行。在整个过程中，各个环节都是由寄存器来控制的，下面介绍具体的中断控制寄存器和相关的中断知识。

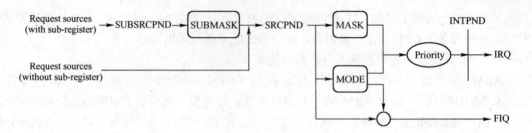

图 5.2　中断机制图

2．中断源及其优先级别

表 5.4 中列出了 ARM 所有中断源，图 5.3 显示的是中断的优先级别。从图 5.3 中可以看出，优先级别裁决器一共分为 6 组，裁决器标号越小，优先级别越高，每个裁决器又有多个中断源，从上到下，优先级别降低。当然这些都是默认情况，裁决器的优先级别可以改变，裁决器中的中断源也可在裁决器的范围内改变。

表 5.4　中断源介绍

中　断　源	描　　述	裁　决　器　组
ITN_UART2	UART2 中断（ERR, RXD, TXD）	ARB2
INT_TIMER4	Timer4 中断	ARB2
INT_TIMER3	Timer3 中断	ARB2
INT_TIMER2	Timer2 中断	ARB2
INT_TIMER1	Timer1 中断	ARB2
INT_TIMER0	Timer0 中断	ARB2
INT_WDT	看门狗定时中断	ARB1
INT_TICK	RTC 时间片中断	ARB1
nBATT_FLT	电池错误中断	ARB1
Reserved	保留	ARB1
EINT8_23	外部中断 8～23	ARB1
EINT4_7	外部中断 4～7	ARB1
EINT3	外部中断 3	ARB0
EINT2	外部中断 2	ARB0
EINT1	外部中断 1	ARB0
EINT0	外部中断 0	ARB0
INT_ADC	ADC EOC and Touch 中断（INT_ADC/INT_TC）	ARB5
INT_RTC	RTC alarm 中断	ARB5
INT_SPI1	SPI1 中断	ARB5
INT_UART0	UART0 中断（ERR, RXD, TXD）	ARB5
INT_IIC	I^2C 中断	ARB4
INT_USBH	USB Host 中断	ARB4
INT_USBD	USB Device 中断	ARB4
Reserved	保留	ARB4
INT_UART1	UART1 中断（ERR, RXD, TXD）	ARB4
INT_SPI0	SPI0 中断	ARB4

中　断　源	描　　　述	裁　决　器　组
INT_SDI	SDI 中断	ARB3
INT_DMA3	DMA 通道 3 中断	ARB3
INT_DMA2	DMA 通道 2 中断	ARB3
INT_DMA1	DMA 通道 1 中断	ARB3
INT_DMA0	DMA 通道 0 中断	ARB3
INT_LCD	LCD 中断（INT_FrSyn 和 INT_FiCnt）	ARB3

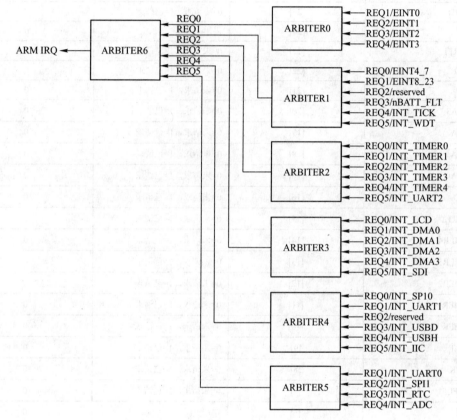

图 5.3　优先级别

3．中断寄存器

下面介绍中断寄存器及描述。

（1）中断指示寄存器（见表 5.5 和表 5.6）

表 5.5　中断指示寄存器描述

寄　存　器	地　　址	读/写	描　　　述	复　位　值
SRCPND	0X4A000000	读/写	定义中断请求状态 0=未请求中断 1=中断源已响应中断请求	0x00000000

　　前面已经介绍过，只要有中断发生，不管是否被掩码寄存器掩码掉，该寄存器上都有显示，并且，如果同时发生多个中断源，在该寄存器上都有显示，而不用看优先级别。显示方法很简单，将中断源对应位置为 1 即可。

表 5.6　中断指示寄存器各位描述

SRCPND	位　域	描　述	初 始 状 态
INT_ADC	[31]	0=未请求，1=已请求	0
INT_RTC	[30]	0=未请求，1=已请求	0
INT_SPI1	[29]	0=未请求，1=已请求	0
INT_UART0	[28]	0=未请求，1=已请求	0
INT_IIC	[27]	0=未请求，1=已请求	0
INT_USBH	[26]	0=未请求，1=已请求	0
INT_USBD	[25]	0=未请求，1=已请求	0
Reserved	[24]	未用	0
INT_UART1	[23]	0=未请求，1=已请求	0
INT_SPI0	[22]	0=未请求，1=已请求	0
INT_SDI	[21]	0=未请求，1=已请求	0
INT_DMA3	[20]	0=未请求，1=已请求	0
INT_DMA2	[19]	0=未请求，1=已请求	0
INT_DMA1	[18]	0=未请求，1=已请求	0
INT_DMA0	[17]	0=未请求，1=已请求	0
INT_LCD	[16]	0=未请求，1=已请求	0
INT_UART2	[15]	0=未请求，1=已请求	0
INT_TIMER4	[14]	0=未请求，1=已请求	0
INT_TIMER3	[13]	0=未请求，1=已请求	0
INT_TIMER2	[12]	0=未请求，1=已请求	0
INT_TIMER1	[11]	0=未请求，1=已请求	0
INT_TIMER0	[10]	0=未请求，1=已请求	0
INT_WDT	[9]	0=未请求，1=已请求	0
INT_TICK	[8]	0=未请求，1=已请求	0
nBATT_FLT	[7]	0=未请求，1=已请求	0
Reserved	[6]	未用	0
EINT8_23	[5]	0=未请求，1=已请求	0
EINT4_7	[4]	0=未请求，1=已请求	0
EINT3	[3]	0=未请求，1=已请求	0
EINT2	[2]	0=未请求，1=已请求	0
EINT1	[1]	0=未请求，1=已请求	0
EINT0	[0]	0=未请求，1=已请求	0

（2）中断模式寄存器（见表 5.7 和表 5.8）

表 5.7　中断模式寄存器描述

寄　存　器	地　址	读/写	描　述	复 位 值
INTMOD	0X4A000004	读/写	中断模式寄存器 0=IRQ 模式，1=FIQ 模式	0x00000000

表 5.8　中断模式寄存器各位描述

INTMOD	位　域	描　　述	初 始 状 态
INT_ADC	[31]	0=IRQ，1=FIQ	0
INT_RTC	[30]	0=IRQ，1=FIQ	0
INT_SPI1	[29]	0=IRQ，1=FIQ	0
INT_UART0	[28]	0=IRQ，1=FIQ	0
INT_IIC	[27]	0=IRQ，1=FIQ	0
INT_USBH	[26]	0=IRQ，1=FIQ	0
INT_USBD	[25]	0=IRQ，1=FIQ	0
保留	[24]	未用	0
INT_URRT1	[23]	0=IRQ，1=FIQ	0
INT_SPI0	[22]	0=IRQ，1=FIQ	0
INT_SDI	[21]	0=IRQ，1=FIQ	0
INT_DMA3	[20]	0=IRQ，1=FIQ	0
INT_DMA2	[19]	0=IRQ，1=FIQ	0
INT_DMA1	[18]	0=IRQ，1=FIQ	0
INT_DMA0	[17]	0=IRQ，1=FIQ	0
INT_LCD	[16]	0=IRQ，1=FIQ	0
INT_UART2	[15]	0=IRQ，1=FIQ	0
INT_TIMER4	[14]	0=IRQ，1=FIQ	0
INT_TIMER3	[13]	0=IRQ，1=FIQ	0
INT_TIMER2	[12]	0=IRQ，1=FIQ	0
INT_TIMER1	[11]	0=IRQ，1=FIQ	0
INT_TIMER0	[10]	0=IRQ，1=FIQ	0
INT_WDT	[9]	0=IRQ，1=FIQ	0
INT_TICK	[8]	0=IRQ，1=FIQ	0
nBATT_FLT	[7]	0=IRQ，1=FIQ	0
保留	[6]	未用	0
EINT8_23	[5]	0=IRQ，1=FIQ	0
EINT4_7	[4]	0=IRQ，1=FIQ	0
EINT3	[3]	0=IRQ，1=FIQ	0
EINT2	[2]	0=IRQ，1=FIQ	0
EINT1	[1]	0=IRQ，1=FIQ	0
EINT0	[0]	0=IRQ，1=FIQ	0

　中断模式寄存器决定中断源产生的中断的模式是 IRQ 还是 FIQ。
（3）中断主掩码寄存器（见表 5.9 和表 5.10）

表 5.9　中断主掩码寄存器描述

寄 存 器	地　　址	读/写	描　　述	复 位 值
INTMSK	0X4A000008	读/写	决定哪个中断源被屏蔽。被屏蔽的中断源将不会得到服务 0=中断服务有效 1=中断服务被屏蔽	0x00000000

表 5.10　中断主掩码寄存器各位描述

INTMSK	位　域	描　述	初始状态
INT_ADC	[31]	0=服务有效，1=服务被屏蔽	1
INT_RTC	[30]	0=服务有效，1=服务被屏蔽	1
INT_SPI1	[29]	0=服务有效，1=服务被屏蔽	1
INT_UART0	[28]	0=服务有效，1=服务被屏蔽	1
INT_IIC	[27]	0=服务有效，1=服务被屏蔽	1
INT_USBH	[26]	0=服务有效，1=服务被屏蔽	1
INT_USBD	[25]	0=服务有效，1=服务被屏蔽	1
保留	[24]	未用	1
INT_URRT1	[23]	0=服务有效，1=服务被屏蔽	1
INT_SPI0	[22]	0=服务有效，1=服务被屏蔽	1
INT_SDI	[21]	0=服务有效，1=服务被屏蔽	1
INT_DMA3	[20]	0=服务有效，1=服务被屏蔽	1
INT_DMA2	[19]	0=服务有效，1=服务被屏蔽	1
INT_DMA1	[18]	0=服务有效，1=服务被屏蔽	1
INT_DMA0	[17]	0=服务有效，1=服务被屏蔽	1
INT_LCD	[16]	0=服务有效，1=服务被屏蔽	1
INT_UART2	[15]	0=服务有效，1=服务被屏蔽	1
INT_TIMER4	[14]	0=服务有效，1=服务被屏蔽	1
INT_TIMER3	[13]	0=服务有效，1=服务被屏蔽	1
INT_TIMER2	[12]	0=服务有效，1=服务被屏蔽	1
INT_TIMER1	[11]	0=服务有效，1=服务被屏蔽	1
INT_TIMER0	[10]	0=服务有效，1=服务被屏蔽	1
INT_WDT	[9]	0=服务有效，1=服务被屏蔽	1
INT_TICK	[8]	0=服务有效，1=服务被屏蔽	1
nBATT_FLT	[7]	0=服务有效，1=服务被屏蔽	1
保留	[6]	未用	1
EINT8_23	[5]	0=服务有效，1=服务被屏蔽	1
EINT4_7	[4]	0=服务有效，1=服务被屏蔽	1
EINT3	[3]	0=服务有效，1=服务被屏蔽	1
EINT2	[2]	0=服务有效，1=服务被屏蔽	1
EINT1	[1]	0=服务有效，1=服务被屏蔽	1
EINT0	[0]	0=服务有效，1=服务被屏蔽	1

在掩码寄存器中，如果该中断位设置为 1，则被掩码的中断源产生的中断最后将不会被响应。

（4）中断优先级别寄存器（见表 5.11 和表 5.12）

表 5.11　中断优先级别寄存器描述

寄存器	地　址	读/写	描　述	复位值
PRIORITY	0x4A00000C	读/写	IRQ 优先级别控制寄存器	0x7F

表 5.12　中断优先权寄存器各位描述

优　先　权	位　域	描　述	初 始 状 态
ARB_SEL6	[20:19]	裁决器6组优先级别序列 00=REQ 0-1-2-3-4-5，01=REQ 0-2-3-4-1-5 10=REQ 0-3-4-1-2-5，11=REQ 0-4-1-2-3-5	0
ARB_SEL5	[18:17]	裁决器5组优先级别序列 00=REQ 1-2-3-4，01=REQ 2-3-4-1 10=REQ 3-4-1-2，11=REQ 4-1-2-3	0
ARB_SEL4	[16:15]	裁决器4组优先级别序列 00=REQ 0-1-2-3-4-5，01=REQ 0-2-3-4-1-5 10=REQ 0-3-4-1-2-5，11=REQ 0-4-1-2-3-5	0
ARB_SEL3	[14:13]	裁决器3组优先级别序列 00=REQ 0-1-2-3-4-5，01=REQ 0-2-3-4-1-5 10=REQ 0-3-4-1-2-5，11=REQ 0-4-1-2-3-5	0
ARB_SEL2	[12:11]	裁决器2组优先级别序列 00=REQ 0-1-2-3-4-5，01=REQ 0-2-3-4-1-5 10=REQ 0-3-4-1-2-5，11=REQ 0-4-1-2-3-5	0
ARB_SEL1	[10:9]	裁决器1组优先级别序列 00=REQ 0-1-2-3-4-5，01=REQ 0-2-3-4-1-5 10=REQ 0-3-4-1-2-5，11=REQ 0-4-1-2-3-5	0
ARB_SEL0	[8:7]	裁决器0组优先级别序列 00=REQ 1-2-3-4，01=REQ 2-3-4-1 10=REQ 3-4-1-2，11=REQ 4-1-2-3	0
ARB_MODE6	[6]	裁决器6组优先级别循环使能 0=不允许优先级别循环 1=允许优先级别循环	0
ARB_MODE5	[5]	裁决器5组优先级别循环使能 0=不允许优先级别循环 1=允许优先级别循环	0
ARB_MODE4	[4]	裁决器4组优先级别循环使能 0=不允许优先级别循环 1=允许优先级别循环	0
ARB_MODE3	[3]	裁决器3组优先级别循环使能 0=不允许优先级别循环 1=允许优先级别循环	0
ARB_MODE2	[2]	裁决器2组优先级别循环使能 0=不允许优先级别循环 1=允许优先级别循环	0
ARB_MODE1	[1]	裁决器1组优先级别循环使能 0=不允许优先级别循环 1=允许优先级别循环	0
ARB_MODE0	[0]	裁决器0组优先级别循环使能 0=不允许优先级别循环 1=允许优先级别循环	0

优先级别寄存器决定了中断源的优先级别。

（5）中断执行指示寄存器（见表5.13和表5.14）

表 5.13　中断执行指示寄存器描述

寄　存　器	地　址	读/写	描　述	复 位 值
INTPND	0X4A000010	读/写	指示中断请求的状态 0=未请求中断 1=中断源已激活了中断请求	0x00000000

表 5.14　中断执行指示寄存器各位描述

表 5.14　中断执行指示寄存器各位描述

INTPND	位　域	描　述	Initial State
INT_ADC	[31]	0=未请求，1=已请求	0
INT_RTC	[30]	0=未请求，1=已请求	0
INT_SPI1	[29]	0=未请求，1=已请求	0
INT_UART0	[28]	0=未请求，1=已请求	0
INT_IIC	[27]	0=未请求，1=已请求	0
INT_USBH	[26]	0=未请求，1=已请求	0
INT_USBD	[25]	0=未请求，1=已请求	0
Reserved	[24]	未用	0
INT_UART1	[23]	0=未请求，1=已请求	0
INT_SPI0	[22]	0=未请求，1=已请求	0
INT_SDI	[21]	0=未请求，1=已请求	0
INT_DMA3	[20]	0=未请求，1=已请求	0
INT_DMA2	[19]	0=未请求，1=已请求	0
INT_DMA1	[18]	0=未请求，1=已请求	0
INT_DMA0	[17]	0=未请求，1=已请求	0
INT_LCD	[16]	0=未请求，1=已请求	0
INT_UART2	[15]	0=未请求，1=已请求	0
INT_TIMER4	[14]	0=未请求，1=已请求	0
INT_TIMER3	[13]	0=未请求，1=已请求	0
INT_TIMER2	[12]	0=未请求，1=已请求	0
INT_TIMER1	[11]	0=未请求，1=已请求	0
INT_TIMER0	[10]	0=未请求，1=已请求	0
INT_WDT	[9]	0=未请求，1=已请求	0
INT_TICK	[8]	0=未请求，1=已请求	0
nBATT_FLT	[7]	0=未请求，1=已请求	.0
Reserved	[6]	未用	0
EINT8_23	[5]	0=未请求，1=已请求	0
EINT4_7	[4]	0=未请求，1=已请求	0
EINT3	[3]	0=未请求，1=已请求	0
EINT2	[2]	0=未请求，1=已请求	0
EINT1	[1]	0=未请求，1=已请求	0
EINT0	[0]	0=未请求，1=已请求	0

只有优先级别最高并且未被掩码寄存器屏蔽掉的中断源才会在 INTPND 上登记。

（6）中断偏移寄存器（见表 5.15 和表 5.16）

表 5.15　中断偏移寄存器描述

寄　存　器	地　址	读/写	描　述	复　位　值
INTOFFSET	0X4A000014	读	指示 IRQ 中断请求源	0x00000000

表 5.16 中断偏移寄存器各位描述

INT 源	OFFSET 值	INT 源	OFFSET 值
INT_ADC	31	INT_UART2	15
INT_RTC	30	INT_TIMER4	14
INT_SPI1	29	INT_TIMER3	13
INT_UART0	28	INT_TIMER2	12
INT_IIC	27	INT_TIMER1	11
INT_USBH	26	INT_TIMER0	10
INT_USBD	25	INT_WDT	9
Reserved	24	INT_TICK	8
INT_UART1	23	nBATT_FLT	7
INT_SPI0	22	保留	6
INT_SDI	21	EINT8_23	5
INT_DMA3	20	EINT4_7	4
INT_DMA2	19	EINT3	3
INT_DMA1	18	EINT2	2
INT_DMA0	17	EINT1	1
INT_LCD	16	EINT0	0

不同的中断源所对应的偏移值是不一样的，通过查询偏移寄存器的偏移值，就可以得知发生的中断源。

（7）次级中断指示寄存器（见表 5.17 和表 5.18）

表 5.17 次级中断指示寄存器描述

寄 存 器	地 址	读/写	描 述	复 位 值
SUBSRCPND	0X4A000018	读/写	指示次级中断请求的状态 0=未请求中断 1=中断源已激活了中断请求	0x00000000

表 5.18 次级中断指示寄存器各位描述

SUBSRCPND	位 域	描 述	初 始 状 态
保留	[31:11]	未用	0
INT_ADC	[10]	0=未请求，1=已请求	0
INT_TC	[9]	0=未请求，1=已请求	0
INT_ERR2	[8]	0=未请求，1=已请求	0
INT_TXD2	[7]	0=未请求，1=已请求	0
INT_RXD2	[6]	0=未请求，1=已请求	0
INT_ERR1	[5]	0=未请求，1=已请求	0
INT_TXD1	[4]	0=未请求，1=已请求	0
INT_RXD1	[3]	0=未请求，1=已请求	0
INT_ERR0	[2]	0=未请求，1=已请求	0
INT_TXD0	[1]	0=未请求，1=已请求	0
INT_RXD0	[0]	0=未请求，1=已请求	0

（8）次级中断掩码寄存器（见表 5.19 和表 5.20）

表 5.19 次级中断掩码寄存器描述

寄 存 器	地 址	读/写	描 述	复 位 值
INTSUBMSK	0X4A00001C	读/写	决定哪些次级中断源被屏蔽。被屏蔽的中断源将不会得到服务 0=中断服务有效 1=中断服务被屏蔽	0x7FF

表 5.20 次级中断掩码寄存器各位描述

INTSUBMSK	Bit	描 述	初 始 状 态
保留	[31:11]	未用	0
INT_ADC	[10]	0=中断服务有效，1=被屏蔽	1
INT_TC	[9]	0=中断服务有效，1=被屏蔽	1
INT_ERR2	[8]	0=中断服务有效，1=被屏蔽	1
INT_TXD2	[7]	0=中断服务有效，1=被屏蔽	1
INT_RXD2	[6]	0=中断服务有效，1=被屏蔽	1
INT_ERR1	[5]	0=中断服务有效，1=被屏蔽	1
INT_TXD1	[4]	0=中断服务有效，1=被屏蔽	1
INT_RXD1	[3]	0=中断服务有效，1=被屏蔽	1
INT_ERR0	[2]	0=中断服务有效，1=被屏蔽	1
INT_TXD0	[1]	0=中断服务有效，1=被屏蔽	1
INT_RXD0	[0]	0=中断服务有效，1=被屏蔽	1

如图 5.4 所示是中断编程示例，图中说明了如何编写中断程序，所以只需将程序中的 c_irq_handler 换成外部中断处理程序即可。在中断实验中，这个处理程序可以变得非常简单，例如在 Super-ARM 实验教学系统上按一个外部中断键，就可以点亮 LED。

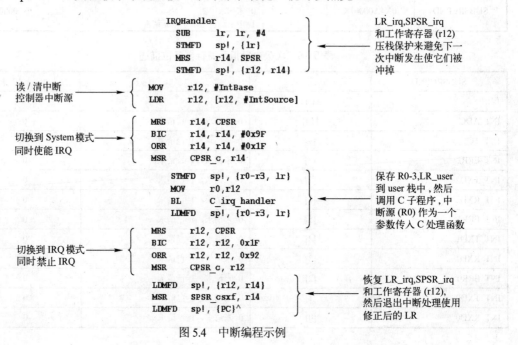

图 5.4 中断编程示例

4．中断编程的一般思路

● 对 CPU 进行初始化，使 CPU 能正常工作。注意，CPU 初始化时一般都要屏蔽中断。

● 设置 IRQ 堆栈。如果使用了 FIQ 中断，那么还应设置 FIQ 堆栈。

● 设置 I/O（因为在实验中用到了外部中断，而外部中断和 I/O 公用）。

● 设置中断模式，在本次实验中，都设置为 IRQ 中断。

● 使能中断。

● 发生中断后，首先压栈保存现场，再清中断，再关闭中断，执行中断服务程序，再打开中断，出栈以恢复现场。

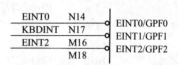

Super-ARM9 实验教学系统的外部中断的硬件电路图，如图 5.5 所示。

图 5.5　外部中断硬件电路图

实验操作步骤

① 准备实验环境。连接好主机——Probe-ICE——目标板，启动 Multi-server 并配置好 ARM 内核（ARM920T）。

② 启动 CodeWarrior，打开所需工程文件（\…\实验项目\interrupt\sourcecode\interrupt\interrupt.mcp）。

③ 选择目标模板为 ReInRam。若源文件有改动或路径发生变化，则需要重新编译（make）。

④ 直接进入 AXD，单击 Go 按钮，然后单击 Stop 按钮，初始化 CPU 及 SDRAM。

⑤ 使用 Load image 命令加载 image 文件。

⑥ 运行文件。

⑦ 在 IRQ 的中断向量表处，设置断点。

⑧ 按 Kint1 键，观察 ARM 寄存器。

⑨ 单步运行程序，观察压栈的过程。

⑩ 单步运行程序，观察指示灯的反应。

⑪ 单步运行程序，观察出栈的过程。

⑫ 调试运行。注意检查验证输出结果。

⑬ 如果有必要，可修改源代码，重新编译。然后单击 Reload 按钮重新调试。

⑭ 退出系统。

⑮ 理解和掌握实验内容后，完成后面的问题与讨论。

实验参考程序

```
AREA IRQ,CODE,READONLY
    EXPORT   INT_IRQ
INT_IRQ
;/* This Code is used to correctly handle interrupts and
;    is necessary due to the nature of the ARM7 architecture    */
    STMDB    sp!, {r1}    ;保存寄存器 r1，将 r1 压栈
    MRS      r1, SPSR
    TST      r1, #I_BIT
```

```
        LDMIA    sp!, {r1}
        SUBNES   pc,lr,#4
;//LR_IRQ,SPSR_IRQ 压栈，避免下一次中断发生使它们被冲掉
    SUB     lr, lr, #4
    STMFD   sp!, {lr}
    MRS     r14, SPSR
    STMFD   sp!, {r0-r4, r14}
    ;// 查寄存器 INTOFFSET 找出对应的中断
        LDR      R0,=INTOFFSET
        LDR      R0,[R0,#0]
        CMP      R0,#0X0
        BNE      IRQ_VECTOR_FOUND
;// No bits in pending register set, restore context and exit interrupt servicing
        LDMIA    SP!,{R0-R4,R14}
        MSR      SPSR_csxf,R14
        LDMIA    SP!,{PC}^
;//清中断控制源
IRQ_VECTOR_FOUND
        CMP R0,#Handler_ADC
        BNE SUB_UART_CLEAR
        LDR R1,=ADCTSC                      ;//设置触摸屏为 Y 转换模式
        LDR R2,=0X69
        STR R2,[R1,#0]
        LDR    R1,=SUBSRCPND
        LDR    R2,=INT_SUB_TC
        STR    R2,[R1,#0]
        B    INT_SOUR_CLEAR

SUB_UART_CLEAR                             ;//清 uart 中断源
        CMP R0,#Handler_UART0
        BNE INT_SOUR_CLEAR
        LDR    R1,=SUBSRCPND                ;//清 touch panel 中断源
        LDR R2,=(INT_SUB_TXD0:OR:INT_SUB_RXD0)
        STR R2,[R1,#0]

INT_SOUR_CLEAR
        LDR      R2,=INTPND
        LDR      R3,[R2,#0]
        LDR      R1,=SRCPND
        STR      R3,[R1,#0]
        STR      R3,[R2,#0]
    ;// Get IRQ vector table address
        LDR      r3,=INT_IRQ_Vectors        ;// Get IRQ vector table address
        MOV      r2, r0, LSL #2             ;// Multiply vector by 4 to get offset into table
        ADD      r3, r3, r2                 ;// Adjust vector table address to correct offset
        LDR      r2, [r3,#0]                ;// Load branch address from vector table
        MOV      PC, r2
        EXPORT   INT_ADC_Shell
INT_ADC_Shell
```

```
;// 跳至上下文保存处理程序
    STMDB    SP!,{LR}
;// 跳至中断服务程序
    BL       TPLCD_LISR                    ;// processing
    LDMIA    SP!,{LR}
;// 返回到 IRQ 模式
    MRS      r1,CPSR                       ;// Pickup current CPSR
    BIC      r1,r1,#MODE_MASK              ;// Clear the mode bits
    ORR      r1,r1,#MODE_IRQ               ;// Set the IRQ mode bits
    ORR      R1,R1,#I_BIT                  ;//DISABLE INT
    MSR      CPSR_cxsf,r1                  ;// Change to IRQ mode
    LDMIA    SP!,{R0-R4,R14}
    MSR      SPSR_csxf,R14
    LDMIA    SP!,{PC}^
```

问题与讨论

① SRCPND 与 INTPND 之间有什么区别？

② 如果有多个中断同时发生，ARM 将会怎样处理？

③ 如果允许中断嵌套，程序代码应怎样改写？

④ 如果将 S3C2410 改为 S3C44b0X（ARM7TDMI 内核），应修改哪些部分？

5.4 定时器及时钟中断实验

实验目的

● 通过实验了解定时器原理及功能

● 通过实验了解时钟中断的设计和处理方法

实验内容

● 在 SUPER-ARM9 实验教学系统上运行 DEMO，同时观察 LED 的闪烁频率

实验原理

S3C2410X 的 PWM Timer 介绍：S3C2410X 有 5 个 16 位定时器。定时器 0、1、2、3 有 PWM 功能，定时器 4 是一个内部定时器，它没有输出脚。定时器 0 有一个 DEAD ZONE 产生器，定时器 0、1 共享一个 8 位预分频器，定时器 2、3、4 共享另一个 8 位预分频器。定时器 0、1、2、3、4 有一个时钟分频器（1/2，1/4，1/8，1/16，TCLK）。每个定时器从时钟分频器接收时钟输入，而时钟分频器的输入时钟为相应的预分频器。每个定时器有一个计数缓冲寄存器（TCNTBn），保持定时器的计数初始值。每个计数器都有 16 位的向下计数器，当定时器的向下计数器计到 0 时，该初始值重新加载到定时器的向下计数器中，并产生中断请求。每个定时器还有一个比较缓冲寄存器（TCMPBn），初始值加载到定时器的比较寄存器中，当比较寄存器的值与定时器的向下计数器的值相同时，定时器控制逻辑改变 TOUT 的输出电平。

TCMPn 和 TCNTBn 可以随时加载，在下一个定时周期起作用。8 位预分频器和 16 位分频器可以形成用户所需的频率。

（1）预分频器（Prescaler）和分频器（Divider）

4 位分频器设置	（预分频器 = 1）	（预分频器 = 255）	（TCNTBn = 65535）
1/2（MCLK = 66 MHz）	0.030 （33.0 MHz）	7.75 （58.6 Hz）	0.50 s
1/4（MCLK = 66 MHz）	0.060 （16.5 MHz）	15.5 （58.6 Hz）	1.02 s
1/8（MCLK = 66 MHz）	0.121 （8.25 MHz）	31.0 （29.3 Hz）	2.03 s
1/16（MCLK = 66 MHz）	0.242 （4.13 MHz）	62.1 （14.6 Hz）	4.07 s
1/32（MCLK = 66 MHz）	0.485 （2.06 MHz）	125 （7.32 Hz）	8.13 s

无论何时和定时器是否运行，如果 TOUT 反转器的 on/off 位变化，TOUT 逻辑都会变化。

（2）DEAD ZONE 产生器

DEAD ZONE 产生器使 TOUT0 和 nTOUT0（TOUT0 的反转信号）输出不能同时打开，它们之间有一个小的间隙。

（3）DMA 请求模式

PWM 定时器能在规定时间产生一个 DMA 请求，定时器在收到 ACK 信号之前，一直保持 DMA 请求信号为低。通过设置 TCFG1 寄存器，6 个定时器之一能产生一个 DMA 请求，不再产生中断请求。

DMA 模式	DMA 请求配置
0000	未选
0001	Timer0
0010	Timer1
0011	Timer2
0100	Timer3
0101	Timer4
0110	Timer5
111	未选

（4）基本的 Timer 操作（见图 5.6）

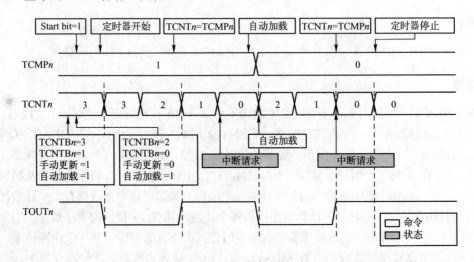

图 5.6　基本的 Timer 操作

定时器寄存器介绍如下。

（1）定时器配置寄存器0（见表5.21和表5.22）

表5.21 定时器配置寄存器0描述

寄存器	地　址	读/写	描　　述	复位值
TCFG0	0X51000000	读/写	配置2个8位预定标器	0x00000000

表5.22 定时器配置寄存器0各位描述

TCFG0	位　域	描　　述	复位值
保留	[31:24]		0x00
死区长度	[23:16]	这8位决定死区的长度。死区长度的1个单位时间与定时器0的单位时间相等	0x00
预定标数1	[15:8]	这8位决定定时器2、3和4的预定标器的值	0x00
预定标数0	[7:0]	这8位决定定时器0和1的预定标器的值	0x00

（2）定时器配置寄存器1（见表5.23和表5.24）

表5.23 定时器配置寄存器1描述

寄　存　器	地　址	读/写	描　　述	复　位　值
TCFG1	0X51000004	读/写	5路MUX及DMA模式选择寄存器	0x00000000

表5.24 定时器配置寄存器1各位描述

TCFG1	位　域	描　　述	初　始　状　态
保留	[31:24]		00000000
DMA mode	[23:20]	选择DMA请求通道 0000=未选择（全部中断） 0001=Timer0, 0010=Timer1 0011=Timer2, 0100=Timer3 0101=Timer4, 0110=保留	0000
MUX 4	[19:16]	选择定时器4的MUX输入 0000=1/2, 0001=1/4, 0010=1/8 0011=1/16, 01xx=外部TCLK0	0000
MUX 3	[15:12]	选择定时器3的MUX输入 0000=1/2, 0001=1/4, 0010=1/8 0011=1/16, 01xx=外部TCLK0	0000
MUX 2	[11:8]	选择定时器2的MUX输入 0000=1/2, 0001=1/4, 0010=1/8 0011=1/16, 01xx=外部TCLK0	0000
MUX 1	[7:4]	选择定时器1的MUX输入 0000=1/2, 0001=1/4, 0010=1/8 0011=1/16, 01xx=外部TCLK0	0000
MUX 0	[3:0]	选择定时器0的MUX输入 0000=1/2, 0001=1/4, 0010=1/8 0011=1/16, 01xx=外部TCLK0	0000

（3）定时器控制寄存器（见表5.25和表5.26）

表5.25 定时器控制寄存器描述

寄 存 器	地 址	读/写	描 述	复 位 值
TCON	0x51000008	读/写	定时器控制寄存器	0x00000000

表5.26 定时器控制寄存器各位描述

TCON	位 域	描 述	初 始 状 态
定时器4自动加载开关	[22]	决定定时器4自动加载与否 0=一次性，1=间歇模式（自动加载）	0
定时器4手动更新	[21]	决定定时器4手动更新与否 0=无操作，1=更新TCNTB4	0
定时器4启动开关	[20]	决定定时器4的启动与停止 0=停止，1=启动定时器4	0
定时器3自动加载开关	[19]	决定定时器4自动加载与否 0=一次性，1=间歇模式（自动加载）	0
定时器3输出反转开关	[18]	决定定时器3的输出是否反转 0=不反转，1=反转定时器3	0
定时器3手动更新	[17]	决定定时器3手动更新与否 0=无操作，1=更新TCNTB3和TCMTB3	0
定时器3启动开关	[16]	决定定时器3的启动与停止 0=停止，1=启动定时器3	0
定时器2自动加载开关	[15]	决定定时器2自动加载与否 0=一次性，1=间歇模式（自动加载）	0
定时器2输出反转开关	[14]	决定定时器2的输出是否反转 0=不反转，1=反转定时器2	0
定时器2手动更新	[13]	决定定时器2手动更新与否 0=无操作，1=更新TCNTB2和TCMTB2	0
定时器2启动开关	[12]	决定定时器2的启动与停止 0=停止，1=启动定时器2	0
定时器1自动加载开关	[11]	决定定时器1自动加载与否 0=一次性，1=间歇模式（自动加载）	0
定时器1输出反转开关	[10]	决定定时器1的输出是否反转 0=不反转，1=反转定时器1	0
定时器1手动更新	[9]	决定定时器1手动更新与否 0=无操作，1=更新TCNTB1和TCMTB1	0
定时器1启动开关	[8]	决定定时器3的启动与停止 0=停止，1=启动定时器1	0

（4）定时器0计数/比较缓冲寄存器（见表5.27和表5.28）

表5.27 定时器0计数/比较缓冲寄存器描述

寄 存 器	地 址	读/写	描 述	复 位 值
TCNTB0	0X5100000C	读/写	定时器0计数缓冲寄存器	0x00000000
TCMPB0	0X51000010	读/写	定时器0比较缓冲寄存器	0x00000000

表 5.28　定时器 0 计数/比较缓冲寄存器位描述

TCMPB0	位域	描述	初始状态
定时器 0 比较缓冲寄存器	[15:0]	设定定时器 0 的比较缓冲值	0x00000000
定时器 0 计数缓冲寄存器	[15:0]	设定定时器 0 的计数缓冲值	0x00000000

（5）定时器 0 计数观察寄存器（见表 5.29）

表 5.29　定时器 0 计数观察寄存器描述

寄存器	地　址	读/写	描　述	复位值
TCNTO0	0X51000014	读	定时器 0 监测寄存器	0x00000000
定时器 0 监测寄存器		[15:0]	设定定时器 0 的监测值	0x00000000

（6）定时器 1 计数/比较缓冲寄存器（见表 5.30）

表 5.30　定时器 1 计数/比较缓冲寄存器

寄存器	地　址	读/写	描　述	复位值
TCNTB1	0X51000018	读/写	定时器 1 计数缓冲寄存器	0x00000000
TCMPB1	0X5100001C	读/写	定时器 1 比较缓冲寄存器	0x00000000
定时器 1 计数缓冲寄存器		[15:0]	设定定时器 1 的比较缓冲值	0x00000000
定时器 1 比较缓冲寄存器		[15:0]	设定定时器 1 的计数缓冲值	0x00000000

（7）定时器 1 计数观察寄存器（见表 5.31）

表 5.31　定时器 1 计数观察寄存器描述

寄存器	地　址	读/写	描　述	复位值
TCNTO1	0X51000020	读	定时器 1 监测寄存器	0x00000000
定时器 1 监测寄存器		[15:0]	设定定时器 1 的监测值	0x00000000

（8）定时器 2 计数/比较缓冲寄存器（见表 5.32）

表 5.32　定时器 2 计数/比较缓冲寄存器

寄存器	地　址	读/写	描　述	复位值
TCNTB2	0X51000024	读/写	定时器 2 计数缓冲寄存器	0x00000000
TCMPB2	0X51000028	读/写	定时器 2 比较缓冲寄存器	0x00000000
定时器 2 计数缓冲寄存器		[15:0]	设定定时器 2 的比较缓冲值	0x00000000
定时器 2 比较缓冲寄存器		[15:0]	设定定时器 2 的计数缓冲值	0x00000000

（9）定时器 2 计数观察寄存器（见表 5.33）

表 5.33　定时器 2 计数观察寄存器描述

寄存器	地　址	读/写	描　述	复位值
TCNTO2	0X5100002C	读	定时器 2 监测寄存器	0x00000000
定时器 2 监测寄存器		[15:0]	设定定时器 2 的监测值	0x00000000

（10）计时器3计数/比较缓冲寄存器（见表5.34～表5.36）

表5.34　计时器3计数/比较缓冲寄存器描述

寄　存　器	地　　址	读/写	描　　述	复 位 值
TCNTB3	0X51000030	读/写	定时器3计数缓冲寄存器	0x00000000
TCMPB3	0X51000034	读/写	定时器3比较缓冲寄存器	0x00000000

表5.35　计时器3比较缓冲寄存器描述

TCMPB3	位　域	描　　述	初 始 状 态
定时器3B比较缓冲寄存器	[15:0]	设定定时器3的比较缓冲值	0x00000000

表5.36　计时器3计数缓冲寄存器描述

TCNTB3	位　域	描　　述	初 始 状 态
定时器3计数缓冲寄存器	[15:0]	设定定时器3的计数缓冲值	0x00000000

（11）定时器3计数观察寄存器（见表5.37和表5.38）

表5.37　定时器3计数观察寄存器描述

寄　存　器	地　　址	读/写	描　　述	复 位 值
TCNTO3	0X51000038	读	定时器3监测寄存器	0x00000000

表5.38　定时器3计数观察寄存器各位描述

TCNTO3	位　域	描　　述	初 始 状 态
定时器3监测寄存器	[15:0]	设定定时器3的监测值	0x00000000

（12）定时器4计数缓冲寄存器（见表5.39和表5.40）

表5.39　定时器4计数缓冲寄存器描述

寄　存　器	地　　址	读/写	描　　述	复 位 值
TCNTB4	0X5100003C	读/写	定时器4计数缓冲寄存器	0x00000000

表5.40　定时器4计数缓冲寄存器各位描述

TCNTB4	位　域	描　　述	初 始 状 态
定时器4计数缓冲寄存器	[15:0]	设定定时器3的计数缓冲值	0x00000000

（13）定时器4计数观察寄存器（见表5.41和表5.42）

表5.41　定时器4计数观察寄存器描述

寄　存　器	地　　址	读/写	描　　述	复 位 值
TCNTO4	0X51000040	读	定时器4监测寄存器	0x00000000

表5.42　定时器4计数观察寄存器各位描述

TCNTO4	位　域	描　　述	初 始 状 态
定时器4监测寄存器	[15:0]	设定定时器4的监测值	0x00000000

（注：与中断有关的寄存器的说明与设置可参考5.3节。）

实验操作步骤

① 准备实验环境。连接好主机——Probe-ICE——目标板，启动 Multi-server 并配置好 ARM 内核（ARM920T）。

② 启动 CodeWarrior，打开所需工程文件（\···\实验项目\PWM\2410PWM Timer\timer\timer.mcp）。

③ 选择目标模板为 ReInRam。若源文件有改动或路径发生变化，则重新编译（make）。

④ 直接进入 AXD，单击 Go 按钮，然后单击 Stop 按钮，以初始化 CPU 及 SDRAM。

⑤ 使用 Load image 命令加载 image 文件。

⑥ 运行程序可观察到 LED 的闪烁。

⑦ 打开 AXD，观察 PWM Timer0 的相关寄存器的变化。

⑧ 修改 PWM Timer0 的预分频值（可分别设为 0xFFFF 和 0x2F），观察 LED 闪烁的频率。

⑨ 如果有必要，可修改源代码，重新编译。然后单击 Reload 按钮重新调试。

⑩ 退出系统。

⑪ 理解和掌握实验内容后，完成后面的问题和讨论。

实验参考程序

```
;//Demo 程序的 C 程序入口
void C_Entry()
{
int i;
i=0;
//配置 Timer0
Timer0_config(((short)0xffff));
//使能 Timer 中断
Timer0_Enable(TRUE);
while(10);
}

;//Timer0 的中断处理程序，此程序将 LED4 点亮和熄灭
void Timer0_LISR(void)
{
int i;
Led4_On_or_Off(TRUE);
while(i++<100000);
Led4_On_or_Off(FALSE);
while(i++<10000);
}

;//可将 LED4 点亮和熄灭
void Led4_On_or_Off(int flag)
{
 int temp;
 if(flag ==TRUE)       //led1 on
```

```
            {
            //set GPF4
            temp = rGPFCON;
            rGPFCON = temp |(1<<14);
            temp = rGPFDAT;
            rGPFDAT = temp&(0<<7);
            }
            else                //led1 off
            {
            //set GPF4
            temp = rGPFCON;
            rGPFCON = temp |(1<<14);
            temp = rGPFDAT;
            rGPFDAT = temp|(1<<7);
            }
    }

;//配置 Timer0
void Timer0_config(short Prescaler)
{
rTCFG0 = Prescaler;          //set timer0 Prescaler
rTCFG1 = 3;                  //set timer0 mux
rTCNTB0 = 0xffff;            //set timer0 counter buffer
rTCON = 0xa;                 //reset timer0
rTCON = 0x9;                 //start timer0
}

;//使能 Timer0 中断
void Timer0_Enable(int flag)
{
int temp;
if(flag == TRUE)
{
    rINTMSK&= ~(BIT_TIMER0);
}
else
{
    rINTMSK&= BIT_TIMER0;
}
}
;//IRQ 中断向量表
INT_IRQ_Vectors
    DCD     0                       ;// Vector 00
    DCD     0                       ;// Vector 01
    DCD     0                       ;// Vector 02
    DCD     0                       ;// Vector 03
    DCD     0                       ;// Vector 04
    DCD     0                       ;// Vector 05
```

```
        DCD     0                       ;// Vector 06
        DCD     0                       ;// Vector 07
        DCD     0                       ;// Vector 08
        DCD     0                       ;// Vector 09
        DCD     INT_Timer0_Shell        ;// Vector 10
        DCD     0                       ;// Vector 11
        DCD     0                       ;// Vector 12
        DCD     0                       ;// Vector 13
        DCD     0                       ;// Vector 14
        DCD     0                       ;// Vector 15
        DCD     0                       ;// Vector 16
        DCD     0                       ;// Vector 17
        DCD     0                       ;// Vector 18
        DCD     0                       ;// Vector 19
        DCD     0                       ;// Vector 20
        DCD     0                       ;// Vector 21
        DCD     0                       ;// Vector 22
        DCD     0                       ;// Vector 23
        DCD     0                       ;// Vector 24
        DCD     0                       ;// Vector 25
        DCD     0                       ;// Vector 26
        DCD     0                       ;// Vector 27
        DCD     0                       ;// Vector 28
        DCD     0                       ;// Vector 29
        DCD     0                       ;// Vector 30
        DCD     0                       ;// Vector 31
;//定时器中断入口
EXPORT  INT_Timer0_Shell
INT_Timer0_Shell
        MRS     r1,CPSR                 ;// Pickup current CPSR
        BIC     r1,r1,#MODE_MASK        ;// Clear the mode bits
        ORR     r1,r1,#MODE_SYS         ;// Set the SYS mode bits
        ORR     r1,r1,#I_BIT            ;//DISABLE INT
        MSR     CPSR_cxsf,r1            ;// Change to IRQ mode
    ;// 跳至上下文保存处理程序
        STMDB   SP!,{LR}
    ;// 跳至中断服务程序
        BL      Timer0_LISR             ;// processing.
        LDMIA   SP!,{LR}
    ;// 返回到 IRQ 模式
        MRS     r1,CPSR                 ;// Pickup current CPSR
        BIC     r1,r1,#MODE_MASK        ;// Clear the mode bits
        ORR     r1,r1,#MODE_IRQ         ;// Set the IRQ mode bits
        BIC     R1,R1,#I_BIT            ;//ENABLE INT
        MSR     CPSR_cxsf,r1            ;// Change to IRQ mode

;//此值是在进入 IRQ 时设置的
        LDMIA   SP!,{R0-R4,R14}
```

```
MSR        SPSR_csxf,R14
LDMIA      SP!,{PC}^
```

（注：其他的函数限于篇幅，不一一列举。）

问题与讨论

① 怎样改变 Timer 的频率？
② 简述 Timer 在嵌入式系统中的作用。

5.5　Flash 驱动编程及实验

实验目的

- 通过实验了解 Flash 的工作原理
- 掌握 ARM 处理器对 Flash 的操作和编程方法

实验内容

- 学习 Flash 基本原理，熟悉对 Flash 的读写操作过程
- 注意 Flash 操作的顺序

实验原理

芯片概况：SST39VF160 是 SST 公司推出的一种 Super Flash 型的存储器芯片，属于 SST 公司并行闪速存储器系列产品中多功能型闪速存储器（MultiPurpose Flash）；采用 2.7～3.6V 电源供电，可方便地应用于嵌入式系统的电路设计中；功耗低，在选通情况下是 15mA，在非选通的情况下是 4μA；由 SST 特有的高性能的 SuperFlash 技术制造而成，SuperFlash 技术提供了固定的擦除和编程时间，与擦除/编程周期数无关。

其功能框图如图 5.7 所示。

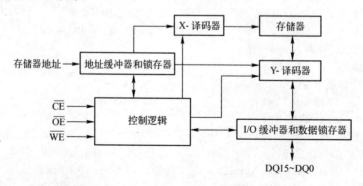

图 5.7　SST39VF160 功能框图

电路连接：SST39VF160 芯片与 S3c2410 的电路连接图如图 5.8 所示，其引脚定义见表 5.43。

其中，引脚 DQ6、DQ7 为状态指示位。

DQ6：0 与 1 转换时处于写入/擦除的算法周期，当停止转换时，内部操作完成。

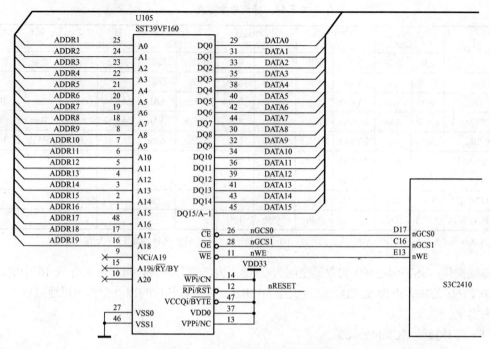

图 5.8　SST39VF160 的电路连接图

表 5.43　SST39VF160 引脚定义

符　号	引脚名称	功　　能
A19～A0	地址输入	存储器地址。扇区擦除时，A19～A11 用来选择扇区；块擦除时，A19～A15 用来选择块
DQ15～DQ0	数据输入/输出	读周期内输出数据，写周期内输入数据
$\overline{CE}$	片选	为低电平时启动器件开始工作
$\overline{OE}$	输出使能	数据输出缓冲器的门控信号
$\overline{WE}$	写使能	控制写操作
VDD	电源	供给电压
VSS	地	地
NC	不连接	悬空引脚

DQ7：写入时，若读操作生成上次写入 DQ7 的数据的补码，则编程完成后生成 DQ7 的真实数据；擦除时 DQ7 产生 0，擦除后产生 1。

具体操作：Flash 存储器的操作包括对 Flash 的擦除和烧写。由前面介绍的 Flash 存储器的工作原理可知，对 Flash 存储器的编程与擦除是与具体的器件型号紧密相关的，由于不同的厂商的 Flash 存储器在操作命令上可能会有一些细微的差别，因此 Flash 存储器的烧写、擦除程序一般不具有通用性。针对不同厂商、不同型号的 Flash 存储器，程序应做相应的修改。本文以 SST39VF160 为例介绍对 Flash 的擦除与烧写，其他芯片的编程方法与之类似。

命令定义：SST39VF160 的存储器操作由命令来启动。SST39VF160 闪速存储器的读/写时序与一般存储器的读/写时序相同，当 $\overline{OE}$ 和 $\overline{CE}$ 信号同时为低电平时，可对芯片进行读操作；当 $\overline{WE}$ 和 $\overline{CE}$ 信号同时为低电平时，可对芯片进行写操作。SST39VF160 通过特定的指令代码可以完成字节、扇区或整体芯片的写入和擦除操作。操作命令定义见表 5.44。

表 5.44 操作命令定义

命令时序	第1个总线写周期		第2个总线写周期		第3个总线写周期		第4个总线写周期		第5个总线写周期		第6个总线写周期	
	地址	数据	地址	数据	地址	数据	地址	数据	地址	数据	地址	数据
写编程	5555h	AAh	2AAAh	55h	5555h	A0h	WA	数据				
扇区擦除	5555h	AAh	2AAAh	55h	5555h	80h	5555h	AAh	2AAAh	55h	Sax	30h
块擦除	5555h	AAh	2AAAh	55h	5555h	80h	5555h	AAh	2AAAh	55h	Bax	50h
芯片擦除	5555h	AAh	2AAAh	55h	5555h	80h	5555h	AAh	2AAAh	55h	5555h	10h
软件 ID 入口	5555h	AAh	2AAAh	55h	5555h	90h						
CFI 查询入口	5555h	AAh	2AAAh	55h	5555h	98h						
软件 ID/CFI 退出	XXh	F0h										
软件 ID/CFI 退出	5555h	AAh	2AAAh	55h	5555h	F0h						

注：Sax 用于扇区擦出，使用 A19～A11 地址线；Bax 用于块擦出，使用 A19～A15 地址线；WA=编程字地址。

擦除操作：SST39VF160 的存储空间为 2MB，内部划分为块，每个块又分成 16 个扇区。SST39VF160 的块大小为 32KB，扇区大小为 2KB。对于该芯片的擦除操作可以通过以下三种途径来实现。

（1）芯片擦除（ChipErase）

SST39VF160 包含芯片擦除功能，允许用户擦除整个存储器阵列，使其变为"1"状态。这在需要快速擦除整个器件时很有用。

芯片擦除操作通过在最新一个总线周期内执行一个 6 字节的命令时序——5555h 地址处的芯片擦除命令（10h）来启动。在第 6 个 $\overline{WE}$ 或 $\overline{CE}$ 的上升沿（无论哪一个先出现上升沿）开始执行擦除操作。在擦除过程中，只有触发位或数据查询位的读操作有效。在芯片擦除过程中发布的任何命令都被忽略。其流程图如图 5.9（a）所示。

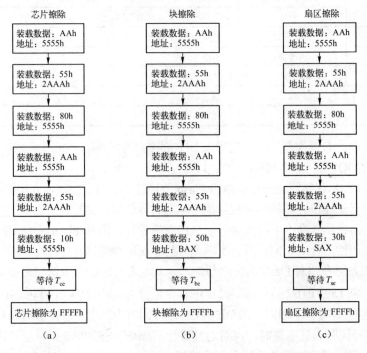

图 5.9　擦除操作流程图

（2）块擦除（BlockErase）

SST39VF160 支持块擦除功能，统一对 32K 字的块执行擦除操作。块擦除操作通过在最新一个总线周期内执行一个 6 字节的命令时序——块擦除命令（50h）和块地址（BA）来启动。块地址（BA）在第 6 个 $\overline{\text{WE}}$ 脉冲的下降沿锁存，块擦除命令（50h）在第 6 个 $\overline{\text{WE}}$ 脉冲的上升沿锁存。内部擦除操作在第 6 个 $\overline{\text{WE}}$ 脉冲后开始执行。擦除操作是否结束由数据查询位或触发位决定，在块擦除操作过程中发布的任何命令都被忽略。其流程图如图 5.9（b）所示。

（3）扇区擦除（SectorErase）

SST39VF160 还支持片内的扇区擦除功能，其操作的单位为 2K 字的大小。扇区操作通过在最新一个总线周期内执行一个 6 字节的命令时序——扇区擦除命令（30h）和扇区地址（SA）来启动。扇区地址（SA）在第 6 个 $\overline{\text{WE}}$ 脉冲的下降沿锁存，扇区擦除命令（30h）在第 6 个 $\overline{\text{WE}}$ 脉冲的上升沿锁存。内部擦除操作在第 6 个 $\overline{\text{WE}}$ 脉冲后开始执行。擦除操作是否结束由数据查询位或触发位决定，在扇区擦除操作过程中发布的任何命令都被忽略。其流程图如图 5.9（c）所示。

烧写：SST39VF160 以字节形式进行编程。编程前，包含字的扇区必须完全擦除。首先执行 3 字节装载时序，用于软件数据保护。然后，装载字节地址和数据。在字节编程操作中，地址在 $\overline{\text{CE}}$ 或 $\overline{\text{WE}}$ 的下降沿（不论哪一个后产生下降沿）锁存，数据在 $\overline{\text{CE}}$ 或 $\overline{\text{WE}}$ 的上升沿（不论哪一个先产生上升沿）锁存。最后，执行内部编程操作，该操作在第 4 个 $\overline{\text{CE}}$ 或 $\overline{\text{WE}}$ 的上升沿出现（不论哪一个先产生上升沿）之后启动。编程操作一旦启动，将在 20μs 内完成。

在编程操作过程中，只有数据查询位和触发位的读操作有效。在内部编程操作过程中，主机可以自由执行其他任务，在该过程中，发送的任何命令都被忽略。其流程图如图 5.10 所示。

状态检测：SST39VF160 提供两种检测烧写和擦除操作的软件方法，以便优化系统的写周期。软件检测包括两个状态位：数据查询位（DQ7）和触发位（DQ6）。检测模式在 $\overline{\text{WE}}$ 的上升沿后使能，$\overline{\text{WE}}$ 的上升沿用来启动内部的烧写或擦除操作。

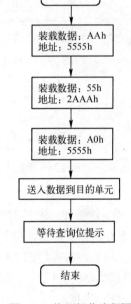

图 5.10　烧写操作流程图

非易失性写操作的结束与系统不同步，因此，数据查询位或触发位的读取可能与写周期结束同时发生。如果这样，系统就可能得到一个错误的结果，即有效数据与 DQ7 或 DQ6 发生冲突。为了防止错误的情况，当一个错误结果出现时，软件程序应当包含一个两次读取被访问地址单元的循环。如果两次读取的值均有效，则器件已经完成了写周期，否则拒绝接收数据。

（1）数据查询（DQ7）

当 SST39VF160 正在执行内部烧写操作时，任何读 DQ7 的动作将得到真实数据的补码。一旦烧写操作结束，DQ7 为真实的数据。

即使在内部烧写和擦除操作结束后紧接着出现在 DQ7 上的数据可能有效，其余输出引脚上的数据也无效；只有在 1μs 的时间间隔后执行了连续读周期，所得的整个数据总线上的数据才有效。在内部擦除操作过程中，读出的 DQ7 值为 0。一旦内部擦除操作完成，DQ7 的值为 1。

对于烧写操作的第 4 个 $\overline{\text{WE}}$ （或 $\overline{\text{CE}}$ ）脉冲的上升沿出现后，数据查询位有效。对于扇区/块擦除或芯片擦除，数据查询位在第 6 个 $\overline{\text{WE}}$ （或 $\overline{\text{CE}}$ ）脉冲的上升沿出现后有效。其流程图如图 5.11 所示。

（2）触发位（DQ6）

在内部烧写或擦除操作过程中，读取 DQ6 将得到 1 或 0，即所得的 DQ6 在 1 和 0 之间变化。当内部烧写或擦除操作结束后，DQ6 位的值不再变化。触发位在烧写操作的第 4 个 $\overline{\text{WE}}$ （或 $\overline{\text{CE}}$ ）脉冲的上升沿后有效。对于扇区/块擦除或芯片擦除，触发位在第 6 个 $\overline{\text{WE}}$ （或 $\overline{\text{CE}}$ ）脉冲的上升沿出现后有效。其流程图如图 5.12 所示。

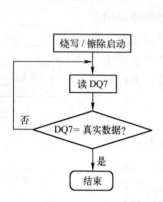 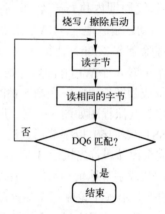

图 5.11　数据查询状态检测流程图　　　　图 5.12　触发位状态检测流程图

重点和难点：

① 熟悉 Flash 擦写的操作流程，Flash 存储器操作必须按照一定的顺序，否则就会导致 Flash 存储器复位而使操作命令无法完成。

② 检测数据线的 DQ7 位进行操作检测，检测 DQ7 位在编程或擦除过程中输出的数是写入该位数据的补码，当操作完成时输出才变为写入该位的数据。

注意事项：

① 在 Flash 擦除和 Flash 编程之间应间隔一定的时间，否则可能会使 Flash 编程的头几个字节出错。

② 在实验的过程中，code 和 data 都下载到 RAM 中，所以在做实验现之前应先对 RAM 初始化。在此实验中，RAM 初始化是通过命令行实现的，写成的批处理如下：

```
smem 0x53000000,0,32
smem 0x4C000004,((0x47<<12)+(0x1<<4)+0x2),32

smem 0x56000070,0x280000,32
smem 0x56000078,0x0,32
smem 0x48000000, 0x22111110,32
smem 0x48000004, 0x700,32
smem 0x4800001c, 0x18005,32
smem 0x48000020, 0x18005,32
smem 0x48000024, 0x8E0459,32
smem 0x48000028,0x32,32
smem 0x4800002c,0x30,32
smem 0x48000030,0x30,32
```

以上的处理命令写入一个文件中，可通过 obey 命令来执行（注：以上的命令都只能在 AXD 中运行）。

实验操作步骤

① 准备实验环境。连接好主机——Probe-ICE——目标板，启动 Multi-server 并配置好 ARM 内核（ARM920T）。

② 打开 AXD 的命令行窗口，运行批处理文件，对目标板的内存进行初始化，启动 CodeWarrior，打开所需工程文件（\…\实验项目\Flash\sourcecode\Flash\Flash.mcp）。

③ 选择目标模板为 ReInRam。若源文件有改动或路径发生变化，则重新编译（make）。

④ 直接进入 AXD，单击 Go 按钮，然后单击 Stop 按钮，以初始化 CPU 及 SDRAM。

⑤ 使用 Load image 命令加载 image 文件。

⑥ 在调用 sstWrite 处设置断点。

⑦ 全速运行 Run。

⑧ 运行程序，观察 Flash 中数据的变化，判断 Flash 是否被擦写和写入正确的值。

⑨ 如果有必要，可修改源代码，重新编译。然后单击 Reload 按钮重新调试。

⑩ 退出系统。

⑪ 理解和掌握实验内容后，完成后面的问题与讨论。

实验参考程序

```
#include "typDef.h"

#define SST_START_ADDR              0x00000
#define SST_CHIP_HWORD_SIZE         0x100000            /*1M Hwords*/
#define SST_SECTOR_HWORD_SIZE       0x800               /*2K HWords*/

#define SST_ADDR_UNLOCK1            0x5555
#define SST_ADDR_UNLOCK2            0x2aaa
#define SST_DATA_UNLOCK1            0xaaaa
#define SST_DATA_UNLOCK2            0x5555
#define SST_SETUP_WRITE             0xa0a0
#define SST_SETUP_ERASE             0x8080
#define SST_CHIP_ERASE              0x1010
#define SST_SECTOR_ERASE            0x3030


/*****************************************************
函数名称:       sstOpOverDetect()
函数功能:       采用 poll 方式检测 Flash 擦写是否完成
入口参数:       ptr             数据写入地址/擦除扇区首址
                trueData        要写入的值
                timeCounter     超时计数
返 回 值:       OK              操作成功
                ERROR           操作失败
备   注:        在预定时间内如果 d7,d6 仍不是 truedata，则返回 ERROR
*****************************************************/
STATUS    sstOpOverDetect(UINT16 *ptr,   UINT16 trueData, ULONG timeCounter)
{
```

```
        ULONG timeTmp = timeCounter;
        volatile UINT16 *pFlash = ptr;
        UINT16 buf1, buf2,curTrueData;

        curTrueData = trueData & 0x8080;                        //先检测 d7 位
        while((*pFlash & 0x8080) != curTrueData)
        {
                if(timeTmp-- == 0) break;
        }

        timeTmp = timeCounter;
        buf1 = *pFlash & 0x4040;                                // (为保险) 再检测 d6 位
        while(1)
        {
                buf2    = *pFlash & 0x4040;
                if(buf1 == buf2)

                        break;
                else
                        buf1 = buf2;
                if(timeTmp-- == 0)
                {
                        return ERROR;
                }
        }

        return OK;
}


/*******************************************************
函数名称:       sstWrite()
函数功能:       读取缓冲区数据根据给定的长度写入指定地址
入口参数:       FlashAddr   数据目标地址(Flash)
                buffer         数据源地址
                length         要写入的字节数

返 回 值:       NULL           写失败
                FlashPtr       Flash 的下一个地址
备    注:       因为 sst39vf160 只能按半字(16bit)操作,所以如果要多次调用这个函数来写入
                一个文件,则应每次读取偶数个字节,以保证连续性
*******************************************************/

UINT16 *sstWrite(UINT16 *FlashAddr, UINT8 *buffer, ULONG length)
{
    ULONG i, cLength;
    volatile UINT16 *FlashPtr;
    volatile UINT16 *gBuffer;
```

```
        FlashPtr = FlashAddr;
        cLength = (length + 1)/2;                    //计算半字长度
        gBuffer = (UINT16 *)buffer;

        while (cLength > 0)
        {
            *((volatile UINT16 *)SST_START_ADDR + SST_ADDR_UNLOCK1) = SST_DATA_
            UNLOCK1; //解锁
            *((volatile UINT16 *)SST_START_ADDR + SST_ADDR_UNLOCK2) = SST_DATA_
            UNLOCK2;
        *((volatile UINT16 *)SST_START_ADDR + SST_ADDR_UNLOCK1) = SST_SETUP_WRITE;
            *FlashPtr = *gBuffer; //写入数据

            if(sstOpOverDetect((UINT16 *)FlashPtr, *gBuffer, 0x1000000)    //检测写入是否成功
            {
                //printf("warning: write Flash may failed at:0x%x.\n", (int)FlashPtr);
            }

            cLength--;
            FlashPtr++;
            gBuffer++;
        }

        FlashPtr = FlashAddr;
        gBuffer = (UINT16 *)buffer;
        cLength = length/2;
        for(i=0; i<cLength; i++)//写入的数据全部校验一次
        {
            if(*FlashPtr++ != *gBuffer++)
            {
                return NULL;
            }
        }
        if(length%2)
        {
            if((*FlashPtr++ & 0x00ff) != (*gBuffer++ & 0x00ff))    /*奇数长度的最后一个字节*/
            {
                return NULL;
            }
        }
        return (UINT16 *)FlashPtr;
}

/*******************************************************/
函数名称:        sstChipErase()
函数功能:        擦除整个 Flash 芯片
入口参数:        无
```

```
返 回 值:      OK        擦除完全正确
              ERROR     有单元不能正确擦除
备   注:
*********************************************************/
STATUS sstChipErase(void)
{
    int i;
    volatile UINT16 *FlashPtr = NULL;
    *((volatile UINT16 *)SST_START_ADDR + SST_ADDR_UNLOCK1) = SST_DATA_UNLOCK1;
     //连续解锁
    *((volatile UINT16 *)SST_START_ADDR + SST_ADDR_UNLOCK2) = SST_DATA_UNLOCK2;
    *((volatile UINT16 *)SST_START_ADDR + SST_ADDR_UNLOCK1) = SST_SETUP_ERASE;
    *((volatile UINT16 *)SST_START_ADDR + SST_ADDR_UNLOCK1) = SST_DATA_UNLOCK1;
    *((volatile UINT16 *)SST_START_ADDR + SST_ADDR_UNLOCK2) = SST_DATA_UNLOCK2;
    *((volatile UINT16 *)SST_START_ADDR + SST_ADDR_UNLOCK1) = SST_CHIP_ERASE;
    //写入擦除命令

    FlashPtr = (volatile UINT16 *)SST_START_ADDR;

    if(sstOpOverDetect((UINT16 *)FlashPtr, 0xffff, 0x3000000) != OK)
    {
        //printf("warning: Chip Erase time out!\n");
    }

    FlashPtr = (volatile UINT16 *)SST_START_ADDR;
    for(i=0; i<SST_CHIP_HWORD_SIZE; i++,FlashPtr++)         //校验是否全为 0xffff
    {
        if(*FlashPtr != 0xffff)
        {
            return ERROR;
        }
    }
    return OK;
}


/*********************************************************
函数名称:       sstSectorErase()
函数功能:       擦除指定的 Flash 扇区
入口参数:       扇区地址

返 回 值:      OK        擦除完全正确
              ERROR     有单元不能正确擦除
备   注:
*********************************************************/
STATUS sstSectorErase(UINT16 *pSector)
{
    int i;
```

```c
        volatile UINT16 *FlashPtr = pSector;

        *((volatile UINT16 *)SST_START_ADDR + SST_ADDR_UNLOCK1) = SST_DATA_UNLOCK1;
        //连续解锁
        *((volatile UINT16 *)SST_START_ADDR + SST_ADDR_UNLOCK2) = SST_DATA_UNLOCK2;
        *((volatile UINT16 *)SST_START_ADDR + SST_ADDR_UNLOCK1) = SST_SETUP_ERASE;
        *((volatile UINT16 *)SST_START_ADDR + SST_ADDR_UNLOCK1) = SST_DATA_UNLOCK1;
        *((volatile UINT16 *)SST_START_ADDR + SST_ADDR_UNLOCK2) = SST_DATA_UNLOCK2;
        *(volatile UINT16 *)FlashPtr = SST_SECTOR_ERASE;          //写入擦除命令

        if(sstOpOverDetect((UINT16 *)FlashPtr, 0xffff, 0x20000) != OK)
        {
            //printf("warning: Chip Erase time out!\n");
        }

        for(i=0; i<SST_SECTOR_HWORD_SIZE; i++,FlashPtr++)         //校验是否全为 0xffff
        {
            if(*FlashPtr != 0xffff)
            {
                        return ERROR;
            }
        }
        return OK;
}


void C_Entry()
{

    int i=0;
    unsigned short *start=(unsigned short *)0x8000000;
    unsigned short a[10]={1,2,3,4,56};
    unsigned short *dataaddress =a;
    sstChipErase();

    for(i=0;i<0x3fffff;i++);//Flash_Program(&m_Flash,    start,dataaddress,0x8000);
    sstWrite(start,(UINT8*)a,10);
    while(1);
}
```

（注：限于篇幅，详细程序请参考实验例程中的 Flash 实验例程。）

问题与讨论

① 如果目标板中有多片 Flash，如何对各片 Flash 进行操作？

② 如果为 Intel 系列的 Flash，写 Flash 驱动时，有何区别？

5.6 Nand Flash 驱动编程及实验

实验目的

- 通过实验了解 Nand Flash 的读/写操作
- 通过实验了解 S3C2410 处理器的 Nand Flash 控制器
- 掌握 ARM 处理器 Nand Flash 的编程方法

实验内容

- 学习 Nand Flash 基本原理，熟悉对 Nand Flash 的读/写操作过程，学习 S3C2410 Nand Flash 控制器的功能及设置
- 了解 Nand Flash 和 Nor Flash 的区别和特点

实验原理

　　闪存已经成为了目前最成功、最流行的一种固态内存，与 E²PROM 相比较具有读/写速度快，而与 SRAM 相比具有非易失及价廉等优势。而基于 Nor 和 Nand 结构的闪存是现在市场上两种主要的非易失闪存技术。

　　但是经过了 10 多年之后，仍然有相当多的人分不清 Nor 和 Nand 闪存，也搞不清楚 Nand 闪存技术相对于 Nor 技术的优越之处。因为在大多数情况下闪存只是用来保存少量的代码，这时 Nor 闪存更适合一些。而 Nand 则是高资料存储密度的理想解决方案。Nor 和 Nand 的区别如下。

　　① 读/写的基本单位不同：Nor 操作以"字"为基本单位，读/写时需要同时指定逻辑块号和块内偏移。Nand 操作以"页面"为基本单位，要修改 Nand 芯片中某一字节，必须重写整个页面。

　　② 存储介质不同：Nor 是随机存储介质，适合存放小文件；Nand 是连续存储介质，适合存放大文件。

　　③ 接口不同：Nor 带有 SRAM 接口，地址线和数据线分开，有足够的地址引脚来寻址，所以它传输高效，应用程序可以直接在内部运行，不用把代码读到系统 RAM 中，一般用做启动芯片。Nand 使用复杂的 I/O 来串行地存取资料，控制线、地址线和数据线公用，所以直接将 Nand 芯片用做启动芯片比较难。

　　④ 处理速度：Nand 公用地址线和数据线，所以不允许对一个字节数据清空，只能对一个固定大小的区域进行清零操作。Nor 可以对字进行操作，所以处理小数据量 I/O 操作时的速度要快于 Nand 的速度；反之，Nand 处理大数据量时速度快于 Nor。

　　⑤ 容量不同：Nand 的容量比较大，为了方便管理，Nand 的存储空间使用了块和页两级存储体系，也就是说，闪存的存储空间是二维的。Nor 的容量相对来说比较小，可以对字进行操作。

　　近来，由于 Nor 存储芯片价格上涨，SDRAM 和 Nand 芯片应用更加广泛，促使很多用户采用 Nand 执行启动代码，在 SDRAM 中执行应用程序。Nand 储存设备应用广泛，已经有不少 ARM 厂商开始支持 Nand 设备，三星的 S3C2410 就在片上集成了 Nand 控制器。

　　S3C2410 启动代码可以在外部 Nand 芯片上执行。为了支持 Nand 加载启动代码，

S3C2410 提供了一个内部 SRAM 缓冲区，称为"步堆"。系统启动时，Nand 上的前 4KB 的数据会被加载到这个缓冲区中，被 ARM 执行。

　　整体上说，S3C2410 将复制启动代码 Nand 来配合 SDRAM。通过使用硬件 ECC，检验 Nand 数据的有效性。在完成复制启动代码后，应用程序可以在 SDRAM 中执行。

　　特性如下：

① Nand 模式：支持读/擦写/编程。

② 自动启动模式：复位后启动代码自动导入到步堆中并执行，ECC 不检测。

③ 硬件 ECC 检测块（硬件检测、软件修正）。

④ 在步堆的内部 SRAM 加载启动代码后，还有其他用途。

⑤ 内部数据以块为单位进行存储，地址线和数据线公用，使用控制信号选择。

Nand 有两种模式：自动启动模式和 Nand 模式。

　　自动启动模式：系统启动时，Nand 上的前 4KB 的数据会被加载到 S3C2410 内部 SRAM 缓存区里面，被 ARM 执行。

　　Nand 模式：支持读/擦写/编程，由配置寄存器 NFCONF、命令寄存器 NFCMD、数据寄存器 NFDATA、地址寄存器 NFADDR、状态寄存器 NFSTAT 和校验寄存器（NFECC）来控制。S3C2410 芯片将 Nand 闪存的指令与控制寄存器映射到自己的地址空间 0x4E000004（记为 rNFCMD），这样对 Nand 的操作就变成了对地址 0x4E000004 的操作。

　　其控制器示意图如图 5.13 所示。

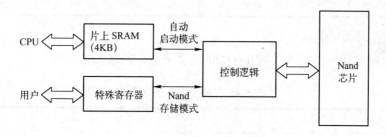

图 5.13　Nand 控制器示意图

寄存器介绍如下

（1）配置寄存器（NFCONF）

NFCONF 被映射到 0x4E000000 的地址空间，其各位的描述见表 5.45。

表 5.45　NFCONF 各位描述

NFCONF 中的字段	位　域	描　　述	初 始 状 态
控制使能位	[15]	0：不使用 Nand 控制器 1：使用 Nand 控制器	0
保留位	[14:13]	保留	—
ECC 初始化	[12]	0：不初始化 ECC 1：初始化 ECC	—
Nand 控制位	[11]	0：nFCE 输出高电平 1：nFCE 输出低电平	—
TACLS	[10:8]	指令和地址持续时间=HCLK×(TACLS+1)	—
保留位	[7]	保留	—
TWRPH0	[6:4]	写周期时间控制=HCLK×(TWRPH0+1)	0

NFCONF 中的字段	位 域	描 述	初 始 状 态
保留位	[3]	保留	—
TWRPH1	[2:0]	写周期控制=HCLK×(TWRPH1+1)	0

（2）命令设置寄存器（NFCMD）

NFCMD 映射到内存空间的 0x4E000004，其各位的描述见表 5.46。

表 5.46　NFCMD 各位描述

NFCMD	位 域	描 述	初 始 状 态
保留	[15:8]	保留	—
命令	[7:0]	Nand 存储命令值	0x00

（3）地址寄存器（NFADDR）

NFADDR 映射到内存空间的 0x4E000008，其各位的描述见表 5.47。

表 5.47　NFADDR 各位描述

NFADDR	位 域	描 述	初 始 状 态
保留	[15:8]	保留	—
地址	[7:0]	Nand 存储地址	0

（4）数据寄存器（NFDATA）

NFDATA 映射到内存空间的 0x4E00000C，其各位的描述见表 5.48。

表 5.48　NFDATA 各位描述

NFDATA	位 域	描 述	初 始 状 态
保留	[15:8]	保留	—
数据	[7:0]	Nand 读取/编程数据值	—

（5）状态寄存器（NFSTAT）

NFSTAT 映射到内存空间的 0x4E000010，其各位的描述见表 5.49。

表 5.49　NFSTAT 各位描述

NFSTAT	位 域	描 述	初 始 状 态
保留	[16:1]	保留	—
RnB	[0]	Nand 芯片准备/忙状态 0=Nand 忙 1=Nand 准备	

（6）校验寄存器（NFECC）

NFECC 映射到内存空间的 0x4E000014，其各位的描述见表 5.50。

S3C2410 在读/写操作中产生 512B 的 ECC 奇偶校验码，每 512B 的数据产生 3B 的 ECC 奇偶校验码。其功能为：

表 5.50　NFECC 各位描述

NFECC	位　　域	描　　　述	初　始　状　态
ECC2	[23:16]	修正代码#2	—
ECC1	[15:8]	修正代码#1	—
ECC0	[7:0]	修正代码#0	—

● 当 CPU 向 Nand 写数据时，ECC 发生块产生 ECC 代码；

● 当 CPU 从 Nand 读数据时，ECC 发生块产生 ECC 代码并与写之前的 ECC 代码相比较。

下面介绍三星的 Nand 芯片的基本结构，如图 5.14 所示为 K9F1208U0A 闪存芯片的逻辑示意图。

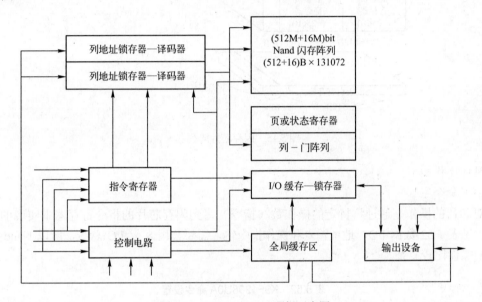

图 5.14　K9F1208U0A 逻辑示意图

K9F1208U0A 是一款 528Mb 的 Nand 闪存芯片，其对应的引脚功能见表 5.51。

表 5.51　K9F1208U0A 引脚功能

引 脚 名 称	引 脚 功 能
I/O0~I/O7	用于输入控制指令、地址和数据，能在读周期输出数据
CLE	指令锁存使能。当引脚为高电平时，从 I/O 口输入的控制指令在 WE 引脚的上升沿存入指令寄存器
ALE	地址锁存使能，高电平时，I/O 口输入的数据在 WE 引脚的上升沿存入到地址寄存器
CE	片选信号线
RE	读信号，用于控制串行的数据输出，在下降沿的时候将数据存入 I/O 总线
WE	写信号，用于控制串行的数据输入。指令、地址和数据在上升沿的时候存入对应锁存器
WP	写保护引脚
R/B	可用/繁忙标识，用于控制操作的同步。通常是高电平。当一个对闪存的操作完成以后，会暂时转入低电平
V_{SS}	接地
V_{CC}	电源

K9F1208U0A 的存储容量为 528Mb，存储阵列的组织如图 5.15 所示。这个芯片的存储空间被分成 128K 页，每页 528B，即：1 页=528B，1 块=32 页=（16K+512）B，1 个芯片=4096 块=4096×32×528B=528Mb。片上有一个 528B 的数据寄存器，该寄存器被分为两个区：数据区和空闲区。数据区又可分成上、下两个区，每个区 256B；空闲区（OOB）可以用于存放 ECC 校验和其他信息。系统在进行页操作的时候使用这个寄存器连接存储阵列及 I/O 的缓存和内存。

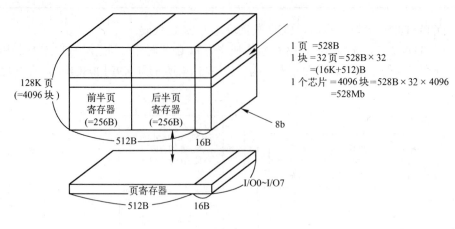

图 5.15　闪存芯片阵列

具体操作如下。

（1）命令字

对芯片的操作是通过将特定的操作数（指令）写到闪存芯片的指令寄存器中实现的。命令设置见表 5.52 数据 I/O、地址输入和操作指令输入需要公用 8 位 I/O 总线，所以 Nand 闪存芯片的操作比较复杂。

表 5.52　K9F1208U0A 命令设置

功　能	第一个时钟周期	第二个时钟周期	第三个时钟周期
读取数据寄存器	00h/01h（上/下区）	—	—
读取数据寄存器空闲区（读取 OOB 空间）	50h	—	—
读取芯片 ID	90h	—	—
复位	FFh	—	—
写操作（页面）	80h	10h	—
写回	00h	8Ah	10h
块清除	60h	D0h	—
读取状态	70h	—	—

（2）写操作

使用 Nand 器件时，必须先写入驱动程序，才能继续执行其他操作。向 Nand 器件写入信息需要相当的技巧，因为设计师绝不能向坏块写入，这就意味着在 Nand 器件上自始至终都必须进行虚拟映像。Nand 使用复杂的 I/O 接口来串行存取资料，8 个引脚用于传递控制地址和资料信息。

普通数据的写操作是各种操作中最为复杂的一种，其操作时序图和流程图如图 5.16 和

图 5.17 所示。

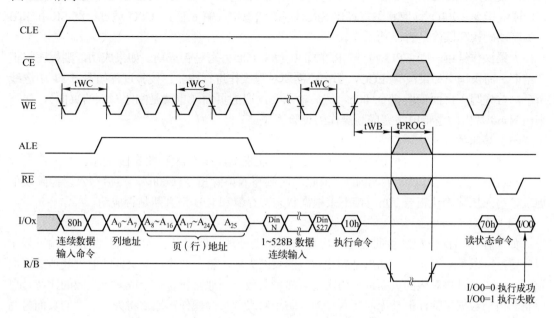

图 5.16　写程序时序图

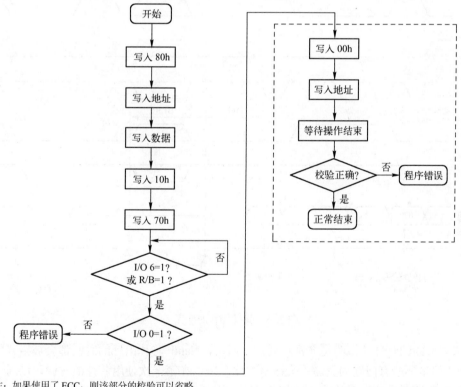

注：如果使用了 ECC，则该部分的校验可以省略

图 5.17　写程序流程图

　　Nand 芯片的写操作首先要向 I/O 接口写入串行数据输入指令（80h），然后使用 3 个时钟周期写入目的地址，接下来向 I/O 接口写入数据。上面操作完成以后写入页面擦除确认指令

（10h），这时由 Nand 片内的逻辑电路完成页面擦除和写入的工作。此后 CPU 需要写入状态寄存器读取指令（70h）读取状态寄存器 SR 对应的状态位（第 6 位）。CPU 通过检测 SR 和 R/B 引脚可以确认写操作是否成功。

如果操作结束，则 CPU 检查 SR 的第 0 位来判断擦写是否成功。如果成功，则程序将正常结束。写操作中如果没有 ECC，那么还需要对写操作进行校验。校验过程如图 5.17 中虚线所示，首先写入页面读取指令 00h，然后输入要读取的页面（也就是刚才写入的页面），接下来由 Nand 片内的逻辑电路完成写操作的校验工作。

（3）擦除操作

擦除操作是以块为单位进行的，其时序图和流程图如图 5.18 和图 5.19 所示。

对闪存的擦除是以块为单位的。擦除的时候写入擦除指令（60h），然后写入要擦除块的地址，写入擦除确认指令 70h，接下来根据状态寄存器和 R/B 来判断是否成功。

（4）失效页面建立

如果在擦写操作和校验的过程中出现问题，则处理比较复杂。如果只是数据传输过程出现问题，可以重新写一次；如果是芯片对应的页面失效，就需要将目的页面映射到其他的页面重新写入，并且将对应的页面标记为失效页面。失效页面通常包含一个或多个失效的比特，可以将其内部数据擦除，但是无法写入。为了防止对失效页面操作，通常将失效页面的页面号写入块的第一页和第二页。

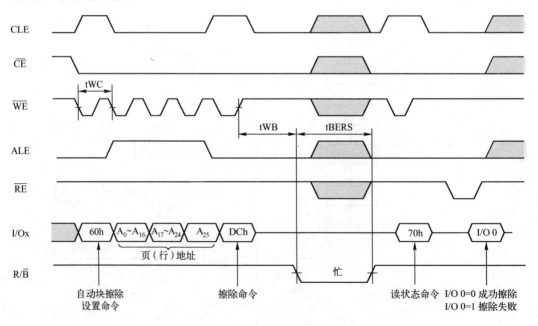

图 5.18　擦除操作时序图

对失效页面的管理和检测是非常重要的。通常，Nand 芯片出厂的时候都会被格式化（写入 FFh），但是那些有问题的页面不会被格式化。所以在第一次使用芯片的时候可以通过检测芯片内的数据是否为 FFh 来判断页面是否有效，从而建立失效页面表。如图 5.20 所示为失效页面表建立的流程图。

（5）读取页面

对闪存的读取是以块为单位的，读取块内数据的时候先写入读取指令（00h），然后写入要读取块的地址，从寄存器读取数据，接着进行校验。

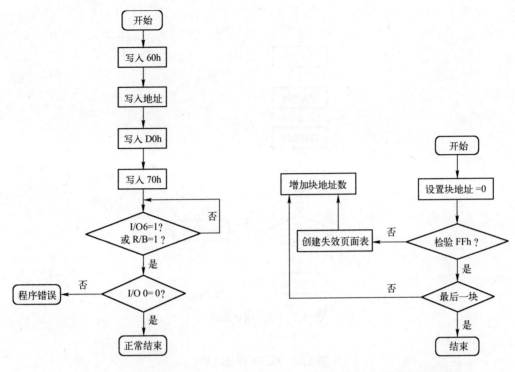

图 5.19 块擦除流程图 　　图 5.20 失效页面表流程图

如果要对 OOB 空间进行操作，需要使用指令 50h。此后读/写指针将停留在 OOB 空间，直到使用 00h 时才会回到普通数据空间。其操作的时序图和流程图如图 5.21 和图 5.22 所示。

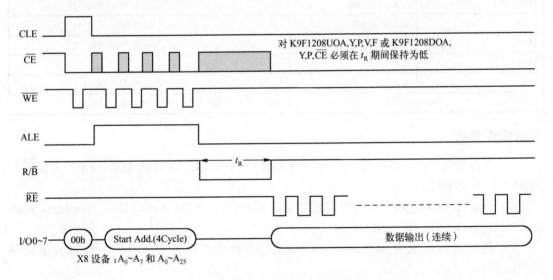

图 5.21 读页操作时序图

（6）读取状态标志位

芯片有一个状态寄存器，可以反映烧写和擦除操作是否完成和成功。在输入命令 70h 后，一个读周期在 CE 或 RE 的下降沿的时候输出相应状态 I/O 脚的内容。不同的 I/O 脚反映不同的状态，见表 5.53。

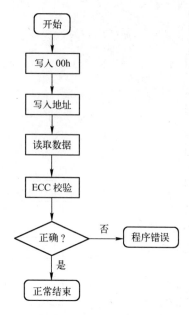

图 5.22　读页操作流程图

表 5.53　状态寄存器的定义

I/O 号	状　　态	由命令 70h 定义	由命令 71h 定义
I/O 0	整体成功/失败	成功"0"，失败"1"	成功"0"，失败"1"
I/O 1	片 0 成功/失败	—	成功"0"，失败"1"
I/O 2	片 1 成功/失败	—	成功"0"，失败"1"
I/O 3	片 2 成功/失败	—	成功"0"，失败"1"
I/O 4	片 3 成功/失败	—	成功"0"，失败"1"
I/O 5	保留	—	—
I/O 6	设备操作	忙"0"，空闲"1"	忙"0"，空闲"1"
I/O 7	写保护	保护"0"，未保护"1"	保护"0"，未保护"1"

实验操作步骤

① 准备实验环境。连接好主机——Probe-ICE——目标板，启动 Multi-server 并配置好 ARM 内核（ARM920T）。

② 启动 CodeWarrior，打开所需工程文件（\…\实验项目\ nand_Flash\ NandFlash_read\ nandFlash_read\nandFlash_read.mcp）。

③ 选择目标模板为 ReInRam。若源文件有改动或路径发生变化，则需要重新编译（make）。

④ 直接进入 AXD，单击 Go 按钮，然后单击 Stop 按钮，以初始化 CPU 及 SDRAM。

⑤ 使用 Load image 命令加载 image 文件。

⑥ 在主函数处设置断点，全速运行。

⑦ 在擦除子函数处设置断点，通过仿真器观察相应块的数据变化。

⑧ 在烧写函数处设置断点，通过仿真器观察相应块的数据变化。

⑨ 如果有必要，可修改源代码，重新编译，然后单击 Reload 按钮重新调试。

⑩ 退出系统。

⑪ 理解和掌握实验内容后，完成后面的问题与讨论。

实验参考程序

```c
#include <string.h>
#include "nand_def.h"

/*********************************************************************
* 名称：SDC_LISR
* 功能：中断服务程序
*********************************************************************/
void SDC_LISR()
{
    while(1);
}


/*********************************************************************
*名称：init()
*功能：初始化函数
*********************************************************************/
void init(void)
{
    int i;

    rNFCONF=0xF810;                 //设置控制 Nand 寄存器
    rNFCONF&=~(1<<11);              //使能 Nand Flash 芯片
    rNFCMD=0xff;                    //复位命令 0XFFh
    for(i=0;i<10;i++);             //延时
    while(!(rNFSTAT&0x1));         //检验 Nand 芯片准备状态，其中[0]=0 为忙
    rNFCONF|=(1<<11);              //关闭 Nand Flash 芯片
}


/*********************************************************************
*名称：Erase_Block(block)
*功能：擦除块函数
*返回值：0：失败
*        1：成功
*********************************************************************/
int Erase_Block(unsigned int block)
{
    int i;

    rNFCONF&=~(1<<11);             //使能 Nand Flash 芯片
    rNFCMD=0x60;                   //擦除块第一个命令
    rNFADDR=(block<<5)&0xff;       //A[9:13]为页，A[14:25]为块，其中 A9~A17 的地址
    rNFADDR=(block>>3)&0xff;       //其中 A17~A24 的地址
    rNFADDR=(block>>11)&0xff;      //其中 A25 的地址
```

```
        rNFCMD=0xd0;                 //擦除块第二个命令
        for(i=0;i<10;i++);           //延时
        while(!(rNFSTAT&0x1));       //检验 Nand 芯片准备状态，其中[0]=0 为忙
        rNFCMD=0x70;                 //读状态寄存器命令

        if(rNFDATA&0x1)              //判断 I/O 0 的值（I/O 0=0，成功）
        {
            rNFCONF|=(1<<11);        //关闭 Nand Flash 芯片
            return 0;                //失败
        }
        else
        {
            rNFCONF|=(1<<11);        //关闭 Nand Flash 芯片
            return 1;                //成功
        }
    }


/**************************************************************************
*名称：Write_Page(block,page,buffer)
*功能：写页操作（块号，页数，要写的首地址）
*返回值：0：失败
         1：成功
**************************************************************************/
int Write_Page(unsigned int block,unsigned int page,unsigned int buffer)
{
    int i;
    unsigned char *buffpy;
    unsigned char ecc0,ecc1,ecc2;
    unsigned int blockpage;

    buffpy=(unsigned char *)buffer;
    blockpage=(block<<5)+page;           //定义某块的某页


    rNFCONF|=(1<<12);                    //初始化 ECC
    rNFCONF&=~(1<<11);                   //使能 Nand Flash
    rNFCMD=0x00;
    rNFCMD=0x80;                         //写操作的第一个命令字
    rNFADDR=0;                           //Column 0
    rNFADDR=(blockpage&0xff);            //A[9:13]为页，A[14:25]为块，其中 A9~A17 的地址
    rNFADDR=(blockpage>>8)&0xff;         //其中 A17~A24 的地址
    rNFADDR=(blockpage>>16)&0xff;        //其中 A25 的地址

    for(i=0;i<512;i++)
    {
        rNFDATA=(*buffpy++);
    }
```

```c
//while(!((ecc0==0xff) && (ecc1==0xff) &&( ecc2==0xff)));

    rNFCMD=0x10;                        //写操作的第二个命令字
    for(i=0;i<10;i++);                  //延时
    while(!(rNFSTAT&0x1));              //检验 Nand 芯片准备状态, 其中[0]=0 为忙
    rNFCMD=0x70;                        //读状态寄存器命令
    if(rNFDATA&0x1)                     //判断 I/O 0 的值 (I/O 0=0, 成功)
    {
        rNFCONF|=(1<<11);              //关闭 Nand Flash 芯片
        return 0;                      //失败
    }
    else                               //校验

        rNFCMD=0x00;
        rNFADDR=0;                      //Column 0
        rNFADDR=(blockpage&0xff);       //A[9:13]为页, A[14:25]为块, 其中 A9~A17 的地址
        rNFADDR=(blockpage>>8)&0xff;    //其中 A17~A24 的地址
        rNFADDR=(blockpage>>16)&0xff;   //其中 A25 的地址
        for(i=0;i<10;i++);
        while(!(rNFSTAT&0x1));          //检验 Nand 芯片准备状态, 其中[0]=0 为忙
        ecc0=rNFECC0;
        ecc1=rNFECC1;
        ecc2=rNFECC2;
        if((ecc0==0xff) && (ecc1==0xff) &&( ecc2==0xff))
            return 0;                   //ECC 校验失败
        else
            return 1;                   //烧写成功

    }
}


/*******************************************************************
*名称: Nand_Write(block,address,size)
*功能: 写操作 (要烧写的块号, 数据内存地址, 数据的大小)
*返回值: 0:失败
         1:成功
*******************************************************************/
void Nand_Write(unsigned int block,unsigned int address,unsigned int size)
{
    unsigned int blockpt;
    unsigned int *addrpt,*saveaddrpt;
    unsigned int i;

    blockpt=block;
    addrpt=(unsigned int *)address;
    while(1)
    {
        saveaddrpt=addrpt;
        if(!(Erase_Block(blockpt)))
```

```
                {
                    blockpt++;
                    continue;
                }

                for(i=0;i<32;i++)
                {
                    if(!(Write_Page(blockpt,i,(unsigned int)addrpt)))
                    {
                        blockpt++;
                        addrpt=saveaddrpt;
                        continue;
                    }
                    addrpt+=128;
                    if(addrpt>=(unsigned int *)(address+size))
                        break;
                }
                if(addrpt>=(unsigned int *)(address+size))
                    break;
                blockpt++;
            }
        }


/************************************************************************
*名称: main()
*功能: 主程序
*返回值:
************************************************************************/

void Main(void)
{
    init();
    Nand_Write(0,0x30100000,0x1000);
    while(1);

}
```
（注：限于篇幅，详细程序请参考实验例程中的 Nand Flash 实验例程。）

问题与讨论

① 分析函数 Erase_Block()。

② 分析函数 Write_Page()，注意如何进行 ECC 校验。

5.7 实时时钟实验

实验目的

● 了解实时时钟的硬件控制原理及设计方法

● 掌握 ARM 处理器的 RTC 模块程序设计方法

实验内容

● 学习和掌握 ARM 处理器的 RTC 模块的使用、应用程序的编写和时钟日期的修改设置

实验原理

1．实时时钟

实时时钟（RTC）器件是一种能提供日历/时钟、数据存储功能的专用集成电路，常用做各种计算机系统的时钟信号源和参数设置存储电路。RTC 具有计时准确、耗电低和体积小等特点，特别适用于在各种嵌入式系统中记录事件发生的时间和相关信息，尤其是在通信工程、电力自动化、工业控制等自动化程度较高领域的无人值守环境中。随着集成电路技术的不断发展，RTC 器件的新品也不断推出。这些新品不但具有准确的 RTC，还有大容量的存储器、温度传感器和 A/D 数据采集通道等，已经成为集 RTC、数据采集和存储于一体的综合功能器件，特别适用于以微控制器为核心的嵌入式系统。

RTC 器件与微控制器之间的接口大都采用连线简单的串行接口，如 I^2C、SPI、MICROWIRE 和 CAN 等串行总线接口。这些串口由 2～3 根线连接，分为同步和异步。

2．S3C2410 实时时钟单元

S3C2410 实时时钟单元是处理器集成的片内外设，其功能框图如图 5.23 所示。由开发板上的后备电池供电，可以在系统电源关闭的情况下运行。RTC 发送 8 位 BCD 码数据到 CPU，传送的数据包括秒、分、小时、星期、日期、月份和年份。RTC 单元时钟源由外部 32.768kHz 晶振提供，可以实现闹钟（报警）功能。

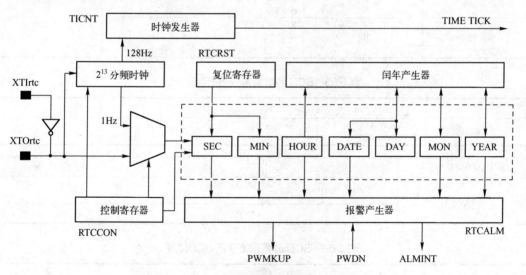

图 5.23　S3C2410X 处理器 RTC 功能框图

S3C2410X 实时时钟（RTC）单元特性如下：

● BCD 数据：秒、分、小时、星期、日期、月份和年份；
● 闹钟（报警）功能：产生定时中断或激活系统；
● 自动计算闰年；

- 无 2000 年问题；
- 独立的电源输入；
- 支持毫秒级时间片中断，为 RTOS 提供时间基准。

3．读/写寄存器

访问 RTC 模块的寄存器，首先要设 RTCCON（见表 5.54）的 bit0 为 1。CPU 通过读取 RTC 模块中寄存器 BCDSEC（见表 5.55）、BCDMIN（见表 5.56）、BCDHOUR（见表 5.57）、BCDDATE（见表 5.58）、BCDDAY（见表 5.59）、BCDMON（见表 5.60）和 BCDYEAR（见表 5.61）的值，得到当前的相应时间值。然而，由于需要多个寄存器依次读出，因此有可能产生错误。例如，用户依次读取年（1989）、月（12）、日（31）、时（23）、分（59）、秒（59），当秒数为 1～59 时，没有任何问题，但是，当秒数为 0 时，当前时间和日期就变成了 1990 年 1 月 1 日 0 时 0 分。在这种情况下（秒数为 0），用户应该重新读取年份到分的值（参考程序设计）。

表 5.54　RTC 控制寄存器 RTCCON

寄 存 器	地　　址	读/写	描　　述	复 位 值
RTCCON	0x57000040(L) 0x57000043(B)	读/写 （字节方式）	RTC 控制寄存器	0x0

RTCCON	位　域	描　　述	初 始 状 态
CLKRST	[3]	RTC 时钟计数器复位 0=未复位，1=复位	0
CNTSEL	[2]	BCD 计数器选择 0=合并 BCD 计数器 1=保留（分开 BCD 计数器）	0
CLKSEL	[1]	BCD 时钟选择 0=XTAL 1/2^{15} 时钟，仅用于测试	0
RTCEN	[0]	RTC 控制使能 0=禁止，1=使能 注意：只有 BCD 定时计数和读操作可以	0

表 5.55　BCD 秒数据寄存器 BCDSEC

寄 存 器	地　　址	读/写	描　　述	复 位 值
BCDSEC	0x57000070(L) 0x57000073(B)	读/写 （字节方式）	BCD 秒数据寄存器	未定义

BCDSEC	位　域	描　　述	初 始 状 态
SECDATA	[6:4]	BCD 秒数据值 0～5	—
	[3:0]	0～9	—

表 5.56　BCD 分数据寄存器 BCDMIN

寄 存 器	地　　址	读/写	描　　述	复 位 值
BCDMIN	0x57000074(L) 0x57000077(B)	读/写 （字节方式）	BCD 分数据寄存器	未定义

BCDMIN	位　域	描　　述	初 始 状 态
MINDATA	[6:4]	BCD 分数据值 0～5	—
	[3:0]	0～9	—

表 5.57　BCD 时数据寄存器 BCDHOUR

寄存器	地　址	读/写	描　述	复位值
BCDHOUR	0x57000078(L) 0x5700007B(B)	读/写 （字节方式）	BCD 时数据寄存器	未定义

BCDHOUR	位　域	描　述	初始状态
保留	[7:6]		—
HOURDATA	[5:4]	BCD 时数据值	—
	[3:0]	0～9	—

表 5.58　BCD 日数据寄存器 BCDDATE

寄存器	地　址	读/写	描　述	复位值
BCDDATE	0x5700007c(L) 0x5700007F(B)	读/写 （字节方式）	BCD 日数据寄存器	未定义

BCDDATE	位　域	描　述	初始状态
保留	[7:6]		—
DATEDATA	[5:4]	BCD 日数据值 0～3	—
	[3:0]	0～9	—

表 5.59　BCD 星期数据寄存器 BCDDAY

寄存器	地　址	读/写	描　述	复位值
BCDDAY	0x57000080(L) 0x57000083(B)	读/写 （字节方式）	BCD 星期数据（1 天） 寄存器	未定义

BCDAY	位　域	描　述	初始状态
保留	[7:3]		—
DAYDATA	[2:0]	BCD 星期数据值（1 天） 1～7	—

表 5.60　BCD 月数据寄存器 BCDMON

寄存器	地　址	读/写	描　述	复位值
BCDMON	0x57000084(L) 0x57000087(B)	读/写 （字节方式）	BCD 月数据寄存器	未定义

BCDMON	位　域	描　述	初始状态
保留	[7:5]		—
MONDATA	[4]	BCD 月数据值 0～1	—
	[3:0]	0～9	—

表 5.61　BCD 年数据寄存器 BCDYEAR

寄存器	地　址	读/写	描　述	复位值
BCDYEAR	0x57000088(L) 0x5700008B(B)	读/写 （字节方式）	BCD 年数据寄存器	未定义

BCDYEAR	位　域	描　述	初始状态
YEARDATA	[7:0]	BCD 年数据值 00～99	—

4. 后备电池

RTC 单元可以使用后备电池通过引脚 RTCVDD 供电。当系统关闭电源以后，CPU 和 RTC 的接口电路被阻断，后备电池只需要驱动晶振和 BCD 计数器，从而达到最小的功耗。

5. 闹钟功能

RTC 在指定的时间产生报警信号，包括 CPU 工作在正常模式和休眠（power down）模式下。在正常工作模式下，报警中断信号（ALMINT）被激活。在休眠模式下，报警中断信号和唤醒信号（PMWKUP）同时被激活。RTC 报警寄存器（RTCALM，见表 5.62）决定报警功能的使能/禁止和完成报警时间检测。RTC 闹钟秒数据寄存器、分数据寄存器、时数据寄存器、日数据寄存器、月数据寄存器、年数据寄存器分别见表 5.63～表 5.68。

表 5.62　RTC 闹钟控制寄存器 RTCALM

RTCALM	位　域	描　述	初 始 状 态
保留	[7]		0
ALMEN	[6]	闹钟全局使能 0=禁止，1=使能	0
YEAREN	[5]	年闹钟使能 0=禁止，1=使能	0
MONREN	[4]	月闹钟使能 0=禁止，1=使能	0
DATEEN	[3]	日闹钟使能 0=禁止，1=使能	0
HOUREN	[2]	时闹钟使能 0=禁止，1=使能	0
MINEN	[1]	分闹钟使能 0=禁止，1=使能	0
SECEN	[0]	秒闹钟使能 0=禁止，1=使能	0

表 5.63　RTC 闹钟秒数据寄存器 ALMSEC

寄 存 器	地　址	读/写	描　述	复 位 值
ALMSEC	0x57000054(L) 0x57000057(B)	读/写 （字节方式）	闹钟秒数据寄存器	0x0

ALMSEC	位　域	描　述	初 始 状 态
保留	[7]		0
SECDATA	[6:4]	BCD 闹钟秒数据值 0～5	000
	[3:0]	0～9	0000

表 5.64　RTC 闹钟分数据寄存器 ALMMIN

寄 存 器	地　址	读/写	描　述	复 位 值
ALMMIN	0x57000058(L) 0x5700005B(B)	读/写 （字节方式）	闹钟分数据寄存器	0x00

ALMMIN	位　域	描　述	初 始 状 态
保留	[7]		0
MINDATA	[6:4]	BCD 闹钟分数据值 0～5	000
	[3:0]	0～9	0000

表 5.65　RTC 闹钟时数据寄存器

寄 存 器	地 址	读/写	描 述	复 位 值
ALMHOUR	0x5700005C(L) 0x5700005F(B)	读/写 （字节方式）	闹钟时数据寄存器	0x0

ALMHOUR	位 域	描 述	初 始 状 态
保留	[7:6]		00
HOURDATA	[5:4]	BCD 闹钟时数据值 0～2	00
	[3:0]	0～9	0000

表 5.66　RTC 闹钟日数据寄存器 ALMDATE

寄 存 器	地 址	读/写	描 述	复 位 值
ALMDATE	0x57000060(L) 0x57000063(B)	读/写 （字节方式）	闹钟日数据寄存器	0x01

ALMDAY	位 域	描 述	初 始 状 态
保留	[7:6]		00
DATEDATA	[5:4]	BCD 闹钟日数据值，取值 0～31 0～3	00
	[3:0]	0～9	0001

表 5.67　RTC 闹钟月数据寄存器 ALMMON

寄 存 器	地 址	读/写	描 述	复 位 值
ALMMON	0x57000064(L) 0x57000067(B)	读/写 （字节方式）	闹钟月数据寄存器	0x01

ALMMON	位 域	描 述	初 始 状 态
Reserved	[7:5]		00
MONDATA	[4]	BCD 闹钟月数据值 0～1	0
	[3:0]	0～9	0001

表 5.68　RTC 闹钟年数据寄存器 ALMYEAR

寄 存 器	地 址	读/写	描 述	复 位 值
ALMYEAR	0x57000068(L) 0x5700006B(B)	读/写 （字节方式）	闹钟年数据寄存器	0x0

ALMYEAR	位 域	描 述	初 始 状 态
YEARDATA	[7:0]	BCD 闹钟年数据值 00～99	0x0

6．时间片中断

RTC 时间片中断用于中断请求。寄存器 TICNT（见表 5.69）有一个中断使能位和中断计数位。该中断计数位自动递减，达到 0 时，产生中断。中断周期按照下式计算：

$$\text{Period} = (\,n+1\,) \,/\, 128 \text{ second}$$

式中，n 为 RTC 时钟中断计数，可取值为 1～127。

表 5.69   RTC 计数寄存器 TICNT

寄 存 器	地　　址	读/写	描　　　　　述	复 位 值
TICNT	0x57000044(L) 0x57000044(B)	读/写 （字节方式）	时间片计数寄存器	0x0

TICNT	位　　域	描　　　　　述	初 始 状 态
TICK INT ENABLE	[7]	时间片中断使能 0=禁止，1=使能	0
TICK TIME COUNT	[6:0]	时间片计数值（1～127） 该计数器的值内部递减，用户无法在工作状态下读出其值	000000

7．循环复位功能

RTC 的循环复位功能可以实现 30、40 和 50 秒步长复位，供某些专用系统使用，见表 5.70。当使用 50 秒复位设置时，如果当前时间是 11:59:49，则下一秒后时间将变为 12:00:00。注意：所有的 RTC 寄存器都是字节型的，必须使用字节访问指令（STRB、LDRB）或字符型指针访问。

表 5.70   RTC 循环复位寄存器 RTCRST

寄 存 器	地　　址	读/写	描　　　　　述	复 位 值
RTCRST	0X5700006C(L) 0X5700006F(B)	读/写 （字节方式）	RTC 循环复位寄存器	0x0

RTCRST	位　　域	描　　　　　述	初 始 状 态
SRSTEN	[3]	循环秒复位使能 0=禁止，1=允许	0
SECCR	[2:0]	秒进位循环边界设置 011=超过 30 秒 100=超过 40 秒 101=超过 50 秒 注意：如果设置了其他值（0、1、2、6 或 7），将不会产生秒进位，但秒数据值可以复位	000

8．硬件电路设计

实时时钟外围电路如图 5.24 所示。

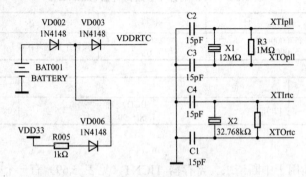

图 5.24   S3C2410X 处理器 RTC 功能框图

实验操作步骤

① 准备实验环境。连接好主机——Probe-ICE——目标板，启动 Multi-server 并配置好 ARM 内核（ARM920T）。

② 启动 CodeWarrior，打开所需工程文件（\···\实验项目\RTC\2410RTC.mcp）。

③ 选择目标模板为 ReInRam。若源文件有改动或路径发生变化，则需要重新编译（make）。

④ 直接进入 AXD，单击 Go 按钮，然后单击 Stop 按钮，以初始化 CPU 及 SDRAM。

⑤ 使用 Load image 命令加载 image 文件。

⑥ 单击 Go 按钮，全速运行，观察时钟状态寄存器有无变化。

⑦ 如果有必要，可修改源代码，重新编译。然后单击 Reload 按钮重新调试。

⑧ 退出系统。

实验参考程序

（1）时钟设置

时钟设置程序必须实现时钟工作情况及数据设置有效性检测功能。具体实现可以参考示例程序设计。

```
/******************************************************************
*名称:RTC 设置
*功能:设置时间
*说明:year 年,month 月,date 日,weekday 星期,hour 小时,sec 秒
******************************************************************/
int    year,month,date,weekday,hour,min,sec,y;
            y = 0x05;                       //只能设置最后两位
         month= 0x08;                       //只能设置 1~12
          date = 0x02;                      //日设置要注意闰年
       weekday = 0x03;                      //SUN:1 MON:2 TUE:3 WED:4 THU:5 FRI:6 SAT:7
          hour = 0x11;                      //只能设置 0~23
           min = 0x23;                      //只能设置 0~59
           sec = 0x00;                      //只能设置 0~59
        rRTCCON = rRTCCON  & ~(0xf) | 0x1;  //不能复位,合并 BCD 计数器, 1/32768，RTC 控制使能

        rBCDYEAR = rBCDYEAR & ~(0xff);
        rBCDMON  = rBCDMON   & ~(0x1f);
        rBCDDATE = rBCDDATE & ~(0x7);
        rBCDDAY  = rBCDDAY   & ~(0x3f);  //SUN:1,MON:2,TUE:3,WED:4,THU:5,FRI:6,SAT:7
        rBCDHOUR = rBCDHOUR & ~(0x3f);
        rBCDMIN  = rBCDMIN   & ~(0x7f);
        rBCDSEC  = rBCDSEC   & ~(0x7f);
        rALMYEAR = rALMYEAR & ~(0xff);
        rALMMON  = rALMMON   & ~(0x1f);
        rALMDAY  = rALMDAY   & ~(0x3f); //SUN:1,MON:2,TUE:3,WED:4,THU:5,FRI:6,SAT:7
        rALMHOUR = rALMHOUR & ~(0x3f);
        rALMMIN  = rALMMIN   & ~(0x7f);
```

```
           rALMSEC   = rALMSEC   & ~(0x7f);
           rBCDYEAR = y;
            year      = 0x2000 + rBCDYEAR;
           rBCDSEC   = sec;
           rBCDMIN   = min;
           rBCDHOUR = hour;
           rBCDDAY   = date;
           rBCDDATE = weekday;
           rBCDMON   = month;
           rRTCCON   = 0x01;
```

（2）时钟显示

```
/***********************************************************************
 *名称:RTC 读出
 *功能:时间读取
 *说明:year_2(年),month_2(月),date_2(日),weekday_2(星期),hour_2(小时),sec_2(秒).
 ***********************************************************************/
int year_2,month_2,date_2,weekday_2,hour_2,min_2,sec_2;
  while(1)
  {
   if (rBCDYEAR == 0x99)
    {
     year_2 = 0x1999;
    }
   else
    {
        year_2   = 0x2000 + rBCDYEAR;
        sec_2    = rBCDSEC;
        min_2    = rBCDMIN;
       hour_2    = rBCDHOUR;
       date_2    = rBCDDAY;
     weekday_2   = rBCDDATE;
       month_2   = rBCDMON;
    }
  }
```

5.8 I^2C 驱动编程及实验

实验目的

- 通过实验了解 I^2C 规范
- 掌握 E^2PROM 元件的存取方法
- 通过实验掌握 S3C2410 处理器的 I^2C 控制器的使用

实验内容

- 编写程序对实验板上的 E^2PROM 元件 AT24C02 进行读/写操作，实现从同一位置写入

实验原理

1. I²C 控制器的总体介绍

为了使硬件效益最大化、电路最简单，Philips 开发了一个简单的双向两线总线，实现有效的 IC 之间的控制，这个总线就称为 Inter IC 或 I²C（IIC）总线。所有符合 I²C 总线的器件都组合了一个片上接口，使器件之间直接通过 I²C 总线通信这个设计理念解决了很多在设计数字控制电路时遇到的接口问题。如图 5.25 所示是 I²C 总线结构图。

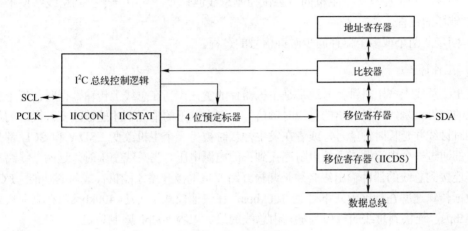

图 5.25　I²C 总线结构图

（1）特征
- 只要求两条总线线路：一条串行数据线 SDA 和一条串行时钟线 SCL。每个连接到总线的器件都可以通过唯一的地址和主机从机关系软件设定，地址主机可以作为主机发送器或主机接收器。
- 它是一个真正的多主机总线。如果两个或多个主机同时初始化，数据传输可以通过冲突检测和仲裁防止数据被破坏。
- 串行的 8 位双向数据传输位速率在标准模式下可达 100kbps，在快速模式下可达 400kbps，在高速模式下可达 3.4Mbps。
- 片上的滤波器可以滤去总线数据线上的毛刺波，保证数据完整。
- 连接到相同总线的 IC 数量只受到总线的最大电容 400pF 的限制。

（2）功能
- 结构图的功能模块与实际的 IC 相对应，设计快速从结构图向最后的原理图推进。
- 不需要设计总线接口，因为 I²C 总线接口已经集成在片上。
- 集成的寻址和数据传输协议允许系统完全由软件定义。
- 相同类型的 IC 经常用于很多不同的应用。
- 由于设计人员快速熟悉了用兼容 I²C 总线的 IC 表示经常使用的功能模块，使设计时间缩短。
- 在系统中增加或删除 IC 不会影响总线的其他电路。
- 故障诊断和调试都很简单，故障可被立即寻迹。
- 通过聚集一个可再使用的软件模块的库，缩短软件开发时间。

除了这些优点外，为方便设计电池供电的便携装置，符合 I²C 总线的 CMOS IC 通常还具有以下特性：电流消耗极低、抗高噪声干扰、电源电压范围宽、工作的温度范围广。

（3）总线术语的定义

- 发送器：发送数据到总线的器件。
- 接收器：从总线接收数据的器件。
- 主机：初始化发送产生时钟信号和终止发送的器件。
- 从机：被主机寻址的器件。
- 多主机：同时有多于一个主机尝试控制总线但不破坏报文。
- 仲裁：一个在有多个主机同时尝试控制总线但只允许其中一个控制总线并使报文不被破坏的过程。
- 同步：两个或多个器件同步时钟信号的过程。

2. 工作原理

在 I²C 总线上产生时钟信号通常是主机器件的责任，当在总线上传输数据时，每个主机产生自己的时钟信号，主机发出的总线时钟信号只有在以下的情况下才能被改变：慢速的从机器件控制时钟线并延长时钟信号，或者在发生仲裁时被另一个主机改变。SDA 和 SCL 都是双向线路，都通过一个电流源或上拉电阻连接到正的电源电压。当总线空闲时，这两条线路都是高电平。连接到总线的器件输出级必须是漏极开路或集电极开路才能执行线与的功能。I²C 总线上的数据传输速率在标准模式下可达 100kbps，在快速模式下可达 400kbps，在高速模式下可达 3.4Mbps，连接到总线的接口数量只由总线的最大电容 400pF 限制决定。

（1）数据的有效性

SDA 线上的数据必须在时钟的高电平周期保持稳定。数据线的高或低电平状态只有在 SCL 线的时钟信号是低电平时才能改变。

（2）起始和停止条件

起始条件：在 SCL 线是高电平时，SDA 线从高电平向低电平切换表示起始条件（SCL=1, SDA:1→0）。

停止条件：当 SCL 线是高电平时，SDA 线由低电平向高电平切换表示停止条件(SCL=1, SDA:0→1)。

如图 5.26 所示是起始和停止条件时序图。

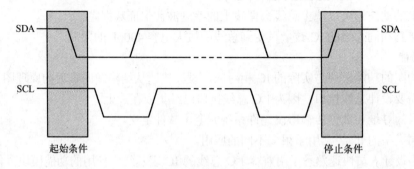

图 5.26 起始和停止条件时序图

起始和停止条件一般由主机产生，总线在起始条件后被认为处于忙的状态，在停止条件的某段时间后，总线被认为再次处于空闲状态。

（3）传输数据

① 字节格式

I²C 总线的读/写操作分别有两种数据格式（7 位和 10 位），其中标准模式一般用 7 位的数据格式，快速模式一般用 10 位的数据格式，如图 5.27 所示是 I²C 总线数据格式图。

7 位地址写模式数据格式

10 位地址写模式数据格式

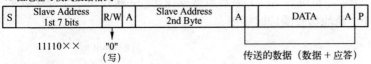

7 位地址读模式数据格式

10 位地址读模式数据格式

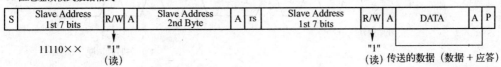

注：S—开始，rs—重新开始，P—停止，A—响应

图 5.27　I²C 总线数据格式图

发送到 SDA 线上的每个字节必须为 8 位，每次传输可以发送的字节数量不受限制，每个字节后必须跟一个响应位，首先传输的是数据的最高位。如果从机要完成一些其他功能（例如一个内部中断服务程序）后才能接收或发送下一个完整的数据字节，可以使时钟线 SCL 保持低电平，迫使主机进入等待状态，当从机准备好接收下一个数据字节并释放时钟线 SCL 后，数据传输继续。如图 5.28 所示是 I²C 总线数据发送时序图。

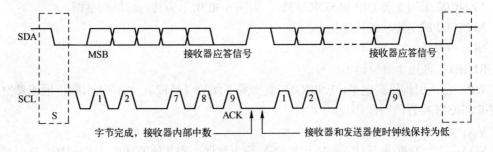

图 5.28　I²C 总线数据发送时序图

② 响应

数据传输必须带响应，相关的响应时钟脉冲由主机产生，在响应的时钟脉冲期间发送器释放 SDA 线。在响应的时钟脉冲期间，接收器必须将 SDA 线拉低，使它在这个时钟脉冲的

高电平期间保持稳定的低电平。当然，必须考虑建立和保持时间。通常被寻址的接收器在接收到的每个字节后（除了用 CBUS 地址开头的报文外），必须产生一个响应。

当从机不能响应从机地址时，例如，它正在执行一些实时函数而不能接收或发送数据字节时，从机必须使数据线保持高电平，主机然后产生一个停止条件终止传输或者产生重复起始条件开始新的传输。

如果从机接收器响应了从机地址，但是在传输了一段时间后不能接收数据字节，主机必须再一次终止传输。这个情况用从机在第一个字节后没有产生响应来表示。从机使数据线保持高电平，主机产生一个停止或重复起始条件。

如果传输中有主机接收器，它必须通过在从机不产生时钟的最后一个字节不产生一个响应，向从机发送器通知数据结束。从机发送器必须释放数据线允许主机产生一个停止或重复起始条件。如图 5.29 所示是 I²C 总线接收响应时序图。

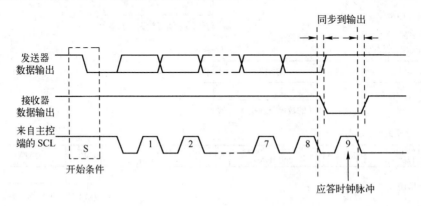

图 5.29　I²C 总线接收响应时序图

3．E²PROM（电可刷只读存储器）元件总体介绍

本实验所用到的 E²PROM 是 AT24C02，它是带有硬件写保护功能的串行 E²PROM，其接口兼容 I²C 总线规范，通过一对串行时钟、数据线对片内存储单元进行读/写。AT24C02 的片内存储器容量为 2K 位（或 256 字节）。

（1）硬件介绍

① 结构

AT24C02 采用 8 脚 DIP 和 SOIC 封装，如图 5.30 所示为其内部结构框图。

AT24C02 的引脚功能描述如下。

NC：空脚。

RESET：低电平复位输出信号。

WP：将该引脚接高电平，E²PROM 就实现了保护（只读）；将读该引脚接地或悬空，可以对 E²PROM 实行改写操作。

V_{SS}：地。

SDA：串行数据/地址输入脚，用来输入/输出数据。和其他的 I²C 总线一样，该引脚为漏极开路输出，需接上拉电阻。作为输入口时，该引脚上的电平跳变将复位看门狗定时器。

SCL：串行输入/输出数据时，该引脚用于输入时钟。

RESET：高电平复位输出信号。

V_{CC}：电源电压。

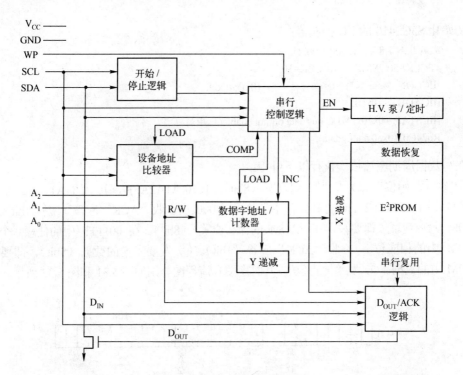

图 5.30　AT24C02 内部结构框图

② 特点

AT24C02 的主要特点如下：

➤ 数据线上的看门狗定时器占用 I/O 口少；

➤ 具有可编程的复位门槛电平；

➤ 具有简单的 2 线 I^2C 总线接口；

➤ 1.8～5.5V 的宽工作电压范围；

➤ 采用低功耗 CMOS 工艺；

➤ 采用 8 字节页写缓冲区；

➤ 具有片内防误擦写保护；

➤ 可同时提供高、低电平复位信号输出。

（2）软件实现

初始状态下，SCL、SDA 两条线都为高。当 SCL 线为高电平时，如果 SDA 线跌落，则认为是"起始位"。当 SCL 线为高电平时，如果 SDA 线上升，则认为是"停止位"。除此之外，在发送数据的过程中，当 SCL 线为高电平时，SDA 线应保持稳定。ACK 应答位在此时钟周期内由从器件（E^2PROM）把 SDA 线拉低，表示回应。这时主器件（微处理器）的 SDA 口的属性应该变为输入，以便检测。AT24C02 支持顺序读/写和随机读/写，本实验中以随机读/写方式为例进行编程。

驱动程序（轮询方式）实现流程如下。

初始化程序：（在 2410addr.h）

```
#define rIICCON    (*(volatile unsigned *)0x54000000) //I²C control
#define rIICSTAT  (*(volatile unsigned *)0x54000004) //I²C status
#define rIICADD    (*(volatile unsigned *)0x54000008) //I²C address
#define rIICDS      (*(volatile unsigned *)0x5400000c) //I²C data shift
```

初始化 S3C2410 的 I²C 控制器:

```
//24C02N 1.8~5.5V, 100~400kHz
//PCLK=50.7MHZ      IICCLK=50.7/16
rIICCON   = (1<<7) | (0<<6) | (1<<5) | (0xf);//0xef
rIICADD   = 0xa0;
rIICSTAT = 0x10;    //I²C bus data output enable(Tx/Rx)
Rd24C02(0xa0,addr,pdata);
```

在写数据周期应该依次执行以下过程:

① 发"起始位"。② 发"写入代码"（8bit），1010(A1A2A3)0，其中的 A1、A2、A3 三位是片地址，由 AT24C02 的硬件决定，本实验采用 000。③ 收"ACK"应答（应答 1bit）。④ 发 E²PROM 片内地址（即要写入 E²PROM 的什么位置）（8bit）。在 00~FFh 中的任意一个，对应 E²PROM 中的相应位。⑤ 收"ACK"应答（1bit）。⑥ 发要发送的数据（8bit），即要存储到 E²PROM 中的数据。⑦ 发"停止位"。其时序图和流程图分别如图 5.31 和图 5.32 所示。

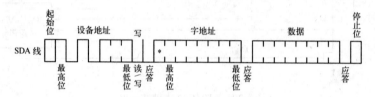

图 5.31   AT24C02 写数据时序图

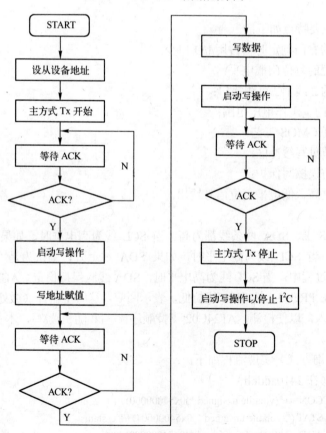

图 5.32   写数据流程图

在读数据周期应该依次执行以下过程：

① 发"起始位"。② 发"写入代码"（8bit），1010(A1A2A3)0，其中的 A1、A2、A3 三位是片地址，由 AT24C02 的硬件决定，本实验采用 000。③ 收"ACK"应答（应答 1bit）。④ 发 E^2PROM 片内地址（即要写入 E^2PROM 的什么位置）（8bit）。在 00~FFh 中的任意一个，对应 E^2PROM 中的相应位。⑤ 收"ACK"应答（1bit）。⑥ 发"起始位"。⑦ 发"读出代码"（8bit），1010(A1A2A3)1，其中的 A1、A2、A3 三位是片地址，由 AT24C02 的硬件决定，本实验采用 000。⑧ 接收。⑨ 发 ACK 应答。⑩ 发"停止位"。其时序图和流程图分别如图 5.33、图 5.34 所示。

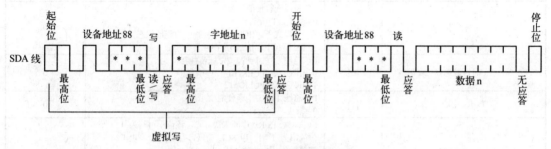

图 5.33　AT24C02 读数据时序图

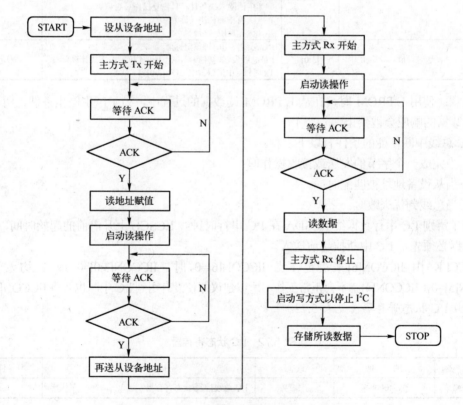

图 5.34　读数据流程图

要特别注意以下两个问题。

① AT24C02 有一个约 10ms 的片内写周期。在这个周期内，AT24C02 是不对外界的操作做出反应的。

② 在发送数据的过程中，要确保当 SCL 线为高电平时，SDA 线保持稳定。

4. I²C 寄存器介绍

（1）I²C 控制器寄存器（见表 5.71）

表 5.71　I²C 控制器寄存器

寄 存 器	地　　址	读/写	描　　述	复位值
IICCON	0x54000000	读/写	I²C 总线控制寄存器	0x0X

IICCON	位　域	描　　述	初 始 状 态
应答产生	[7]	I²C 总线应答使能位 0=禁止，1=允许 在 Tx 模式下，IICSDA 在应答时为释放状态 在 Rx 模式下，IICSDA 在应答时为低	0
Tx 时钟源选择	[6]	I²C 总线发送时钟源预定标值选择位 0=IICCLK=fPCLK/16 1=IICCLK=fPCLK/512	0
Tx/Rx 中断	[5]	I²C 总线 Tx/Rx 中断使能/禁止位 0=禁止，1=允许	0
中断未决标志	[4]	I²C 总线 Tx/Rx 中断未决标志。该位不可写为 1。当该位读出为 1 时，IICSCL 为低，且 I²C 会停止工作。要恢复操作，将该位清零 0=① 无中断待决（读） 　　② 清除未决条件，且恢复操作（写） 1=① 有中断待决（读） 　　② 无反应（写）	0
发送时钟值	[3:0]	I²C 总线发送时钟预定标值 I²C 总线发送时钟频率决定于该 4 位，由下式计算： Tx 时钟= IICCLK/(IICCON[3:0]+1)	未定义

注意：使用 E²PROM 时，在从 E²PROM 读数据的过程中，为了产生停止条件，所读的最后一笔数据的响应会被禁止。

I²C 总线中断使能的条件有以下三种：

● 当完成一个字节的发送或接收操作时；

● 当从设备地址被匹配时；

● 当总线判优失败时。

为了辨别 I²C 串行数据线 IICSDA 在 I²C 串行时钟线 IICSCL 上升沿前的起始时间，IICDS 中的数据必须先于 I²C 中断挂起前送入。

IICCLK 由 IICCON[6] 来决定，当 IICCON[6]=0 时，IICCON[3:0]=0 或 1 均无效。若 IICCON[5]=0，IICCON[4]就不会正常工作，所以建议即使没有用到 I²C 中断也要将 IICCON[5]=1。

（2）I²C 状态寄存器（见表 5.72）

表 5.72　I²C 状态寄存器

寄 存 器	地　　址	读/写	描　　述	复位值
IICSTAT	0x54000004	读/写	I²C 总线控制/状态寄存器	0x0

IICSTAT	位　域	描　　述	复 位 值
模式选择	[7:6]	I²C 总线主/从 Tx/Rx 模式选择位 00=从接收模式 01=从发送模式 10=主接收模式 11=主发送模式	00

IICSTAT	位　域	描　述	复位值
忙信号状态/ START STOP 条件	[5]	I²C 总线忙信号状态位 0=读：不忙（读时） 　　写：STOP 信号产生 1=读：忙（读时） 　　写：START 信号产生。IICDS 的信号将在 START 信号后自动传送	0
串行输出	[4]	I²C 总线数据输出使能/禁止位 0=禁止 Tx/Rx 1=使能 Tx/Rx	0
仲裁状态标志	[3]	I²C 总线仲裁过程标志位 0=总线仲裁成功 1=在串行 I/O 总线仲裁不成功	0
从模式寻址状态标志	[2]	I²C 总线从模式寻址状态标志位 0=当检测到 START/STOP 条件时清除 1=接收的从设备地址与 IICADD 中的地址相符	0
零地址标志	[1]	I²C 总线零地址标志位 0=当检测到 START/STOP 条件时清除 1=接收的从设备地址是 00000000b	0
最后接收位状态标志	[0]	最后接收位状态标志位 0=最后接收位是 0（收到了 ACK） 1=最后接收位是 1（没有收到 ACK）	0

（3）I²C 地址寄存器（见表 5.73）

表 5.73　I²C 地址寄存器

寄存器	地　址	读/写	描　述	复位值
IICADD	0x54000008	读/写	I²C 总线地址寄存器	0xxx

IICADD	位　域	描　述	复位值
模式选择	[7:0]	7 位从设备地址 当 IICSTAT 中的串行输出使能位=0 时，IICADD 可写。IICADD 的值可随时读出，无论当前串行输出使能位为何值 从设备地址=[7:1] 无映射=[0]	xxxxxxxx

I²C 地址寄存器中存放从设备地址，从设备地址只占 I²C 地址寄存器的前 7 位，最低一位为 0 时表示写数据，为 1 时表示读数据。

（4）I²C 数据寄存器（见表 5.74）

表 5.74　I²C 数据寄存器

寄存器	地　址	读/写	描　述	复位值
IICDS	0x5400000C	读/写	I²C 总线发送/接受数据移位寄存器	0xxx

IICADD	位　域	描　述	复位值
数据移位	[7:0]	8 位数据移位寄存器，用于 Tx/Rx 操作。 当 IICSTAT 中的串行输出使能位=1 时，IICDS 可写。IICDS 的值可随时读出，无论当前串行输出使能位为何值	xxxxxxxx

实验操作步骤

① 准备实验环境。连接好主机——Probe-ICE——目标板，启动 Multi-server 并配置好

ARM 内核（ARM920T）。

② 启动 CodeWarrior，打开所需工程文件（\···\实验项目\IIC\2410pocc.mcp）。

③ 选择目标模板为 ReInRam。若源文件有改动或路径发生变化，则需要重新编译（make）。

④ 直接进入 AXD，单击 Go 按钮，然后单击 Stop 按钮，以初始化 CPU 及 SDRAM。

⑤ 使用 Load image 命令加载 image 文件。

⑥ 单击 AXD 环境中的 Go 按钮，全速运行。

⑦ 查看主函数 C_Entry 中缓冲区 data 中的值，看是否与写入的数值 0 相等。

⑧ 如果有必要，可修改源代码，写入不同的数值，用 IIC_read 函数读出写入到缓冲区 data 中的值是否一致。然后重新编译，单击 Reload 按钮重新调试。

⑨ 退出系统。

⑩ 理解和掌握实验内容后，完成后面的问题与讨论。

实验参考程序

```
#include <string.h>
#include "2410addr.h"
#include "IIC_def2.h"
//=================================================================
//    S3C2410 IIC configuration
//    GPE15=IICSDA, GPE14=IICSCL
//    Non-Interrupt mode for IIC block
//=================================================================
//*******************[ C_Entry ]*********************************
void C_Entry(void)
{
    int i;
    for(i=0;i<256;i++)
    {
    IIC_write(i,0);
    }
}

void IIC_write(unsigned int addr ,unsigned char data)
{

    unsigned int i,save_E,save_PE;
    unsigned int save_MPLLCON;
//    save_MPLLCON = rMPLLCON;
//    rMPLLCON = 0xa1033;
    save_E     = rGPECON;
    save_PE    = rGPEUP;
    rGPEUP    |= 0xc000;                    //Pull-up disable
    rGPECON = (rGPECON|0xf0000000)&0xafffffff;   //GPE15:IICSDA , GPE14:IICSCL
    //Enable ACK, Prescaler IICCLK=PCLK/16, Enable interrupt, Transmit clock value Tx
      clock=IICCLK/16
    //24C02N 1.8~5.5V    100~400kHz
```

```
        //PCLK=50.7MHz, IICCLK=50.7/16
        rIICCON   = (1<<7) | (0<<6) | (1<<5) | (0xf);//0xef
        rIICADD   = 0xa0;
        rIICSTAT = 0x10;    //IIC bus data output enable(Tx/Rx)
        Wr24C02(0xa0,addr,data);

        rGPEUP   = save_PE;
        rGPECON = save_E;
//      rMPLLCON = save_MPLLCON;
}
void IIC_read(unsigned int addr ,unsigned char* pdata)
{
        unsigned int i,save_E,save_PE;
        unsigned int save_MPLLCON;
//       save_MPLLCON = rMPLLCON;
//        rMPLLCON = 0xa1033;
        save_E    = rGPECON;
        save_PE   = rGPEUP;
        rGPEUP   |= 0xc000;                        //Pull-up disable
        rGPECON = (rGPECON|0xf0000000)&0xafffffff;   //GPE15:IICSDA , GPE14:IICSCL
        //Enable ACK, Prescaler IICCLK=PCLK/16, Enable interrupt, Transmit clock value Tx
          clock=IICCLK/16
        //24C02N 1.8~5.5V   100~400kHz
        //PCLK=50.7MHz     IICCLK=50.7/16
        rIICCON   = (1<<7) | (0<<6) | (1<<5) | (0xf);//0xef
        rIICADD   = 0xa0;
        rIICSTAT = 0x10;   //IIC bus data output enable(Tx/Rx)
        Rd24C02(0xa0,addr,pdata);

        rGPEUP   = save_PE;
        rGPECON = save_E;
//      rMPLLCON = save_MPLLCON;
}
//*******************[ DelayTime ]************************************
void DelayTime(int time)
{
        int i;
        for(i=0;i<1000;i++);
        return;
}
//******************************************************************
//*************[ Wr24C02]*******************************************
void Wr24C02(unsigned int slvAddr,unsigned int addr,unsigned char data)
{
        _iicMode = WRDATA;
        _iicPt = 0;
        _iicData[0] = (unsigned char)addr;
        _iicData[1]= data;
```

```
            _iicDataCount = 2;

         rIICDS = slvAddr;                    //0xa0
            //Master Tx mode, Start(Write), IIC-bus data output enable
            //Bus arbitration sucessful, Address as slave status flag Cleared
            //Address zero status flag cleared, Last received bit is 0
         rIICSTAT = 0xf0;
//Clearing the pending bit isn't needed because the pending bit has been cleared.
         while(_iicDataCount!=-1)
           Run_IicPoll();
         _iicMode = POLLACK;
         while(1)
         {
             rIICDS = slvAddr;
             _iicStatus = 0x100; //To check if _iicStatus is changed
             rIICSTAT = 0xf0; //Master Tx, Start, Output Enable, Sucessful, Cleared, Cleared, 0
             rIICCON = 0xaf; //Resumes IIC operation.
             while(_iicStatus==0x100)
                 Run_IicPoll();
             if(!(_iicStatus & 0x1))
                 break; //When ACK is received
         }
         rIICSTAT = 0xd0; //Master Tx condition, Stop(Write), Output Enable
         rIICCON = 0xaf; //Resumes IIC operation
         DelayTime(1); //Wait until stop condtion is in effect
             //Write is completed.
}
//*********************[ Rd24C02]*****************************
void Rd24C02(unsigned int slvAddr,unsigned int addr,unsigned char *data)
{
     _iicMode = SETRDADDR;
     _iicPt = 0;
     _iicData[0] = (unsigned char)addr;
     _iicDataCount = 1;
     rIICDS = slvAddr;
     rIICSTAT = 0xf0;                     //MasTx,Start
//Clearing the pending bit isn't needed because the pending bit has been cleared
     while(_iicDataCount!=-1)
         Run_IicPoll();
     _iicMode = RDDATA;
     _iicPt = 0;
     _iicDataCount = 1;
     rIICDS = slvAddr;
     rIICSTAT = 0xb0;                     //Master Rx,Start
     rIICCON = 0xaf;                      //Resumes IIC operation
     while(_iicDataCount!=-1)
         Run_IicPoll();
     *data = _iicData[1];
```

```
}
//********************[Run_IicPoll]************************************
void Run_IicPoll(void)
{
    if(rIICCON & 0x10)                        //Tx/Rx Interrupt Enable
        IicPoll();
}
//********************[IicPoll ]***************************************
void IicPoll(void)
{
    unsigned int iicSt,i;
    iicSt = rIICSTAT;
    if(iicSt & 0x8){}                         //When bus arbitration is failed
    if(iicSt & 0x4){}                         //When a slave address is matched with IICADD
    if(iicSt & 0x2){}                         //When a slave address is 0000000b
    if(iicSt & 0x1){}                         //When ACK isn't received
    switch(_iicMode)
    {
        case POLLACK:
            _iicStatus = iicSt;
            break;
        case RDDATA:
            if((_iicDataCount--)==0)
            {
                _iicData[_iicPt++] = rIICDS;
                rIICSTAT = 0x90; //Stop MasRx condition
                rIICCON   = 0xaf; //Resumes IIC operation
                DelayTime(1);    //Wait until stop condtion is in effect
                //Too long time...
                //The pending bit will not be set after issuing stop condition
                break;
            }
            _iicData[_iicPt++] = rIICDS;
                        //The last data has to be read with no ack.
            if((_iicDataCount)==0)
                rIICCON = 0x2f;                //Resumes IIC operation with NOACK
            else
                rIICCON = 0xaf;                //Resumes IIC operation with ACK
            break;
        case WRDATA:
            if((_iicDataCount--)==0)
            {
                rIICSTAT = 0xd0;               //stop MasTx condition
                rIICCON   = 0xaf;              //resumes IIC operation
                DelayTime(1);                  //wait until stop condtion is in effect
            //The pending bit will not be set after issuing stop condition.
                break;
            }
```

```
            rIICDS = _iicData[_iicPt++];              // _iicData[0] has dummy
            for(i=0;i<10;i++);          //for setup time until rising edge of IICSCL
            rIICCON = 0xaf;                            //resumes IIC operation.
            break;
        case SETRDADDR:
            if((_iicDataCount--)==0)
            {
                break;       //IIC operation is stopped because of IICCON[4]
            }
            rIICDS = _iicData[_iicPt++];
            for(i=0;i<10;i++);                         //for setup time until rising edge of IICSCL
            rIICCON = 0xaf;                            //resumes IIC operation
            break;
        default:
            break;
    }
}
//****************************************************************
```

问题与讨论

如何实现中断方式下的 I²C 驱动程序？

5.9　Altera EPM3032A 编程实验

实验目的

- 熟悉 CPLD 的使用

实验设备及工具（包括软件工具）

- 硬件：SUPER ARM 嵌入试教学实验系统
- 软件：MaxPlus-II 集成开发环境

实验内容

- 学习 CPLD 基本原理，掌握 CPLD 的开发流程

预备知识

- MaxPlus-II 集成开发环境，编写、编译和下载的基本过程
- CPLD 图形编程
- 实验箱原理图

实验原理

1．CPLD 的基本概念

CPLD 是可编程逻辑器件（Complex Programable Logic Device）的英文简称，是 PLD 的一

种。它是一种整合性很高的逻辑单元，因此具有性能提升、可靠度增加、PCB 面积减少及成本下降等优点。CPLD 元件是由许多个逻辑方块（Logic Blocks）所组成的，而各个逻辑方块均相似于一个单元的 PLD。逻辑方块间的相互关系由可编程的连线架构将整个逻辑电路合成而成。

简单地讲，CPLD 是这样一种 ASIC（专用集成电路）：内部有大量的门电路，通过软件编程可以实现这些门电路不同的连接关系，从而整个 CPLD 对外实现不同的功能，并且这些门电路的连接关系可以不断用软件来改变。

CPLD 是电子设计领域中最具活力和发展前途的一项技术，它的影响丝毫不亚于 20 世纪 70 年代单片机的发明和使用。

CPLD 能做什么呢？可以毫不夸张地讲，CPLD 能完成任何数字器件的功能，上至高性能 CPU，下至简单的 74 电路，都可以用 CPLD 来实现。CPLD 如同一张白纸或是一堆积木，工程师可以通过传统的原理图输入法，或硬件描述语言自由地设计一个数字系统。通过软件仿真，可以事先验证设计的正确性。在 PCB 完成以后，还可以利用 CPLD 的在线修改能力，随时修改设计而不必改动硬件电路。使用 CPLD 来开发数字电路，可以大大缩短设计时间、减少 PCB 面积、提高系统的可靠性。CPLD 的这些优点使得 CPLD 技术在 20 世纪 90 年代以后得到飞速的发展，同时也大大推动了 EDA 软件和硬件描述语言（HDL）的进步。

如何使用 CPLD 呢？其实，CPLD 的使用很简单，学习 CPLD 比学习单片机要简单得多，有数字电路基础，会使用计算机，就可以进行 CPLD 的开发。不熟悉 CPLD 的朋友，可以先看一看可编程逻辑器件的发展历程。

CPLD 采用 EPROM 或 Flash 工艺；直接烧写程序掉电后程序不会消失；一般可以擦写几百次，并且一般宏单元在 512KB 以下。例如，ALTERA 的 MAX3000/5000/7000/9000 和 CLASSIC 系列。

2. CPLD 的开发和设计

CPLD 的开发和设计涉及三方面内容：CPLD 软件、CPLD 硬件和电路设计的基本知识。

① CPLD 软件

CPLD 软件已经发展得相当完善，用户甚至可以不用详细了解 CPLD 的内部结构，也可以用自己熟悉的方法如原理图输入或 HDL 语言来完成相当优秀的 CPLD 设计（但是，了解 CPLD 的内部结构，将有助于提高设计的效率和可靠性）。CPLD 软件可以从网上下载免费使用版（www.altera.com下载 ALTEAR 公司的 Maxplus2）。

② CPLD 硬件

开发 CPLD 需要以下硬件：计算机（带并口）、CPLD 芯片。（如果购买嵌入式教学实验系统或 SUPER-ARM 评估板，将获得计算机以外的所有资源，不包括软件。）

③ 电路设计的基本知识

主要包括数字模拟电路、HDL 语言等知识和实际电路设计经验。这一点比了解软件重要。学会软件的使用就像学会了拿铲子，但做出怎么样的菜完全在于你做菜的水平上。

3. CPLD 的结构和原理

CPLD 和其他类型 PLD 的结构各有其特点和长处，但概括起来，它们由以下三部分组成。

① 一个二维的逻辑块阵列，构成了 PLD 器件的逻辑组成核心。

② 输入/输出块。

③ 连接逻辑块的互连资源。互连资源：由各种长度的连线组成，其中也有一些可编程的

连接开关，它们用于逻辑块之间、逻辑块与输入/输出块之间的连接。

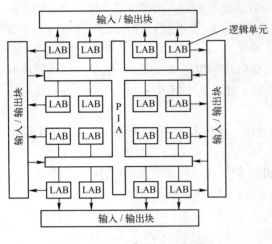

图 5.35 典型的 PLD 框图

典型的 PLC 框图如图 5.35 所示。

采用这种结构的 CPLD 芯片有：ALTERA 的 MAX7000/3000 系列，XILINX 的 XC9500 系列和 LATTICE、CYPRESS 的大部分产品。下面以 MAX7000 为例，如图 5.36 所示，其他型号的结构与此非常相似。

这种 CPLD 可以分为三块结构：宏单元（Macrocell）、可编程连线（PIA）和 I/O 控制块。宏单元是 CPLD 的基本结构（因为宏单元较多，没有一一画出）。可编程连线负责信号传递，连接所有的宏单元。I/O 控制块负责输出/输入的电气特性控制，如设定集电极开路输出、摆率控制、三态输出等。图 5.36 中的 INPUT/GCLK1，INPUT/GCLRn，INPUT/OE1 和 INPUT/OE2 是全局时钟、清零和输出使能信号，这几个信号有专用连线与 CPLD 中的每个宏单元相连，信号到每个宏单元的延时相同并且延时最短。

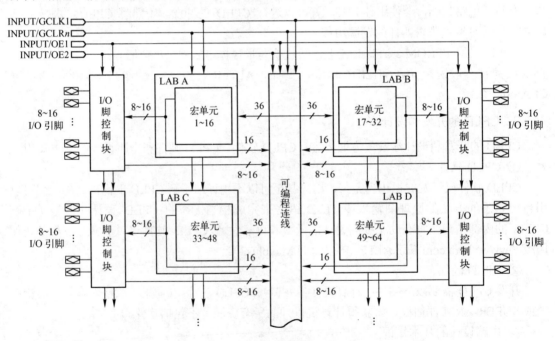

图 5.36 基于乘积项的 CPLD 内部结构

宏单元的具体结构如图 5.37 所示。左侧是乘积阵列，实际就是一个与或阵列，每一个交点都是一个可编程熔丝，如果导通，就是实现"与"逻辑。后面的乘积项选择矩阵是一个"或"阵列。两者一起完成组合逻辑。右侧是一个可编程 D 触发器，它的时钟、清零输入都可以编程选择，可以使用专用的全局时钟，也可以使用内部逻辑（乘积项阵列）产生的时钟和清零。如果不需要触发器，也可以将此触发器旁路，信号直接输给 PIA 或输出到 I/O 脚。

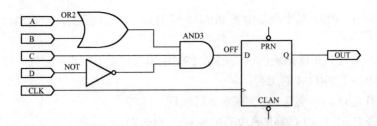

图 5.37　CPLD 宏单元的具体结构图例

下面以一个简单的电路为例，具体说明 PLD 是如何利用以上结构实现逻辑的，电路如图 5.38 所示。

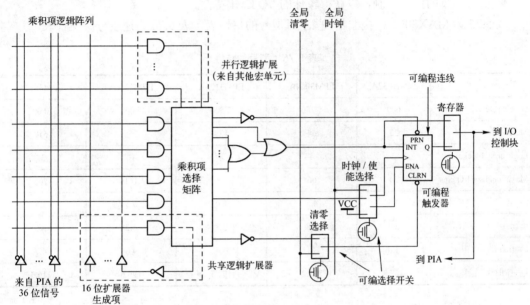

图 5.38　组合逻辑的输出

假设组合逻辑的输出 AND3 的输出为 f，则

$$f=(A+B)*C*(!D)=A*C*!D（这里以!D 表示 D 的非）$$

CPLD 将以如图 5.39 所示的方式来实现组合逻辑 f。

A，B，C，D 由 PLD 芯片的引脚输入后进入可编程连线阵列（PIA），在内部产生 A，A 反，B，B 反，C，C 反，D，D 反 8 个输出。图 5.39 中的叉表示相连（可编程熔丝导通），所以得到：$f=f1+f2=（A*C*!D）+（B*C*!D）$。这样，组合逻辑就实现了。可编程触发器的输出与 I/O 脚相连，把结果输出到芯片引脚（以上这些步骤都是由软件自动完成，不需要人为干预）。

如图 5.39 所示的电路是一个很简单的例子，

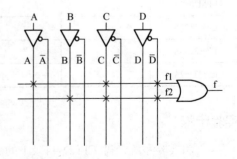

图 5.39　组合逻辑

只需要一个宏单元就可以完成。但对于复杂的电路，一个宏单元是不能实现的，这时就需要通过并联扩展项和共享扩展将多个宏单元相连，宏单元的输出也可以连接到可编程连线阵列，再作为另一个宏单元的输入。这样 PLD 就可以实现更复杂逻辑。

这种基于乘积的 PLD 基本都是由 E²PROM 和 Flash 工艺制造的，一上电就可以工作，无须其他芯片配合。

MAX3000A 系列 CPLD 是美国 ALTERA 公司推出高性能 CPLD，它具有以下特点：

- 使用 CMOS E²PROM 的工艺；
- 3.3V 工作电压，并支持 ISP（在系统可编程）；
- 内置符合 IEEE 1149.1 标准的边界扫描测试（BST）；
- Pin-to-Pin 的信号延时仅有 4.5ns，最高工作频率可高达 227.3MHz；
- 支持混合电压供电，即：内核工作在 3.3V，而 I/O 接口可工作在 5.0V，3.3V 或 2.5V 逻辑电平；
- 支持引脚的摆率控制，以获得较佳的 I/O EMI 特性。

表 5.75 为 MAX3000A 系列的一些主流型号的特性表，表 5.76 为速度分级文件表。

表 5.75　型号的特性

特　性	EPM3032A	EPM3064A	EPM3128A	EPM3256A	EPM3512A
Usable gates	600	1 250	2 500	5 000	10 000
Macrocells	32	64	128	256	512
Logic array blocks	2	4	8	16	32
Maximum user I/O pins	34	66	98	161	208
t_{PD}(ns)	4.5	4.5	5.0	7.5	7.5
t_{SU}(ns)	2.9	2.8	3.3	5.2	5.6
t_{CO1}(ns)	3.0	3.1	3.4	4.8	4.7
f_{CNT}(MHz)	227.3	222.2	192.3	126.6	116.3

表 5.76　速度分级文件

设　备	速 度 分 级				
	−4	−5	−6	−7	−10
EPM3032A	√			√	√
EPM3064A	√			√	√
EPM3128A		√		√	√
EPM3256A				√	√
EPM3512A				√	√

实验步骤

① 将实验系统光盘 CPLD 目录下的全部文件复制到自己的计算机中，同时将文件中的只读属性去除。

② 在使用 MaxPlus-II 之前先简单的了解一下它的界面（见图 5.40）。

③ 在 MaxPlus-II 中打开刚才复制的 ARM9CPLD.GDF 文件，如图 5.41 所示。

④ 该文件为 CPLD 内部原理文件，如图 5.42 所示。

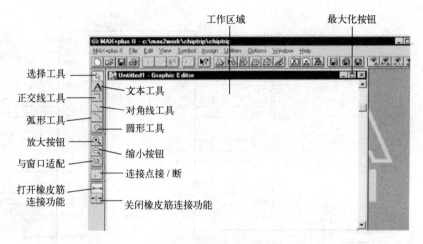

图 5.40　MaxPlus-II 界面

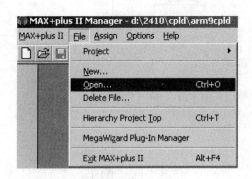

图 5.41　打开文件

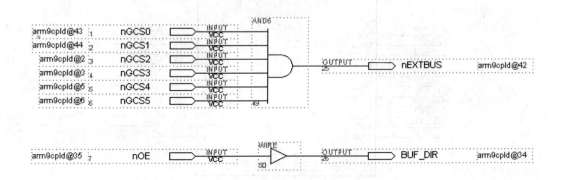

图 5.42　CPLD 内部原理文件

⑤　在图 5.42 中，分为两个部分，分别取代了主板上的 U004（74HC11）和 U003（74HC32）的部分功能。分析原理图可知，由 ADN6 模块输出的 nEXTBUS 信号是 CPU 上 nGCS0~nGCS5 片选信号。WIRE 模块输出的 BUF-DIR 是对 U102（74VTH162245）的双向控制。

⑥　在做实验之前要先确定跳线 N、M 是在 1、2 之间，上电后不能启动，这是为了保证以下做的实验正确。如图 5.43 所示的 J001C、J001D 两个跳线连接正确，为了确保后面的实验正确，上电后不能变动。如图 5.44 所示为主板中 CPLD 供学生编辑的引脚功能图。

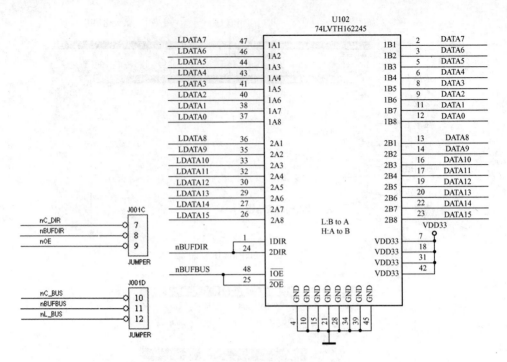

图 5.43　CPLD 实验原理图（1）

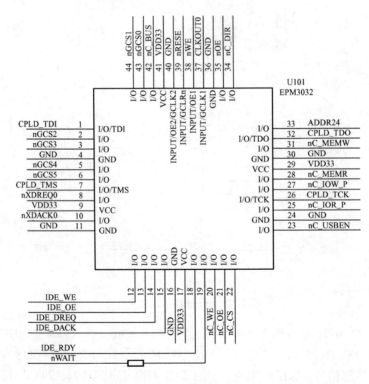

图 5.44　CPLD 实验原理图（2）

⑦ 在 MaxPlus-II 中将 arm9cpld.gdf 设为当前工程，然后才能进行编译。

⑧ 编译完成后，将 Multi-JTAG 的 10pin 电缆插到主板的 CON300 CPLDPRG 插座上，同时通过并口电缆将 Multi-JTAG 连到 PC 机的并口，最后打开电源开关。

⑨ 选择菜单命令"MAX+plus Ⅱ"→"Programmer"，进入编程下载界面。单击 Program 按钮开始下载，如图 5.45 所示。

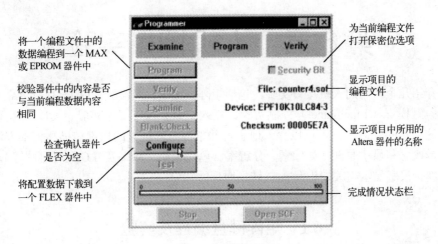

图 5.45　编辑下载界面

⑩ 下载完后关掉电源，撤掉 Multi-JTAG，连同并口电缆放进实验箱内。重新给主板上电，此时程序能正常启动，说明刚才给 CPLD 下载的控制逻辑已经正常工作。

问题与讨论

试用如图 5.46 所示的引脚图结合 CPLD（EPM3032）芯片引脚图，编辑新的逻辑方程。

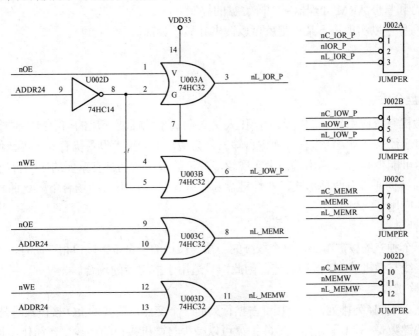

图 5.46　EPM3032 芯片引脚图

第6章　人机接口实验

本章介绍几个常用的人机接口实验，包括矩阵键盘编程及实验、LCD 真彩色显示驱动编程及实验、触摸屏（TouchPanel）控制实验、嵌入式系统汉字显示实验、A/D 转换编程及实验。通过这一章的学习，读者可以深入地了解并掌握矩阵键盘的按键扫描和识别方法，LCD 的一些基本概念和显示原理（如像素、分辨率、色深、刷新频率及 LCD 时序图等），触摸屏的工作原理，汉字显示相关知识及 A/D 转换原理。

6.1　矩阵键盘编程及实验

实验目的

- 通过实验了解键盘控制原理
- 掌握 ARM 处理器的中断处理在矩阵键盘控制方法中的应用

实验内容

- 学习和掌握 ARM 处理器对矩阵键盘的控制方法
- 编写程序以实现按下某个键就可以读出并显示其键值

实验原理

1. 键盘介绍

随着微机系统应用领域的扩大，操作人员与微机系统需要交流的信息越来越多，用来交流的手段和途径也更为灵活多样，而键盘输入作为最常用的输入设备仍有其不可替代的作用。因此，用尽可能少的输入/输出端口来实现较多数量的按键数仍具有重要的应用价值。

键盘的结构通常有两种形式：线性键盘和矩阵键盘。在不同的场合下，这两种键盘均得到了广泛的应用。

① 线性键盘

由若干个独立的按键组成，每个按键的一端与微机的一个 I/O 接口相连。有多少个键就要有多少条连线与微机的 I/O 接口相连，因此，只适用于按键少的场合。

② 矩阵键盘

键盘按 N 行 M 列排列，每个按键占据行列的一个交点，需要的 I/O 接口数目是 $N+M$，允许的最大按键数是 $N×M$。显然，矩阵键盘可以减少与微机接口的连线数，简化结构，是一种微机常用的键盘结构。根据矩阵键盘识键和译键方法的不同，矩阵键盘又可以分为非编码键盘和编码键盘两种。

- 非编码键盘主要用软件的方法识键和译键，根据扫描方法的不同，可以分为行扫描法、列扫描法和反转法三种。

- 编码键盘主要由硬件来实现键的扫描和识别，硬件要求比较高。

（1）键盘输入信息的主要过程

- CPU 判断是否有键按下。
- 确定按下的是哪一个键。
- 把该键代表的信息翻译成计算机所能识别的代码，如 ASCII 或其他特征码。

键的识别功能就是判断键盘中是否有键按下，若有键按下则确定其所在的行列位置。有三种方法来读取键值。

① 断法

在键盘按下时产生一个外部中断通知 CPU，并由中断处理程序通过不同的地址读取数据线上的状态，判断哪个按键被按下。本实验采用中断法实现用户键盘接口。

② 扫描法

扫描法是一种常用的键识别方法。对键盘上的某一行送低电平，其他行置高电平，然后读取列值。若列值中有一位为低，则表明该行与低电平对应列的键被按下；否则扫描下一行。在这种方法中，只要 CPU 空闲，就调用键盘扫描程序，查询键盘并给予处理。

③ 反转法

先将所有行扫描线输出低电平，读取值。若列值有一位为低，则表明有键按下；然后所有列扫描线输出低电平，再读行值。根据读到的值组合就可以得到键码。

（2）键盘工作原理

① 硬件实现

实验用到的键盘采用 5 个 I/O 接口，辅以适当的接口电路实现 4×4 个按键。如图 6.1 所示为其硬件电路。图中硬件部分分为两块：一块是普通键盘矩阵，另外一块是中断和接口电路，主要由相应数目的二极管和电阻组成。实现 4×4 按键矩阵的终端和接口电路有 8 只二极管、7 只电阻和 1 只三极管。8 只二极管按其在电路中所起的作用可分为两组：第一组包括 VD1、VD3、VD5、VD7，用于保证按键信息的单一流向；第二组包括 VD2、VD4、VD6、VD8，它们在电路上对 NPN 三极管的基极构成"或"的逻辑关系，对单片机进行初始化。除

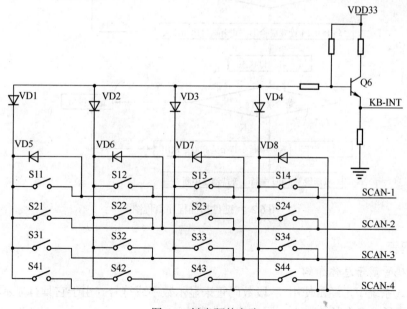

图 6.1　键盘硬件电路

了 PORT5（其要求具有中断功能）以外，其余的 I/O 接口均被置成低电平，这样当有键按下时，三极管的基极由高变低，三极管截止，发射极由高电平跳变成低电平，向单片机发出中断信号，从而启动键盘扫描程序。

② 软件实现

键盘的识别主要靠软件来实现，需要编写键盘扫描程序。在启动键盘扫描程序之前，先要对 CPU 进行初始化（主要是对所使用的中断进行初始化）。假设已经有键按下，并引发了相应的中断服务程序（即键盘扫描程序），其流程图如图 6.2 所示。

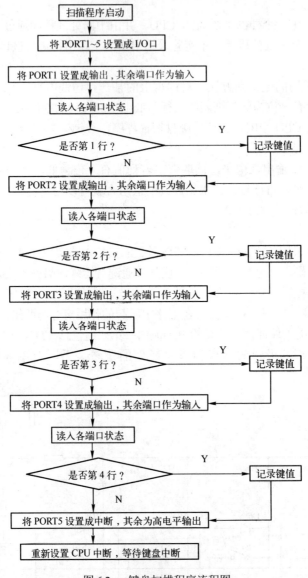

图 6.2　键盘扫描程序流程图

2. 数码管

（1）数码管显示总体介绍

在嵌入式系统中，经常使用 8 段数码管来显示数字或符号。由于它具有显示清晰、亮度高、使用电压低、寿命长的特点，因此使用非常广泛。

① 结构

8 段数码管由 8 个发光二极管组成，其中 7 个长条形的发光管排列成"日"字形，右下角 1 个点形发光管用于显示小数点。8 段数码管能显示所有数字及部分英文字母。

② 类型

8 段数码管有两种不同的形式：一种是 8 个发光二极管的阳极都连在一起，称为共阳极 8 段数码管；另一种是 8 个发光二极管的阴极都连在一起，称为共阴极 8 段数码管。

③ 显示方式

8 段数码管的显示方式有两种，即静态显示和动态显示。

静态显示：当 8 段数码管显示一个字符时，该字符对应段的发光二极管控制信号一直保持有效。

动态显示：当 8 段数码管显示一个字符时，该字符对应段的发光二极管是轮流点亮的，即控制信号按一定周期有效。在轮流点亮的过程中，点亮时间是极为短暂的（约 1ms）。但由于人的视觉暂留现象及发光二极管的余辉效应，数码管的显示依然是非常稳定的。

（2）数码管工作原理

以共阳极 8 段数码管为例。当控制某段发光二极管的信号为低电平时，对应的发光二极管点亮。当需要显示某字符时，就将该字符对应的所有二极管点亮。共阴极二极管则相反，控制信号为高电平时点亮。电路原理图如图 6.3 所示。

电平信号按照 dp、g、e … a 的顺序组合形成的数据字称为该字符对应的段码。DM7447A 是驱动芯片，有 4 个输入端来控制 8 位数码管。其字符的段码表见表 6.1。

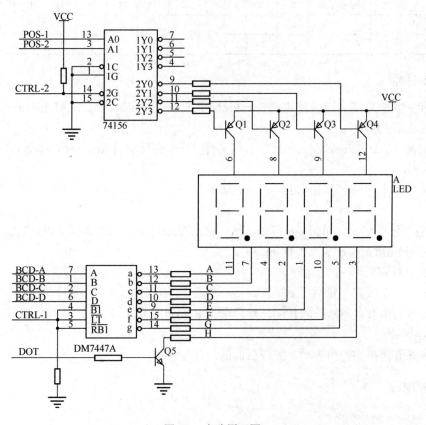

图 6.3 电路原理图

表 6.1　字符的段码

十进制数或功能	输　入						BI/RBO (Note1)	输　出							Note
	LT	RBI	D	C	B	A		a	b	c	d	e	f	g	
0	H	H	L	L	L	L	H	L	L	L	L	L	L	H	
1	H	X	L	L	L	H	H	H	L	L	H	H	H	H	
2	H	X	L	L	H	L	H	L	L	H	L	L	H	L	
3	H	X	L	L	H	H	H	L	L	L	L	H	H	L	
4	H	X	L	H	L	L	H	H	L	L	H	H	L	L	
5	H	X	L	H	L	H	H	L	H	L	L	H	L	L	
6	H	X	L	H	H	L	H	H	H	L	L	L	L	L	
7	H	X	L	H	H	H	H	L	L	L	H	H	H	H	
8	H	X	H	L	L	L	H	L	L	L	L	L	L	L	(Note2)
9	H	X	H	L	L	H	H	L	L	L	L	H	L	L	
10	H	X	H	L	H	L	H	H	H	H	L	L	H	L	
11	H	X	H	L	H	H	H	H	H	L	L	H	L	L	
12	H	X	H	H	L	L	H	H	L	L	H	L	L	L	
13	H	X	H	H	L	H	H	L	H	H	L	H	L	L	
14	H	X	H	H	H	L	H	H	H	L	L	L	L	L	
15	H	X	H	H	H	H	H	H	H	H	H	H	H	H	
BI	X	X	X	X	X	X	L	H	H	H	H	H	H	H	(Note3)
RBI	H	L	L	L	L	L	L	H	H	H	H	H	H	H	(Note4)
LT	L	X	X	X	X	X	H	L	L	L	L	L	L	L	(Note5)

实验操作步骤

① 准备实验环境。连接好主机——Probe-ICE——目标板，启动 Multi-server 并配置好 ARM 内核（ARM920T）。

② 启动 CodeWarrior，打开所需工程文件（\···\实验项目\keyboard\sourcecode\keyboard\keyboard.mcp）。

③ 选择目标模板为 ReInRam。若源文件有改动或路径发生变化，则需要重新编译（make）。

④ 直接进入 AXD，单击 Go 按钮，然后单击 Stop 按钮，以初始化 CPU 及 SDRAM。

⑤ 使用 Load image 命令加载 image 文件。

⑥ 单击 Go 按钮，全速运行。

⑦ 按下某个按键，观察显示现象。

⑧ 如果有必要，可修改源代码，然后单击 Reload 按钮重新调试。

⑨ 退出系统。

⑩ 理解和掌握实验内容后，完成后面的问题与讨论。

实验参考程序

```
#include <string.h>
#include <stdarg.h>
```

```c
#include "2410addr.h"
#define TRUE    1
#define FALSE   0
void KB_LISR(void);
void keyinit(void);
 int KeyScan(void);
void LedShow( int key,int i);
void KB_Enable(int flag);
int a[]={15,15,15,15};

void C_Entry()
{
    int i,j;
    keyinit();
        KB_Enable(TRUE);                              //中断使能函数
    while(1)

    {
            for(i=0;i<4;i++)
            {
                 LedShow(a[i],i);
             }
             j=0;
        //while(j++<100);
    }
}
void swap(int b[])
{
    int temp,temp1,temp2;
    temp=b[0];
    temp1=b[1];
    temp2=b[2];

    b[1]=temp;
    b[2]=temp1;
    b[3]=temp2;
}
void KB_LISR(void)
{

    int value,j;
    value=KeyScan();                                 //扫描键盘
    while(j++<3000);
    swap(a);
    a[0]=value;
    rGPGCON = rGPGCON&~(0x300000)|(0x200000);        //设置 GPG10=EINT18
    rGPECON=rGPECON&~(0X3FC00)|(0x15400);            //GPE[5:8]=OUTPUT
    rGPEUP=0x3fe0;                                   //关闭上拉电阻
```

```
                rGPEDAT=rGPEDAT&0xfe1f;                    //GPE[5:8]初始为低电平
                rEINTPEND=0x40000;                         //中断源请求关闭
                rSRCPND=0x20;                              //中断源请求关闭
                rINTPND=0X20;
        }
        void keyinit(void)
        {
                rGPECON=0xfffd57ff;                        //GPE[5:8]=OUTPUT
                rGPEUP=0x1e0;                              //关闭上拉电阻
                rGPEDAT=rGPEDAT&0xfe1f;                    //GPE[5:8]初始为低电平
                rGPGCON=rGPGCON&~(0x300000)|(0x200000);    //设置 GPG10=EINT18
                rGPGUP=rGPGUP|0x400;                       //关闭 GPG10 上拉电阻
        }
        int KeyScan(void)
        {
                short a,b,c,d,e,i,j;
                int temp=0;
                rGPEUP=0x1e0;
                rGPGCON=rGPGCON&~(0x300000)|(0x0);         //设置 GPG10 为输入
                //第 1 行检测
                rGPECON=0xfffc07ff;                        //设置 GPE5=OUTPUT，GPE[6:8]=INPUT
                //rGPEDAT=rGPEDAT&~(0x1e0)|0x20;
                rGPEDAT=rGPEDAT&0xffdf;                    //设置 GPE5 低电平输出，GPE[6:8]输入
                for(i=0;i<=50;i++);                        //延时去抖动
                a=rGPEDAT&(0x100);                         //GPEDAT 的 GPE8 位
                b=rGPEDAT&(0x80);                          //GPEDAT 的 GPE7 位
                c=rGPEDAT&(0x40);                          //GPEDAT 的 GPE6 位
                d=rGPEDAT&(0x20);                          //GPEDAT 的 GPE5 位
                e=rGPGDAT&(0x400);                         //GPGDAT 的 GPG10 位
                if(e= =0x0)
                {
                        if(((a>>6)+(b>>6)+(c>>6))==0x7)
                            temp=1;
                        else if(((a>>6)+(b>>6)+(c>>6))==0x6)
                            temp=2;
                        else if(((a>>6)+(b>>6)+(c>>6))==0x5)
                            temp=3;
                        else if(((a>>6)+(b>>6)+(c>>6))==0x3)
                            temp=15;
                }
                else
                {
                        //第 2 行检测
                        rGPECON=0xfffc13ff;                //设置 GPE6=OUTPUT，GPE[5\7\8]=INPUT
                        rGPEDAT=rGPEDAT&0xffbf;            //使 GPE6 输出低电平
                        for(i=0;i<=50;i++);                //延时去抖动
                        a=rGPEDAT&(0x100);                 //GPEDAT 的 GPE8 位
                        b=rGPEDAT&(0x80);                  //GPEDAT 的 GPE7 位
```

```
    c=rGPEDAT&(0x40);                        //GPEDAT 的 GPE6 位
    d=rGPEDAT&(0x20);                        //GPEDAT 的 GPE5 位
    e=rGPGDAT&(0x400);                       //GPGDAT 的 GPG10 位
    if(e= =0x0)
    {
        if(((a>>6)+(b>>6)+(d>>5))==0x6)          temp=4;
        else if(((a>>6)+(b>>6)+(d>>5))==0x7)     temp=5;
        else if(((a>>6)+(b>>6)+(d>>5))==0x5)     temp=6;
        else if(((a>>6)+(b>>6)+(d>>5))==0x3)     temp=14;
    }
    else
    {
        //第 3 行检测
        rGPECON=0xfffc43ff;                  //设置 GPE7=OUTPUT，GPE[5\6\8]=INPUT
        rGPEDAT=rGPEDAT&0xff7f;              //使 GPE7 输出低电平
        for(i=0;i<=50;i++);                  //延时去抖动
        a=rGPEDAT&(0x100);                   //GPEDAT 的 GPE8 位
        b=rGPEDAT&(0x80);                    //GPEDAT 的 GPE7 位
        c=rGPEDAT&(0x40);                    //GPEDAT 的 GPE6 位
        d=rGPEDAT&(0x20);                    //GPEDAT 的 GPE5 位
        e=rGPGDAT&(0x400);
        if(e= =0x0)
        {
            if(((a>>6)+(c>>5)+(d>>5))==0x6)
                temp=7;
            else if(((a>>6)+(c>>5)+(d>>5))==0x5)
                temp=8;
            else if(((a>>6)+(c>>5)+(d>>5))==0x7)
                temp=9;
            else if(((a>>6)+(c>>5)+(d>>5))==0x3)
                temp=13;
        }
        else
        {
            //第 4 行检测
            rGPECON=0xfffd03ff; //设置 GPE8=OUTPUT，GPE[5:7]=INPUT
            rGPEDAT=rGPEDAT&0xfeff;          //使 GPE8 输出低电平
            a=rGPEDAT&(0x100);               //GPEDAT 的 GPE8 位
            b=rGPEDAT&(0x80);                //GPEDAT 的 GPE7 位
            c=rGPEDAT&(0x40);                //GPEDAT 的 GPE6 位
            d=rGPEDAT&(0x20);                //GPEDAT 的 GPE5 位
            e=rGPGDAT&(0x400);
            if(((b>>5)+(c>>5)+(d>>5))==0x6)          temp=10;
            else if(((b>>5)+(c>>5)+(d>>5))==0x5)     temp=0;
            else if(((b>>5)+(c>>5)+(d>>5))==0x3)     temp=11;
            else if(((b>>5)+(c>>5)+(d>>5))==0x7)     temp=12;
        }
    }
```

```
        }
        while((rGPGDAT&(0x400))!=0x400)
        {
            ;;
        }
        for(j=0;j<100;j++);
        while((rGPGDAT&(0x400))!=0x400)
        {
            ;;
        }
        return temp;
    }
void LedShow( int key,int i)
{    int   j;
     int table[16]={0x0,0x1,0x2,0x3,0x4,0x5,0x6,0x7,0x8,0x9,0xa,0xb,0xc,0xd,0xe,0xf};
     //unsigned short dis_buf[3]={0x3,0x2,0x1,0x0}
     rGPHCON=rGPHCON&~(0x30000)|0x10000;                 //设置点，不亮
     rGPHUP=rGPHUP|0x100;
     rGPHDAT=rGPHDAT&~(0x100)|0x0;
     rGPECON=rGPECON&~(0xffc0000)|(0x5540000);           //设置 GPE[9:13]=OUTPUT
     rGPEUP|=0x3e00;
     rGPGCON=rGPGCON&~(0x30)|(0x10);                     //设置 GPG2 为 OUTPUT
     rGPGUP|=0x4;
        rGPEDAT=rGPEDAT&~(0x3C00)|(table[15]<<10);
     switch(i)
     {
     case 0:
        rGPGDAT=rGPGDAT|(1<<2);                          //设置数码管的位选 GPG2=1,A
        rGPEDAT=rGPEDAT|(1<<9);                          //设置数码管的位选 GPE9=1,B
        break;
     case 1:
        rGPGDAT=rGPGDAT&~(1<<2);                         //设置数码管的位选 GPG2=0,A
        rGPEDAT=rGPEDAT|(1<<9);                          //设置数码管的位选 GPE9=1,B
        ·break;
     case 2:
        rGPGDAT=rGPGDAT|(1<<2);                          //设置数码管的位选 GPG2=1,A
        rGPEDAT=rGPEDAT&~(1<<9);                         //设置数码管的位选 GPE9=0,B
        break;
     case 3:
        rGPGDAT=rGPGDAT&~(1<<2);                         //设置数码管的位选 GPG2=0,A
        rGPEDAT=rGPEDAT&~(1<<9);                         //设置数码管的位选 GPE9=0,B
        break;
        }
     rGPEDAT=rGPEDAT&~(0x3C00)|(table[15]<<10);
     rGPEDAT=rGPEDAT&~(0x3C00)|(table[key]<<10);
     for(j=0;j<=100;j++);
     }
void KB_Enable(int flag)
```

```
{       int temp;
        if(flag == TRUE)
        {       temp = rGPGCON;
                rGPGCON = temp&~(0x300000)|(0x200000);        //设置 GPG10=EINT18
                temp = rGPGUP;
                rGPGUP = temp|0x400;                          //关闭 GPG10 上拉电阻
                rSRCPND=0x20;                                 //中断源请求
                rINTMSK&=~(BIT_EINT8_23);                     //中断源使能
                temp=rEXTINT2;
                rEXTINT2&=0xfffff8ff;                         //使 EINT18 为低电平触发
                rEINTPEND=0X40000;                            //外部中断源请求
                rEINTMASK=0xfbfff8;                           //使能外部中断 EINT18
        }
        else
        {
                rINTMSK&= BIT_EINT8_23;
        }
}
```

问题与讨论

如何实现双键同时按下键盘的检测及处理程序？

6.2 LCD 真彩色显示驱动编程及实验

实验目的

- 通过实验了解 LCD 控制原理
- 通过实验了解 S3C2410 处理器的 LCD 控制器及原理
- 掌握 ARM 处理器 LCD 底层驱动的编程方法

实验内容

- 学习 S3C2410 LCD 相关寄存器的功能及设置，熟悉 S3C2410 系统硬件的 LCD 控制器相关接口，编写 S3C2410 处理器 LCD 底层驱动程序
- 在 LCD 上实现正确画点

实验原理

1．LCD 的分类及主要概念

（1）按使用范围分

LCD 可分为笔记本电脑（Notebook）LCD 及桌面电脑（Desktop）LCD。

（2）按照物理结构分

LCD 可分为无源矩阵显示器中的双扫描无源阵列显示器（DSTN-LCD）和有源矩阵显示器中的薄膜晶体管有源阵列显示器（TFT-LCD）两类。

DSTN（Dual Scan Tortuosity Nomograph）双扫描扭曲相列，是液晶的一种，由这种液晶

体所制成的液晶显示器，对比度和亮度较差、可视角度小、色彩欠丰富，但是它结构简单价格低廉，因此仍然存在一定市场。

TFT（Thin Film Transistor）薄膜晶体管，是指液晶显示器上的每一液晶像素点都由集成在其后的薄膜晶体管来驱动。相比 DSTN-LCD，TFT-LCD 屏幕反应速度快、对比度和亮度高、可视角度大、色彩丰富，后者克服了前者固有的许多弱点，是当前 Desktop LCD 和 Notebook LCD 的主流显示设备。

（3）LCD 的主要概念

① 像素：一个像素就是 LCD 上的一个点，是显示屏上所能控制的最小单位。

② 分辨率：最大分辨率是指显示卡能在显示器上描绘点数的最大数量，通常以"横向点数×纵向点数"表示，如"320×240"。这是图形工作者最注重的性能，在嵌入式系统中，横向点数和纵向点数最常用到的数目为 320，240，480，640 等几种组合。

③ 色深：是指在某一分辨率下，每一个像素点可以有多少种色彩来描述，它的单位是 bit（位）。具体地说，8 位的色深是指将所有颜色分为 256（2^8）中的一种来描述。当然，把所有颜色简单地分为 256 种实在太少了，因此，人们就定义了一个"增强色"的概念来描述色深，它是指 16 位（2^{16}=65536 色，即通常所说的"64K 色"）及 16 位以上的色深。在此基础上，还定义了真彩 24 位色和 32 位色等。色深决定了所能显示颜色的多少，同时也决定了每一个像素在显存中所占用的位数。色深与分辨率之积决定了显存的大小。

④ 刷新频率：是指图像在屏幕上更新的速度，也即屏幕上的图像每秒出现的次数，它的单位是 Hz（赫兹）。一般人眼不容易察觉 75Hz 以上刷新频率带来的闪烁感（这一般是指 CRT 类型显示器，对于 LCD，其频率一般要降低），因此最好能将显示卡刷新频率调到 75Hz 以上。要注意的是，并不是所有的显示卡都能够在最大分辨率下达到 75Hz 以上的刷新频率（这个性能取决于显示卡上 RAM DAC 的速度），而且显示器也可能因为带宽不够而不能完美地达到要求。一些低端显示卡在高分辨率下只能设置为 60Hz。 显示芯片决定了分辨率与色深大小，但如果显示的内存不够，还达不到芯片所能提供的最大性能。显存与分辨率、色深的关系是：如果要在 1024×768 分辨率下达到 16 位色深，显存必须存储 1024×768×16=12582912b 的信息，由于 1B=8b，计算机中的 1KB=1024B，1MB=1024KB，所以显存至少 12582912÷8÷1024÷1024=1.5MB。在嵌入式系统中，一般将显示一次屏幕上的数据称做一帧，所以说，刷新频率也叫做帧显示频率。

⑤ 显存：也是用于存放数据的，只不过它存放的是需要显示的数据。在嵌入式系统中，显存一般是占用片外的 SDRAM，然后通过某种方式（一般采用 DMA 方式）将需要显示的数据传输到 LCD 缓存上，用于显示。

2. S3C2410 处理器的 LCD 控制器介绍

LCD 器件种类繁多，驱动方法也各不相同，但是无论哪种类型的器件、使用什么不同的驱动方法，它们都是以调整施加到像素上的电压、相位、频率、有效值、时序、占空比等一系列参数、特性来建立起一定的驱动条件以实现显示的。在 S3C2410 处理器中带有 LCD 驱动控制器，通过对 LCD 控制器编程控制前面介绍的参数，从而实现 LCD 的显示。LCD 控制器有两大作用：第一，顾名思义，控制器为 LCD 显示时提供时序信号和显示数据，有了它，液晶显示系统才能称之为完善；第二，液晶显示控制器是一种专业 IC 芯片，专用于处理器与液晶显示系统的接口。控制器直接接受处理器的操作，并可以脱机独立控制液晶显示驱动系统，从而解除了处理器在显示器上的繁忙工作。处理器通过对 LCD 控制器的操作，从而完成对 LCD

显示器件显示的操作。

LCD 控制器特性如下。

① 具备简洁的处理器接口。控制器对处理器一般以总线形式提供接口特性。

② 具备一套完整的逻辑控制电路和时序发生器，可实现对各种显示功能的控制。

③ 具备管理显示缓冲区的能力。计算机通过控制器访问显示缓冲区，控制器自行管理显示缓冲区。

④ 具备液晶显示驱动器工作所必需的扫描时序信号的生成及发送能力和显示数据的传输能力。

⑤ 具备功能齐全的控制指令集，方便编程控制。

S3C2410 处理器的 LCD 控制器主要功能是传送视频数据和产生必要的控制信号，视频数据构成在 LCD 上显示的图像映像，控制信号则用来控制前面介绍的各种参数，从而可以正确显示。LCD 控制器示意图如图 6.4 所示。VD[23:0]是数据引脚，用来传送视频数据。其他的引脚则用来传送控制信号。REGBANK 是寄存器组的英文缩写，它包括 17 个可编程的寄存器，正是通过对这些寄存器的设置来控制 LCD 控制器的。LCDCDMA 是传送视频数据的专用 DMA，它自动实现将视频缓冲区中的数据传送到 LCD 驱动器中。由于有了这个专用的 DMA，视频数据可以不用 CPU 的参与就可在 LCD 上显示，这极大地减轻了处理器的负担。

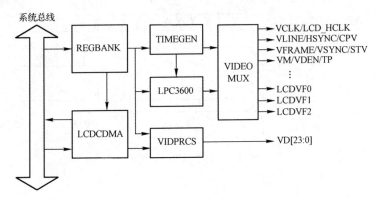

图 6.4　LCD 控制器示意图

如图 6.5 所示是 TFT LCD 时序图。

● VSYNC：垂直同步信号，即刷新频率。

● HSYNC：水平同步信号，即行同步信号。

● VCLK：像素时钟信号。

● VD[23:0]：LCD 像素数据输出口。

● VDEN：数据使能信号。

● LEND：行结束信号。

● LCD_PWREN：LCD 板电源使能控制信号。

● VBPD：在一帧的开始处，位于 VSYNC 正脉冲之后的无效的行脉冲信号的无效行数目。

● VFPD：　在一帧的结束处，位于下一个 VSYNC 正脉冲信号之前的无效行数目。

● VSPW：垂直脉冲信号宽度决定 VSYNC 脉冲的高电平宽度是由无效行数目来决定的。

- HBPD：在有效数据之前 HSYNC 下降沿之后 VCLK 的数目。
- HFPD：在有效数据之后下一个 HSYNC 上升沿之前的 VCLK 的数目。
- HSPW：水平脉冲信号宽度决定 HSYNC 脉冲高电平宽度由 VCLK 的数目决定。

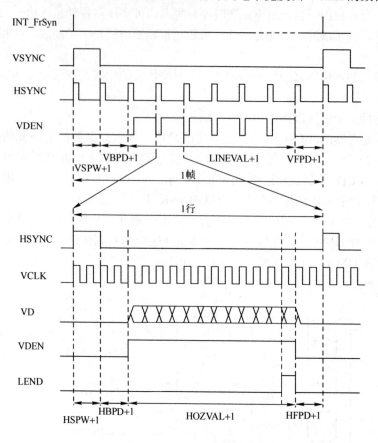

图 6.5　TFT LCD 时序图

上述各种信号之间的关系如下

$$VSYNC=[(VSPW+1)+(VBPD+1)+(VFPD+1)+(LINEVAL+1)] \times HSYNC \qquad (6-1)$$

$$HSYNC=[(HSPW+1)+(HBPD+1)+(HFPD+1)+(HOZVAL+1)] \times VCLK \qquad (6-2)$$

刷新频率公式为

$$刷新频率=\frac{1}{VSYNC} \qquad (6-3)$$

$$VCLK=HCLK/[2 \times (CLKVAL+1)] \qquad (6-4)$$

式中，HCLK 为系统时钟，CLKVAL 为 LCD 时钟预定义系数。

图 6.5 中各信号之间的关系如上面的公式所示。首先需要确定的是刷新频率，然后根据公式确定其他信号的大小。在确定了各信号的大小之后，就可以对 LCD 控制器的寄存器进行设置。

3. S3C2410 处理器的 LCD 寄存器

（1）LCD 控制寄存器 1（见表 6.1）

表 6.2　LCD 控制寄存器 1

寄　存　器	地　　址	读/写	描　　述	复　位　值
LCDCON1	0x4D000000	读/写	LCD 控制寄存器 1	0x00000000

LCDCON1	位　　域	描　　述	初　始　状　态
LINECNT	[27:18]	这几位显示当前在 LCD 上显示到第几行，它是只读的，不可改写	0000000000
CLKVAL	[17:8]	见公式（4）（CLKVAL≥0），HCLK 为系统时钟	0000000000
MMODE	[7]	决定 VM 频率，在 TFT 中这一位不用	0
PNRMODE	[6:5]	选择显示模式，当这两位被设置为 11 时，说明是进行 TFT LCD 显示	00
BPPMODE	[4:1]	选择像素的色深，这不仅取决于具体的 TFT LCD 型号，还取决于电路中数据线的连接方式，这里选 1100 及色深是 16 位	0000
ENVID	[0]	LCD 数据输出及逻辑使能，当这位设置为 1 时，信号才输出	0

（2）LCD 控制寄存器 2（见表 6.3）

表 6.3　LCD 控制寄存器 2

寄　存　器	地　　址	读/写	描　　述	复　位　值
LCDCON2	0x4D000004	读/写	LCD 控制寄存器 2	0x00000000

LCDCON2	位　　域	描　　述	初　始　状　态
VBPD	[31:24]	VBPD 的大小，详见图 6.5 和公式（6-1）	0x00
LINEVAL	[23:14]	LINEVAL 的大小即 LCD 的行数	0000000000
VFPD	[13:6]	VFPD 的大小，详见图 6.5 和公式（6-1）	00000000
VSPW	[5:0]	VSPW 的大小，详见图 6.5 和公式（6-1）	000000

（3）LCD 控制寄存器 3（见表 6.4）

表 6.4　LCD 控制寄存器 3

寄　存　器	地　　址	读/写	描　　述	复　位　值
LCDCON3	0x4D000008	读/写	LCD 控制寄存器 3	0x00000000

LCDCON3	位　　域	描　　述	初　始　状　态
HBPD	[25:19]	HBPD 的大小，详见图 6.5 和公式（6-2）	0000000
HOZVAL	[18:8]	LCD 列大小	00000000000
HFPD	[7:0]	HFPD 的大小，详见图 6.5 和公式（6-2）	0x00

（4）LCD 控制寄存器 4（见表 6.5）

表 6.5　LCD 控制寄存器 4

寄 存 器	地　　址	读/写	描　　述	复 位 值
LCDCON4	0x4D00000C	读/写	LCD 控制寄存器 4	0x00000000

LCDCON4	位　域	描　　述	初始状态
MVAL	[15:8]	在 TFT 中，这几位用不到	0x00
HSPW	[7:0]	HSPW 的大小，详见图 6.5 和公式（6-2）	0x00

（5）LCD 控制寄存器 5（见表 6.6）

表 6.6　LCD 控制寄存器 5

寄 存 器	地　　址	读/写	描　　述	复 位 值
LCDCON5	0x4D000010	读/写	LCD 控制寄存器 5	0x00000000

LCDCON5	位　域	描　　述	初始状态
保留	[31:17]	保留	0
VSTATUS	[16:15]	当前所显示列的状态，只读，具体状态见图 6.5	00
HSTATUS	[14:13]	当前所显示行状态，只读，具体状态见图 6.5	00
BPP24BL	[12]	决定 24 位色深的顺序	0
FRM565	[11]	如果色深是 16 位，则选择红、绿、蓝三色的输出格式，这里选 1=5:6:5	0
INVVCLK	[10]	决定 VCLK 有效沿是上升沿还是下降沿，0＝下降沿	0
INVVLINE	[9]	决定 HSYNC 脉冲极性是正向还是反向，1=反向	0
INVVFRAME	[8]	决定 VSYNC 脉冲极性是正向还是反向，1=反向	0
INVVD	[7]	决定视频数据脉冲极性是正向还是反向，0=Normal	0
INVVDEN	[6]	指出视频数据使能信号脉冲极性是正向还是反向，0＝Normal	0
INVPWREN	[5]	指示电源使能信号脉冲极性是正向还是反向，0＝Normal	0
INVLEND	[4]	指出 LEND 脉冲信号极性是正向还是反向，0＝Normal	0
PWREN	[3]	LCD-PWREN 输出信号使能控制，1=使能	0
ENLEND	[2]	LEND 输出信号使能控制，0＝禁止	0
BSWP	[1]	字节控制	0
HWSWP	[0]	半字控制	0

（6）LCDSADDR1（见表 6.7）

表 6.7　结构缓冲开始地址寄存器 1

寄 存 器	地　　址	读/写	描　　述	复 位 值
LCDSADDR1	0x4D000014	读/写	结构缓冲开始地址寄存器 1	0x00000000

LCDSADDR1	位　域	描　　述	初始状态
LCDBANK	[29:21]	决定显存区域起始的高位地址，即 A[30:22]	0x00
LCDBASEU	[20:0]	决定显存区域起始低位地址，即 A[21:1] 实际上，在决定了显存起始地址之后，使其右移一位，即去掉最后一位 0，再将该数放入寄存器即可	0x000000

（7）LCDSADDR2（见表 6.8）

表6.8　结构缓冲开始地址寄存器2

寄 存 器	地 址	读/写	描 述	复 位 值
LCDSADDR2	0x4D000018	读/写	结构缓冲开始地址寄存器2	0x00000000

LCDSADDR2	位 域	描 述	初 始 状 态
LCDBASEL	[20:0]	决定显存区域结束的低位地址，A[21:1]处理方法如上	0x0000

（8）LCDSADDR3（见表6.9）

表6.9　结构缓冲开始地址寄存器3

寄 存 器	地 址	读/写	描 述	复 位 值
LCDSADDR3	0x4D000018	读/写	结构缓冲开始地址寄存器2	0x00000000

LCDSADDR3	位 域	描 述	初 始 状 态
OFFSIZE	[21:11]	决定虚拟屏幕偏移尺寸，这里为0	00000000000
PAGEWIDTH	[10:0]	页宽，单位为半字	00000000000

对于 LCD 来说，最基本的函数就是画点函数，因为所有的图像函数乃至文本显示都是以画点函数为基础的。学习了前面的知识之后，要实现画点函数就非常简单。画点函数的源程序在参考程序中，它很容易实现，其核心思想是找到所要画点的显存地址。在 LCD 上所有点都以像素为单位取坐标，横坐标和纵坐标都从 1 开始，依次增加，显然横坐标最大为 320，纵坐标最大为 240。每一个点在显存中占用 16bit，其地址与像素点的对应关系是，左上角第一个点对应显存起始地址，右下角最后一个点对应显存结束地址，依此关系找到像素点在显存中的位置，对其进行设置即可，可对照程序来理解。实现画点函数之后，其他的函数就好实现了。例如，显示汉字就是去除字模，然后按照字模的位置画点即可，而清屏函数则将所有的像素点设置成一种颜色即可。

实验操作步骤

① 准备实验环境。连接好主机——Probe-ICE——目标板，启动 Multi-server 并配置好 ARM 内核（ARM920T）。将目标板上的 LCD 连线连好。

② 启动 CodeWarrior，打开所需工程文件（\···\实验项目\LCD\sourcecode\LCD\ LCD.mcp）。

③ 选择目标模板为 ReInRam。若源文件有改动或路径发生变化，则需要重新编译（make）。

④ 直接进入 AXD，单击 Go 按钮，然后单击 Stop 按钮，以初始化 CPU 及 SDRAM。

⑤ 使用 Load image 命令加载 image 文件。

⑥ 单击 AXD 环境中的 Go 按钮，全速运行。

⑦ 在 LCD 上检验是否画线了，画得对不对。

⑧ 如果有必要，可修改源代码，可以改变坐标、宽度、色彩，再重新编译。然后单击 Reload 按钮重新调试。

⑨ 退出系统。

⑩ 理解和掌握实验内容后，完成后面的问题与讨论。

实验参考程序

参考程序主要介绍两部分，第一部分是汇编程序，这一部分主要对寄存器进行配置，主要的寄存器前面已经介绍过，这里需要注意，由于控制寄存器 1 有一位对所有的寄存器设置使能起控制作用，所以寄存器 1 要放在后面配置。第二部分主要是打点函数，这是最基本的函数。

（1）汇编程序部分

```
LDR R0,=LCDCON2              ;//confingure the LCD control 1 register
LDR R1,= 0X14FC081
STR R1,[R0,#0]
LDR R0,=LCDCON3              ;//confingure the LCD control 3 register
LDR R1,=0X188EF0F
STR R1,[R0,#0]
LDR R0,=LCDCON4              ;//confingure the LCD control 4 register
LDR R1,=0XD
STR R1,[R0,#0]
LDR R0,=LCDCON5              ;//confingure the LCD control 5 register
LDR R1,=0XB09
STR R1,[R0,#0]
LDR R0,=LCDSADDR1            ;//confingure the LCD aaddress 1 register
LDR R1,=0X18000000
STR R1,[R0,#0]
LDR R0,=LCDSADDR2           ;//confingure the LCD aaddress 2 register
LDR R1,= 0X12C00
STR R1,[R0,#0]
LDR R0,=LCDSADDR3            ;//confingure the LCD aaddress 3 register
LDR R1,=0X0
STR R1,[R0,#0]
LDR R0,=LCDCON1              ;//configure the LCD control 1 register
LDR R1,=0X479
STR R1,[R0,#0]
```

（2）设置像素的颜色

```
int setpixel(int x,int y,unsigned short pencolor)
{
    int movetop;    /*the pixel address*/
    short *p;
    if (x<1||x>(int)x_limit) return ERROR;
    if (y<1||y>(int)y_limit) return ERROR;
    /*compute and add the excurison */
    movetop=((y-1)*x_size+(x-1))*BPP16/BYTE_BIT;
    p=(short *)(VD_STA_ADDR+movetop);
    /* point to the address*/
    *p=pencolor;
    return RIGHT;
}
```

6.3　触摸屏（TouchPanel）控制实验

实验目的

- 通过实验了解触摸屏的原理
- 掌握触摸屏驱动程序的编写方法

实验内容

- 学习触摸屏和模数转换的原理

实验原理

1．触摸屏简介

触摸屏种类很多，有表面声波屏、电阻屏、电容屏、红外屏等。学习板上所使用的是四线电阻屏。四线电阻屏在表面保护涂层和基层之间覆着两层透明电导层 ITO。ITO 为氧化铟，弱导电体，其特性是，当厚度降到 1800 埃（1 埃＝10^{-10} 米）以下时会突然变得透明，再薄下去透光率反而下降，到 300 埃厚度时透光率又上升。它是所有电阻屏及电容屏的主要材料。两层分别对应 X，Y 轴，它们之间用细微透明绝缘颗粒绝缘，当触摸时产生的压力使两导电层接通，由电阻值的变化而得到触摸的 X，Y 坐标。四线电阻式触摸屏以一层玻璃或有机玻璃作为基层，并在其表面涂一层透明导电层（即 ITO 氧化铟），上面再盖有一层表面经硬化处理的光滑防刮的塑料层，它的内表面也涂有一层透明导电层，在两层导电层之间有许多极细小（小于千分之一英寸）的透明隔离点把它们隔开断绝，其结构如图 6.6 所示。四线电阻屏的主要特点是精确度高，不受环境干扰，适用于各种场合。

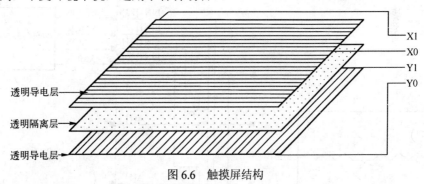

图 6.6　触摸屏结构

2．触摸屏作用原理

当接触触摸屏屏幕时，平常相互绝缘的两层导电层就在触摸点位置有了一个接触，其中一面导电层接通 Y 轴方向的均匀电场，使得侦测层的电压由零变为非零。控制器侦测到这个接通电压后，进行 A/D 转换，并将得到的电压值与参考电压相比即可得到触摸点的 Y 轴坐标，同理

也可得出 X 轴的坐标。接触过程如图6.7所示，接触点和坐标之间的关系如图6.8所示。

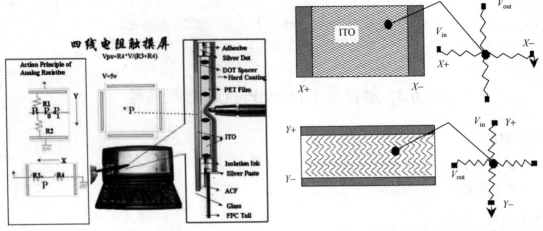

图6.7　触摸屏作用原理　　　　　　　　　图6.8　接触点和坐标之间的关系

3．触摸屏电路

前面介绍了触摸屏的结构及其坐标转换的原理，下面介绍触摸屏的电路及其控制器，即触摸屏功能的具体实现及如何编写触摸屏的底层驱动。触摸屏的外接电路的主要功能就是要控制上、下两层导电层的通断情况及如何取电压。取电压之后还需要将这个模拟量转换成数字量，这部分工作则主要是靠 S3C2410 芯片中的模数转换器部分来实现的。触摸屏的功能实现实际上分成两部分，分别是触摸屏的外接电路部分和 S3C2410 芯片自带的 A/D 转换控制部分，这两部分分别如图 6.9 和图 6.10 所示。从图 6.9 中可以看出，S3C2410 芯片的 A/D 转换器有 8 个输入通道。模数转换结果为 10bit 数字，转换的过程是在芯片内部自动实现的，转换的结果可以直接从寄存器中取值出来，再进行一定的换算就可得到触摸点的坐标。因为得到触摸点的坐标位置需要 X 轴坐标和 Y 轴坐标，所以触摸屏电路部分占用了模数转换 8 个输入通道中的两个，分别用做两个坐标轴方向的电压输入，并且这两个输入通道在一般情况下是默认的，其余的 6 个通道可以用做其他的模数转换输入，这些在图 6.9 和图 6.10 中都可以看出来。

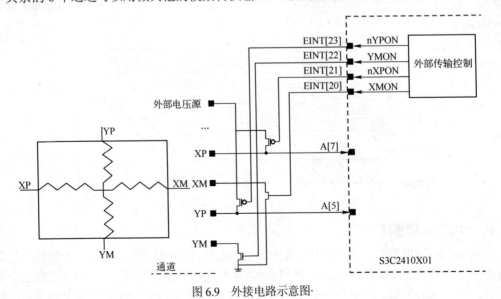

图6.9　外接电路示意图·

从图 6.9 和图 6.10 中可以看出，当通道连接好以后，对触摸屏两个导电层的通断控制主要是通过 4 个外部晶体管来实现的，而这 4 个外部晶体管又受控于 4 个引脚 NYPON、YMON，NXPON 和 XMON，最终还是通过控制器来实现控制导电层。

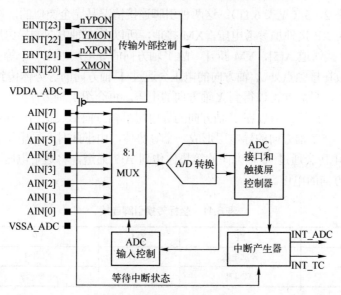

图 6.10　A/D 转换控制器示意图

控制过程如下所述：在正常工作时，触摸屏通常有两种工作状态，一种是等待中断状态，此时触摸屏不处于触摸状态，另一种是触摸屏处于触摸状态。之所以分为这两种状态是因为，在这里是通过中断机制来响应对触摸屏的接触的。相对应的触摸屏的 4 个控制引脚有三种情况：分别是等待中断的引脚连接情况，X 轴坐标转换时的引脚连接情况和 Y 轴坐标转换时的引脚连接情况。这三种连接情况分别简称为引脚连接状态 1、引脚连接状态 2 和引脚连接状态 3。当没有接触触摸屏时，触摸屏就始终处于等待中断状态，这时相对应的就是引脚连接状态 1。当接触触摸屏时，由于等待中断状态下引脚连接状态 1 的作用，此时首先会触发中断，进入中断服务程序，在程序中将引脚连接状态 1 改变成引脚连接状态 2，获得 X 轴的坐标转换结果，之后再将引脚连接状态 2 改变成引脚连接状态 3，获得 Y 轴的坐标转换结果，最后在退出中断服务程序前还要将引脚连接状态再设置成引脚连接状态 1，以对应等待中断状态。如果再次发生触摸屏接触，就重复刚才的那些步骤，循环往复以至无穷。只要分别弄清楚这三种引脚连接状态，就明白了触摸屏的作用机制。

下面介绍引脚连接状态 1，即等待中断状态的引脚连接情况，此时引脚连接见表 6.10

表 6.10　等待中断状态引脚连接

	XP	XM	YP	YM
等待中断状态	上拉	Hi-Z	AIN[5]	GND

对照图 6.9 和图 6.10 可以看出，由于 XP 接上拉电阻，而 XM 处于断线状态，所以沿 X 轴方向，导电层是一个等势体，并且该等势体一头接着上拉电阻，所以此时 X 轴方向导电层电压被上拉电阻拉高。而由图 6.10 中可看到，因为 XP 始终连接通道 A[7]，而 A[7] 又与中断发生器相连，所以此时传到中断发生器的电压为高，故不发生中断，一直维持着等待发生中断状态。需要注意一点，由于 YP 接通道 A[5]，YM 接地，所以整个 Y 轴方向导电层电压

等于地电压。当触摸屏接触时，上、下导电层必有两根线相接触，参考图 6.8，此时就在相接触的导线间形成电路，其结果是将接触点电压拉低，这个电压通过 A[7]传到中断发生器，触发中断。

引脚连接状态 2，3（见表 6.11）：这两种引脚连接情况是完全类似的，这里先介绍 X 轴方向坐标转换。因为 XP 接外加参考电压，XM 接地，所以在 X 轴方向的导电层沿轴方向形成均匀电压降，而 YP 接通道 A[5]，YM 断开，故 Y 轴方向的导电层形成一个等势体。由于此时两导电层有接触，故在接触点处 X 轴方向的电压会通过 Y 轴方向的等势体传到 A[5]通道，将这个电压取出并转换，最后就可以得到 X 轴方向的电压。再介绍 Y 轴方向坐标转换。由于 YP 接外加参考电压，YM 接地，所以在 Y 轴方向的导电层沿轴方向形成均匀电压降，而 XP 接通道 A[7]，XM 断开，故 X 轴方向的导电层形成一个等势体，由于此时两导电层有接触，故在接触点处 Y 轴方向的电压会通过 X 轴方向的等势体传到 A[7]通道，将这个电压取出并转换，最后就可以得到 Y 轴方向的电压。

表 6.11　坐标转换引脚连接

	XP	XM	YP	YM
X 坐标转换	外部电源	GND	AIN[5]	Hi-Z
Y 坐标转换	AIN[7]	Hi-Z	外部电源	GND

4．A/D 转换控制器

下面将介绍 S3C2410 芯片中的 A/D 转换控制器，主要是介绍其中的各个控制寄存器。

（1）A/D 转换控制寄存器

首先介绍的是 A/D 转换控制寄存器，其功能见如表 6.12。该寄存器主要控制转换过程显示、通道选择、转换开始模式使能、预指数使能及预指数设置。

表 6.12　A/D 转换控制寄存器

寄 存 器	地 址	读/写	描 述	复 位 值
ADCCON	0x58000000	读/写	A/D 转换控制寄存器	0x3FC4

ADCCON	位 域	描 述	初 始 状 态
ECFLG	[15]	这一位是转换结果的标志位，是只读位，如果其值为 0 说明正处于模数转换过程中，如果其值为 1，说明模数转换已经结束	
PRSCEN	[14]	预指数使能位	
PRSCVL	[13:6]	预指数	
SEL_MUX	[5:3]	选择通道位，选中的通道上的电压被连接到模数转换器	
STDBM	[2]	启动模式选择位	
READ_START	[1]	读启动模式使能位	
ENABLE_START	[0]	启动使能位	

（2）触摸屏控制位（见表 6.13）

该寄存器主要通过控制触摸屏的各个控制端来决定触摸屏转换状态，使其进行坐标轴转换，或者进入中断状态，等待触摸屏中断。

表 6.13　触摸屏控制位

寄 存 器	地 址	读/写	描 述	复 位 值
ADCTSC	0x58000004	读/写	触摸屏控制寄存器	0x058

ADCTSC	位 域	描 述	初 始 状 态
保留	[8]	这一位必须被设置成 0	
YE_SEN	[7]	选择 YMON 引脚的输出	
YP_SEN	[6]	选择 NYPON 引脚的输出	
XM_SEN	[5]	选择 XMON 引脚的输出	
XP_SEN	[4]	选择 NXPON 引脚的输出	
PULL_UP	[3]	XP 引脚的上拉电阻使能位，在等待中断状态要用到该位	
AUTO_PST	[2]	手动转换和自动转换选择位	
XY_PST	[1:0]	状态选择位	

（3）转换结果寄存器 0 和转换结果寄存器 1

这两个寄存器的低 10 位用于存放转换结果，分别见表 6.14 和表 6.15。

表 6.14　转换结果寄存器 0

寄 存 器	地 址	读/写	描 述	复 位 值
ADCDAT0	0x5800000C	读	A/D 转换结果寄存器 0	0x058

ADCDAT0	位 域	描 述	初 始 状 态
UPDOWN	[15]	中断引脚状态标志位	
AUTO_PST	[14]	自动手动转换顺序选择标志位	
XY_PST	[13:12]	状态选择标志位	
保留	[11:10]	保留位	
XPDATA	[9:0]	转换结果位	

注：该寄存器是只读的，其中控制位都是标志位和结果位。

表 6.15　转换结果寄存器 1

寄 存 器	地 址	读/写	描 述	复 位 值
ADCDAT1	0x58000010	读	A/D 转换结果寄存器 1	0x058

ADCDAT1	位 域	描 述	初 始 状 态
UPDOWN	[15]	中断引脚状态标志位	
AUTO_PST	[14]	自动手动转换顺序选择标志位	
XY_PST	[13:12]	状态选择标志位	
保留	[11:10]	保留位	
XPDATA	[9:0]	转换结果位	

以上两个控制寄存器功能基本相同，区别在于一个放置 X 轴转换结果，另一个放置 Y 轴转换结果。

5. 触摸屏中断编程

触摸屏编程实际上就是实现触摸点的坐标转换，在具体实现过程中，有两种方法用来检验触摸屏的点触：一种方法是采用轮循法通过查询寄存器状态来检验是否点触触摸屏，另一种方法就是广泛采用的中断方式来响应对触摸屏的触碰。这里介绍采用中断方式来编程。首先简单介绍中断方面的知识，当然在这里是与触摸屏结合来介绍的，而与中断关系密切的内容，可以参考 5.3 节。

图 6.11 显示了中断产生的各个环节，首先要有中断源产生中断，这里面有两条路径。上面一条是次级中断源产生中断，然后在显示板上（相当于 SUBSRCPND）显示出来（相当于登记），最后还要经过次级掩盖寄存器（SUBMASK）来决定这个次级中断源所产生的中断是否被掩盖掉，被掩盖掉的中断源将不会被执行，但告示板上会有显示。次级中断源所产生的中断在这之后将会与各中断源所产生的中断汇合，然后在主告示板上显示出来，再往后要经过主掩盖寄存器，同时还要经过模式判别器，来决定是产生 IRQ 中断还是产生 FIQ 中断。如果是 FIQ 中断，则直接触发，这是因为，为了保证 FIQ 中断的执行效率，一般 FIQ 中断只有一个。如果是 IRQ 中断，则还要判断中断的优先级别，级别高的先执行，最后在执行告示板上登记。这里要注意，只有被掩盖寄存器掩盖掉的中断源才能在执行告示板上登记。最后是中断的执行。在整个过程中，各个环节都是由寄存器来控制的。因为触摸屏中断属于次级中断源，所以当触碰触摸屏时，首先会在次级中断源告示板上登记，见表 6.16，然后会检验次级掩盖寄存器（SUBMASK），见表 6.17 所示。所以在次级掩盖寄存器中对应该中断源的地方应设置为 0，即允许触发该中断。然后要与主中断源汇合，因为触摸屏中断属于主中断源 INT_ADC（包括 INT_ADC 和 INT_TC），见表 6.18，所以主中断源 INT_ADC 也会在告示寄存器上登记，同时对应主中断源的掩盖寄存器相应位也应允许中断，见表 6.19。中断模式选择为 IRQ，最后，如果没有其他优先级别更高的中断响应的话，触摸屏中断会在执行中断告示板寄存器上登记并且执行。

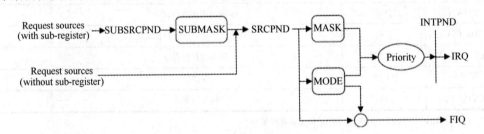

图 6.11　中断机制图

表 6.16　触摸屏次级中断告示板

SUBSRCPND	位　域	描　　述	初 始 状 态
保留	[31:11]	未用	0
INT_ADC	[10]	0=未请求, 1=请求	0
INT_TC	[9]	0=未请求, 1=请求	0

表 6.17　触摸屏次级掩盖位

ITSUBMSK	位　域	描　　述	初 始 状 态
保留	[31:11]	未用	0
INT_ADC	[10]	0=服务可用, 1=被掩盖	1
INT_TC	[9]	0=服务可用, 1=被掩盖	1

表 6.18　触摸屏主中断源

源	描　述	裁　决　器　组
INT_ADC	ADC EOC 和触摸中断（INT——ADC/INT_TC）	ARB5

表 6.19　触摸屏主掩盖位

INTMSK	Bit	描　述	初　始　状　态
INT_ADC	[31]	0=服务可用，1=被掩盖	1

结合前面介绍过的关于触摸屏、模数转换及中断的知识，下面介绍触摸屏中断的整个过程。

① 中断寄存器的设置，允许触摸屏中断，包括次级中断和主中断源的掩盖寄存器的设置，中断模式选择为 IRQ。

② 模数转换器的设置，将触摸屏设置成等待中断状态。以上两部分可以在初始化部分设置好。

③ 参考中断实验或者按图 6.12 编写中断程序，其中被调用的 C 子程序 c_irq_handle 替换成实际的触摸屏程序，调用这个程序的目的就是实现触碰点坐标的转换，在程序中要将等待中断状态转换成坐标转换状态。最后注意还要将触摸屏状态转换成等待中断状态以等待下一次的中断。其代码见参考程序。这就是触摸屏中断程序的整个流程。

通过以上了解到，当接触触摸屏时，模数转换器会将导电层的电压转换成数值，当然这个数值并不是点的坐标。模数转换器结果是 10 位，参考电压是 5V。当模数转换器的输入电压为 5V 时，转换结果为全 1，即 10 位 1；当输入电压为 0 时，转换结果为 0。而导电层电压为 0~5V 之间，所以转换结果为 0~0x3ffh 之间，大于 5V 时，都为 0x3ffh。由于触摸屏和 LCD 叠在一起，因此它们之间的坐标也要对应。由于 LCD 第一行未必对应 5V 电压（转换结果 0x3ffh），最后一行也未必对应 0V 电压（转换结果为 0），因此要根据实际测量结果对转换数值进行调整，当然只需得到 LCD 首尾两行、首尾两列所对应的转换结果即可，这也是转换系数 TP_XRAGE，TP_YRAGE 的由来。触摸屏转换过程中有两个延时需要注意，一个是模数转换器输入电压去抖动需要一段时间，一个是模数转化过程需要时间，这里采用延时的方法。

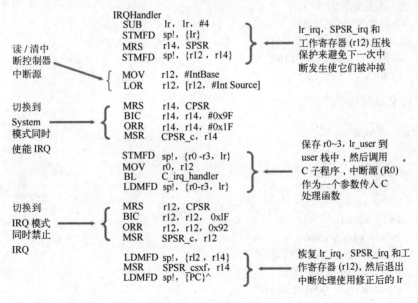

图 6.12　中断编程示例

实验操作步骤

① 准备实验环境。连接好主机——Probe-ICE——目标板，启动 Multi-server 并配置好 ARM 内核（ARM920T）。在这个实验中需要借助于 LCD 来检验触摸屏。

② 启动 CodeWarrior，打开所需工程文件（\…\实验项目\触摸屏\sourcecode\touch\touch.mcp）。

③ 选择目标模板为 ReInRam。若源文件有改动或路径发生变化，则需要重新编译（make）。

④ 直接进入 AXD，单击 Go 按钮，然后单击 Stop 按钮，以初始化 CPU 及 SDRAM。

⑤ 使用 Load image 命令加载 image 文件。

⑥ 单击 AXD 环境中的 Go 按钮，全速运行。

⑦ 点触触摸屏，并用仿真器检查 Xposition 和 Yposition 的值是否准确。

⑧ 改变位置，继续实验。

⑨ 如果有必要，可修改源代码，重新编译。然后单击 Reload 按钮重新调试。

⑩ 退出系统。

⑪ 理解和掌握实验内容后，完成后面的问题与讨论。

实验参考程序

（1）触摸屏中断入口

```
        EXPORT    INT_ADC_Shell
INT_ADC_Shell
    MRS      r1,CPSR                    ;// Pickup current CPSR
    BIC      r1,r1,#MODE_MASK           ;// Clear the mode bits
    ORR      r1,r1,#MODE_SYS            ;// Set the SYS mode bits
    ORR      r1,r1,#I_BIT               ;//DISABLE INT
    MSR      CPSR_cxsf,r1               ;// Change to IRQ mode
    MOV      r4,lr                      ;// Put IRQ return address into r4
;// 跳至上下文保存处理程序
    STMDB    SP!,{LR}
;// 跳至中断服务程序
    BL       TouchPanel_LISR            ;// processing.
    LDMIA    SP!,{LR}
```

（2）X 轴坐标转换程序

```
int adc_x_position()
{
    //定义指针变量并使其指向相关的寄存器
    volatile int *p_adccon;
    int *p_adctsc;
    int *p_adcdat1;
    int adc_xdata,x_data;
    p_adccon=(int *)ADCCON;
    p_adctsc=(int *)ADCTSC;
    p_adcdat1=(int *)ADCDAT1;
    //配置 ADCTSC 和 ADCCON 寄存器，改变触摸屏引脚连接状态，开始 X 轴坐标转换
```

```
        *p_adctsc=0x9a;
        *p_adccon=0x7ff9;
        while(!(*p_adccon & 0x8000));          //if the covision is end
        adcdly(1);                              //delay little time for more nicety
        adc_xdata=(*p_adcdat1)&0x3ff;           //get the value from register ADCADT0
        x_data=(0x3c8-adc_xdata)*320/TP_XRAGE   ;//covert the alue to coordinate
        return x_data;
    }
```

（3）触摸屏处理中断程序

```
void TouchPanel_LISR(void)
{
    volatile int xPosition;
    volatile int yPosition;
    yPosition = adc_y_position();
    xPosition = adc_x_position();
    tp_rewaite_int();
}
```

（4）Y 轴坐标转换程序

```
int adc_y_position()
{
    //定义指针变量并使其指向相关的寄存器
    volatile int *p_adccon;
    int *p_adctsc;
    int *p_adcdat0;
    int adc_ydata,y_data;
    p_adccon=(int *)ADCCON;
    p_adctsc=(int *)ADCTSC;
    p_adcdat0=(int *)ADCDAT0;
//配置 ADCTSC 和 ADCCON 寄存器，改变触摸屏引脚连接状态，开始 X 轴坐标转换
    *p_adctsc=0x69;
    *p_adccon=0x7FE9;
    while(!(*p_adccon & 0x8000)) ;              //if the covision is end
    adcdly(1)   ;                               //delay little time for more nicety
    adc_ydata=(*p_adcdat0)&0x3ff;               //get the value from register ADCADT0
    y_data=(0x3c8-adc_ydata)*240/TP_YRAGE;      //covert the alue to coordinate
    return y_data;
}
```

问题与讨论

① 在触摸屏转换过程中，有两个延时需要注意，一个是模数转换器输入电压去抖动需要一段时间，另一个是模数转化过程需要时间，本书采用延时的方式，你还有其他的方法吗？

② 触摸屏能产生中断，串口也能产生中断，如果两个中断同时产生，那么ＣＰＵ将如何处理？

6.4 嵌入式系统汉字显示实验

实验目的

- 通过实验了解汉字编码的原理，了解 ASCII 码、内码、区位码之间的联系与区别
- 通过实验掌握嵌入式系统中如何显示汉字字符串

实验内容

- 在前面的 LCD 实验的基础上实现汉字字符串的显示

实验原理

1．汉字显示相关知识

在许多嵌入式系统软件设计中，经常需要用汉字进行提示和实现人机交互，因此，一个面向不同层次用户的应用软件中将会用到许多汉字，以便进行提示。本实验介绍如何在嵌入式系统中编写显示汉字的程序。

显示汉字时可以将汉字库作为程序的一部分，也可作为一个文件存在磁盘上，用时连接即可，但这样占用内存，当汉字库较大时会影响程序运行速度。所以，显示汉字最方便的方法是在图形方式下，调用汉字库需要显示的汉字的字模，然后将其图像显示出来，这个字库可以是现有的字库也可以是自己建立的字库。将汉字字库作为一个二进制数据文件，烧录在 Flash 中的某一段地址空间内，用时进行查找，取出该汉字的字模即可。这样既方便又不用占用太多的内存空间，对于运行时间的影响也不是很大。本节就采取这种方法。首先介绍汉字的一些相关知识。

2．国标汉字字符集与区位码

根据对汉字使用频繁程度的研究，可把汉字分成高频字（约 100 个），常用字（约 3000 个），次常用字（约 4000 个），罕见字（约 8000 个）和死字（约 45000 个），即正常使用的汉字达 15000 个。我国 1981 年公布了《通信用汉字字符集（基本集）及其交换码标准》，这就是 GB2312—80 方案。它把高频字、常用字和次常用字集合成汉字基本字符集（共 6763 个），在该集中按汉字使用的频度，又将其分为一级汉字 3755 个（按拼音排序）、二级汉字 3008 个（按部首排序），再加上西文字母、数字、图形符号等 700 个。国家标准的汉字字符集（GB2312—80）在汉字操作系统中是以汉字库的形式提供的。汉字结构做了统一规定，将字库分成 94 个区，每个区有 94 个汉字（以位作区别），每一个汉字在汉字库中有确定的区和位编号，用两个字节表示。这就是所谓的区位码。区位码的第一个字节表示区号，第二个字节表示位号，因此只要知道了区位码，就可以知道该字在汉字库中的地址。每个汉字在汉字库中是以点阵字模形式存储的，一般采用 16×16 点阵形式，每个点用 1 个二进制位表示。存 1 的点，显示时，可以在屏幕上打一个点，存 0 的点，则不在屏幕上打点。这样，把存某字的 16×16 点阵信息直接在显示器上按上述原则显示，将出现对应的汉字。例如，"大"字的区位码为 2083，它表示该汉字字模在汉字字符集的第 20 区的第 84 个位置。当存储单元存储该字模信息时，将需要 32 个字节地址。

3．汉字的内码

我们知道计算机内英文字符是用一个字节的 ASCII 代码来表示，该字节的最高位一般用做奇偶校验，故实际上是用 7 位码来表示 128 个字符的。但对于众多的汉字，需要两个字节

才能表示，这样用两个字节的代码表示一个汉字的代码体制，国家规定了统一标准，称为国标码。国标码规定，组成两个字节代码的各字节的最高位均为 0，即每个字节仅使用 7 位。在机器内使用时，由于英文的 ASCII 码也在使用，可能将国标码看成两个 ASCII 码，因此规定用国标码在机器内表示汉字时，将每个字节的最高位置 1，以表明该码表示的是汉字，这些国标码两个字节最高位置 1 后的代码成为机器内的汉字代码，简称内码。国标码与区位码存在一种转换关系，即将十六进制区位码的两个字节各加 80h 后，变成国标码。由于区位码和内码之间存在着一种对应关系，因而知道了某汉字的内码，即可确定出对应的区位码，知道了区位码，就可找出该汉字字模在字库中存放的地址，由此地址调出该汉字的 32 个字节内容（字模）进行显示，即可显示出 16×16 点阵组成的汉字。如果需要显示的汉字是带颜色的，可以用有关的操作和循环语句，对每个字节的每一位进行判断，如同过滤一样。如果某位是 1，则按设置的颜色在屏幕的相应位置画点；若某位为 0，则不画点。这样就可按预先设置的颜色在相应位置显示出汉字来。

如图 6.13 所示的"汉"字，使用 16×16 点阵。字模中每一点使用一个二进制位（Bit）表示，若为 1，则说明此处有点；若为 0，则说明没有。这样，一个 16×16 点阵的汉字总共需要 16×16/8=32 字节表示。字模的表示顺序为：先从左到右，再从上到下，也就是先画左上方的 8 个点，再是右上方的 8 个点，然后是第二行左边 8 个点，右边 8 个点，其余类推，画满 16×16 个点。

图 6.13 "汉"字的 16×16 点阵

对于其他点阵字库文件，也是使用类似的方法进行显示，如 HZK12。但是 HZK12 文件的格式有些特别，如果将它的字模按 12×12 位计算的话，根本无法正常显示汉字。因为字库设计者为了使用的方便，字模每行的位数均补齐为 8 的整数倍，于是实际该字库的位长度是 16×12，每个字模大小为 24 字节，虽然每行都多出了 4 位，但这 4 位都是 0（不显示），并不影响显示效果。还有 UCDOS 下的 HZK24S（宋体）、HZK24K（楷体）或 HZK24H（黑体）这些打印字库文件，每个字模占用 24×24/8=72 字节，这类大字模汉字库为了打印的方便，将字模都放倒了，所以在显示时要注意把横纵方向颠倒过来。

完全清楚了如何得到汉字的点阵字模之后，就可以在程序中随意的显示汉字了。

如果在程序中使用的汉字数目不多，也可以不必总是在程序里带上几百 K 的字库文件，也许程序本身才只有几十 K。可以事先将需要显示的汉字字模提取出来，放在另一个文件里，按照自己的顺序读取文件就可以了。

4．内码转换为区位码

在 PC 机上编写程序时，在程序中输入汉字，其相应的内码就已经在程序中存在，即内码已在原汉字的位置，如同输入英文字符时其对应的 ASCII 码也在程序中一样，因而得知汉字的内码，将其转换为区位码，再从字库中找到相应的汉字，将其字模直接显示即可。汉字内码与区位码有固定转换关系，设汉字内码为十六进制数 aaffh，则区号 qh 和位号 wh 分别为：

$$qh=aa-0xa0$$
$$wh=ff-0xa0$$

若用十进制数表示内码为 c_1c_2，则有：

$$qh=c_1-160$$

$$wh=c_2-160$$

区位码 qw 为:

$$qw=100\times(c_1-160)+(c_2-160)$$

反过来，若已知道了区位码 qw，也可求得区号和位号:

$$qh=qw/100$$

$$wh=qw-100\times qh$$

因此该汉字在汉字库中的起点的偏移位置以字节计算为:

$$offset=(94\times(qh-1)+(wh-1))\times32$$

5. 汉字显示编程

显示汉字的程序代码见参考程序，了解了前面所介绍的知识之后，就很容易理解这个程序了。首先要根据前面介绍的公式得到汉字的区位码，然后按照区位码调出字模，按字模所给的点阵关系画点即可。因为显示的汉字是 16×16 点阵，占用 32 字节，所以把它放在字符数组 mat[32]中，为了得到位值，需要一个比较掩码数组 mask[8]来对 1 字节中的数值进行比较。画点时用了三层循环，第 3 层到位，第 2 层以字节为单位，这些很容易理解。

6. 英文字母显示相关知识

这部分实际上介绍的是 ASCII 码的显示，ASCII 码的显示和汉字的显示在原理上没有区别，所以理解了汉字显示，也就很容易理解 ASCII 码的显示。首先要有字模库，然后需要知道其字符的编码方式。ASCII 码的编码方式非常简单，参见表 6.20。

表 6.20　ASCII 码

H L	0000	0001	0010	0011	0100	0101	0110	0111
0000	NUL	DLE	SP	0	@	P	、	p
0001	SOH	DC1	!	1	A	Q	a	q
0010	STX	DC2	"	2	B	R	b	r
0011	ETX	DC3	#	3	C	S	c	s
0100	EOT	DC4	$	4	D	T	d	t
0101	ENQ	NAK	%	5	E	U	e	u
0110	ACK	SYN	&	6	F	V	f	v
0111	BEL	ETB	,	7	G	W	g	w
1000	BS	CAN	)	8	H	X	h	x
1001	HT	EM	(	9	I	Y	i	y
1010	LF	SUB	*	:	J	Z	j	z
1011	VT	ESC	+	;	K	[	k	{
1100	FF	FS	,	<	L	\	l	|
1101	CR	GS	-	=	M	]	m	}
1110	SO	RS	.	>	N	^	n	~
1111	SI	US	/	?	O	_	o	DEL

ASCII 码编码方式见表 6.20，因此字符在字模库中的排序也就知道了，根据这个关系也可

以得到所要显示的字符字模，然后显示即可。英文字母比汉字显示要容易得多。

实验操作步骤

① 准备实验环境。连接好主机——Probe-ICE——目标板，启动 Multi-server 并配置好 ARM 内核（ARM920T）。

② 启动 CodeWarrior，打开所需工程文件（\…\实验项目\嵌入式汉字显示\sourcecode\displaychinese\displaychinese.mcp）。

③ 选择目标模板为 ReInRam。若源文件有改动或路径发生变化，则需要重新编译（make）。

④ 直接进入 AXD，单击 Go 按钮，然后单击 Stop 按钮，以初始化 CPU 及 SDRAM。

⑤ 使用 Load image 命令加载 image 文件。

⑥ 单击 AXD 环境中的 Go 按钮，全速运行。

⑦ 在 LCD 上检验是否显示出汉字。

⑧ 可以改变坐标、色彩，继续实验，但需要重新编译并重新烧录。

⑨ 如果有必要，可修改源代码，重新编译。然后单击 Reload 按钮重新调试。

⑩ 退出系统。

⑪ 理解和掌握实验内容后，完成后面的问题与讨论。

实验参考程序

（1）显示单个汉字

```
void get_hz(int x0,int y0,char incode[],int pencolor)
{
        /*define the code group for compare the code*/
        char mask[]={0x80,0x40,0x20,0x10,0x08,0x04,0x02,0x01};
        char mat[32];
        char wh,qh;      /*the position code of the chinese characters*/
        char *hzpos;
        int i,j,k,m,offset;
        /*get the position code from the ISN*/
        qh=incode[0]-0xa0;
        wh=incode[1]-0xa0;
        /*get the position of chinese character and add it to the base address of chinese characters
        storeroom*/
        offset=(94*(qh-1)+(wh-1))*32;
        hzpos=(char *)(hzbufbase+offset);
        /*get the chinese character lattice message*/
        for (m=0;m<32;m++)
        {
            mat[m]=(*hzpos);
            hzpos++;
        }
         /*display the chinese character*/
        for (i=0;i<16;i++)
           for (j=0;j<2;j++)
                for (k=0;k<8;k++)
```

```
                {
                    if (mask[k%8]&mat[2*i+j])
                        setpixel(x0+2*(8*j+k),y0-2*i,pencolor);
                }
        }
```

（2）显示汉字字符串

```
    int drawtext(int x0,int y0,char *c,int pencolor)
    {
        int x,y,counter;
        x=x0;
        y=y0;
        counter=0;
        while(*c!='\0')
        {
            /*if don't reach to the end of the string display the character in LCD*/
            while(x<320 && (*c!='\0'))
            {
                get_hz(x,y,c,pencolor);    /*display the Chines character*/
                x+=32;
                c+=2;
                counter+=1;
            }
                x=0;
                y+=32;
        }
        return(counter);
    }
```

（3）在 LCD 上显示 16×8 字模的 ASCII 字符

```
    void ascii_168(int x0,int y0,char *code,int pencolor)
    {
        char mask[]={0x80,0x40,0x20,0x10,0x08,0x04,0x02,0x01};
        char mat[16];
        char *hzpos;
        int i,k,m,offset;
        /*计算字模的位置*/
        offset=(*code)*16;
        hzpos=(char *)(asciibufbase+offset);
        /*将点阵信息传给数组*/
        for (m=0;m<16;m++)
        {
            mat[m]=*hzpos;
            hzpos++;
        }
         /*显示字库显示点阵信息*/
        for (i=0;i<16;i++)
                for (k=0;k<8;k++)
```

```
                    {
                        if (mask[k%8]&mat[i])
                            setpixel(x0+k,y0+i,pencolor);
                    }
            }
```

（4）显示 16×8 的 ASCII 字符串

```
    int drawascii168(int x0,int y0,char *c,int pencolor)
    {
        int x,y,counter;
        x=x0;
        y=y0;
        counter=0;
/*若字符串未结束，则继续显示*/
        while(*c!='\0')
        {
            while(x<320 && (*c!='\0'))
            {
                ascii_168(x,y,c,pencolor);
                x+=8;
                c+=1;
                counter+=1;
            }
                x=0;
                y+=16;
        }
        return(counter);
    }
```

（5）设置像素点

```
    int setpixel(int x,int y,unsigned short pencolor)
    {
        int movetop;      /*THE PIXEL ADDRESS*/
        short *p;
        if (x<1||x>(int)x_limit) return ERROR;
        if (y<1||y>(int)y_limit) return ERROR;
        /*指向所要显示的像素偏移地址*/
        movetop=(x*x_size+y);//一个像素占 1 字节
        p=(short *)(VideoAddrStart+movetop);
        *p=pencolor;
        return 1;
    }
```

（注：限于篇幅，相关程序不一一列出。）

问题与讨论

① 编写一个程序，可同时显示汉字和 ASCII 码。

② 如果一个嵌入式系统只用到少量的汉字和 ASCII 码，怎样精简字库？

6.5　A/D 转换编程及实验

实验目的

- 通过实验了解 A/D 转换的原理
- 掌握 A/D 转换驱动程序的编写方法

实验内容

- 学习模数转换的原理

实验原理

（略，可参考 6.3 节实验的相关内容。）

实验操作步骤

① 准备实验环境。连接好主机——Probe-ICE——目标板，启动 Multi-server 并配置好 ARM 内核（ARM920T）。将目标板上的 LCD 连线连好，在这个实验中需要借助于 LCD 来显示 A/D 输入的信号。

② 启动 CodeWarrior，打开所需工程文件（\…\实验项目\AD 转换\sourcecode\AD\AD.mcp）。

③ 选择目标模板为 ReInRam。若源文件有改动或路径发生变化，则需要重新编译（make）。

④ 直接进入 AXD，单击 Go 按钮，然后单击 Stop 按钮，以初始化 CPU 及 SDRAM。

⑤ 使用 Load image 命令加载 image 文件。

⑥ 单击 AXD 环境中的 Go 按钮，全速运行。

⑦ 观察 LCD 上的波形。

⑧ 改变波形的频率和波幅，继续实验。

⑨ 如果有必要，可修改源代码，然后单击 Reload 按钮重新调试。

⑩ 退出系统。

⑪ 理解和掌握实验内容后，完成后面的问题与讨论。

实验参考程序

```
//入口函数
void C_Entry()
{
    int adchigh;
    int i;
    INT_ADC_Enable(TRUE);
    clrsrc();
    while(10)
    {
        for(i=0;i<320;i++)
        {
```

```
                    adchigh = ReadAdc(1);
                    setpixel(i,(adchigh%320),0x255);
                    adcdly(10);
                }
            adcdly(1000);
        clrsrc();
        };
}

void adcdly(int number)
{
    int i,t;
    /*delaying the time*/
    for (i=0;i<number;i++)
    {
        for (t=0;t<0x100;t++);
    }
}

//读取 AD 输入的值
int ReadAdc(int ch)

    int i;
    static int prevCh=-1;
    int preScaler = 30;
    rADCCON = (1<<14)|(preScaler<<6)|(ch<<3);          //setup channel
    if(prevCh!=ch)
    {
    rADCCON = (1<<14)|(preScaler<<6)|(ch<<3);          //setup channel
    for(i=0;i<1000;i++);                               //delay to set up the next channel
    prevCh=ch;
    }
    rADCCON|=0x1;                                      //start ADC
    while(rADCCON & 0x1);                              //check if Enable_start is low
    while(!(rADCCON & 0x8000));      //check if EC(End of Conversion) flag is high
    return ( (int)rADCDAT0 & 0x3ff );
}
```

问题与讨论

① 在 A/D 转换过程中有两个延时需要注意，一个是 A/D 转换器输入电压去抖动需要一段时间，另一个是 A/D 转化过程需要时间，本节采用延时的方式，还有其他的方法吗？

② A/D 转换能产生中断，串口也能产生中断，如果两个中断同时产生了，CPU 是怎么处理的？

第 7 章　通信和总线接口实验

本章介绍通信和总线接口实验，包括串口通信实验、USB1.1 协议及 S3C2410 USB 设备实验、以太网通信实验、IIS 总线驱动音频实验、GPRS 编程与实验、GPS 编程与实验、蓝牙编程与实验及步进电机驱动编程与实验。这些实验是基于 ARM 嵌入式系统的比较高级的实验，它们在各种电子电器设备、自动控制领域等有着极为广泛的应用。学习本章，除了要熟练掌握 ARM 的编程控制方法外，还应掌握每个实验相应的模块的原理及使用，如音频解码芯片、GPS 接收模块、蓝牙芯片及步进电机等。

7.1　串口通信实验

实验目的

- 使学生了解串行数据通信的数据格式和编程方法
- 认识 S3C2410 的 UART 特殊功能寄存器

实验内容

- 串行通信的基本概念
- 实现 SUPER-ARM9 实验教学系统的串行通信功能

实验原理

1. 串行通信的基础知识

DTE：Data Terminal Equipment，即数据终端设备；DTE：Data Terminal Equipment，即数据终端设备；DCE：Data Communications Equipment，即数据通信设备。

事实上，RS-232-C 标准的正规名称是"数据终端设备和数据通信设备之间串行二进制数据交换的接口"。通常，将通信线路终端一侧的计算机或终端称为 DTE，而把连接通信线路一侧的调制解调称为 DCE。

RS-232-C 标准中所提到的"发送"和"接收"，都是站在 DTE 立场上，而不是站在 DCE 的立场来定义的。由于在计算机系统中，往往是 CPU 和 I/O 设备之间传送信息，两者都是 DTE，因此双方都能发送接收。

2. 串行通信的基本概念

所谓串行通信是指 DTE 和 DCE 之间使用一根数据信号线（另外需要地线，可能还需要控制线），数据在这根数据信号线上一位一位地进行传输，每一位数据都占据一个固定的时间长度，如图 7.1 所示。这种通信方式使用的数据线少，在远距离通信中可以节约通信成本，当然，其传输速度比并行传输慢。

串行通信有两种基本的类型：异步串行通信和同步串行通信。两者之间最大的差别是前者以一个字符为单位，后者以一个字符序列为单位。

本文将以异步串行通信为例，讲解串行通信的编程方法。

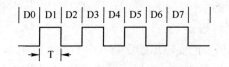

图 7.1　数据传输示意图

3．异步串行传输格式

串行通信的格式如图 7.2 所示，包括起始位、数据位和停止位。一般，数据位和停止位是可以编程设置的。数据位有 5，6，7，8 位可选择，停止位有 1，2 位可选择。

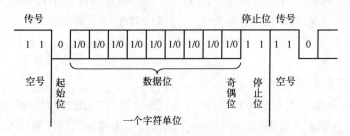

图 7.2　异步通信字符传输格式

如 7.2 所示的异步通信字符传输格式说明了异步通信的 1 帧传输所经历的步骤：无传输，起始传输，数据传输，奇偶传输和停止传输。

4．串行通信数据传输过程

由于 CPU 与接口之间按并行方式传输，接口与外设之间按串行方式传输，因此，在串行接口中，必须要有接收移位寄存器（串→并）和发送移位寄存器（并→串）。典型的串行接口的结构如图 7.3 所示。

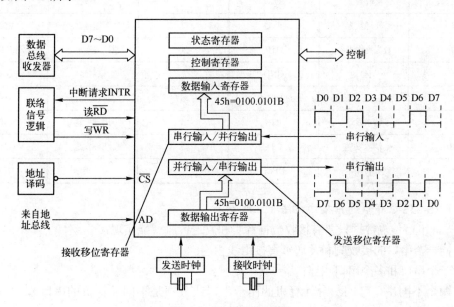

图 7.3　串口结构示意图

在数据输入过程中，数据一位一位地从外设进入接口的接收移位寄存器，当接收移位寄存器中接收完 1 个字符的各位后，数据就从接收移位寄存器进入数据输入寄存器。CPU 从数据输入寄存器中读取接收到的字符（并行读取，即 D7～D0 同时被读至累加器中）。接收移位寄存器的移位速度由接收时钟确定。

在数据输出过程中，CPU 把要输出的字符（并行地）送入数据输出寄存器，数据输出寄存器的内容传输到发送移位寄存器中，然后由发送移位寄存器移位，把数据一位一位地送到外设。发送移位寄存器的移位速度由发送时钟确定。

接口中的控制寄存器用来容纳 CPU 送给此接口的各种控制信息，这些控制信息决定了接口工作方式。

状态寄存器的各位称为状态位，每一个状态位都可以用来指示数据传输过程中的某种状态或某种错误。例如，用状态寄存器的 D5 位为 1 表示数据输出寄存器空，用 D0 位为 1 表示数据输入寄存器满，用 D2 位为 1 表示奇偶检验错等。能够完成上述串 ↔ 并转换功能的电路，通常称为通用异步收发器（UART，Universal Asynchronous Receiver and Transmitter）。

（1）串口通信基本接线方法

目前较为常用的串口有 9 针串口（DB9）和 25 针串口（DB25）两种，它们的常用信号脚说明见表 7.1。若通信距离较近（小于 12m），则可以用电缆线直接连接标准 RS-232 端口；若距离较远，则需附加调制解调器（Modem）。最为简单且常用的是三线制接法，即地、接收数据和发送数据三脚相连。

表 7.1　DB9 和 DB25 的常用信号脚说明

9 针串口（DB9）			25 针串口（DB25）		
针号	功能说明	缩写	针号	功能说明	缩写
1	数据载波检测	DCD	8	数据载波检测	DCD
2	接收数据	RXD	3	接收数据	RXD
3	发送数据	TXD	2	发送数据	TXD
4	数据终端准备	DTR	20	数据终端准备	DTR
5	信号地	GND	7	信号地	GND
6	数据设备准备好	DSR	6	数据准备好	DSR
7	请求发送	RTS	4	请求发送	RTS
8	清除发送	CTS	5	清除发送	CTS
9	振铃指示	DELL	22	振铃指示	DELL

（2）RS-232-C 串口通信接线方法（三线制）

首先，串口传输数据只要有接收数据针脚和发送针脚就能实现：

● 同一个串口的接收脚和发送脚直接用线相连；

● 一个串口和多个串口相连；

● 两个不同串口（同一台计算机的两个串口或分别是不同计算机的串口），见表 7.2。

表7.2 两个不同串口的对应表

9针—9针		25针—25针		9针—25针	
2	3	3	2	2	2
3	2	2	3	3	3
5	5	7	7	5	7

串口调试中要注意：不同编码机制不能混接，如 RS-232C 不能直接与 RS-422 接口相连，市面上专门的各种转换器卖，必须通过转换器才能连接；线路焊接要牢固，虽然程序没问题，却因为接线问题误事；串口调试时，准备一个好用的调试工具，如串口调试助手、串口精灵等，有事半功倍之效果；通信双方的数据格式要一致；强烈建议不要带电插拔串口，插拔时至少有一端是断电的，否则串口易损坏。

RS-232 是串行数据接口标准，最初是由电子工业协会（EIA）制定并发布的。RS-232 在 1962 年发布，命名为 EIA-232-E，作为工业标准，以保证不同厂家产品之间的兼容。

RS-232 标准只对接口的电气特性做出规定，而不涉及接插件、电缆或协议，在此基础上用户可以建立自己的高层通信协议。因此在视频界的应用中，许多厂家都建立了一套高层通信协议，这些通信协议或公开或由厂家独家使用。

目前 RS-232 是 PC 机与通信工业中应用最广泛的一种串行接口。RS-232 被定义为一种在低速率串行通信中增加通信距离的单端标准。因为 RS-232 采取不平衡传输方式，即所谓单端通信，所以 RS-232 适合本地设备之间的通信。其有关电气参数参见表 7.3。

表7.3 RS-232 有关电气参数参表

规定		RS-232
工作方式		单端
结点数		1 收、1 发
最大传输电缆长度		50 英尺
最大传输速率		20kbps
最大驱动输出电压		±25V
驱动器输出信号电平	负载	±5～±15V
驱动器输出信号电平	空载	±25V
驱动器负载阻抗		3～7kΩ
摆率（最大值）		30V/μs
接收器输入电压范围		±15V
接收器输入门限		±3V
接收器输入电阻		3～7kΩ

在 TxD 和 RxD 上：逻辑 1（MARK）= −3～−15V

逻辑 0（SPACE）= +3～+15V

在 RTS、CTS、DSR、DTR 和 DCD 等控制线上：

信号有效（接通，ON 状态，正电压）= +3～+15V

信号无效（断开，OFF 状态，负电压）= −3～−15V

以上规定说明了 RS-323-C 标准对逻辑电平的定义。对于数据（信息码）：逻辑 1（传号）的电平低于−3V，逻辑 0（空号）的电平高于+3V。对于控制信号：接通状态（ON）即信号有效的电平高于+3V，断开状态（OFF）即信号无效的电平低于−3V。也就是说，当传输电平的绝对值大于 3V 时，电路可以有效地检查出来；介于−3～+3V 之间的电压无意义；低于−15V 或高于+15V 的电压也认为无意义。因此，实际工作时，应保证电平在 ±(3～15)V 之间。

5. 串行接口电路设计

几乎所有的微控制器、PC 机都提供串行接口。串行接口是最常用的 I/O 接口。

要完成最基本的串行通信功能，实际上只需要 RXD、TXD、GND 即可。但如前所述，RS-232-C 标准所定义的高、低电平信号，与一般的微控制器系统的 LVTTL 电路所定义的高、低电平信号完全不同，例如，S3C2410 系统的标准逻辑 1 对应 2~3.3V 电平，标准逻辑 0 对应 0~0.4V 电平。显然，这与前面所述的 RS-232-C 标准的电平信号完全不同。两者之间要进行通信，必须经过信号电平的转换，目前常使用的电平转换芯片有 MAX232、MAX3221~MAX3243。

6. 常用的三线接法（见图 7.4）

在 SUPER-ARM9 实验板上，用的也是 MAX3232。

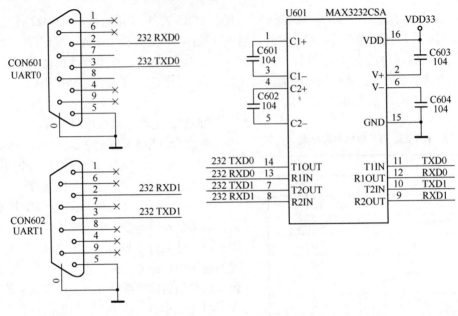

图 7.4　RS-232 与 MAX3232 硬件连接图

如图 7.5 所示是 SUPER-ARM9 串行接口单元的设计电路图。CON601 默认为 UART0，而 CON602 出厂时默认为 UART1，也可改为 UART2（将 R601、R603 置为 Open，R60、2R604 置为 0）。

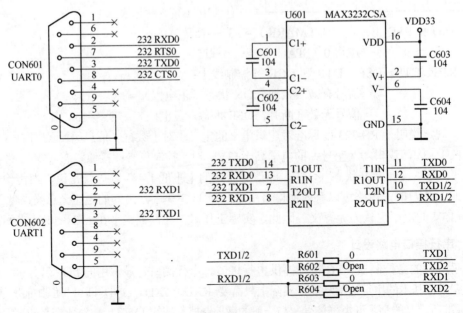

图 7.5　SUPER-ARM9 串行接口单元的电路图

7. S3C2410 串行通信的工作原理

S3C2410 有三个独立的异步串口，有两种工作方式：DMA 传输和中断传输。传输波特率最高可达 230.4kbps，且每个串口通道都有一个 16 字节的传输 FIFO 和 16 字节的接收 FIFO。串口通道的波特率都是可编程的，可以工作在红外传输和接收工作方式下，有 1～2 个停止位，字长有 5bit, 6bit, 7bit, 8bit 四种，而且校验位可编程。

每个串口通道共有各种寄存器 11 个，它们分别是：两个控制寄存器（ULCON0，ULCON1 与 UCON0，UCON1），一个 FIFO 控制寄存器（UFCON0，UFCON1），一个串口调制解调控制寄存器（UMCON0，UMCON1），一个发送/接受状态寄存器（UTRSTA0，UTRSTA1），一个串口发送错误状态寄存器（UERSTA0，UERSTA0），一个 FIFO 状态寄存器（UFSTAT0，UFSTAT1），一个串口调制解调状态寄存器（UMSTAT0，UMSTAT1），一个数据发送寄存器（UTXH0，UTXH1），一个数据接收寄存器（URXH0，URXH1）和一个波特率产生控制寄存器（UBRDIV0，UBRDIV1）。

串口功能模块框图如图 7.6 所示。

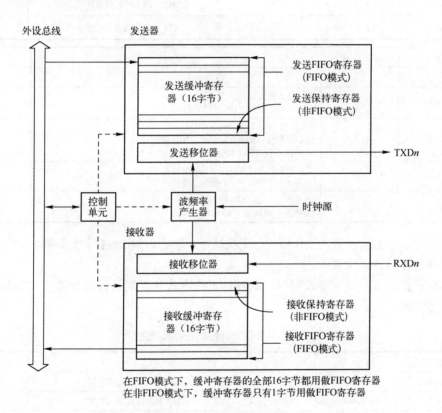

图 7.6 串口功能模块框图

8. UART 的特殊功能寄存器

（1）控制设置 GPIO 口为串口（PCONH）

PCONH 为端口 H 控制寄存器。寄存器 PCONH 中 0，1，2，3 位设置引脚为串口还是为普通 I/O 具体参见表 7.4。

表 7.4　控制设置 GPIO 口为串口对应表

GPH3	输入/输出	RXD0	—	—
GPH2	输入/输出	TXD0	—	—
GPH1	输入/输出	nRTS0	—	—
GPH0	输入/输出	nCTS0	—	—

（2）校验位、字长、停止位设置（ULCONn）

ULCONn 控制寄存器主要设置串口工作模式（详细资料请参考 S3C2410 用户手册）参见表 7.5。

表 7.5　ULCONn 控制寄存器串口工作模式的设置

寄 存 器	地　址	读/写	描　述	复 位 值
ULCON0	0X50000000	读/写	UART 通道 0 线控制寄存器	0x00
ULCON1	0X50004000	读/写	UART 通道 1 线控制寄存器	0x00
ULCON2	0X50008000	读/写	UART 通道 2 线控制寄存器	0x00

ULCONn	位　域	描　述	初 始 状 态
保留	[7]	保留	0
红外模式	[6]	决定是否使用红外模式 0=正常模式操作，1=红外 Tx/Rx 模式	0
校验模式	[5:3]	指定 UART 在发送和接收中的校验检查方式 0xx=无校验，100=奇数校验，101=偶数校验 110=强制/检查为 1 校验，111=强制/检查为 0 校验	000
停止位数	[2]	指定每帧信号结束时停止位的位数 0=每帧 1 个停止位，1=每帧 2 个停止位	0
字长	[1:0]	表示发送或接收的每帧数据的位数 00=5 位，01=6 位，10=7 位，11=8 位	00

初始化串口信息为：普通工作模式，无校验位，字长为 8bit，1 停止位/帧。

（3）串口工作方式设置

UCONn 控制寄存器主要设置串口的具体工作方式（详细资料请参考 S3C2410 用户手册）参见表 7.6。

表 7.6　UCONn 控制寄存器描述

寄 存 器	地　址	读/写	描　述	复 位 值
UCON0	0X50000004	读/写	UART 通道 0 控制寄存器	0x00
UCON1	0X50004004	读/写	UART 通道 1 控制寄存器	0x00
UCON2	0X50008004	读/写	UART 通道 2 控制寄存器	0x00

表 7.7　ULCONn 控制寄存器各位描述

UCONn	位　域	描　述	初 始 状 态
时钟选择	[10]	选择 PCLK 或 UCLK 用做波特率时钟 0=PCLK:UBRDIVn=(int)(PCLK/(bps×16))−1（式中，bps 为所需波特率，PCLK 为外部总线时钟频率） 1=UCLK@GPH8: UBRDIVn=(int)(UCLK/(bps×16))−1	0
Tx 中断类型	[9]	中断请求类型 0=脉冲，1=电平	0

UCON*n*	位 域	描　述	初 始 状 态
Rx 中断类型	[8]	中断请求类型 0=脉冲，1=电平	0
Rx 超时使能	[7]	允许/禁止 Rx 超时中断，当 UART FIFO 使能时 0=禁止，1=允许	0
Rx 错误状态中断使能	[6]	控制在接收异常（如断开、帧错误、校验错误或溢出）时，产生中断 0=不产生错误状态中断，1=产生错误状态中断	0
环回模式	[5]	设置环回位将致使 UART 进入回环模式。回环模式仅用于测试 0=正常操作，1=环回模式	0
发送断开信号	[4]	设置该位将实 UART 在 1 帧之内发送一个断开信号。该位将在发送断开信号后自动清零 0=正常发送，1=发送断开信号	0
发送模式	[3:2]	决定当前将 Tx 数据写到 UART 发送缓冲寄存器的方式 00=禁止，01=中断请求或查询方式 10=DMA0 中断（仅用于 UART0） 　　DMA3 中断（仅用于 UART2） 11=DMA1 中断（仅用于 UART1）	00
接收模式	[1:0]	决定当前从 UART 接收缓冲寄存器读 Rx 数据的方式 00=禁止，01=中断请求或查询方式 10=DMA0 中断（仅用于 UART0） 　　DMA3 中断（仅用于 UART2） 11=DMA1 中断（仅用于 UART1）	00

在这里选择中断方式响应。

（4）波特率设置（见表7.8）

表7.8　波特率设置

寄 存 器	地　址	读/写	描　述	复 位 值
UBRDIV0	0X50000028	读/写	波特率分频寄存器 0	—
UBRDIV1	0X50004028	读/写	波特率分频寄存器 1	—
UBRDIV2	0X50008028	读/写	波特率分频寄存器 2	—

UBRDIV*n*	位 域	描　述	初 始 状 态
UBRDIV	[15:0]	波特率分频值 UBRDIV*n* > 0	—

波特率计算公式：UBRDIVn = (int)(PCLK/(bps×16)) −1。

（5）FIFO 设置（见表7.9）

在这里由于不是主要用于数据传输因此 UART 不使用 FIFO 方式。

表7.9　FIFO 设置

寄 存 器	地　址	读/写	描　述	复 位 值
UFCON0	0X50000008	读/写	UART 通道 0 FIFO 控制寄存器	0x00
UFCON1	0X50004008	读/写	UART 通道 1 FIFO 控制寄存器	0x00
UFCON2	0X50008008	读/写	UART 通道 2 FIFO 控制寄存器	0x00

UFCON*n*	位 域	描　述	初 始 状 态
Tx FIFO 触发门限	[7:6]	决定发送 FIFO 的触发门限 00=空，01=4 字节，10=8 字节，11=12 字节	00

UFCONn	位　域	描　述	初 始 状 态
Rx FIFO 触发门限	[5:4]	决定接收 FIFO 的触发门限 00=4 字节，01=8 字节，10=12 字节，11=16 字节	00
保留	[3]	保留	0
Tx FIFO 复位	[2]	复位 FIFO 后将自动清除 0=正常，1=Tx FIFO 复位	0
Rx FIFO 复位	[1]	复位 FIFO 后将自动清除 0=正常，1=Rx FIFO 复位	0
FIFO 使能	[0]	0=禁止，1=允许	0

UFCONn 是 FIFO 控制设置寄存器（详细资料请参考 S3C2410 用户手册）。

（6）UART 发送接收状态寄存器（见表 7.10）

表 7.10　UART 发送接收状态寄存器描述

寄 存 器	地　址	读/写	描　述	复 位 值
UTRSTAT0	0X50000010	读	UART 通道 0 Tx/Rx 状态寄存器	0x6
UTRSTAT1	0X50004010	读	UART 通道 1 Tx/Rx 状态寄存器	0x6
UTRSTAT2	0X50008010	读	UART 通道 2 Tx/Rx 状态寄存器	0x6

UTRSTATn	位　域	描　述	初 始 状 态
发送器空	[2]	当发送缓冲寄存器无有效数据发送，且发送移位寄存器为空时自动置 1 0=非空，1=发送器（发送缓冲和移位寄存器）空	1
发送缓冲空	[1]	当发送缓冲寄存器为空时自动置 1 0=发送缓冲寄存器非空，1=空（在非 FIFO 模式下，会请求中断或 DMA；在 FIFO 模式下，当 Tx FIFO 触发门限设为 00（空）时，会请求中断或 DMA） 如果 UART 使用 FIFO，用户应检查 UFSTAT 寄存器的 Tx FIFO 计数位和 Tx FIFO 满仓位，而不是该位	1
接收缓冲数据就绪	[0]	无论何时，当通过 RXDn 端口接收到数据，接收缓冲寄存器含有有效数据时，会自动置 1 0=空，1=缓冲寄存器已有接收到的数据（在非 FIFO 模式下，会请求中断或 DMA） 如果 UART 使用 FIFO，用户应检查 UFSTAT 寄存器的 Tx FIFO 计数位和 Tx FIFO 满仓位，而不是该位	0

从这里可以看出数据是否已接收到，是否已经准备好发送。

实验操作步骤

① 在 ADS 中编译好 S3C2410 串行通信汇编程序。

② 准备实验环境。连接好主机——Probe-ICE——目标板，启动 Multi-server 并配置好 ARM 内核（ARM920T）。

③ 启动 CodeWarrior，打开所需工程文件（\…\实验项目\串口\sourcecode\uart\uart.mcp）。

④ 选择目标模板为 ReInRam。若源文件有改动或路径发生变化，则需要重新编译（make）。

⑤ 直接进入 AXD，单击 Go 按钮，然后单击 Stop 按钮，以初始化 CPU 及 SDRAM。

⑥ 使用 Load image 命令加载 image 文件。

⑦ 打开超级终端，超级终端的设置为（115200-8-N-1）。

⑧ 将可调试的.axf 程序下载到 SDRAM 中，练习在 SDRAM 中调试程序。

⑨ 设置断点，观察 ARM 寄存器，观察特殊寄存器的值。

⑩ 单步运行程序，实现 PC 机与 MCU 之间的通信。

⑪ 如果有必要，可修改源代码，重新编译。然后单击 Reload 按钮重新调试。

⑫ 退出系统。

⑬ 理解和掌握实验内容后，完成后面的问题与讨论。

实验参考程序

（1）主函数

```
void C_Entry(void)
{
SD_Put_String("\n\r*********************************",&port);
SD_Put_String("*********************************\n\r",&port);
SD_Put_String("\n\r",&port);
SD_Put_String("*********************************",&port);
SD_Put_String("*********************************\n\n\r",&port);
for(;;);
}
```

（2）串口结构体介绍

```
typedef struct    SD_INIT_STRUCT
{
    UINT32            data_mode;           //数据模式
    UINT32            base_address;        //偏移地址基址
    NU_SEMAPHORE   *sd_semaphore;        //信号量定义
    UINT32            com_port;            //端口号：0 或 1
    UINT32            data_bits;           //数据位长：6，7 或 8
    UINT32            stop_bits;           //停止位：1/帧，2/帧
    UINT32            parity;              //奇偶校验位：奇，偶，无，1，0
    UINT32            baud_rate;           //波特率
    UINT32            vector;              //向量表中中断位置
    UINT32            driver_options;
    UINT32            sd_buffer_size;      //缓冲区大小
    /*错误变量定义*/
    UINT32            parity_errors;       //校验错误变量
    UINT32            frame_errors;        //帧错误变量
    UINT32            overrun_errors;      //数据覆盖错误变量
    UINT32            busy_errors;         //系统忙错误变量
    UINT32            general_errors;      //普通错误变量
    /*数据接受相关变量定义*/
    CHAR             *rx_buffer;           //数据接收缓冲区指针
    INT              rx_buffer_read;       //数据接收缓冲区读指针
    INT              rx_buffer_write;      //数据接收缓冲区写指针
    volatile INT      rx_buffer_status;    //数据接收缓冲区状态
```

```
                    /* All of the following elements are required by PPP, do not modify. */
                    /*数据发送相关变量定义*/
       UINT32              communication_mode;          //通信模式
       CHAR                *tx_buffer;                  //数据发送缓冲区指针
       INT                 tx_buffer_read;              //数据发送缓冲区读指针
       INT                 tx_buffer_write;             //数据发送缓冲区写指针
       volatile INT        tx_buffer_status;            //数据发送缓冲区状态

       } SD_PORT;
```

描述：在这个结构体里定义了所有可能要用到的变量，在动态加载中只用到了部分变量。定义这个结构体后，串口的初始主要的工作就是给这个结构体中变量赋值，然后根据里面部分变量值再来初始化 CPU 相关的一些寄存器（串口控制寄存器）。以下变量就是初始化 CPU 相关的：

com_port	确定要初始化的端口号；
data_bits	数据位长：5-8bit
stop_bits	停止位：1/帧，2/帧
parity	奇偶校验位：奇,偶,无,1,0
vector;	中断向量表中位置（CPU 决定）

变量 com_port 用来确定要初始化的端口号（0，1），从而确定其偏移地址基址，后续 CPU 寄存器的初始化需要这个基址。变量 data_bits 用来确定接收/发送每一帧的字长。变量 stop_bits 用来确定接收/发送每一帧的停止位 1/帧，2/帧。变量 parity 用来确定接收/发送每一帧的奇偶校验位：奇,偶,无,1 或 0。变量 vector 用来指明发送中断/接收中断向量表中位置（CPU 决定），主要用于中断服务程序注册 ISR。

（3）串口初始化函数：（SDC_Init_Port（SD_PORT * uart））

SDC_Init_Port（SD_PORT * uart）函数主要完成串口的初始化工作。

（4）中断服务程序（SDC_LISR）

当有数据传到 RX 的 FIFO 中后，产生中断，RX 中断服务程序部分的作用就是在 CPU 响应此中断后将 FIFO 中的数据读出并写到 RX 的缓冲区中，同时还要检查每一帧是否有错误。当 TX 的缓冲区中有数据要传输时，UART 传输数据到 TX 的 FIFO，当 TX 的 FIFO 为空时，产生中断，TX 中断服务程序部分的作用就是在 CPU 响应此中断后先在 TX 的缓冲区查找是否有要发送的数据，如果有，则发送数据，如果没有，则关闭 TX 中断。

（5）UART 数据发送函数（SDC_Put_Char ）

当有数据要传输时，该函数将要传输的数据放到 TX 的缓冲区中，并且将要传输的第一个字节数据放到 TX 的发 FIFO 中以产生中断，以后的数据就可以由中断函数来发送了。

问题与讨论

① 怎样编写自收自发的回环模式的串口编程实验？

② 在串口通信中，如果接收到的全部是乱码，可能出现什么问题？

7.2 USB1.1 协议及 S3C2410 USB 设备实验

实验目的

- 通过实验了解 USB 协议
- 通过实验了解 S3C2410 处理器的 USB 设备及原理
- 掌握 ARM 处理器 USB 通信的编程方法

实验内容

- 学习 USB 协议，学习 S3C2410 USB 相关寄存器的功能及设置，熟悉 S3C2410 系统硬件的 USB 设备相关接口，编写 S3C2410 处理器 USB 设备通信处理程序
- USB host 将检测 USB 设备的设备的型号，并正确地安装驱动程序

实验原理

USB1.1 协议体系结构请读者自行查阅相关技术标准。

实验平台的 USB 设备的硬件原理图如图 7.7 所示。

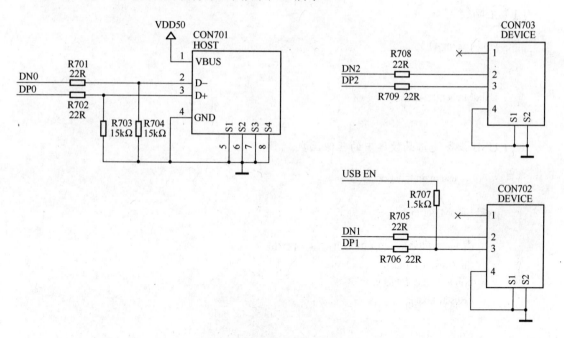

图 7.7 USB 设备的硬件原理图

实验操作步骤

① 准备实验环境。连接好主机——Probe-ICE——目标板，启动 Multi-server 并配置好 ARM 内核（ARM920T）。用 USB 连接线将 PC 机和目标板连接。

② 启动 CodeWarrior，打开所需工程文件（\···\实验项目\USB_device\sourcecode\2410USBdeivce\USBDevice\USBDevice.mcp）。

③ 选择目标模板为 ReInRam。若源文件有改动或路径发生变化，则需要重新编

译（make）。

④ 直接进入 AXD，单击 Go 按钮，然后单击 Stop 按钮，以初始化 CPU 及 SDRAM。

⑤ 使用 Load image 命令加载 image 文件。

⑥ 运行 bushund，并设置 bushund。

⑦ 单击 AXD 环境中的 Go 按钮，全速运行。

⑧ 在 PC 机上可检测到目标板的 USB 设备型号，然后根据 Windows 设备驱动程序安装向导正确安装 Windows 驱动。

⑨ 在 bushund 中，可查看到 USB 标准请求。

⑩ 打开 AXD，reload image。

⑪ 在 IsrUsbd 处设置断点，单步运行，可观察处理 USB 标准请求时，S3C2410 的相关寄存器的变化，及目标板和 USB host 之间是怎样进行数据传输的。

⑫ 如果有必要，可修改源代码，重新编译。然后单击 Reload 按钮重新调试。

⑬ 退出系统。

⑭ 理解和掌握实验内容后，完成后面的问题与讨论。

实验参考程序

（1）主函数

```
void C_Entry()
{

UsbdMain();
}
```

（2）USB 设备通信函数库中的其他函数

```
//      usb main function

void UsbdMain(void)
{
    ChangeUPllValue(40,1,2);    //UCLK=48Mhz
    //init descriptor table
    InitDescriptorTable();
    //ResetUsbd();

    ConfigUsbd();

    //prepare data for ep1
    PrepareEp1Fifo();

    while(1)
    {
        ;                                                      //wait for hardware interrupt
    }
    }
    //usb interrupt handler
```

```c
void IsrUsbd(void)
{
    U8 usbdIntpnd,epIntpnd;
    U8 saveIndexReg=rINDEX_REG;
    usbdIntpnd=rUSB_INT_REG;
    epIntpnd=rEP_INT_REG;

    if(usbdIntpnd&SUSPEND_INT)
    {
        rUSB_INT_REG=SUSPEND_INT;               //clear suspend interrupt
    }
    if(usbdIntpnd&RESUME_INT)                   //clear resume interrupt
    {
        rUSB_INT_REG=RESUME_INT;

    }
    if(usbdIntpnd&RESET_INT)    //reconfig usb and clear reset interrupt
    {
        //ResetUsbd();
        ReconfigUsbd();
        rUSB_INT_REG=RESET_INT; //RESET_INT should be cleared after ResetUsbd().
    PrepareEp1Fifo();
    }
    if(epIntpnd&EP0_INT)        //clear End point out interrupt    and setup usb
    {
        rEP_INT_REG=EP0_INT;
        Ep0Handler();
    }
    if(epIntpnd&EP1_INT)        //clear EP1 interrupt handler and implemented Ep1handler
    {
        rEP_INT_REG=EP1_INT;
        Ep1Handler();
    }

    if(epIntpnd&EP2_INT)
    {
        rEP_INT_REG=EP2_INT;
        //not implemented yet
        //Ep2Handler();
    }

    if(epIntpnd&EP3_INT)        //clear ep3 interrupt handler and implemented Ep3 handler
    {
        rEP_INT_REG=EP3_INT;
        Ep3Handler();
    }

    if(epIntpnd&EP4_INT)
    {
```

```
        rEP_INT_REG=EP4_INT;
        //not implemented yet
        //Ep4Handler();
    }
    ClearPending(BIT_USBD);                //clear USB interrupt
    rINDEX_REG=saveIndexReg;
}


//chang UPLL
void ChangeUPllValue(int mdiv,int pdiv,int sdiv)
{
    rUPLLCON = (mdiv<<12) | (pdiv<<4) | sdiv;
}
```

（注：限于篇幅。详细程序请参考 USB 设备实验例程。）

问题与讨论

① 在 S3C2410 中，怎样知道哪个端点进行数据通信。

② 在 S3C2410 中，端点 0 在发送设备描述符时，怎样实现分三次发送?

7.3 以太网通信实验

实验目的

- 通过实验了解以太网的通信原理
- 通过实验了解以太网驱动程序的开发方法
- 通过实验了解 TCP/IP 网络协议及模型

实验内容

- 通过 SUPER-ARM9 实验教学系统连接 Internet

实验原理

1. 以太网通信原理

以太网这个术语一般是指数字设备公司（Digital Equipment Corp.）、英特尔公司（Intel Corp.）和 Xerox 公司联合在 1982 年公布的一个标准。它是当今 TCP/IP 采用的主要的局域网技术。它采用一种称做 CSMA/CD 的媒体接入方法，其意思是载波侦听多路接入/冲突检测（Carrier Sense, Multiple Access with Collision Detection）。它的传输速率为 10Mbps，地址为 48bit。

几年后，IEEE 802 委员会公布了一个稍有不同的标准集，其中 IEEE 802.3 针对整个 CSMA/CD 网络，IEEE 802.4 针对令牌总线网络，IEEE 802.5 针对令牌环网络。这三者的共同特性由 IEEE 802.2 标准来定义，那就是 IEEE 802 网络共有的逻辑链路控制（LLC）。不幸的是，IEEE 802.2 和 IEEE 802.3 定义了一个与以太网不同的帧格式。

2. TCP/IP 协议简介

TCP/IP 协议是一套把 Internet 上的各种系统互连起来的协议组，保证 Internet 上数据的准确、快速传输。参考开放系统互连（OSI）模型，TCP/IP 通常采用一种简化的四层模型，分别为：应用层、传输层、网络层、链路层。

① 应用层

应用层要有一个定义清晰的会话过程，如通常所说的 HTTP、FTP、Telnet 等。在本实验系统中，单片机系统传递来自 Ethernet 和数据终端的数据，应用层只对大的数据报进行打包拆包处理。

② 传输层

传输层让网络程序通过明确定义的通道及某些特性获取数据，如定义网络连接的端口号等，实现该层协议的传输控制协议 TCP 和用户数据协议 UDP。TCP 和 UDP 是两种最著名的运输层协议，二者都使用 IP 作为网络层协议。虽然 TCP 使用不可靠的 IP 服务，但它却提供一种可靠的运输层服务。UDP 为应用程序发送和接收数据报。一个数据报是指从发送方传输到接收方的一个信息单元（例如，发送方指定的一定字节数的信息）。但与 TCP 不同的是，UDP 是不可靠的，它不能保证数据报安全无误地到达最终目的地。在实验系统中使用 UDP 数据报协议。

③ 网络层

网络层让信息可以发送到相邻的 TCP/IP 网络中的任一主机上，IP 协议就是该层中传送数据的机制。IP 是网络层上的主要协议，同时被 TCP 和 UDP 使用。TCP 和 UDP 的每组数据都通过端系统和每个中间路由器中的 IP 层在网络中进行传输。ICMP 是 IP 协议的附属协议，IP 层用它来与其他主机或路由器交换错误报文和其他重要信息。IGMP 是 Internet 组管理协议。它用来把一个 UDP 数据报多播到多个主机。ARP（地址解析协议）和 RARP（逆地址解析协议）是某些网络接口（如以太网和令牌环网）使用的特殊协议，用来转换 IP 层和网络接口层使用的地址。互联网上的每个接口必须有一个唯一的 Internet 地址（也称做 IP 地址）。这些 32 位的地址通常写成 4 个十进制数，其中每个整数对应一个字节。这种表示方法称做"点分十进制数表示法"（dotted decimal notation）。

④ 链路层

链路层由控制同一物理网络上的不同机器间数据传送的底层协议组成。它给出了把二进制数据流划分成为"数据帧"，并依照一定规则传送与处理的协议。其目标是把不够可靠的传输信道改造成为能可靠传输帧的数据链路。在本实验系统中，这部分功能由单片机控制网卡芯片 CS8900A 实现。

3. CS8900A 的介绍

CS8900A 芯片是 Cirrus Logic 公司生产的一种局域网处理芯片，单片机主要处理协议的网络层和传输层，链路层部分由 CS8900A 完成。因为单片机将数据接收后完整不变地通过串口输出，所以将应用层交付用户来处理，用户可以根据需求对收到的数据进行处理。因此编制以太网驱动程序，就是对 CS8900A 进行编程，并提供接口给上层网络协议使用。

CS8900A 的主要功能如下：

① 符合 IEEE 802.3 标准的带 ISA 总线的以太网控制器。

② 全双工。

③ 内置 RAM buffer 支持收发帧。

④ 支持 10BASE2,10BASE5 和 10BASE-F 的 AUI。

⑤ 可编程的发送功能。

⑥ 可编程的接收功能。

⑦ 边界扫描和闭环测试。

⑧ 链接状态和 LAN 活动的 LED 诊断输出。

CS8900A 主要由 ISA 总路线接口、802.3MAC 逻辑、集成的 buffer 和串行的 E²PROM 接口等几部分组成。

在正常操作下，CS8900A 执行两个基本功能：以太网包的发送和接收。在发送和接收前，CS8900A 必须配制，不同的参数必须写入内部的配置和控制寄存器，如：内存基地址、以太网的物理地址、接收的帧类型及使用哪种介质接口等。

包发送有两个阶段：在第一个阶段，主机将以太网帧送入 CS8900A 的 buffer 中，主机发出发送命令，通知 CS8900A 帧将被发送，并告诉芯片什么时候开始发送、怎样发送。当 CS8900A 的 buffer 可用时，主机将以太网帧写入 CS8900A 的内部存储器中。在第二个阶段，CS8900A 转换帧为以太网包，然后将它传到网络上。

和包发送一样，包接收有两个阶段。在第一个阶段，CS8900A 接收以太网包，并保存到片内存储器中，然后进行 CRC 校验等。在第二个阶段，主机将接收的帧通过 ISA 总线传送到主机内存中。

CS8900 与单片机按照 8 位方式连接，网卡芯片复位后默认工作方式为 I/O 连接，基址是 300h。下面对它的几个主要工作寄存器进行介绍（寄存器后括号内的数字为寄存器地址相对基址 300h 的偏移量）。

● LINECTL（0112h）

LINECTL 决定 CS8900A 的基本配置和物理接口。在本实验系统中，设置初始值为 00d3h，选择物理接口为 10BASE-T，并使能设备的发送和接收控制位。

● RXCTL（0104h）

RXCTL 控制 CS8900A 接收特定数据报。设置 RXTCL 的初始值为 0d05h，接收网络上的广播或者目标地址与本地物理地址相同的正确数据报。

● RXCFG（0102h）

RXCFG 控制 CS8900A 接收到特定数据报后会引发接收中断。RXCFG 可设置为 0103h，这样当收到一个正确的数据报后，CS8900A 会产生一个接收中断。

● BUSCT（0116h）

BUSCT 可控制芯片的 I/O 接口的一些操作。设置初始值为 8017h，打开 CS8900A 的中断总控制位。

● ISQ（0120h）

ISQ 是网卡芯片的中断状态寄存器，内部映射接收中断状态寄存器和发送中断状态寄存器的内容。

● PORT0（0000h）

发送和接收数据时，CPU 通过 PORT0 传递数据。

● TXCMD（0004h）

发送控制寄存器，如果写入数据 00C0h，那么网卡芯片在全部数据写入后开始发送数据。

● TXLENG（0006h）

发送数据长度寄存器，在发送数据时，首先写入发送数据长度，然后将数据通过 PORT0 写入芯片。

以上为几个最主要的工作寄存器（为 16 位），CS8900 支持 8 位模式，当读或写 16 位数据时，低位字节对应偶地址，高位字节对应奇地址。例如，向 TXCMD 中写入 00C0h，则可将 00h 写入 305h，将 C0h 写入 304h。

系统工作时，应首先对网卡芯片进行初始化，即写寄存器 LINECTL、RXCTL、RCCFG 和 BUSCT。发数据时，写控制寄存器 TXCMD，并将发送数据长度写入 TXLENG，然后将数据依次写入 PORT0 口，例如，将第一个字节写入 300h，第二个字节写入 301h，第三个字节写入 300h，其余类推。网卡芯片将数据组织为链路层类型并添加填充位和 CRC 校验送到网络。同样，单片机查询 ISO 的数据，当有数据来到后，读取接收到的数据帧。读数据时，单片机依次读地址 300h，301h，300h，301h⋯。

SUPER-ARM9 实验系统硬件示意图如图 7.8 所示。

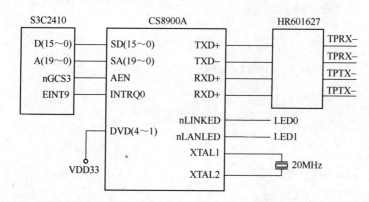

图 7.8 S3C2410 与 CS8900A 的硬件连接图

实验操作步骤

① 准备实验环境。

② 使用随机下载工具，将 Windows CE 内核的二进制文件下载到目标板上。

③ 给目标板上电，并用交叉网线将目标板和 PC 机相连。

④ 在 PC 机上可检测到网络已经连接好。

⑤ 设置目标板的网关和 IP 地址。

⑥ 运行 Windows CE 的应用程序 IE。

⑦ 可浏览网页。

⑧ 理解和掌握实验内容后，完成后面的问题与讨论。

实验参考程序

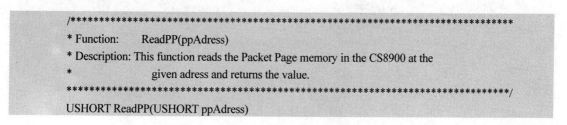

```
/***********************************************************************
* Function:      ReadPP(ppAdress)
* Description: This function reads the Packet Page memory in the CS8900 at the
*              given adress and returns the value.
***********************************************************************/
USHORT ReadPP(USHORT ppAdress)
```

```c
{
    USHORT data;

    if (ppAdress >= ppRxFrame) {
        int offset = ppAdress - ppRxFrame;
        offset = offset >> 1;
        if (offset >= 0 && offset <= sizeof(rx_buffer)) {
            data = rx_buffer[offset];
        } else {
            data = 0x55AA;
        }
        return data;
    }

    switch (ppAdress) {

    case ppBusSt:
        data = BUS_ST_RDY4TXNOW;
        break;
    case ppRxStat:
        data = rx_stat;
        break;
    case ppRxLength:
        data = rx_packet_size;
        break;
    default:
        data = 0;
        break;
    }
    return data;                // Get the data from the chip
}


/*************************************************************************
* Function:     WritePP(USHORT ppAdress, USHORT inData)
* Description: This function simply writes the supplied data to the given adress
*                   in the Packet Page data base of the CS8900
* *************************************************************************/

void WritePP(USHORT ppAdress, USHORT inData)
{
    if (ppAdress >= ppTxFrame) {
        int offset = ppAdress - ppTxFrame;
        if (offset >= 0 && offset < (tx_packet_size)) {
            if (offset < sizeof(tx_buffer)) {
                tx_buffer[offset >> 1] = inData;
            } else {
                TRACE("WritePP(...) ATTEMPT TO WRITE BEYOND BUFFER\n");
```

```
                    }
                }
                return;
            }
            switch (ppAdress) {
            case ppTxCmd:
                if (inData == TX_CMD_START_ALL) {

                } else
                if (inData == TX_CMD_FORCE) {
                    WritePacket(tx_packet_size);
                } else {
                    TRACE("WritePP(ppTxCmd: UNKNOWN)\n");
                }

                break;
            case ppTxLength:

                tx_packet_size = inData;
                break;
            default:
                break;
            }
        }
```

（注：其他的函数限于篇幅，不一一列举。）

问题与讨论

① TCP/IP 可分为哪几层，各有什么作用？
② CS8900A 怎样发送和接收包？请简述其过程。

7.4 IIS 总线驱动音频实验

实验目的

- 通过实验了解音频处理的基本知识
- 通过实验了解 IIS 音频接口的工作原理
- 掌握 ARM 处理器对 IIS 总线的编程方法

实验内容

- 学习 IIS 音频总线协议、S3C2410 相关寄存器的功能及设置，熟悉 IIS 接口与音频编解码芯片 UDA1341TS 的硬件连接，编写 S3C2410 处理器 IIS 音频驱动程序
- 通过实验编写程序可以实现录音、放音

实验原理

1. 数字音频基础

（1）采样频率和采样精度

在数字音频系统中，通过将声波波形转换成一连串二进制数据来再现原始声音，这个过程中使用的设备是 ADC。ADC 以上万次每秒的速率对声波进行采样，每次采样都记录下声波在某一时刻的状态，称为样本。

每秒采样的数目称为采样频率。采样频率越高，所能描述的声波频率就越高。系统对于每个样本均会分配一定的存储位来表达声波的声波振幅状态，称为采样精度。采样频率和精度共同决定声音还原的质量。

人耳的听觉范围通常是 20Hz～20kHz，用两倍于一个正弦波的频率进行采样能够真实地还原该波形。因此，当采样频率高于 40kHz 时，可以保证不产生失真。CD 音频的采样规格为 16 位，44kHz。

（2）音频编码

脉冲编码调制 PCM 编码的方法是对语音信号进行采样，然后对每个样值进行量化编码。对语音量化和编码就是一个 PCM 编码过程。ITU-T 的 64kbps 的语音编码标准 G.711 采用 PCM 编码方式，采样频率为 8kHz。每个样值用 8 位非线性的 μ 律或 A 律进行编码，总数率为 64kbps。使用 PCM 编码的文件格式为 WAV 格式，实验中用到的就是一个采样频率为 44.1kHz，16 位的立体声文件。

在 PCM 基础上发展起来的还有自适应差分脉冲编码调制 ADPCM。ADPCM 编码的方法是对输入样值进行自适应预测，然后对预测误差进行量化编码。CCITT 的 32kbps 语音编码标准 G.721 采用 ADPCM 编码方式，对每个语音采样值相当于使用 4 位进行编码。

其他编码方式还有线性预测编码 LPC、低时延码激励线性预测编码 LD-CELP 等。目前流行的一些音频编码格式还有 MP3、WMA 和 RA。它们有一个共同特点就是：压缩比高，主要针对网络传输，支持边读边放。

2. IIS 总线接口

目前，越来越多的消费电子产品引入了数字音频系统。这些电子产品中数字化的声音信号由一系列的超大规模集成电路处理，常用的数字声音处理需要的集成电路包括 A/D 转换器和 D/A 转换器、数字信号处理器（DSP）、数字滤波器和数字音频输入/输出接口等。

数字音频系统需要多种集成电路 ，所以为这些电路提供一个标准的通信协议非常重要。IIS 总线是菲利浦公司提出的音频总线协议，全称是数字音频集成电路通信总线，它是一种串行的数字音频总线协议。

IIS 总线只处理声音数据，其他信号（如控制信号）必须单独传输。基于减少引脚数目和布线的目的，IIS 总线只由以下 4 根串行线组成：

- 串行数据输入（IISSDI）；
- 串行数据输出（IISSDO）；
- 字段选择（IISLRCK）；
- 位时钟（IISCLK）。

由于数据的发送方和接收方需要有相同的时钟信号来控制数据传输，因此数据传输方（主设备）必须产生字段选择信号、时钟信号和需要传输的数据信号。复杂的数字系统可能会有多个发送方和接收方，因此很难定义哪个是主设备。这种系统中一般会有一个系统主控制模块，用于控制数字音频数据在不同的集成电路间的传输。引入主控制模块后，数据发送方就需要在主控制模块的协调下发送数据。如图 7.9 所示是 3 种 IIS 数据传输模式，这些模式的配置一般可以通过软件控制实现。

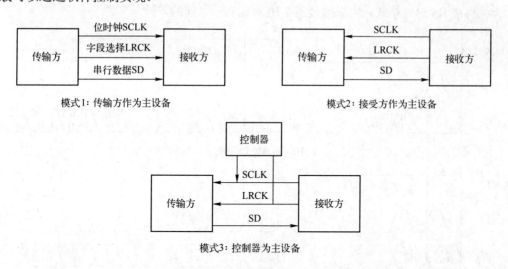

图 7.9　3 种 IIS 数据传输模式

3．IIS 总线协议

如图 7.10 所示是 IIS 总线的时序状态图，该图描述了 IIS 中时钟信号、字段选择和串行数据传输信号之间的同步关系。

（1）串行数据传输（SD）

串行数据的传输由时钟信号同步控制，且串行数据线上每次传输一个字节的数据。当音频数据被数字化成二进制位流后，传输实现将数据分成字节（8bit、16bit），每个字节的数据传输从左边的二进制位 MSB 开始。当接收方和发送方的数据字段宽度不一样的时候，发送方不考虑接收方的数据字段宽度。

如果发送方发送的数据字段宽度小于系统字段宽度，则在低位补 0；如果发送方的数据宽度大于接收方的宽度，则超过 LSB 的部分会被截断。

（2）字段选择（LRCK）

音频一般由左声道和右声道组成，使用字段选择就是用来选择左、右声道。LRCK=0，表示选择左声道；LRCK=1，表示选择右声道。如果不在外部加以控制的话，LRCK 会在 MSB 传输前的一个时钟周期发生变化，这有助于数据接收方和发送方保持同步。此外，LRCK 能让接收设备存储前一个字节，并且准备接收下一个字节。

（3）位时钟（SCLK）

IIS 总线中，任何一个能够产生时钟信号的集成电路都可以成为主设备，从设备从外部时钟的输入得到时钟信号。

4．音频接口格式

（1）标准 IIS 总线格式

串行数据是以高位先出的方式逐一移位元发送的，之所以这样是因为发送端发送的数据长度可能与接收端所能接收的数据长度不同，同时发送端也并不知道接收端能否处理接收到的数据。

LRCK 不但是采样频率，可用来指示当前传送的数据是左声道数据还是右声道数据，还可用来控制 IIS 从设备锁存当前接收到的数据，并清空接收下一个数据的输入缓冲区。

（2）MSB 格式

类同标准 IIS 总线格式，可以通过图 7.10 对比它们之间的差异。

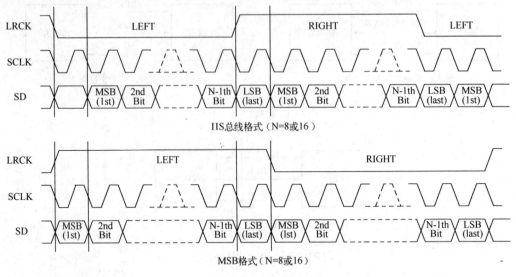

图 7.10　数字音频传输格式

5．IIS 工作模式

（1）正常传输模式

此模式处理器通过轮询方式访问 FIFO 寄存器。根据 FIFO 的准备状态传送数据到 FIFO 寄存器中，处理器自动完成数据从 FIFO 到 IIS 总线的发送，FIFO 的准备状态通过 IIS 的 FIFO 控制寄存器 IISCON 获取。使用 IISCON 寄存器的第 6，7 位对 FIFO 进行控制。

当传送数据时，如果 FIFO 非空，则 ready flag=1，表示可以继续传送数据；如果 FIFO 为空，则 ready flag= 0，表示不能继续传送数据，需要 CPU 对缓存进行处理。

当接收数据时，如果 FIFO 未满，则 ready flag=1，表示可以继续接收数据；如果 FIFO 为满，则 ready flag= 0，表示不能继续接收数据，需要 CPU 对缓存进行处理。

（2）DMA 模式

DMA 技术是一种代替微处理器完成存储器与外部设备或存储器之间大数据量传送的方法，也称直接存储器存取方法。我们知道，在微机系统内，要把外设的数据读到内存或把内存数据送到外设，一般是通过 CPU 执行一段程序来完成的。但利用 DMA 技术则可不用 CPU 介入就能实现外设与内存之间数据的直接传送。一般认为，相对于 CPU 执行程序实现外设与内存之间的数据传送而言，DMA 直接传输速率更高，但这点并不是 DMA 技术的主要优点。因为相对于 CPU 执行程序的速度来讲，外设数据传输速率往往是比较慢的，而且目前在一些高档微机系统中，CPU 对内存的读/写速率可能还要高于 DMA 的传输速率。DMA 的主要优点是，当需要把一个外设的大量数据送到指定内存时，它可以自动完成传送任务。也就是说，外设发出一个 DMA 请求，DMA 电路暂停 CPU 操作，并控制外设与内存之间进行一次数据传输，然后再让 CPU 继续执行程序。这样就使 CPU 节省了大量外设查询时间，从而提高了系统的整体性能。

通过设置 IISFCON 寄存器可以使 IIS 接口工作在这种模式下。在这种模式下，FIFO

寄存器组的控制权由 DMA 控制器掌握，当 FIFO 满，则由 DMA 控制器对 FIFO 中的数据进行处理。

（3）传输/接收模式

在这种模式下，IIS 数据线可以同时接收和发送音频数据。

6．S3C2410 IIS 内部控制寄存器简介

IIS 总线共有 5 个寄存器，分别为：控制寄存器（IISCON）、时钟分频寄存器（IISPSR）、模式寄存器（IISMOD）、FIFO 数据寄存器（IISFIFO）和 FIFO 控制寄存器（IISFCON）。

（1）IIS 控制寄存器 IISCON（见表 7.11）

通过该寄存器可以获取数据高速缓存 FIFO 的准备好状态，启动或停止 DMA 请求，使能 IISLRCK、分频功能和 IIS 接口。

表 7.11　IIS 控制寄存器 IISCON

寄存器	地址	读/写	描述	复位值
IISCON	0x55000000 (LI/HW, LI/W, BI/W) 0x55000002（BI/HW）	读/写	IIS 控制寄存器	0x100

IISCON	位域	描述	初始状态
左/右通道索引（只读）	[8]	0=左，1=右	1
FIFO 发送就绪标志（只读）	[7]	0=空，1=非空	0
FIFO 接收就绪标志（只读）	[6]	0=满，1=非满	0
发送 DMA 服务请求	[5]	0=禁止，1=使能	0
接收 DMA 服务请求	[4]	0=禁止，1=使能	0
发送通道	[3]	在空闲状态下，IISLRCK 未激活（中断 Tx） 0=不空闲，1=空闲	0
接收通道	[2]	在空闲状态下，IISLRCK 未激活（中断 Rx） 0=不空闲，1=空闲	0
IIS 预定标	[1]	0=禁止，1=使能	0
IIS 界面	[0]	0=禁止（停止），1=使能（开始）	0

（2）IIS 时钟分频寄存器 IISPSR（见表 7.12）

时钟发生器 A 生成 SCLK 和 LRCK 的时钟频率，时钟发生器 B 生成 CDCLK 的时钟频率。

表 7.12　IIS 时钟分频寄存器

寄存器	地址	读/写	描述	复位值
IISPSR	0x55000008 (Li/HW, Li/W,Bi/W) 0x5500000A (Bi/HW)	读/写	IIS 预定标寄存器	0x0

IISPSR	位域	描述	初始状态
预定标控制 A	[9:5]	数据值：0～31（注意：预定标控制 A 决定内部所用的主控时钟，分频因子是 N+1）	00000
预定标控制 B	[4:0]	数据值：0～31（注意：预定标控制 B 决定外部所用的主控时钟，分频因子是 N+1）	00000

（3）IIS 模式寄存器 IISMOD（见表 7.13）

该寄存器选择主/从、发送/接收模式，设置有效电平、通道数据位，选择 CODECLK 和 IISLRCK 频率。

表 7.13　IIS 模式寄存器

寄 存 器	地　　址	读/写	描　　述	复 位 值
IISMOD	0x55000004 (Li/W, Li/HW, Bi/W) 0x55000006 (Bi/HW)	读/写	IIS 模式寄存器	0x0

IISMOD	位　域	描　　述	初 始 状 态
主/从模式选择	[8]	0=主模式（IISLRCK 和 IISCLK 为输出模式） 1=从模式（IISLRCK 和 IISCLK 为输入模式）	0
发送/接收模式选择	[7:6]	00=无传送，01=接收模式 10=发送模式，11=发送和接收模式	00
左右通道激活电平	[5]	0=左通道为低电平（右通道为高电平） 1=左通道为高电平（右通道为低电平）	0
串行接口格式	[4]	0=IIS 兼容格式，1=最高位（左侧）对齐格式	0
每通道串行数据位数	[3]	0=8 位，1=16 位	0
主时钟频率选择	[2]	0=256f_s，1=384f_s（f_s 为采样频率）	0
串行比特时钟频率选择	[1:0]	00=16f_s，01=32f_s，10=48f_s，11=N/A	00

（4）FIFO 数据寄存器 IISFIFO（见表 7.14）

表 7.14　FIFO 数据寄存器

寄 存 器	地　　址	读/写	描　　述	复 位 值
IISFIFO	0x5500000010（LI/HW） 0x55000012（BI/HW）	读/写	IIS FIFO 寄存器	0x0

IISFIFO	位　域	描　　述	初 始 状 态
FENTRY	[15:0]	传送/接收 IIS 数据	0x0

（5）FIFO 控制寄存器 IISFCON（见表 7.15）

可以选择访问 FIFO 的方式、使能发送 FIFO 和接收 FIFO、传送和接收 FIFO 数据的个数。

表 7.15　FIFO 控制寄存器

寄 存 器	地　　址	读/写	描　　述	复 位 值
IISFCON	0x55000000（Li/HW,Li/W,Bi/W） 0x5500000E（Bi/HW）	读/写	IIS FIFO 控制寄存器	0x0

IISFCON	位　域	描　　述	初 始 状 态
发送 FIFO 访问模式选择	[15]	0=普通 1=DMA	0
接收 FIFO 访问模式选择	[14]	0=普通 1=DMA	0
发送 FIFO	[13]	0=禁止，1=使能	0
接收 FIFO	[12]	0=禁止，1=使能	0
发送 FIFO 数据计数（只读）	[11:6]	数据计数值=0～32	000000
接收 FIFO 数据计数（只读）	[5:0]	数据计数值=0～32	000000

电路设计原理：在实验中，IIS 总线接口由处理器 S3C2410 的 IIS 模块和音频芯片 UDA1341 硬件来实现。需要关注的是 IIS 模块和 UDA1341 芯片正确的配置，音频数据的传输相对来说比较简单。

S3C2410 外围模块 IIS 说明如下。

处理器中与 IIS 相关的信号线有 5 条。

- 串行数据输入 IISDI：对应 IIS 总线接口中的 SD 信号，方向为输入。
- 串行数据输出 IISDO：对应 IIS 总线接口中的 SD 信号，方向为输出。
- 左右通道选择 IISLRCK：对应 IIS 总线接口中的 WS 信号，即采样时钟。
- 串行位时钟 IISCLK：对应 IIS 总线接口中的 SCK 信号。
- 音频系统主时钟 CODECLK：一般为采样频率的 256 或 384 倍，即 $256f_s$ 或 $384f_s$，其中 f_s 为采样频率。CODECLK 通过处理器主时钟分频获得，可以通过在程序中设定分频寄存器获取。分频因子可以设为 1～16。CODECLK 与采样频率的对应关系见表 7.16。实验中需要正确地选择 IISLRCK 和 CODECLK。

表 7.16　CODECLK 与采样频率的对应关系

IISLRCK（f_s）	8.000kHz	11.025kHz	16.000kHz	22.050kHz	32.000kHz	44.100kHz	48.000kHz	64.000kHz	88.200kHz	96.000kHz
CODECLK(MHz)	$256f_s$									
	2.0480	2.8224	4.0960	5.6448	8.1920	11.2896	12.2880	16.3840	22.5792	24.5760
	$384f_s$									
	3.0720	4.2336	6.1440	8.4672	12.2880	16.9344	18.4320	24.5760	33.8688	36.8340

7. 音频芯片 UDA1341TS 概要说明

电路中使用的音频芯片是 Philips 公司的 UDA1341TS 音频数字信号编解码器。UDA1341TS 可将立体声模拟信号转化为数字信号，同样也能把数字信号转换成模拟信号，并可用 PGA（可编程增益控制）和 AGC（自动增益控制）对模拟信号进行处理。对于数字信号，该芯片提供了 DSP（数字音频处理）功能。

UDA1341TS 提供 2 组音频信号输入线、1 组音频信号输出线、1 组 IIS 总线接口信号线和 1 组 L3 总线。

UDA1341TS 的 L3 总线包括接 L3DATA、L3MODE 和 L3CLOCK 共三条信号线，分别为接口数据线、接口模式线、接口时钟线。通过这个接口，微处理器能够对 UDA1341TS 中的数字音频处理参数和系统控制参数进行配置，如音量、低音、高音、静音等。但是 S3C2410 中没有该专门接口，可通过 I/O 进行扩展。

（1）电路连接（见图 7.11）

（2）L3 接口

UDA1341TS 有一个与微处理器连接的 L3 接口。通过此接口，微处理器可完成对所有数字音频和系统控制特性的处理，例如，读取 UDA1341TS 中 DAC 的峰值，完成 UDA1341TS 与 CPU 之间数据及控制信息的传递。

UDA1341TS 工作模式可分为：地址模式和数据模式。

地址模式：通过 L3 总线来选择一个通信设备和定义数据传送模式的目标寄存器。

数据传送模式：从 UDA1341TS 读出峰值或往 UDA1341TS 写入音频程序和系统控制特性。

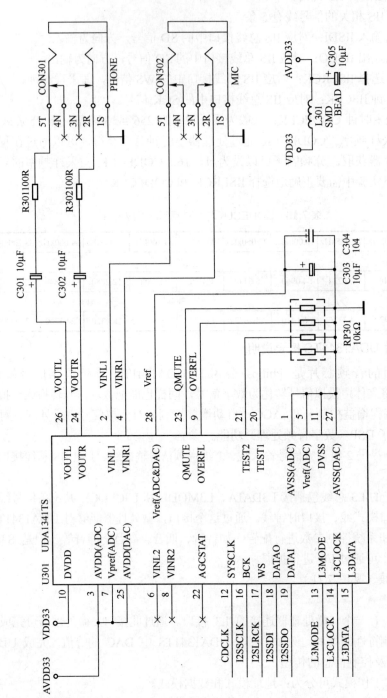

图7.11 S3C2410与UDA1341TS连接示意图

① 地址模式

用于选择数据传送设备和定义目标寄存器。

当 L3MODE=低电平，L3CLOCK=8 时，为地址模式，其时序图如图 7.12 所示。

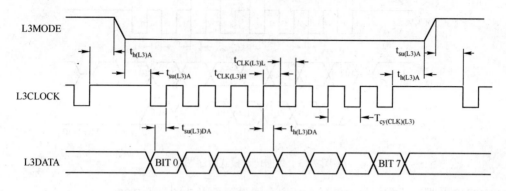

图 7.12　地址模式时序图

在地址模式下 L3DATA 数据的第 0～1 位选择数据传送的类型（DATAI、DATAO、STATUS），见表 7.17。

在地址模式下 L3DATA 数据的第 2～7 位描述设备的地址，其中第 7 位为 MSB，第 2 位为 LSB，UDA1341TS 的地址为 000101。

表 7.17　数据传送类型选择

BIT1	BIT0	模　式	传　送
0	0	DATA 0	直接寻址寄存器：音量、低音提升、高音、峰值检测点、去加重、静音和模式
			扩展寻址寄存器：数字混合器控制、AGC 控制、MIC 灵敏度控制、输入增益、AGC 时间常数和 AGC 输出电平
0	1	DATA 1	读出的峰值电平值（从 UDA1341TS 到微控制器的信息）
1	0	STATUS	复位、系统时钟频率、数据输入格式、DC 滤波器、输入增益开关、输出增益开关、极性控制、倍加速和电源控制
1	1	不用	

② 数据传送模式

当 L3MODE=高电平时，为数据传送模式，其时序图如图 7.13 所示。地址模式选择的设备和目标寄存器在数据传送模式下始终有效，直到输入下一个地址命令时终止。

L3DATA 可以从 UDA1341TS 中读取峰值送到 CPU，也可以从 CPU 向 UDA1341TS 写数据。

每个特性和音频处理都有专用寄存器。对寄存器的选择有两步：首先，选择数据传送的类型（STATUS、DATAO 或 DATAI），通过设置地址模式字节第 0～1 位来实现；其次，通过数据模式字节的头两位或三位最高有效位（6、7 位或 5、6、7 位）来设置一些音频特性，其他位（0～5 位或 0～4 位）描述寄存器放置的值。

STATUS 数据可实现对复位、系统时钟频率、数据输入格式、DC 过滤器、输入增益开关、输出增益开关、极性控制、双速回放和电源的控制。

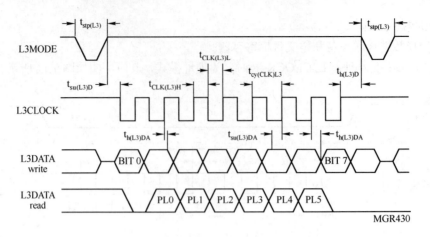

图 7.13　数据传送模式时序图

STATUS 数据传送类型见表 7.18，各寄存器设置见表 7.19～表 7.28。

表 7.18　STATUS 数据传送类型

BIT7	BIT6	BIT5	BIT4	BIT3	BIT2	BIT1	BIT0	描　　述
0	RST	SIG	SC0	IF2	IF1	IF0	DC	RST=复位
								SC=系统时钟频率（2 比特）
								IF=数据输入格式（3 比特）
								DC=DC 滤波器
1	OGS	IGS	PAD	PDA	DS	PC1	PC0	OGS=输出增益（6dB）开关
								IGS=输入增益（6dB）开关
								PAD=ADC 极性
								PDA=DAC 极性
								DS=倍速
								PC=电源控制（2 比特）

表 7.19　复位设置

RST	功能
0	未复位
1	复位

表 7.20　系统时钟频率设置

SC1	SC0	功能
0	0	$512f_s$
0	1	$384f_s$
1	0	$256f_s$
1	1	未用

表 7.21　数据输入格式设置

IF2	IF1	IF0	功　　能
0	0	0	IIS 总线
0	0	1	16 位 LSB 对齐格式
0	1	0	18 位 LSB 对齐格式
0	1	1	20 位 LSB 对齐格式
1	0	0	MSB 对齐格式
1	0	1	16 位 LSB 对齐格式输入和 MSB 对齐格式输出
1	1	0	18 位 LSB 对齐格式输入和 MSB 对齐格式输出
1	1	1	20 位 LSB 对齐格式输入和 MSB 对齐格式输出

表 7.22　DC 过滤器设置

DC	功　能
0	无 DC 过滤器
1	有 DC 过滤器

表 7.23　输出增益开关表

OGS	DAC 增益
0	0dB
1	6dB

表 7.24　输入增益开关

IGS	ADC 增益
0	0dB
1	6dB

表 7.25　ADC 极性设置

PAD	ADC 极性
0	不可反接
1	可以反接

表 7.26　DAC 极性设置

PDA	DAC 极性
0	不可反接
1	可以反接

表 7.27　双速回放设置

DS	功　能
0	单速回放
1	双速回放

表 7.28　电源控制设置

PC1	PC0	功　能	
		ADC	DAC
0	0	off	off
0	1	off	on
1	0	on	off
1	1	on	on

DATAO 数据有两种模式：直接控制模式和扩展编程模式。

直接控制模式：使用数据字节的两个 MSB 位，可以设置音量、低音、高音、峰值、加重、弱音。

扩展编程模式：控制数字混频器、AGC 控制、麦克风灵敏度、输入增益、AGC 输出值。扩展的地址可以通过 EA 寄存器（3 位）来设置，其数据可以通过往 ED 寄存器（5 位）中写数据来实现。

在直接模式下，DATAO 数据传送类型见表 7.29，各寄存器设置见表 7.30～表 7.38。

表 7.29　DATAO 数据传送类型

BIT7	BIT6	BIT5	BIT4	BIT3	BIT2	BIT1	BIT0	选择的寄存器
0	0	VC5	VC4	VC3	VC2	VC1	VC0	VC=音量控制（6 位）
0	1	BB3	BB2	BB1	BB0	TR1	TR0	BB=低音推进（4 位） TR=高音控制（2 位）
1	0	PP	DE1	DE0	MT	M1	M0	PP=峰值检测 DE=加重控制（2 位） MT=弱音控制 M=模式设置（2 位）
1	1	0	0	0	EA2	EA1	EA0	EA=扩展地址（3 位）
1	1	1	ED4	ED3	ED2	ED1	ED0	ED=扩展数据（5 位）

表 7.30 高音控制

TR1	TR0	高音控制		
		FLAT (dB)	MIN. (dB)	MAX. (dB)
0	0	0	0	0
0	1	0	2	2
1	0	0	4	4
1	1	0	6	6

表 7.32 低音推进

BB3	BB2	BB1	BB0	低音推进		
				FLAT (dB)	MIN. (dB)	MAX. (dB)
0	0	0	0	0	0	0
0	0	0	1	0	2	2
0	0	1	0	0	4	4
0	0	1	1	0	6	6
0	1	0	0	0	8	8
0	1	0	1	0	10	10
0	1	1	0	0	12	12
0	1	1	1	0	14	14
1	0	0	0	0	16	16
1	0	0	1	0	18	18
1	0	1	0	0	18	20
1	0	1	1	0	18	22
1	1	0	0	0	18	24
1	1	0	1	0	18	24
1	1	1	0	0	18	24

表 7.31 音量控制

VC5	VC4	VC3	VC2	VC1	VC0	音量 (dB)
0	0	0	0	0	0	0
0	0	0	0	0	1	0
0	0	0	0	1	0	−1
0	0	0	0	1	1	−2
...	...	...	...	...	...	...
1	1	1	0	1	1	−58
1	1	1	1	0	0	−59
1	1	1	1	0	1	−60
1	1	1	1	1	0	−∞
1	1	1	1	1	1	−∞

表 7.33 峰值检测

PP	功 能
0	before tone features
1	after tone features

表 7.34 加重控制

DE1	DE0	功 能
0	0	无加重
0	1	加重: 32kHz
1	0	加重: 44.1kHz
1	1	加重: 48kHz

表 7.35 弱音控制

MT	功 能
0	无弱音
1	弱音

表 7.36 模式设置

M1	M0	功 能
0	0	flat
0	1	minimum
1	0	minimum
1	1	maximum

DATAO 扩展编程寄存器见表 7.37，各寄存器设置见表 7.38～表 7.44。

表 7.37 DATAO 扩展编程寄存器

EA2	EA1	EA0	ED4	ED3	ED2	ED1	ED0	选择的寄存器
0	0	0	MA4	MA3	MA2	MA1	MA0	MA=混频增益通道 1（5 位）
0	0	1	MB4	MB3	MB2	MB1	MB0	MB=混频增益通道 2（5 位）

EA2	EA1	EA0	ED4	ED3	ED2	ED1	ED0	选择的寄存器
0	1	0	MS2	MS1	MS0	MM1	MM0	MS=麦克灵敏度（3 位）
								MM=混频器模式（2 位）
1	0	0	AG	0	0	IG1	IG0	AG=AGC 控制
								IG=输入声道 2 放大增益（2 位）
1	0	1	IG6	IG5	IG4	IG3	IG2	IG=输入声道 2 放大增益（5 位）
1	1	0	AT2	AT1	AT0	AL1	AL0	AT=AGC 延时（3 位）
								AL=AGC 输出值（2 位）

表 7.38　混频增益控制

MA4 MB4	MA3 MB3	MA2 MB2	MA1 MB1	MA0 MB0	混频增益 （dB）
0	0	0	0	0	0
0	0	0	0	1	−1.5
0	0	0	1	0	−3.0
…	…	…	…	…	…
1	1	1	0	1	−43.5
1	1	1	1	0	−45.0
1	1	1	1	1	$-\infty$

表 7.39　麦克灵敏度

MS2	MS1	MS0	麦克灵敏度（dB）
0	0	0	−3
0	0	1	0
0	1	0	+3
0	1	1	+9
1	0	0	+15
1	0	1	+21
1	1	0	+27
1	1	1	未用

表 7.40　混频器模式

MM1	MM0	功　能
0	0	双声道模式
0	1	输入声道 1 选中（输入声道 2 关闭）
1	0	输入声道 2 选中（输入声道 1 关闭）
1	1	数字混频格式（输入声道 1×MA+输入声道 2×MB）

表 7.41　AGC 控制设置

AG	功　能
0	禁止 AGC：手动增益设置 IG（7 位）
1	使能 AGC：增益控制及手动麦克灵敏度设置

表 7.42　输入声道 2 放大增益

IG6	IG5	IG4	IG3	IG2	IG1	IG0	输入声道 2 放大增益（dB）
0	0	0	0	0	0	0	−3.0
0	0	0	0	0	0	1	−2.5
0	0	0	0	0	1	0	−2.0
0	0	0	0	0	1	1	−1.5
0	0	0	0	1	0	0	−1.0
0	0	0	0	1	0	1	−0.5
0	0	0	0	1	1	0	0.0
…	…	…	…	…	…	…	…
1	1	1	1	1	0	1	59.5
1	1	1	1	1	1	0	60.0
1	1	1	1	1	1	1	60.5

表 7.43　AGC 延时

AT2	AT1	AT0	ATTACK TIME（ms）	延时时间（ms）
0	0	0	11	100
0	0	1	16	100
0	1	0	11	200
0	1	1	16	200
1	0	0	21	200
1	0	1	11	400
1	1	0	16	400
1	1	1	21	400

表 7.44　AGC 输出值 DATAI

AL1	AL0	输出值（dB f_s）
0	0	−9.0
0	1	−11.5
1	0	−15.0
1	1	−17.5

在这种模式下，可以读取峰值。

DATAI 数据传送类型见表 7.45，读出的峰值水平见表 7.46，系统默认值见表 7.47。

表 7.45 DATAI 数据传送类型

BIT5	BIT4	BIT3	BIT2	BIT1	BIT0	读出的数据
PL5	PL4	PL3	PL2	PL1	PL0	峰值水平数值（6 位）

表 7.46 读出的峰值水平

PL5	PL4	PL3	PL2	PL1	PL0	峰值（dB）
0	0	0	0	0	0	$-\infty$
0	0	0	0	0	1	n.a.
0	0	0	0	1	0	n.a.
0	0	0	0	1	1	-90.31
0	0	0	1	0	0	n.a.
0	0	0	1	0	1	n.a.
0	0	0	1	1	0	n.a.
0	0	0	1	1	1	-84.29
...	...	...	...	...	...	...
0	1	0	0	1	1	注②
0	1	0	1	0	0	注③
...	...	...	...	...	...	...
1	1	1	1	0	1	-2.87
1	1	1	1	1	0	-1.48
1	1	1	1	1	1	0.00

注：

① 峰值（dB）=（峰值-63.5）×5×log2。

② 峰值数据>010011，峰值数据错误<$\frac{11 \times \log 2}{4}$。

③ 峰值数据<010100，由于位长限制产生错误。

表 7.47 系统默认值

符　号	特　性	设　置　或　值
状态		
OGS	输出增益开关	0dB
IGS	输入增益开关	0dB
PAD	ADC 极性	不可反接
PDA	DAC 极性	不可反接
DS	双速回放	单速
PC	ADC 和 DAC 电源控制	on
直接控制		
VC	音量控制	0dB
BB	低音推进	0dB
TR	高音控制	0dB

符　号	特　性	设 置 或 值
直接控制		
PP	峰值检测	
DE	加重控制	无加重
MT	弱音控制	无弱音
M	模式设置	flat
扩展编程		
MA	混频增益通道 1	−6dB
MB	混频增益通道 2	−6dB
MS	麦克灵敏度	0dB
MM	混频器模式开关	双声道
AG	AGC 控制	禁用 AGC
AT	AGC 延时	11ms 和 100ms
AL	AGC 输出水平	−9dB fs

实验操作步骤

① 准备实验环境。连接好主机——Probe-ICE——目标板，启动 Multi-server 并配置好 ARM 内核（ARM920T）。把耳机和麦克风连接到目标板的相应插孔。

② 启动 CodeWarrior，打开所需工程文件（\···\实验项目\IIS\sourcecode\demo\demo.mcp）。

③ 选择目标模板为 ReInRam。若源文件有改动或路径发生变化，则需要重新编译（make）。

④ 直接进入 AXD，单击 Go 按钮，然后单击 Stop 按钮，以初始化 CPU 及 SDRAM。

⑤ 使用 Load image 命令加载 image 文件。

⑥ 在录音子函数处设置断点，全速运行，开始录音。

⑦ 在播放子函数处设置断点，下载要播放的文件，全速运行。

⑧ 如果有必要，可修改源代码，重新编译。然后单击 Reload 按钮重新调试。

⑨ 退出系统。

⑩ 理解和掌握实验内容后，完成后面的问题与讨论。

实验参考程序

```
void Iis_Tx(void)
{
    unsigned int save_B, save_E, save_PB, save_PE,i;
    ChangeClockDivider(1,1);          //1:2:4
    ChangeMPllValue(0x96,0x5,0x1);    //FCLK=135428571Hz, PCLK=3.385714MHz
    save_B   = rGPBCON;
    save_E   = rGPECON;
    save_PB = rGPBUP;
    save_PE = rGPEUP;
    IIS_PortSetting();
//  pISR_DMA2   = (unsigned)DMA2_Done;

//  rINTMSK       =~(BIT_DMA2);
```

```
//Non-cacheable area = 0x31000000 ~ 0x33feffff
    Buf     = WavBaseAddr;
    size = REC_LEN * 2;
    Init1341(PLAY);
    pISR_DMA2 = (unsigned)DMA2_Done;
    rINTMSK    = ~(BIT_DMA2 );
    //DMA2 Initialize
    rDISRCC2 = (0<<1) + (0<<0);                         //AHB, Increment
    rDISRC2   = (int)rec_buf;                           //0x31000000
    rDIDSTC2 = (1<<1) + (1<<0);                         //APB, Fixed
    rDIDST2   = ((U32)IISFIFO);                         //IISFIFO
    rDCON2= (1<<31)+(0<<30)+(0<<29)+(0<<28)+(0<<27)+(0<<24)+(1<<23)+(1<<22)+(1<<20)+(size/2);
//Handshake, sync PCLK, TC int, single tx, single service, IISSDO, IIS request
//Auto-reload, half-word, size/2
    rDMASKTRIG2 = (0<<2)+(1<<1)+0;        //No-stop, DMA2 channel on, No-sw trigger
//IIS Initialize
//Master,Tx,L-ch=low,iis,16bit ch.,CDCLK=256fs,IISCLK=32fs
    rIISMOD = (0<<8) + (2<<6) + (0<<5) + (0<<4) + (1<<3) + (0<<2) + (1<<0);
    rIISCON = (1<<5)+(0<<4)+(0<<3)+(1<<2)+(1<<1);
//Tx DMA enable,Tx DMA disable,Tx not idle,Rx idle,prescaler enable,stop
    rIISFCON = (1<<15) + (1<<13);                       //Tx DMA,Tx FIFO --> start piling
    rIISCON |= 0x1;                                     //IIS Tx Start
    while(i++<10000);
    while((rDSTAT2 & 0xfffff)!=0x0)
    {
    ;
    }
//IIS Tx Stop
    Delay(10);                                          //For end of H/W Tx
    rIISCON       = 0x0;                                //IIS stop
    rDMASKTRIG2 = (1<<2);                               //DMA2 stop
    rIISFCON     = 0x0;                                 //For FIFO flush
    size = 0;
    rGPBCON = save_B;
    rGPECON = save_E;
    rGPBUP   = save_PB;
    rGPEUP   = save_PE;
    rINTMSK |= BIT_DMA2;
    ChangeMPllValue(0xa1,0x3,0x1);                      // FCLK=202.8MHz
    mute = 1;
}
//*************** [ Record_Iis ] ****************************************
void Record_Iis(void)
{
    unsigned int save_B, save_E, save_PB, save_PE,i;
    ChangeClockDivider(1,1);                            //1:2:4
    ChangeMPllValue(0x96,0x5,0x1);   //FCLK=135428571Hz, PCLK=3.385714MHz
```

```
    save_B   = rGPBCON;
    save_E   = rGPECON;
    save_PB = rGPBUP;
    save_PE = rGPEUP;
    IIS_PortSetting();
    //--- Record Buf initialize
    //Non-cacheable area = 0x31000000h ~ 0x33feffffh
    rec_buf = (unsigned short*)WavBaseAddr;
    pISR_DMA2   = (unsigned)DMA2_Rec_Done;
    //pISR_EINT0 = (unsigned)Muting;
    // rINTSUBMSK=~(BIT_SUB_TC);
    rINTMSK = ~(BIT_DMA2);
    Init1341(RECORD);
    //--- DMA2 Initialize
    rDISRCC2 = (1<<1) + (1<<0);                      //APB, Fix
    rDISRC2   = ((U32)IISFIFO);                      //IISFIFO
    rDIDSTC2 = (0<<1) + (0<<0);                      //PHB, Increment
    rDIDST2   = (int)rec_buf;                        //0x31000000 ~
    rDCON2= (1<<31)+(0<<30)+(0<<29)+(0<<28)+(0<<27)+(1<<24)+(1<<23)+
            (1<<22)+(1<<20)+REC_LEN;
    //Handshake, sync PCLK, TC int, single tx, single service, IISSDI, IIS Rx request
    //Off-reload, half-word, 0x50000 half word
    rDMASKTRIG2 = (0<<2) + (1<<1) + 0;
    //No-stop, DMA2 channel on, No-sw trigger
    //IIS Initialize
    //Master,Rx,L-ch=low,IIS,16bit ch,CDCLK=256fs,IISCLK=32fs
    rIISMOD = (0<<8) + (1<<6) + (0<<5) + (0<<4) + (1<<3) + (0<<2) + (0<<0);
    rIISPSR=(4<<5)+4;
    //Prescaler_A/B=4 <- FCLK 112.896MHz(1:2:2) ,11.2896MHz(256fs),44.1kHz
    rIISCON = (0<<5) + (1<<4) + (1<<3) + (0<<2) + (1<<1);
    //Tx DMA disable,Rx DMA enable,Tx idle,Rx not idle,prescaler enable,stop
    rIISFCON = (1<<14) + (1<<12);        //Rx DMA,Rx FIFO --> start piling
    //Rx start
    rIISCON |= 0x1;
    //while(!Rec_Done);
    while(i++<10000);
    while((rDSTAT2 & 0xfffff)!=0x0)
    {
        ;;
    }
    rINTMSK|= BIT_DMA2;
  //IIS Stop
    Delay(10);                                 //For end of H/W Rx
    rIISCON        = 0x0;                       //IIS stop
    rDMASKTRIG2 = (1<<2);                      //DMA2 stop
    rIISFCON      = 0x0;                       //For FIFO flush
}
//****************[ Init1341 ]*************************************
```

```
void Init1341(char mode)

{
    //Port Initialize
//----------------------------------------------------------
//    PORT B GROUP
//Ports :    GPB4    GPB3    GPB2
//Signal :   L3CLOCK L3DATA L3MODE
//Setting:   OUTPUT OUTPUT OUTPUT
//           [9:8]   [7:6}   [5:4]
//Binary :    01 ,    01     01
//----------------------------------------------------------
    rGPBDAT = rGPBDAT & ~(L3M|L3C|L3D) |(L3M|L3C);
    //Start condition : L3M=H, L3C=H
    rGPBUP   = rGPBUP   & ~(0x7<<2) |(0x7<<2);
    //The pull up function is disabled GPB[4:2] 1 1100
    rGPBCON=rGPBCON&~(0x3f<<4)|(0x15<<4);
    //GPB[4:2]=Output(L3CLOCK):Output(L3DATA):Output(L3MODE)
    //L3 Interface
    _WrL3Addr(0x14 + 2);        //STATUS (000101xx+10)
    _WrL3Data(0x60,0);          //0,1,10,000,0 : Reset,256fs,no DCfilter,iis
    _WrL3Addr(0x14 + 2);        //STATUS (000101xx+10)
    _WrL3Data(0x20,0);          //0,0,10,000,0 : No reset,256fs,no DCfilter,iis

    _WrL3Addr(0x14 + 2);        //STATUS (000101xx+10)
    _WrL3Data(0x81,0);
    //1,0,0,0,0,0,01 : OGS=0,IGS=0,ADC_NI,DAC_NI,sngl speed,AoffDon
    //record
    if(mode)
    {
        _WrL3Addr(0x14 + 2);        //STATUS (000101xx+10)
        _WrL3Data(0xa2,0);
        //1,0,1,0,0,0,10 : OGS=0,IGS=1,ADC_NI,DAC_NI,sngl speed,AonDoff
        _WrL3Addr(0x14 + 0);        //DATA0 (000101xx+00)
        _WrL3Data(0xc2,0);          //11000,010 : DATA0, Extended addr(010)
        _WrL3Data(0x4d,0);          //010,011,01 : DATA0, MS=9dB, Ch1=on Ch2=off,
    }
}


//========================================================================
void ChangeDMA2(void)
{
    if(which_Buf)
    {
        rDISRCC2 = (0<<1) + (0<<0);
        //AHB, Increment
        rDISRC2= (int)(Buf + 0x30);
        //0x31000030~(Remove header)
```

```
        }
    else
    {
        rDISRCC2 = (0<<1) + (0<<0);                  //AHB, Increment
        rDISRC2  = (int)(Buf + 0x30+(size/2));       //0x31000030 + size/2~
    }
}
```

（注：限于篇幅，详细程序请参考实验例程中的 IIS 设备实验例程。）

问题与讨论

① 分析系统软件的流程图。

② 本节利用的是 FIFO 方式，如果利用 DMA 方式有什么差别？哪种效益高？

7.5　GPRS 编程与实验

实验目的

- 通过实验了解一些常用的 AT 命令，以及关于 GPRS 的知识
- 掌握通过串口控制 GPRS 模块的方法

实验内容

- 实现利用 S3C2410 芯片通过串口控制 GPRS 模块
- 学会 GPRS 模块的一些简单功能，如打电话、接电话、发短信等

实验原理

本实验实际上是对前面所学知识的综合运用，GPRS 模块是通过串口与 S3C2410 芯片通信的，所以要有串口的底层驱动程序。由于采用了 LCD 和触摸屏的人机交互接口，因此应有 LCD 和触摸屏的驱动程序。触摸屏和串口的响应都是通过中断机制来实现的，所以又涉及中断的相关知识。对 GPRS 相关知识也要有一定的了解。这里主要介绍 GPRS 相关知识及软件部分的编程，其他的前面各章已经详细介绍了，在此不一一详述。

1. GPRS 相关知识介绍

通用分组无线业务（General Packet Radio Service，GPRS），在 GSM 基础上，采用基于分组交换传输数据的高效率方式，在空中接口和外部网络间进行分组数据业务传输，提高了对频率资源和网络传输资源的利用率，比 GSM 网有明显的优势；数据传输速率高，适合对数据传输速率敏感的移动多媒体；同时分组交换接入时间短，大幅度提高远程监控的效率。GPRS 使得用户能够在端到端分组传送模式下发送和接收数据。由于无线资源采用动态分配，一个用户可分配多个时隙，一个时隙也可由多个用户共享，用户虽然与网络一直连接，但仅有当数据传送时才占用无线信道资源。与原有的电路型业务相比较，用户使用 GPRS 业务将使建链时间更短、数据传输速率更高、费用更低。GPRS 可实现与外部 IP 网络的透明与非透明的连接，支持特定的点对点和点对多点服务，以实现一些特殊应用如远程信息处理。GPRS 也允许 SMS（Short Message Service，短信息业务）经 GPRS 无线

信道传输；以灵活的方式与 GSM 语音业务共享无线与网络资源，采用了灵活的策略，实现数据与语音业务共存；GPRS 网络适于突发性数据的有效传送，它支持 4 种不同的服务质量级别。一般来说，GPRS 能在 0.5～1s 之内恢复数据的重新传输。GPRS 的资源利用率高，它引入了分组交换的传输模式，使得原来采用电路交换模式的 GSM 传输数据方式发生了根本性的变化，这在无线资源稀缺的情况下显得尤为重要。对于电路交换模式，在整个连接期间内，用户无论是否传送数据，都将独自占有无线信道；而对于分组交换模式，用户只有在发送或接收数据期间才占有信道资源，这意味着多个用户可高效率地共享同一无线信道，从而提高了资源的利用率。

虽然 GPRS 具有上面的优点，但它现在也存在着一些不足之处。实际数据传输速率比理论值低，由于分组交换连接比电路交换质量要差一些，因此使用 GPRS 会发生一些数据包丢失现象；存在转接时延，通信 GPRS 分组通过不同的方向发送数据，最终达到相同的目的地，数据在通过无线链路传输的过程中就可能发生一个或几个分组丢失或出错的情况；降低话音服务质，由 GPRS 引入的新增干扰，在一定程度上会导致话音质量下降、切换掉话率提高，进而导致原有话音服务面积缩小。

2．GPRS 模块

GPRS 模块一般是指带有 GPRS 功能的 GSM 模块，其中比较流行的有法国 WAVECOM 公司的 WISMO 系列和西门子公司的 S 系列等。WAVECOM 公司的 WISMO 系列模块接口简单、使用方便且功能非常强大。本实验中选用的是法国 WAVECOM 的 Q2403A 模块，其外观如图 7.14 所示。

产品特征：双频 GSM/GPRS 模块，执行 ETSI GSM Phase ETSI 2+标准类别 4（2W，900MHz），类别 1（1W，1800/1900MHz），外部 3V/5V SIM，双音多频功能（DTMF），A5/1&A5/5 加密算法。

供电：3.6V DC 1A，通信中平均为 300MA，空闲时为 3.5MA。

外部尺寸：58mm×332mm×6mm。

图 7.14　Q2403 模块

重量：20g（包括屏蔽的）。

数据特征：Q2403A（支持 CLASS2），下载 26.8bps，上传 13.4kbps；Q2403A（支持 CLASS4），下载 53.68bps，上传 26.8kbps。数据线路异步传输合同步可达 14 400kbps，自动传真 group3（class1&2），通话和传真转换，Irda 1.2A 协议，GPRS WAP。

短消息服务：点对点的 MT&MO，端消息区域广播，恢复呼叫信息，附加服务，呼叫转移，多方通话，呼叫限制，电话薄，固定号码呼叫，呼叫等待或保持，呼叫线路认证，计费，红外线 SIM 数据传输，回声取消，SIM 工具包，SIM 锁。

接口：单一天线接口（900/1800），SIM 3V/5V 和 SIM 检测，实时时钟，为手持设备设计，I/O 接口，4 位平行接口，I^2C 总线，两个麦克风输入和两个耳机输出。

模块接口：数据操作，RS-232-C 串口线，通过 AT 指令控制，波特率 300～115 200bps（默认），自动速率 2400～19 200bps。

GPRS 模块是通过 AT 命令来控制的，AT 命令是通用的标准，其特点是命令多以 AT 开头，AT 命令列表见表 7.48。我们熟悉的手机功能实际上都是通过 AT 命令实现的。

表 7.48　常用 AT 命令表

FUNCTIONS	AT COMMANDS	DETAILS
厂家认证	AT+CGMI	获得厂家的标识
模式认证	AT+CGMM	查询支持频段
修订认证	AT+CGMR	查询软件版本
生产序号	AT+CGSN	查询 IMEI 号
TE 设置	AT+CSCS	选择支持网络
查询 IMSI	AT+CIMI	查询国际移动电话支持认证
卡的认证	AT+CCID	查询 SIM 卡的序列号
功能列表	AT+GCAP	查询可供使用的功能列表
重复操作	A/	重复最后一次操作
关闭电源	AT+CPOF	暂停模块软件运行
设置状态	AT+CFUN	设置模块软件的状态
活动状态	AT+CPAS	查询模块当前活动状态
报告错误	AT+CMEE	报告模块设备错误
键盘控制	AT+CKPD	用字符模拟键盘操作
拨号命令	ATD	拨打电话号码
挂机命令	ATH	挂机
回应呼叫	ATA	当模块被呼叫时回应呼叫
详细错误	AT+CEER	查询错误的详细原因
DTMF 信号	AT+VTD，+VTS	+VTD 设置长度，+VTS 发送信号
重复呼叫	ATDL	重复拨叫最后一次号码
自动拨号	AT%Dn	设备自动拨叫号码
自动接应	ATS0	模块自动接听呼叫
呼入载体	AT+CICB	查询呼入的模式，DATA 或 FAX 或 SPEECH
增益控制	AT+VGR，+VGT	+VGR 调整听筒增益，+VGT 调整话筒增益
静音控制	AT+CMUT	设置话筒静音
声道选择	AT+SPEAKER	选择不同声道（两对听筒和话筒）
回声取消	AT+ECHO	根据场所选择不同回声程度
单音修改	AT+SIDET	选择不同回声程度
初始声音参数	AT+VIP	恢复到厂家对声音参数的默认设置
信号质量	AT+CSQ	查询信号质量
网络选择	AT+COPS	设置选择网络方式（自动/手动）
网络注册	AT+CREG	当前网络注册情况
网络名称	AT+WOPN	查询当前使用网络提供者
网络列表	AT+CPOL	查询可供使用的网络
输入 PIN	AT+CPIN	输入 PIN 码
输入 PIN2	AT+CPIN2	输入第二个 PIN 码
保存尝试	AT+CPINC	显示可能的各个 PIN 码
简单上锁	AT+CLCK	用户可以锁住状态
改变密码	AT+CPWD	改变各个 PIN 码
选择电话簿	AT+CPBS	选择不同的记忆体上存储的电话簿

FUNCTIONS	AT COMMANDS	DETAILS
读取电话簿	AT+CPBR	读取电话簿目录
查找电话簿	AT+CPBF	查找所需电话目录
写入电话簿	AT+CPBW	增加电话簿条目
电话号码查找	AT+CPBP	查找所需电话号码
动态查找	AT+CPBN	查找电话号码的一种方式
用户号码	AT+CNUM	选择不同的本机号码（因网络服务支持不同）
避免电话簿初始化	AT+WAIP	选择是否防止电话簿初始化
选择短消息服务	AT+CSMS	选择是否打开短消息服务及广播服务
短消息存储	AT+CPMS	选择短消息优先存储区域
短消息格式	AT+CMGF	选择短消息支持格式（TEXT 或 PDU）
保存设置	AT+CSAS	保存+CSCA 和+CSMP 参数设置
恢复设置	AT+CRES	恢复+CSCA 和+CSMP 参数设置
显示 TEXT 参数	AT+CSDH	显示当前 TEXT 模式下结果代码
新消息提示	AT+CNMI	选择当有新的短消息来时系统提示方式
读短消息	AT+CMGR	读取短消息
列短消息	AT+CMGL	将存储的短消息列表
发送短消息	AT+CMGS	发送短消息
写短消息	AT+CMGW	写短消息并保存在存储器中
从内存中发短消息	AT+CMSS	发送在存储器中保存的短消息
设置 TEXT 参数	AT+CSMP	设置在 TEXT 模式下条件参数
删除短消息	AT+CMGD	删除保存的短消息
服务中心地址	AT+CSCA	提供短消息服务中心的号码
选择广播类型	AT+CSCB	选择系统广播短消息的类型
广播标识符	AT+WCBM	读取 SIM 卡中系统广播标识符
短消息位置修改	AT+WMSC	修改短消息位置
短消息覆盖	AT+WMGO	写一条短消息放在第一个空位
呼叫转移	AT+CCFC	设置呼叫转移
呼入载体	AT+CLCK	锁定呼入载体及限制呼入或呼出
修改 SS 密码	AT+CPWD	修改提供服务密码
呼叫等待	AT+CCWA	控制呼叫等待服务
呼叫线路限定	AT+CLIR	控制呼叫线路认证
呼叫线路显示	AT+CLIP	显示当前呼叫线路认证
已连接线路认证	AT+COLP	显示当前已连接线路认证
计费显示	AT+CAOC	报告当前费用
累计呼叫	AT+CACM	累计呼叫费用
累计最大值	AT+CAMM	设置累计最大值
单位计费	AT+CPUC	设置单位费用及通话计时
多方通话	AT+CHLD	保持或挂断某一通话线路（支持多方通话）
当前呼叫	AT+CLCC	列出当前呼叫
补充服务	AT+CSSN	设置呼叫增值服务
非正式补充服务	AT+CUSD	非正式的增值服务

FUNCTIONS	AT COMMANDS	DETAILS
保密用户	AT+CCUG	选择是否在保密状态
载体选择	AT+CBST	选择数据传输的类型
选择模式	AT+FCLASS	选择发送数据或传真
服务报告控制	AT+CR	是否报告提供服务
结果代码	AT+CRC	报告不同的结果代码（传输方式、语音或数据）
设备速率报告	AT+ILRR	是否报告当前传输速率
协议参数	AT+CRLP	设置无线连接协议参数
其他参数	AT+DOPT	设置其他的无线连接协议参数
传输速度	AT+FTM	设置传真发送的速度
接收速度	AT+FRM	设置传真接收的速度
HDLC 传输速度	AT+FTH	设置传真发送的速度（使用 HDLC 协议）
HDLC 接收速度	AT+FRH	设置传真接收的速度（使用 HDLC 协议）
停止传输并等待	AT+FTS	停止传真的发送并等待
静音接收	AT+FRS	保持一段静音等待
固定终端速率	AT+IPR	设置数据终端设备速率
其他位符	AT+ICF	设置停止位、奇偶校验位
流量控制	AT+IFC	设置本地数据流量
设置 DCD 信号	AT&C	控制数据载体探测信号
设置 DTR 信号	AT&D	控制数据终端设备准备信号
设置 DSR 信号	AT&S	控制数据设备准备信号
返回在线模式	ATO	返回到数据在线模式
结果代码抑制	ATQ	是否模块回复结果代码
DCE 回应格式	ATV	决定数据通信设备回应格式
默认设置	ATZ	恢复到默认设置
保存设置	AT&W	保存所有对模块的软件修改
自动测试	AT&T	自动测试软件
回应	ATE	是否可见输入字符
回复厂家设置	AT&F	软件恢复到厂家设置
显示设置	AT&V	显示当前的一些参数的设置
认证信息	ATI	显示多种模块认证信息
区域环境描述	AT+CCED	用户获取区域参数
自动接收电平显示	AT+CCED	扩展到显示接收信号强度
一般显示	AT+WIND	
在 ME 和 MSC 之间数据计算模式	AT+ALEA	
数据计算模式	AT+CRYPT	
键盘管理	AT+EXPKEY	
PLMN 上的信息	AT+CPLMN	
模拟数字转换测量	AT+ADC	
模块事件报告	AT+CMER	
选择语言	AT+WLPR	选择可支持的语言

FUNCTIONS	AT COMMANDS	DETAILS
增加语言	AT+WLPW	增加可支持的语言
读 GPIO 值	AT+WIOR	
写 GPIO 值	AT+WIOW	
放弃命令	AT+WAC	用于放弃 SMS、SS 和 PLMN
设置单音	AT+WTONE	设置音频信号（WMOi3）
设置 DTMF 音	AT+WDTMF	设置 DTMF 音（WMOi3）

3．软件部分

主循环是一个无限循环，其主要的任务是在不断的循环中等待串口 1 接收的数据。其中，串口发送过来的信息经过分析之后会在信息提示栏中显示出来，分别实现打电话、接电话、发短信、挂电话、信息显示等功能。这里实现的都是一些最简单、最基本的 GPRS 模块功能。如果想要实现其他的功能，可以再添加，其基本原理是一样的。在 5 个功能按钮中，接电话和挂电话是最容易实现的，只需要两个 AT 命令即可，并且 AT 命令是固定不变的，只需将固定的字符串通过串口发送到 GPRS 模块即可实现。信息显示则将由 GPRS 模块通过串口发送回来的信息分析之后，再通过串口发送到主机的超级终端显示出来，其中有一部分还有对应的中文提示信息，例如，来电话和来短信都有相应的中文提示。打电话和发短信功能相对要麻烦一些，因为这需要对方的电话号码和短信内容，解决的方法是采用字符菜单的方式。当单击打电话按钮时，会出现一个相应的字符菜单的子界面，将所要拨打对方的电话号码通过串口来输入，号码输入完成之后，按 Enter 键确认即可。之后就会按输入的电话号码拨打电话，从而实现打电话功能。发短信功能更麻烦，因为不但需要对方电话号码，还需要有短信内容。当然，每个命令是否成功执行要看反馈信息，这可以从串口收到的信息反应出来。

实验操作步骤

① 准备实验环境。连接好主机——Probe-ICE——目标板，启动 Multi-server 并配置好 ARM 内核（ARM920T）。通过串口连接 GPRS 模块和目标板。注意，GPRS 模块上要安装 SIM 卡。

② 启动 CodeWarrior，打开所需工程文件（\…\实验项目\GPRS\sourcecode\gprs\gprs.mcp）。

③ 选择目标模板为 ReInRam。若源文件有改动或路径发生变化，则需要重新编译。

④ 直接进入 AXD，单击 Go 按钮，然后单击 Stop 按钮，以初始化 CPU 及 SDRAM。

⑤ 使用 Load image 命令加载 image 文件。

⑥ 单击 AXD 环境中的 Go 按钮，全速运行。

⑦ 通过人机交互接口实现功能按钮。

⑧ 可更改程序实现其他功能。

⑨ 如果有必要，可修改源代码，重新编译。然后单击 Reload 按钮重新调试。

⑩ 退出系统。

⑪ 理解和掌握实验内容后，完成后面的问题与讨论。

```
/*C 语言入口函数*/
void C_Entry()
{

    int status;
    char receive;
    port.com_port      =   SD_UART0;
    port.baud_rate    = DEFAULT_UART_BAUD;
    port.data_bits    = DEFAULT_UART_DATA;
    port.stop_bits    = DEFAULT_UART_STOP;
    port.parity        = DEFAULT_UART_PARITY;
    port.data_mode    = DEFAULT_UART_MODE;
    port.communication_mode = SERIAL_MODE;
    port.sd_buffer_size    =   DEFAULT_UART_BUFFER;
    status = SDC_Init_Port (&port);
    port1.com_port     =   SD_UART1;
    port1.baud_rate   = DEFAULT_UART_BAUD;
    port1.data_bits   = DEFAULT_UART_DATA;
    port1.stop_bits   = DEFAULT_UART_STOP;
    port1.parity       = DEFAULT_UART_PARITY;
    port1.data_mode   = DEFAULT_UART_MODE;
    port1.communication_mode = SERIAL_MODE;
    port1.sd_buffer_size    =   DEFAULT_UART_BUFFER;
    status = SDC_Init_Port (&port1);

    SDC_Put_String("\n\r*******************************************************",&port);
    SDC_Put_String("\n\r*Copyright Shenzhen Watertek S.&T. Co.,Ltd    2005         *",&port);
    SDC_Put_String("\n\r*                  Demo for GPRS                          *",&port);
    SDC_Put_String("\n\r*                       All Rights Reserved.              *",&port);

    SDC_Put_String("\n\r*******************************************************",&port);
    do{
      if(flag==TRUE)
          process_uart1();
      else
      {
          SDC_Put_String("\n\r\n\rthis demo has 5 functions:",&port);
          SDC_Put_String("\n\r1:打电话",&port);
          SDC_Put_String("\n\r2:发送短消息",&port);
          SDC_Put_String("\n\r3:接电话",&port);
          SDC_Put_String("\n\r4:来电显示",&port);
          SDC_Put_String("\n\r5:接收短消息",&port);
          SDC_Put_String("\n\r6:AT 命令练习",&port);
          SDC_Put_String("\n\r7:退出",&port);

          SDC_Put_String("\n\rplease select(1--7):",&port);
```

```
        }
        SDC_Reset(&port);
        while(!((receive = SDC_Get_Char(&port))||flag));

        menu(receive);
    }while(1);
/*根据菜单选择不同的命令*/
void menu(char select)
{
    if (flag) return;
    if(select =='1') call();
    if(select =='2') sendmessage();
    if(select =='3') lift_telephone();
    if(select =='6') practice_AT();
}
/*打电话*/
void call(void)
{
    char receive;
    char phone[100];
    int   i=3;
    SDC_Reset(&port);
    SDC_Put_String("\n\r\n\r 请输入电话号码（换行符结束）: ",&port);
    phone[0] ='a';
    phone[1] ='t';
    phone[2] ='d';

    while(!(receive = SDC_Get_Char(&port)));
    while(receive!='\xd')
    {
        if((receive<='9')&&(receive>='0'))
        {
            phone[i++] =receive;
            while(!(receive = SDC_Get_Char(&port)));

        }
        else
        {
            SDC_Put_String("\n\r\n\r 输入电话号码有错！ ",&port);
            return;
        }
    }
    phone[i++] = ';';
    phone[i++] = '\xd';
    phone[i] = '\0';
    SDC_Put_String("\n\r",&port);
    SDC_Put_String(phone,&port1);
    SDC_Reset(&port);
```

```c
        SDC_Put_String("\n\rcalling...,press x to ask for disconnection,press any key to continue.",&port);

        while(!(receive = SDC_Get_Char(&port)));
        if( receive =='x')        /*ask for disconnection*/
            SDC_Put_String("ATH\xd",&port1);


}
/*发送短消息*/
void sendmessage(void)
{
        char receive;
        char phone[100];
        char message[100];
        int   i=8;
        SDC_Reset(&port);
        SDC_Put_String("\n\r\n\r 消息内容为 hello",&port);
        SDC_Put_String("\n\r 请输入电话号码（换行符结束）: ",&port);
        phone[0] ='a';
        phone[1] ='t';
        phone[2] ='+';
        phone[3] ='c';
        phone[4] ='m';
        phone[5] ='g';
        phone[6] ='s';
        phone[7] ='=';
        while(!(receive = SDC_Get_Char(&port)));
        while(receive!='\xd')
        {
            if((receive<='9')&&(receive>='0'))
            {
                    phone[i++] =receive;
                    while(!(receive = SDC_Get_Char(&port)));

            }
            else
            {
                    SDC_Put_String("\n\r\n\r 输入电话号码有错！ ",&port);
                    return;
            }
        }

        phone[i++] = '\xd';
        phone[i++] = '\xa';
        phone[i] = '\0';
        //发送 AT 命令
        SDC_Put_String(phone,&port1);
        SDC_Put_String("hello\x1a",&port1);
}
```

```c
void lift_telephone(void)

{
    SDC_Put_String("ATA\xd",&port1);


}
/*来电显示及接电话*/
void process_uart1(void)
{
    char message[100];
    char receive;
    int ok=0;
    int i=0;
    while(!(receive =SDC_Get_Char(&port1)));
    while(receive!='\xd')
    {
        if((receive =='\x22')&&(!ok)) ok =!ok;
        if (ok)      message[i++] =receive;
        while(!(receive = SDC_Get_Char(&port1)));
    }
    message[i] ='\0';
    if(message[0])    {       message[i-4]=0;
                                    SDC_Put_String("\n\r\n\r 有电话了!",&port);
                                }
    SDC_Put_String(message,&port);
    flag = 0;
    if(message[0])
    {
        SDC_Put_String("\n\rcalling...,press a to answer to this incoming call",&port);
        while(!(receive = SDC_Get_Char(&port)));
        if( receive =='a')     /*answer to this incoming call*/
        SDC_Put_String("ATA\xd",&port1);
    }

}
```

问题与思考

从 AT 命令表中选择几个命令自己实现。

7.6 GPS 编程与实验

实验目的

- 通过实验了解 GPS 接收机的应用
- 了解 GPS 定位原理
- 了解 TSIP 协议的解析

实验内容

● 学习 GPS 接收机的使用

实验原理

1. GPS 简介

全球定位系统（GPS）是美国国防部经过 20 多年的实验研究，耗资 100 多亿美元，于 1993 年 12 月正式全面投入运行的新一代星际无线电导航系统。它的出现和发展带动了一个潜力巨大、竞争日趋激烈的新兴市场。据最新统计数字表明，目前 GPS 的全球用户逾 400 万，相关产品和服务市场正在迅速扩大，GPS 已发展成为一个重要的产业。我国 GPS 技术也在测量、海空导航、车辆引行、导弹制导、精密定位、动态观测、时间传递、速度测量等方面加以应用。随着汽车工业的发展和交通管理的智能化，车辆 GPS 导航定位将成为全球卫星定位系统应用的最大潜力市场之一。GPS（Global Positioning System）是一个卫星导航系统，由地面控制站、空间设备(SV)和 GPS 用户接收机三部分组成。它是随着现代科学技术的发展建立起来的一个高精度、全天候和全球性的无线电导航定位、定时的多功能系统。它利用位于距地球 2 万多千米高的，由 24 颗人造卫星组成的卫星网，向地球不断发射定位信号。地球上的任何一个 GPS 接收机，均能接收到 4 颗以上的卫星发出的信号，经过计算后，就可报出 GPS 接收机的位置（经度、纬度、高度）、时间和运动状态（速度、航向）。目前，没有任何一种传统的导航定位技术能够达到 GPS 这样的高精度、高速度、全天候和全球性的性能。全球卫星定位系统的技术已经比较成熟，使用也非常方便，通过专用的模块即可方便地获得 GPS 接收机所在的全球定位坐标，其定位精度比较高，一般误差小于 15 米。

2. GPS 接收机简介

本实验所采用的 GPS 接收机是 Trimble 公司的新式 Lassen SQ 模块，它将完整的 GPS 功能加到用户的便携产品上，大小如邮票，能耗超低。这个模块设计用于便携式手提的使用电池作为电力的产品中，如手机、BP 机、PDA、数码相机等。使用 Trimble 的突破性的 First GPS 结构，模块能在多种情况下实现传递完整的定位、速度和时间（PVT）。其外形如图 7.18 所示，引脚定义见表 7.49。Lassen SQ 模块采用两个最受欢迎的标准协议原型：TSIP 和 NMEA 0183。它和 3.3V DC 天线相容，具有小巧的外形尺寸 26mm×26mm×6mm。

图 7.15　GPS 接收机外形

总体：L1（1575.42MHz）频率，C/A 代码，8 通道连续跟踪接收器，32 个相关器。

更新率：TSIP@1Hz，NMEA@1Hz。

定位精确度：水平　　小于 6m（50%），小于 9m（90%）；

　　　　　　　高度　　小于 11m（50%），小于 18m（90%）；

　　　　　　　速度　　0.06m/s；

　　　　　　　PPS 精确度　　±95ns。

表 7.49　GPS 接收机引脚定义

引　脚	功　能	描　述
1	TXD A	串口 A 传送 CMOS/TTL
2	GND	地、电源和信号
3	RXD A	串口 A 接收，CMOS/TTL
4	PPS	每秒脉冲 CMOS/TTL
5	保留	未连接
6	保留	未连接
7	主电源（VCC）	3.3 ± 0.3V DC
8	电池备份电源	2.5～3.6V DC

3. 软件代码

GPS 接收机驱动部分代码采用分层结构，见表 7.50，从下到上分别为：串口驱动层、GPS 接收机驱动层和应用层。上层函数的实现需要应用底层函数，而底层函数的任务就是为上层函数提供服务，最终完成应用层任务——传送命令并获取 GPS 定位信息。

表 7.50　GPS 软件分层结构

应用层	Send_cmd，rec_data
GPS 接收机驱动层	GPS_ini
串口驱动层	UART_ini

这部分程序的难点在于从 GPS 接收机发送过来的各种信息中解析出需要的信息(如经纬度、速度、海拔高度等)，而将监控中心发送给 GPS 接收机的控制命令通过串口发送就相对容易多了，因为这些格式都是固定的，这里只需按照命令格式发送命令即可。但在此之前先要实现串口驱动程序。

4. 串口驱动

RS-232 协议中一共有 9 个引脚，这里实际上只用了其中的三个，收发数据各一个，地线一个。S3C2410 提供三个独立的异步串口，其中，一个用于红外传输，一个用于与 GPS 接收机通信，另一个用于与 GPRS 模块通信。每一个串口都可以以中断方式或者 DMA 方式进行控制。即 UART 可以产生中断或者 DMA 信号，以便在 UART 和 CPU 之间传输数据。UART 传输数据最快可以达到 230.4kbps。每个串口通道都有一个 16 字节的传输 FIFO 和 16 字节的接收 FIFO。每个串口通道的波特率都是可编程的，有 1～2 个停止位，字长有 5bit、6bit、7bit、8bit 四种，而且校验位可编程。每个串口通道共有各种寄存器 11 个，它们分别是：两个控制寄存器、一个 FIFO 控制寄存器、一个串口调制解调控制寄存器、一个发送/接收状态寄存器、一个串口发送错误状态寄存器、一个 FIFO 态寄存器、一个串口调制解调状态寄存器、一个数据发送寄存器、一个数据接收寄存器和一个波特率产生控制寄存器。在嵌入式系统中，绝大部分的外设都是通过这种与地址空间统一编址的特殊寄存器来控制的，液晶显示器、触摸屏、中断等也都是用同样的机制来控制的。由于串口驱动在其他章节中讲过，这里就不再介绍了。

5. TSIP 协议解析

这部分软件编程难点是实现 Trimble 公司 TSIP 协议（Trimble Standard Interface Protocol）的数据解析。Lassen SQ GPS 接收机可以采用两种协议来获得位置状态信息，默认的是 TSIP 协议。本系统采用 TSIP 协议作为 ARM 处理器与 GPS 接收机通信的标准。在 TSIP 协议中命令和信息都采取同一种数据格式：<DLE><ID><DATA STRING><DLE><ETX>。其中 DLE（DATA Link Escape character，数据传送换码字符）是数据 0x10，ETX（End of text，电文结束标志）是数据 0x03，ID 是标志码，可以是除了 DLE 和 ETX 之外的任何值。由于在数据中可以出现任何值，同样也可能出现数据是 DLE 的情况，这样为了防止与数据开始和结束标志中的 DLE 相混淆，在数据中每一个 DLE 前又额外加了一个填充 DLE。这个额外的 DLE 在发送数据包前加上而在接收之后去掉。这样，出现<DLE><ETX>时并不一定意味着结束标志，它也可能出现在数据中。在作为数据结束标志的 ETX 前，只可能出现奇数个 DLE，ID 规定不为DLE 也不为 ETX。数据接收时依靠程序对 DLE 的判断来决定数据的开始和结束，从而将信息从数据中解析出来。这部分程序的重点就是对缓冲区接收到的每一字节数据的解析，解析过程所涉及的变量都定义在下述结构体中。

```
typedef struct
{    short              len;              /* 数据长度*/
     unsigned char      status;           /* TSIP 数据解析状态 */
     unsigned char      code;             /* TSIP 数据标志码 */
     unsigned char      buf[MAX_RPTBUF];  /* 命令或信息*/
}TSIPPKT;
```

其中，变量 len 是解析后的数据长度。status 是解析过程中所用到的数据状态变量，共有6 种状态，TSIP_FULL、TSIP_EMPTY、TSIP_DLE1、TSIP_DLE2、TSIP_DATA和 DEFAULT。解析过程的状态转换如图 7.16 所示，程序流程图如图 7.17～图7.19 所示。对照图 7.16 和图 7.17 并结合这部分的叙述来理解编程的思路。图 7.16中所显示出的 6 种状态，实际上是当前数据的前一数据解析后状态变量 status 所对应的状态，如果前一个数据是标志信息开始的 DLE，status 就对应状态TSIP_DLE1；如果前一个数据是信息数据，status 就对应状态 TSIP_DATA；如果前一个数据是 DLE，但不是标志信息开始，status 就对应状态 TSIP_DLE2；如果前一个数据是 ETX，且标志信息结束，status 就对应状态 TSIP_FULL；如果

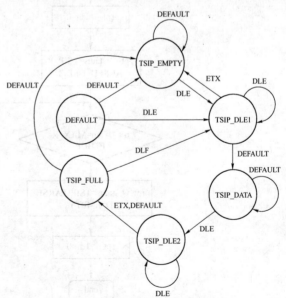

图 7.16　解析过程的状态转换

在接收数据过程中出现错误，status 就对应状态 TSIP_EMPTY，系统起始状态对应的也是

TSIP_EMPTY；在其他情况下，status 状态为 DEFAULT。在编写程序过程中，一个比较麻烦的地方就是对出错的处理。当出现错误时，状态返回到 TSIP_EMPTY，相当于重新开始接收新的数据，发生错误的数据被丢弃掉。这种方法比较简单，但是会丢弃一些有用的信息。GPS 接收机驱动部分的难点是 GPS 信息数据的解析，而通过串口向接收机发送命令则非常简单，只要按规定的格式构造数据，然后利用串口驱动程序将此数据发出即可。表 7.51 列出了 TSIP 中的命令所对应的 ID。

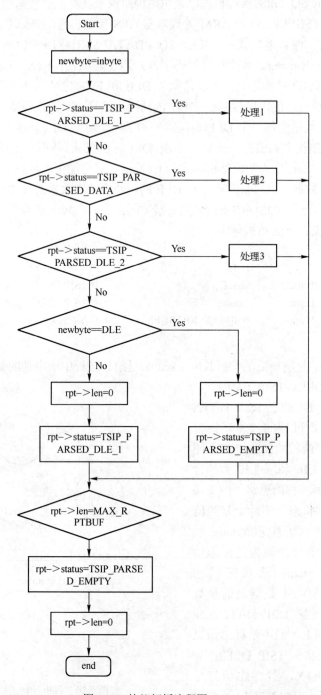

图 7.17 协议解析流程图（1）

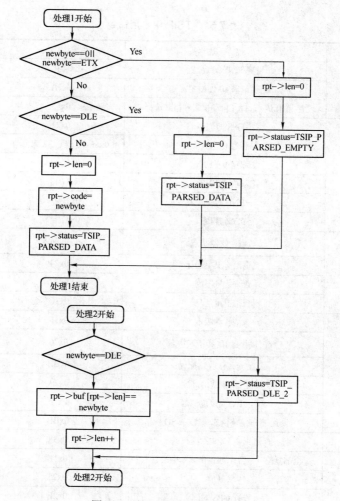

图 7.18　协议解析流程图（2）

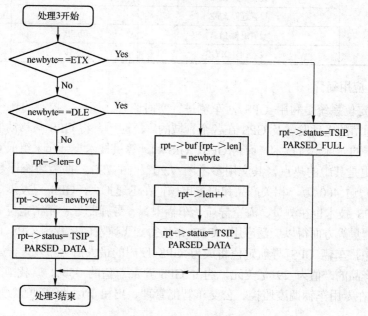

图 7.19　协议解析流程图（3）

表 7.51　TSIP 中常用命令

功　能	描　　述	输　入	输　出
协议和端口设置	设置/请求端口配置	0xBC	0xBC
	设置/请求 NMEA 配置	0x7A	0x7B
	设置/请求 I/O 选择（自动报告和格式选择）	0x35	0x55
导航	GPS 时间	0x21	0x41
	位置和速率	0x8E-20 或 0x37 或自动	0x8F-20
	双精度 LLA	0x37/自动	0x84
	双精度 XYZ	0x37/自动	0x83
	ENU 速率	0x37/自动	0x56
	XYZ 速度	0x37/自动	0x43
卫星和追踪信息	查询接收器状态	0x26	0x46, 0x4B
	查询当前卫星选择	0x24	0x6D
	查询信号限制	0x27	0x47
	查询卫星信息	0x3C	0x5C
接收器设置	查询软件版本	0x1F	0x45
	查询接收器 ID 和错误状态	0x26	0x4B, 0x46
	设置/查询接收器配置	0xBB	0xBB
	设置 2D 模式的高度	0x2A	0x4A
	禁止 PV/高度过滤器	0x70	0x70
	设置/查询定位模式（2D 或 3D）	0xBB	0xBB
GPS 系统	查询/装入 GPS 系统数据	0x38	0x58
初始化	全部复位（清除电池备份或断电设置）	0x1E	
	软复位	0x25	
	设置 GPS 时间	0x2E	0x4E
	设置额外 LLA	0x32	
	设置近似 XYZ	0x23	
	设置近似 LLA	0x2B	
	设置额外 XYZ	0x31	

6. GPSO 应用简介

　　GPS 车辆定位系统是利用 GPS 对车辆进行实时监管、调度、控制的新一代应用技术系统。随着移动通信的迅猛发展及 GPS 在各个领域的广泛应用，将 GPS 与移动通信相结合已成为现代通信发展的一项主流技术，而将 GPS、GIS 和计算机技术集合起来组成 GPS、GIS 电子地图应用系统更是其中的热点，其应用参考图 7.20 和图 7.21。据最新统计数字表明，目前 GPS 的全球用户逾 400 万，相关产品和服务市场正在迅速扩大，GPS 已发展成为一个重要的产业。我国 GPS 技术也在测量、海空导航、车辆引行、导弹制导、精密定位、动态观测、时间传递、速度测量等方面得以广泛应用，GPS 市场得到飞速发展，我国 GPS 市场将达数百亿元的规模。其中，车辆 GPS 导航定位将成为 GPS 应用的最大潜力市场之一。以 2000 年为例，车辆导航产品的产值为 29 亿美元，约占 GPS 产品总值的 35%。就我国国情来说，车辆 GPS 导航定位在专用车辆调度监控、公交车智能管理、出租车运营管理等领域具有广阔的应用前景。

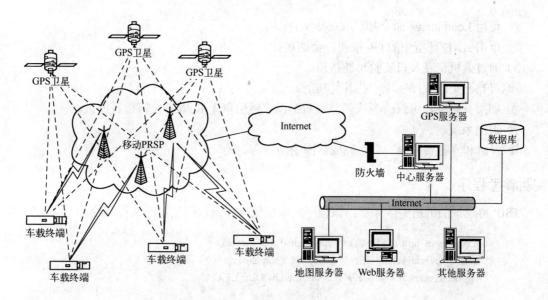

图 7.20　GPS 车辆定位系统结构

图 7.21　监控中心 GIS 图

实验操作步骤

① 准备实验环境。连接好主机——Probe-ICE——目标板，启动 Multi-server 并配置好 ARM 内核（ARM920T）。通过串口 GPS 模块和目标板连接。

② 启动 CodeWarrior，打开所需工程文件（\···\实验项目\GPS\GPS.mcp）。

③ 选择目标模板为 ReInRam。若源文件有改动或路径发生变化，则需要重新编译（make）。

④ 直接进入 AXD，单击 Go 按钮，然后单击 Stop 按钮，以初始化 CPU 及 SDRAM。

⑤ 使用 Load image 命令加载 image 文件。

⑥ 单击 AXD 环境中的 Go 按钮，全速运行。

⑦ 通过人机交互接口实验功能按钮。

⑧ 可自己更改程序实现一些其他功能。

⑨ 如果有必要，可修改源代码，重新编译。然后单击 Reload 按钮重新调试。

⑩ 退出系统。

⑪ 理解和掌握实验内容后，完成后面的问题与讨论。

实验参考程序

TSIP 协议报的解析函数如下，该程序的编程依据和流程图见前面编程部分。

```
void tsip_input_proc (TSIPPKT *rpt, unsigned char inbyte)
/* reads bytes until serial buffer is empty or a complete report
 * has been received; end of report is signified by DLE ETX. */
{
    unsigned char newbyte;
    newbyte=inbyte;
    switch (rpt->status)
    {
    case TSIP_PARSED_DLE_1:
        switch (newbyte)
        {
        case 0:
        case ETX:
        /* illegal TSIP IDs */
          rpt->len = 0;
            rpt->status = TSIP_PARSED_EMPTY;
            break;
        case DLE:
        /* try normal message start again */
            rpt->len = 0;
            rpt->status = TSIP_PARSED_DLE_1;
            break;
        default:
        /* legal TSIP ID; start message */
            rpt->code = newbyte;
          rpt->len = 0;
            rpt->status = TSIP_PARSED_DATA;
            break;
        }
        break;
    case TSIP_PARSED_DATA:
        switch (newbyte) {
        case DLE:
        /* expect DLE or ETX next */
            rpt->status = TSIP_PARSED_DLE_2;
            break;
```

```
            default:
                /* normal data byte   */
                    rpt->buf[rpt->len] = newbyte;
                    rpt->len++;
                /* no change in rpt->status */
                    break;
            }
            break;
    case TSIP_PARSED_DLE_2:
            switch (newbyte) {
            case DLE:
            /* normal data byte */
                    rpt->buf[rpt->len] = newbyte;
                    rpt->len++;
                    rpt->status = TSIP_PARSED_DATA;
                    break;
            case ETX:
                    /* end of message; return TRUE here. */
                    rpt->status = TSIP_PARSED_FULL;
                    break;
            default:
                    /* error: treat as TSIP_PARSED_DLE_1; start new report packet */
                    rpt->code = newbyte;
            rpt->len = 0;
                    rpt->status = TSIP_PARSED_DATA;
            }
            break;
    case TSIP_PARSED_FULL:
    case TSIP_PARSED_EMPTY:
    default:
            switch (newbyte) {
            case DLE:
            /* normal message start */
                rpt->len = 0;
                rpt->status = TSIP_PARSED_DLE_1;
                break;
            default:
                /* error: ignore newbyte */
                rpt->len = 0;
                rpt->status = TSIP_PARSED_EMPTY;
            }
            break;
    }
    if (rpt->len > MAX_RPTBUF) {
        /* error: start new report packet */
        rpt->status = TSIP_PARSED_EMPTY;
        rpt->len = 0;
    }
}
```

本实验与 GPRS 实验有哪些相同点？

7.7 蓝牙编程与实验

实验目的

- 通过实验了解蓝牙协议的体系结构
- 通过实验掌握蓝牙 HCI 层的应用
- 了解蓝牙芯片 ROK 101 008 的功能和实际应用
- 了解音频芯片 OKI MSM7540L 的功能和实际应用，了解 PCM 编码的基本知识
- 通过实验进一步熟悉 ARM 外设编程方法
- 复习串口在实际中的应用

实验内容

- 复习串口的应用
- 学习蓝牙 HCI 层协议，了解蓝牙协议的体系结构，学习通过蓝牙模块 ROK 101 008 和音频芯片 OKI MSM7540L 进行无线数据和语音的通信

实验原理

1. 蓝牙协议的体系结构

（1）系统的描述

一个完整的蓝牙协议规范从整体上可以分为两大部分：一部分为核心协议，包括无线射频部分的规范、基带协议、链路管理协议、逻辑链路控制和适配协议及服务发现协议；另一部分为应用协议，应用协议就是和具体的应用相关的上层协议，包括对象交换协议、电缆替代协议、电话控制协议等。核心协议就是蓝牙技术的关键部分，它是实现蓝牙上层应用的基础，在它之上根据不同的应用具有不同的上层应用协议。本文将按照自下而上的顺序介绍蓝牙的协议规范，着重介绍核心协议部分。

（2）无线射频单元

蓝牙系统使用全向的射频天线，其射频电路工作在 2.4～2.4835GHz 之间的 ISM 频带上，使用 79 个 1MHz 带宽的信道，采用频率为 1600 跳/秒的跳频方式工作；采用时分双工方式，数据包按时隙（Time Slot）传送，每时隙 0.625ms；采用调制方式为 BT=0.5 的 GFSK，调制指数为 0.28～0.35，其调制波形图如图 7.22 所示；蓝牙射频电路的发射功率分为 3 个等级：100mW（20dBm）、2.5mW（4dBm）和 1mW（0dBm），适合 10cm～10m 范围内的通信，若增加功率或加上某些外设可达到 100m 的距离（如专用的放大器 Optional Amplifier）。蓝牙宽带协议结合电路开关和分组交换机制，适用于语音和数据传输。每个声道支持 64KB 每秒同步（语音）链接。而异步信道支持任一方向上高达 723.2kbps 和回程方向 56.7kbps 的非对称链接或者 433.9kbps 的对称连接。

（3）基带控制协议

① 链路的物理特性

蓝牙工作在 2.4～2.4835GHz 的 ISM 开放频段上，并将此频段划分为 79 个频点，采用跳频扩频技术。在蓝牙系统中，所有设备的地位都是平等的，主动发起连接的设备称为主设备，被动连接的设备称为从设备。信道以时间长度 625μs 划分时隙，根据主设备的时钟对时隙进行编号，号码从 0 到 $2^{27}-1$，以 2^{27} 为一个循环长度。每个时隙相应有一个跳频频率，通常跳频速率为 1600 跳/秒。一般来说，主设备只在偶数的时隙开始传送信息，从设备只在奇数的时隙开始传送。

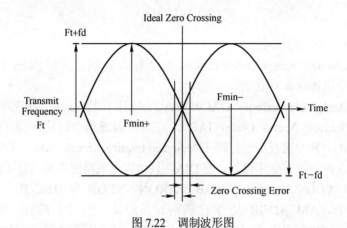

图 7.22　调制波形图

② 连接的分类

在各个主从蓝牙设备之间建立起来的连接一共有两种：一种是面向语音的同步连接链路，即 SCO；另一种是面向数据流的异步无连接链路，即 ACL。

SCO 连接是在主设备和从设备之间实现的对称的点到点的连接。SCO 连接方式采用保留时隙来传输分组，此连接方式可以看做主设备和从设备之间实现的电路交换的连接。SCO 主要用于支持类似语音这类时限信息。从主设备方面看，它可以支持多达 3 路的指向相同从设备或不同从设备的 SCO 连接。而从从设备方面看，针对同一主设备可以支持 3 路连接，如果针对不同的主设备，此时只能支持 2 路连接。由于 SCO 特别针对具有时效性的数据传输，因此它不重复转发分组。

在非保留时隙，蓝牙主从设备之间可以建立其 ACL。ACL 实际上是在主设备和各个从设备之间建立起了分组交换连接。在一对主从设备之间仅可存在一条 ACL。ACL 连接可以是异步的或者等时的。ACL 连接主要是面向数据传输的连接，它允许数据重传以确保数据的完整性。

③ 链路分组

在蓝牙的信道当中，数据以分组的形式传送。基带部分接收到上层传来的数据之后，生成分组。如图 7.23 所示，分组由访问码（Access Code）、分组头（Head）和有效载荷（Payload）三部分组成。其中，访问码和分组头都有固定的长度，通常分别为 72 位和 54 位，有效载荷的长度在 0～2745 位之间。一般的分组可以由以上三部分组成，也可以只包含访问码和分组头，或者仅包含访问码。

LSB　72	54	0～2745　　　　　　　　　　MSB
访问码	分组头	有效载荷

图 7.23　数据分组格式

其中访问码也由三部分组成：码头（4位）、同步字（64位）和码尾（4位），如图 7.24 所示。如果访问码之后没有分组头，则访问码只由码头和同步字构成。访问码主要用于分组同步、直流偏移补偿和认证。

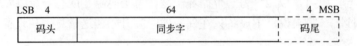

图 7.24 访问码格式

访问码共有三种不同的类型。

信道访问码（Channel Access Code，CAC），用于标识某个特定的微微网（Piconet），在同一微微网中转发的分组都包含 CAC。

设备访问码（Device Access Code，DAC），DAC 用于某些特殊的呼叫和呼叫应答的过程。

查询访问码（Inquiry Access Code，IAC），它又分为通用查询访问码（General Inquiry Access Code， GIAC）和专用查询访问码（Dedicated Inquiry Access Code， DIAC）。GIAC 可以用于所覆盖范围之内的所有蓝牙设备，而 DIAC 只能用于微微网中某些特定的设备。

分组头由 AM_ADDR、TYPE、FLOW、ARQN、SEQN 和 HEC 共 6 部分组成，如图 7.25 所示。其中，AM_ADDR 是 3 位活动设备地址，它用于表示一个微微网中处于活动状态的从设备；TYPE 用于指定分组类型；FLOW 用于传送 ACL 分组时的流量控制，当发送缓冲区满时，FLOW 位为 0，以通知发送方暂缓发送数据；ARQN 和 SEQN 用于指示分组是否发送成功；HEC 用于差错校验，整个头部信息通过 1/3 速率的 FEC 编码成 54 位的分组头进行传送。

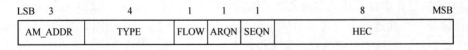

图 7.25 分组头格式

a）分组类型

分组类型与其存在的物理链路有关系。在蓝牙协议中只规定了两种物理链路连接，即 SCO 和 ACL 两种连接方式。对于每种连接方式，都有 12 种分组类型，同时还有 4 种不依赖于连接方式的控制分组。而分组头中的 TYPE 域则用来表示这 16 种分组类型，其对应关系见表 7.51。

表 7.51 分组类型

分　段	TYPE 域 $b_3b_2b_1b_0$	占用 Slot	SCO 链路	ACL 链路
1	0000	1	NULL	NULL
	0001	1	POLL	POLL
	0010	1	FHS	FHS
	0011	1	DM1	DM1
2	0100	1	未定义	DH1
	0101	1	HV1	未定义
	0110	1	HV2	未定义
	0111	1	HV3	未定义
	1000	1	DV	未定义
	1001	1	未定义	AUX1

分　段	TYPE 域 $b_3b_2b_1b_0$	占用 Slot	SCO 链路	ACL 链路
3	1010	3	未定义	DM3
	1011	3	未定义	DH3
	1100	3	未定义	未定义
	1101	3	未定义	未定义
4	1110	5	未定义	DM5
	1111	5	未定义	DH5

b）分组有效载荷

对于 SCO 连接，分组有效载荷只包括固定长度的同步语音数据域。对于 ACL 连接，分组有效载荷部分由三个域组成：头部信息、数据域和 CRC 校验。其中，头部信息由一个或两个字节组成，当分组类型属于分段 1 和分段 2 时，头部信息只占 1 字节长度；当分组类型属于其他两个分段时，头部信息占 2 字节长度，如图 7.26 所示。

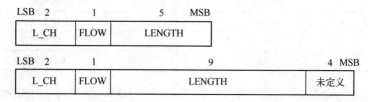

图 7.26　有效载荷头部信息格式

图 7.26 中，L_CH 表示上层逻辑链路协议的分组类型，FLOW 用于控制上层逻辑链路分组的流量，LENGTH 域给出了有效载荷数据域的长度。

④ 纠错

蓝牙的基带控制器采用三种纠错方式：1/3 速率向前纠错编码（FEC）、2/3 速率向前纠错编码（FEC）和对数据的自动请求重传（ARQ）。FEC 方式的目的是减少数据重发的次数，降低数据传输负载。但是，要实现数据的无差错传输，FEC 就必须生成一些不必要的冗余位，在数据包头有占 1/3 比例的 FEC 码起保护作用，其中包含有用的链路信息。在自动请求重发方案中，在一个时隙中，传送的数据必须在下一个时隙得到确认。数据只有在接收端通过了包头错误监测和循环冗余校验无误后，接收端才向发送端回送确认信息，否则，返回一个错误消息。

⑤ 逻辑信道

蓝牙定义了 5 种逻辑信道，分别是 LC（链路控制器）控制信道、LM（链路管理器）控制信道、UA 用户信道、UI 用户信道和 US 用户信道。LC 和 LM 控制信道分别用于链路控制层次和链路管理层次。UA、UI 和 US 用户信道分别用于传输异步、等时和同步用户信息。LC 信道位于分组头，而其他信道则位于分组有效载荷中。

⑥ 通信的安全性

蓝牙技术提供了短距离的对等通信，它在应用层和链路层都采用报名的措施以确保通信的安全性。所有蓝牙设备都采用了相同的认证和加密方式，包括蓝牙设备地址 BD_ADDR、认证私钥、加密私钥和伪随机码 RAND。

⑦ 链路管理协议

链路管理协议负责蓝牙设备间无线连接的建立与控制，链路管理协议数据单元和逻辑链

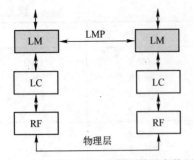

图 7.27 链路管理协议数据单元在蓝牙
协议中的位置

路控制数据单元作为链路分组的有效载荷部分进行封装和传送，这两种协议数据单元通过有效载荷头中的 L_CH 域来区别。在功能上，链路管理协议侧重于对链路的控制，而逻辑链路控制协议侧重于对数据的分割、重组和封装。链路管理协议数据单元在蓝牙协议中的位置如图 7.27 所示。

链路管理协议数据单元（LM PDU）所在的分组类型基本属于分段 1 中描述的分组类型，它和逻辑链路控制数据单元（L2CAP PDU）对应的 L_CH 值见表 7.52。

表 7.52   L_CH 值与逻辑链路控制数据单元对应表

L_CH 值	逻辑链路控制数据单元	说　　明
00	NA	未定义
01	UA/I	L2CAP 继续消息
10	UA/I	L2CAP 消息开始
11	LM	LMP 消息

LM PDU 由三部分组成，交换标识（Transaction ID）、操作码（OpCode）和数据内容（Content），如图 7.28 所示。其中，交换标识和操作码位于分组有效载荷的首字节：交换标识位于 LSBit，当分组从主设备向从设备发送时交换标识为 1，反之为 0；首字节其他 7 位为操作码，它用于指示不同类型的 LM PDU。在数据内容中存放的是 PDU 的参数。

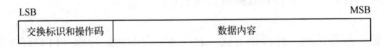

图 7.28   LM PDU 协议格式

⑧ 逻辑链路控制和适配协议

逻辑链路控制和适配协议是一个为高层传输和应用层协议屏蔽基带协议的适配协议，它位于基带协议之上。它的层次模型如图 7.29 所示。

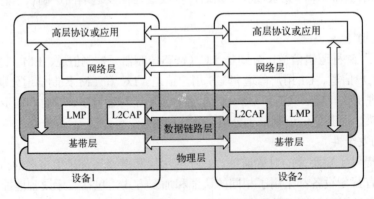

图 7.29   L2CAP 协议的层次模型

L2CAP 只支持面向无连接的异步传输（ACL），不支持面向连接的同步传输（SCO），

L2CAP 协议数据单元（PDU）位于链路层分组的有效载荷字段，通过字段头中的 L_CH 域与 LM PDU 相区别。L2CAP 主要向上层提供以下功能。

a）协议复用（Protocol Multiplexing）。多个高层协议共享一个公共的物理连接，从逻辑上看，每个协议都有自己的信道，但由于基带协议不能识别高层协议，因此 L2CAP 为上层协议提供了复用的支持，它能区别诸如 SDP、RFCOMM、TCS 等高层协议，并正确地收发响应的分组。

b）分段和重组（Segment and Reassembly）。与其他有线的物理连接相比，蓝牙技术中传送分组的大小有一定的限制，最大的基带传输分组只能传送 341 字节的信息，而这限制了高层协议有效地利用带宽传输更大的分组。L2CAP 允许高层和应用层协议收发大于基带分组的信息，所以在发送方，L2CAP 在向基带层传输数据时必须对从上层接收的信息分段以适应基带协议的要求。同样地，在接收方，L2CAP 能将多个基带分组重组为一个 L2CAP 包传往高层。

c）服务质量（Quality of Service）。在 L2CAP 建立连接的过程中允许改变两台设备间的服务指令，每个 L2CAP 实体确保服务质量的实现并管理所使用的资源。

d）组管理（Group Manager）。很多协议支持组地址的概念，蓝牙的基带协议支持 piconet，一组设备使用主设备时钟同步跳频频率，L2CAP 的组提取功能可以有效地将协议的组映射为基带的 piconet 中设备，这样可以避免高层协议与基带协议直接联系。

⑨ 应用协议

蓝牙的应用协议包括对象交换协议、电缆替代协议、电话控制协议等。应用协议为蓝牙技术的具体应用提供了支持。

对象交换协议是由红外数据协会制定的会话层协议，它采用简单的和自发的交换方式交换对象。

电缆替代协议是位于 L2CAP 上层的串口仿真协议。此协议建立在 ETSI TS07.10 标准之上。RFCOMM 协议最多可以在两个蓝牙设备之间同时支持 60 多个虚拟串口连接。

电话控制协议也是建立在 L2CAP 上的应用协议，它定义了蓝牙设备间建立语音和数据呼叫的控制信令，定义了处理蓝牙 TCS 设备群的移动管理进程。基于 ITU-TQ.931 建议的 TCS BIN 被指定为蓝牙的二元电话控制协议规范。

蓝牙协议的整个协议栈如图 7.30 所示。

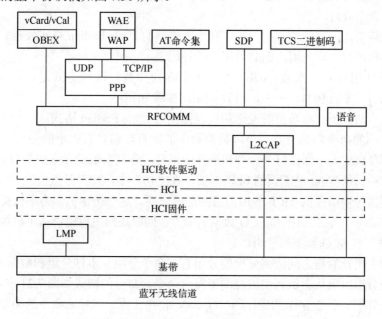

图 7.30　蓝牙协议栈

（4）主机控制器接口 HCI 层简介

HCI 软件部分可分为 HCI 固件和 HCI 驱动两个部分。

HCI 固件位于主控制器中。HCI 固件通过对基带命令、链路管理器命令、硬件状态寄存器、控制寄存器和事件寄存器的访问，实现蓝牙硬件 HCI 指令。主控制器（Host Controller）意味着具有主控制接口功能的蓝牙器件。

与 HCI 固件不同，HCI 驱动位于主机中，即协议模型中的 HCI 软件驱动部分。若某事件发生，用 HCI 事件通知主机，而主机将收到 HCI 事件的异步通知。当主机发现有事件发生时，它将分析收到的事件包并决定何种事件发生。主机端的 HCI 驱动程序，一方面通过接口被蓝牙应用程序调用（本文所提到的蓝牙应用程序是相对于 HCI 层而言的，指的是构建于通用外接模块上的扩展应用程序），实现对上层应用的承载；另一方面实现了协议中的 HCI 功能集，使主机可以向蓝牙子系统发送 HCI 指令，或接收子系统返回的 HCI 事件。

由上可以总结出，主机控制器接口（HCI）提供了一种访问蓝牙硬件能力的通用接口。下边将详细地论述在 HCI 层传输的各种分组的格式。不同的命令和事件都必须符合下面所讲的格式。本实验中所用到的 HCI 层接口的主要命令，在后面会按照本部分的格式给出详细的说明。

① HCI 命令和事件

HCI 提供了访问蓝牙硬件的统一的命令方法。HCI 链路命令使主机具有控制与其他蓝牙节点链路层连接的能力，这些命令一般涉及链路管理器，它使用 LMP 命令与其他的蓝牙节点进行数据交换。

完成一个 HCI 命令花费的时间是不同的。因此，必须以事件的形式向主机报告命令运行的结果。例如，对于大多数 HCI 命令，主机控制器在命令完成时将生成一个命令完成事件，该事件包含完成的 HCI 命令的返回参数。为了使主机能够检测在 HCI 传输层的错误，在主机发送命令和主机控制器的响应之间必须设定超时时限。因为最大的响应超时对传输层的依赖性很强，所以推荐使用默认值，该超时计数器的默认值为 1 秒。另外，超时时间还依赖于命令队列中未处理的命令数目。

除非特殊声明，所有的值都用二进制和十六进制的 Little Endian 格式表示。

所有的参数都可以有负值，但必须用 2 的补码表示。

阵列参数使用符号：参数 A[i]。对于多个阵列参数，排列方式是：参数 A[0]，参数 B[0]，参数 A[1]，参数 B[1]，……，参数 A[n]，参数 B[n]。

除非特殊声明，所有参数值的发送和接收都使用 Little Endian 格式。

所有非阵列的命令和参数及一个阵列参数中的所有数据具有固定的大小。命令中的参数和每个非阵列参数的大小都在每个命令和事件中指定。阵列参数的元素的数目是不固定的。

在字符串中，低位 bit 是右面的 bit，例如，在"10"中，"0"是低位。

主机控制器传输层提供 HCI 专用信息的透明交换。这些传输机制为主机提供了向主机控制器发送 HCI 命令、ACL 数据和 SCO 数据的能力，同时还向主机提供从主机控制器接收 HCI 事件、ACL 数据和 SCO 数据的能力。

在主机和主机控制器之间透明交换的分组有：命令分组、事件分组和数据分组。

HCI 命令分组用于从主机到主机控制器发送命令，命令的格式如图 7.31 所示。

每个命令分配一个 2 字节的操作码（Opcode），用于唯一地标志命令的类型。操作码分为两个字段：操作码组字段（OpCode Group Field, OGF）和操作码命令字段（OpCode Command

Field，OCF），OGF 占用操作码的高 6bit，OCF 占用低 10bit。OGF 值为 0x3F 预留，供应商进行调试时用，OGF 值为 0x3E 预留为蓝牙 Logo 测试。参数总长度（Parameter_ Total_Length）大小为 1 字节。注意，这是参数的总长度，不是参数的总数目。

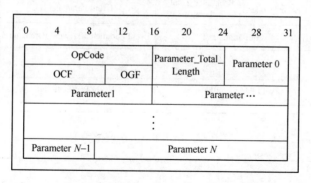

图 7.31　命令的格式

当主机控制器完成大部分命令，它就向主机发送一个命令完成事件。一些命令在完成后并不发送命令完成事件，但当主机控制器收到一个命令并开始执行时，它就向主机发送一个主机命令状态事件。稍后，当与该命令有关的动作完成以后，主机控制器就向主机发送一个事件。当然，如果由于某种原因该命令没有被执行（参数错误或者当前不能执行），就不返回事件。这时主机控制器将返回一个命令状态事件，在状态参数中标明错误代码。在主机开始上电或复位后，它可以发送一个 HCI 命令，直到收到命令完成或命令状态事件。如果命令中发生错误，在命令完成事件返回的参数字段中包含所有该命令的返回参数。状态参数是第一个返回的参数，它解释错误的原因。在状态参数后如果还有 Connection_Handle 或 BD_ADDR 参数，它们也必须返回，主机使用该参数识别命令完成事件属于哪一个命令例程。这时 Connection_Handle 或 BD_ADDR 参数与相应的命令中的值完全一样。是否还返回其他的参数由具体的实现决定。

如果一个命令发生错误，并且没有返回命令完成事件，则所有的返回与该命令有关的参数都是无效的。在命令完成和命令状态事件中还包含一个参数称为 Num_HCI_Command_Packets，主机用该参数指示当前允许发送到主机控制器中的 HCI 命令的分组数。主机控制器可以缓冲一个或多个 HCI 命令分组，但必须按收到的顺序执行分组。主机控制器可以在前一个命令执行完成以前开始执行一个新的命令，因此命令完成的顺序有可能与启动的顺序不同。主机控制器一定要能够接收高达 255 字节长度的 HCI 命令分组，其中不包含 HCI 命令的分组头的长度。

HCI 事件分组主要用于主机控制器通知主机。主机必须能够接收 255 字节的 HCI 命令数据分组，其中不包含 HCI 事件分组头。HCI 事件分组的格式如图 7.32 所示。

其中各个字段的意义如下。

事件码（Event_Code）：大小为 1 字节，用于唯一地标识事件的类型。其中 0xFF 预留制造商调试时使用，0xFE 为蓝牙 Logo 测试事件。

参数总长度：与命令码中的意义相同。

HCI 数据分组用于在主机和主机控制器之间进行数据交换。数据分组可以是 ACL 和 SCO 分组。如图 7.33 所示是 HCI ACL 数据分组的格式，如图 7.34 所示是 HCI SCO 数据分组的格式。

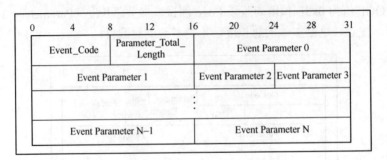

图 7.32　HCI 事件分组的格式

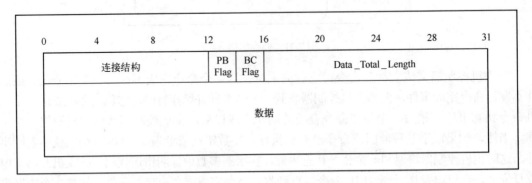

图 7.33　HCI ACL 数据分组的格式

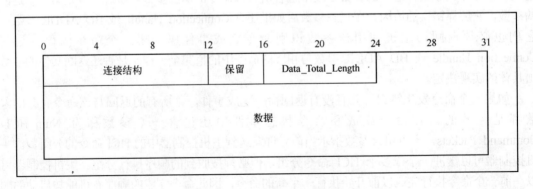

图 7.34　HCI SCO 数据分组的格式

各个字段的意义如下。

连接句柄：长度为 12bit。该参数用于发送数据分组或者分段。在上电或复位主机后，主机在第一次发送 HCI 数据分组时把 Broadcast_Flag 设置为 01b（活动节点广播）或 10b（微微网广播）。使用的连接句柄值必须是主机控制器还没有分配的值。主机进行活动节点广播和微微网广播所使用的句柄值是不同的，主机控制器也必须使用相同的句柄，直到进行复位。

对于从主机控制器到主机发送的 HCI 数据分组，如果主机 Broadcast_Flag 是 01 或 10，则连接句柄参数应该包括到主节点的 ACL 连接句柄。广播使用连接句柄并不能标识一个 ACL 点到点连接，因此，该句柄不能用在任何需要连接句柄参数的命令中，也不能在任何具有连接句柄参数的事件中返回。

标志（Flag）：长度为 2bit。标志包括一个分组边界标志（占用第 4bit 和第 5bit）和一个广播标志（占用第 6bit 和第 7bit）。

分组边界标志见表 7.53，广播标志见表 7.54。

表 7.53　分组边界标志

值	参 数 描 述
00	保留
01	高层消息的接续分段的分组
10	高层消息的第一个分组（L2CAP 的开始）
11	预留

表 7.54　广播标志

值	参 数 描 述
00	没有广播，只有点到点
01	活动节点广播：分组发送到所有的活动节点
10	微微网广播：分组发送到所有的从节点和所有 Park 的从节点，它也可以被 Sniff 模式的从节点接收
11	预留

② HCI UART 传输层

HCI RS-232 传输层的目标是通过一个位于蓝牙主机和主机控制器之间的物理 RS-232 传输层实现蓝牙 HCI。如图 7.35 所示，蓝牙主机与蓝牙主机控制器之间通过 HCI RS-232 传输层进行蓝牙的 HCI 命令、事件和数据的传输。

图 7.35　HCI RS-232 传输层

通过 RS-232 传输层可以传输 4 种 HCI 分组：HCI 命令分组、HCI 事件分组、HCI ACL 数据分组和 HCI SCO 数据分组。HCI 命令分组只能由主机发送到蓝牙主机控制器中，HCI 事件分组只能从蓝牙主机控制器发送到主机中，HCI ACL/SCO 数据分组既可以发送到蓝牙主机控制器中，也可以从主机控制器发送。

但是，HCI 不能对 4 种分组进行区分，因此，如果 HCI 分组通过一个公共的物理接口进行发送，必须附加一个分组类型的指示符，见表 7.55。

表 7.55　HCI RS-232 分组类型指示符

分 组 类 型	分组类型指示符
HCI 命令分组	0x01
HCI ACL 数据分组	0x02
HCI SCO 数据分组	0x03
HCI 事件分组	0x04
错误消息分组	0x05
协商分组	0x06

基本的 RS-232 传输分组的结构如表 7.56 所示。

表 7.56　RS-232 传输分组的结构

分组类型（8bit）	序列号（8bit）	HCI 分组

（5）系统复位电路

在系统中，复位电路主要完成系统的上电复位和系统在运行时用户的按键复位功能。复位电路可以使用简单的 RC 复位电路，也可以使用其他相对比较复杂、功能更完善的电路。

本系统采用较简单的 RC 复位电路，经实践证明，其复位逻辑是可靠的。复位电路如图 7.36 所示。

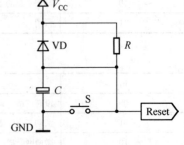

图 7.36　复位电路

该复位电路的工作原理如下：在系统上电时，通过电阻 R 向电容 C 充电，当 C 两端的电压未达到高电平的门限电压时，Reset 端输出为低电平，系统处于复位状态；当 C 两端的电压达到高电平的门限电压时，Reset 端输出为高电平，系统进入正常工作状态。当用户按下按键 S 时，C 两端的电荷被放掉，Reset 端输出为低电平，系统进入复位状态；再重复以上的充电过程，系统进入正常的工作状态。对于蓝牙子板部分，可以用程序发送命令进行复位，所以该复位电路用在 ARM 主板上。

另外，在电路中，又加入了两级非门电路（74F14 施密特触发）用于按键去抖动和波形整形；通过调整 R 和 C 的参数，可以调整复位状态的时间。

（6）系统电源电路

在该系统中，需要使用 5V 和 3.3V 的直流稳压电源，其中，S3C2410 还有蓝牙 ROK101008 模块、音频解码芯片 MSM7540LGS-K 及部分外围器件需要 3.3V 电源，另外部分器件需要 5V 电源，所以为了简化系统电源电路设计，要求整个系统的输入电压为高质量的 5V 的直流稳压电源。本系统采用的是三端稳压器件，系统电源电路如图 7.37 所示。

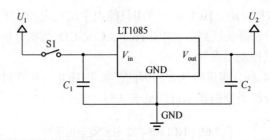

图 7.37　电源电路

（7）蓝牙系统中的同步电路设计

同步电路是由时序电路（寄存器和各种触发器）和组合逻辑电路构成的电路，其所有操作都是在严格的时钟控制下完成的。这些时序电路共享同一个时钟 CLK，而所有的状态变化都是在时钟的上升沿（或下降沿）完成的。例如 D 触发器，当上升延到来时，寄存器把 D 端的电平传到 Q 输出端。下面介绍建立时间和保持时间的问题。建立时间（t_{su}）是指在触发器的时钟上升沿到来以前，数据稳定不变的时间。如果建立时间不够，数据将不能在这个时钟上升沿被打入触发器中。保持时间（t_h）是指在触发器的时钟上升沿到来以后，数据稳定不变的时间。如果保持时间不够，数据同样不能被打入触发器中。数据稳定传输必须满足建立时间和保持时间的要求，否则电路就会出现逻辑错误。建立时间和保持时间的时序图如图 7.38 所示。

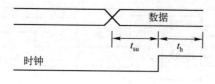

图 7.38　时序图

例如，从 D 触发器的 Q 输出端直接馈给另一触发器的 D 输入端时，第一个 D 触发器能满足建立和保持时间，但是到第二个 D 触发器的延迟可能不足以满足第二个触发器对保持时间的要求，此时就会出现逻辑错误，当时钟出现歪斜时，错误更加严重。解决办法是：在第一个触发器 Q 端加一个缓冲器，这样就能满足第二个触发器的时，序要求。另外还可采用一个低驱动强度的源 D 型触发器而不加缓冲器来解决，高的相对扇出有助于改进保持时间。本系统采用的是第二种方式来提供同步的时钟信号。

（8）杂音的抑制方法

杂音抑制是衡量 IC 能力的另一指标，也就是将 IC 静音或上电（或断电）时出现的突发性噪声或令人恐慌的瞬态噪声减小到最小的能力。很难在输出驱动器中获得这样的性能，这是因为对输出驱动器来说，没有下游电路可以被静音，从而屏蔽出现的异常信号。若插入了耳机，那么无论用什么驱动都不可避免地会造成音频系统的瞬变性能。

为了获得尽可能大的动态范围，传统的单电源耳机放大器都会在输出级增加一个直流偏压。一般而言，这个直流偏压的值会被设为 $1/2V_{CC}$。因此，输出级和耳机之间就必须增加一个大容量的交流耦合电容，来隔离直流。如果没有这个隔直电容，就会使大的直流电流毫无阻隔的流入耳机，造成不必要的功率损耗，甚至可能损坏耳机和耳机放大器。并且，这个隔直电容和耳机的阻抗负载构成了一个 RC 高通滤波器。

（9）蓝牙模块介绍

爱立信公司推出的蓝牙芯片 ROK101008 是一款适合于短距离无线通信的射频/基带芯片，其集成度高、功耗小，完全兼容蓝牙协议 1.1 版本，可嵌入任何需要蓝牙功能的设备中，如图 7.39 所示。该芯片包括基带控制器、无线收发器、闪存等功能块，可提供高至 HCI（主机控制接口）层的功能。此外，该芯片还提供 UART 和 PCM 接口，用于与主机通信；并且支持蓝牙语音和数据传输，输出功率满足蓝牙 Class 2 操作的要求。

图 7.39　ROK101008 模块

① 内部结构及各功能块介绍

ROK101008 包含 5 个功能块：无线收发器（PBA 313 01/2）、基带控制器、闪存、电源管理模块和时钟，如图 7.40 所示。

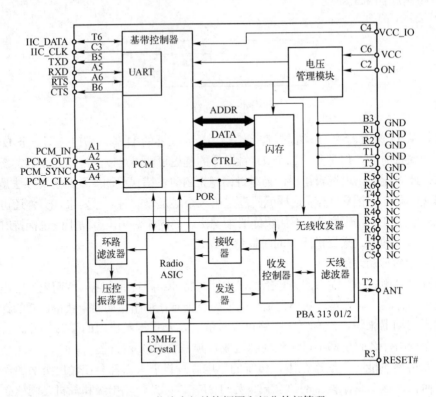

图 7.40　芯片内部结构框图和部分外部管理

a）无线收发器

这是一个工作在 2.4~2.5GHz ISM 频段的短距离微波频率射频收发器，使用 GFSK 调制，最大的 TX&RX 数据传输速率为 1Mbps，能在可供使用的 79 个信道之间快速地跳频（1600 个信道/秒），通道带宽是 1MHz，频率偏差在 140kHz 和 175kHz 之间，满足蓝牙 Class 2 操作，最大输出功率是 4dBm，不需要功率控制。安装天线之后，传输距离可达 10m，符合 ISM 频段的 FCC 和 ETSI 标准。无线收发器 PBA313 01/2 以 Radio ASIC 为基础，集成了环路滤波器、压控振荡器、天线滤波器、收发控制器、发送器和接收器等操作部件。

Radio ASIC 的功能是完成信号的调制和解调。环路滤波器、压控振荡器和 Radio ASIC 构成锁相环。环路滤波器滤除 Radio ASIC 输出的误差电压的高频成分和噪声，用以保证环路所要求的性能，增加系统的稳定性。收发控制器协调接收器（RX）和发送器（TX）的工作，用以保证蓝牙的全双工传输。天线滤波器对射频信号进行带通滤波。引脚 ANT（T2）是天线接口，应连接阻抗为 50Ω 的天线。

b）基带控制器

基带控制器是一个基于 ARM7-Thumb 的功能块，通过 UART 接口控制无线收发器。基带控制器负责处理底层的链路层功能，如调频序列的选择等。此外，基带控制器带有 PCM 音频接口和 I^2C 接口。

c）闪存

闪存以二进制码的格式存放蓝牙固件，可与基带控制器交换数据、地址和控制信号。蓝牙固件包括链路管理器和主机控制接口（HCI）。链路管理器实现了链路管理协议（LMP），负责处理底层链路控制。每个蓝牙设备都可以通过 LMP 与另一个蓝牙设备的链路管理器进行点对点的通信。HCI 为主机提供了访问基带控制器、链路管理器及硬件状态和控制寄存器的命令接口。主机通过 HCI 驱动程序提供的一系列命令控制蓝牙接口；蓝牙固件的 HCI 收到命令后，会产生事件返回给主机，用来指示接口的状态变化。主机和 HCI 之间共有三类数据传输：HCI 命令包，从主机发往蓝牙的 HCI；HCI 事件包，从蓝牙的 HCI 发往主机；HCI 数据包，既可从主机发往 HCI，也可从 HCI 发往主机，包括异步连接（ACL）数据和同步连接（SCO）数据。需要注意的是，ACL 链接是建立 SCO 链接的基础。

HCI 传输层定义了每一类数据如何封装及如何通过接口进行复用。在嵌入式操作系统一个进程中，可以利用这些数据的封装格式来判断回馈信息的种类，之后做出判断并执行相应的程序。ROK101008 支持 UART 传输层。

d）电源管理模块

该模块提供芯片所需电源。V_{CC} 的典型值是 3.3V。

e）时钟

该模块内置频率为 13MHz 的时钟。时钟由一个晶体振荡器产生，保证定时的精度在 ±4 分每年之内。

② 芯片接口和主要引脚介绍

ROK101008 与 ARM 主板或其他嵌入式设备和 PC 机互连时，提供三种接口方式。

a）串行接口

ROK101008 的 UART 接口符合工业标准，支持以下波特率（单位：bps）：300，600，900，1200，1800，2400，4800，9600，19200，38400，57600，115200，230400 和 460800。在软件上，使用爱立信自定义的一条 HCI 命令（HCI_Ericsson_Set_Uart_Baud_Rate）可改变 UART 接口的波特率。这里，默认的波特率是 57.6kbps。该接口中有 128 字节的先入先出（FIFO）缓冲器。

与该接口有关的 4 个引脚为：TxD（B5）和 RxD（A5）用于收发数据，RTS（A6）和 CTS（B6）用于数据流控制。这些引脚与 ARM 主板上的串口相连，从而实现利用 UART 控制蓝牙的工作。

b）PCM 语音接口

标准的 PCM 语音接口采样速率为 8kHz。语音编码方式可采用线性（linear）方式、μ 律（8bit）或 A 律（8bit）。由于音频部分采用的是 MSM7540LGS-K 这款芯片，所以该系统有线性和 A 律两种方式可以选择。与 PCM 语音接口有关的引脚信号有：PCM_SYNC（A3），设置 PCM 数据的采样速率；PCM_OUT（A2）和 PCM_IN（A1）接收或发送语音编码信号，这两个引脚信号的方向通过编程可调，需要加 100kΩ 的上拉电阻。

c）I^2C 接口

模块中含有 I^2C 接口，它可以通过爱立信特殊 HCI 命令来控制。I^2C 总线是由数据线 SDA 和时钟 SCL 构成的串行总线，可发送和接收数据。数据在 ARM 与被控 IC 之间、IC 与 IC 之间进行双向传送，最高传输速率为 100kbps。I^2C 总线最主要的优点是简单性和有效性。由于接口直接在组件之上，因此 I^2C 总线占用的空间非常小，减少了电路板的空间和芯片引脚的数量，降低了互连成本。

（10）音频部分介绍

本文所选用的音频编解码芯片是 OKI 公司的 MSM7540LGS-K，+3V 供电，有 ADPCM 和 PCM 两种方式编码可选。该系统采用的是 PCM 编码方式。在介绍音频部分之前，首先看一下本通信系统音频编码的方式。

① 脉冲编码调制的概念

脉冲编码调制（Pulse Code Modulation，PCM）是概念上最简单、理论上最完善的编码方式，是最早研制成功、使用最为广泛的编码方式，但其数据量也最大。

PCM 的编码原理比较直观和简单，它的原理框图如图 7.41 所示。在这个编码框图中，输入是模拟声音信号，输出是 PCM 样本。图中的防失真滤波器是一个低通滤波器，用来滤除声音频带以外的信号；波形编码器可暂时理解为"采样器"，量化器可理解为"量化阶大小（step-size）"生成器或者"量化间隔"生成器。

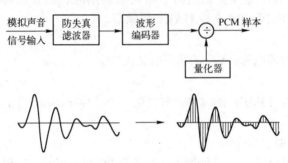

图 7.41　PCM 编码框图

声音数字化有两个步骤：第一步是采样，就是每隔一段时间间隔，读一次声音的幅度；第二步是量化，就是把采样得到的声音信号幅度转换成数字值，但那时并没有涉及如何进行量化。量化有几种方法，但可归纳成两类：一类称为均匀量化，另一类称为非均匀量化。采用的量化方法不同，量化后的数据量也就不同。因此，可以说，量化也是一种压缩数据的方法。

a）均匀量化

如果采用相等的量化间隔对采样得到的信号进行量化，那么这种量化称为均匀量化。均匀量化就是采用相同的"等分尺"来度量采样得到的幅度，也称为线性量化，如图 7.42 所示。量化后的样本值 Y 和原始值 X 的差 $E=Y-X$ 称为量化误差或量化噪声。

用这种方法量化输入信号时，无论对大的输入信号还是小的输入信号都一律采用相同的量化间隔。为了适应幅度大的输入信号，同时又要满足精度要求，就需要增加样本的位数。

但是，对语音信号来说，大信号出现的机会并不多，增加的样本位数就没有充分利用。为了克服这个不足，就出现了非均匀量化的方法，这种方法也叫做非线性量化。

b）非均匀量化

非线性量化的基本想法是，对输入信号进行量化时，大的输入信号采用大的量化间隔，小的输入信号采用小的量化间隔，如图 7.43 所示。这样就可以在满足精度要求的情况下用较少的位数来表示。声音数据还原时，采用相同的规则。

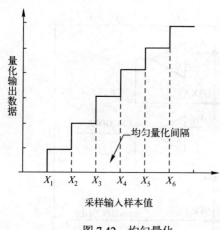

图 7.42 均匀量化　　　　　图 7.43 非均匀量化

在非线性量化中，采样输入信号幅度和量化输出数据之间定义了两种对应关系：一种称为 μ 律压扩算法，另一种称为 A 律压扩算法。

a）μ 律（μ-Law）压扩，主要用于北美和日本等地区的数字电话通信中，按下面的公式确定量化输入和输出的关系：

$$F_\mu(x) = \mathrm{sgn}(x)\frac{\ln(1+\mu|x|)}{\ln(1+\mu)} \tag{7-2}$$

式中，x 为输入信号幅度，规格化成 $-1 \leqslant x \leqslant 1$；$\mathrm{sgn}(x)$ 为 x 的极性；μ 为确定压缩量的参数，它反映最大量化间隔和最小量化间隔之比，取 $100 < \mu < 500$。

因为 μ 律压扩的输入和输出关系是对数关系，所以这种编码又称对数 PCM。具体计算时用 μ=255，把对数曲线变成 8 条折线以简化计算过程。

b）A 律（A-Law）压扩，主要用于欧洲和中国大陆等地区的数字电话通信中。本系统采用的为 A 律压扩，按下面的式子确定量化输入和输出的关系：

$$F_A(x) = \mathrm{sgn}(x)\frac{A|x|}{1+\ln A} \qquad 0 \leqslant |x| \leqslant 1/A \tag{7-3}$$

$$F_A(x) = \mathrm{sgn}(x)\frac{1+\ln(A|x|)}{1+\ln A} \qquad 1/A \leqslant |x| \leqslant 1 \tag{7-4}$$

式中，x 为输入信号幅度，规格化成 $-1 < x < 1$；$\mathrm{sgn}(x)$ 为 x 的极性；A 为确定压缩量的参数，它反映最大量化间隔和最小量化间隔之比。

A 律压扩的前一部分是线性的，其余部分与 μ 律压扩相同。具体计算时，A=87.56，为简化计算，同样把对数曲线部分变成折线。

对于采样频率为 8kHz，样本精度为 13 位、14 位或者 16 位的输入信号，使用 μ 律压扩编码或者使用 A 律压扩编码，经过 PCM 编码器之后，每个样本的精度为 8 位，输出的数据传输速率为 64kbps。这个数据就是 CCITT 推荐的 G.711 标准：语音频率脉冲编码调制。

② 音频放大部分

如图 7.44 所示，在电路设计中，可以通过 $R_1 \sim R_6$ 的阻值来调节音频 0 模拟信号输入/输出的放大倍数。图中有 4 个运算放大器。利用运算放大器的虚短和虚断的概念计算放大倍数。

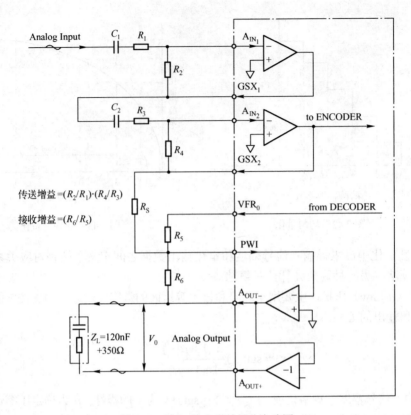

图 7.44　输入/输出增益部分电路图

放大倍数可以通过电阻的阻值改变来实现，经过实验和声音效果测量，本系统音频放大的倍数是 47 倍左右。实际电路图如图 7.45 所示。

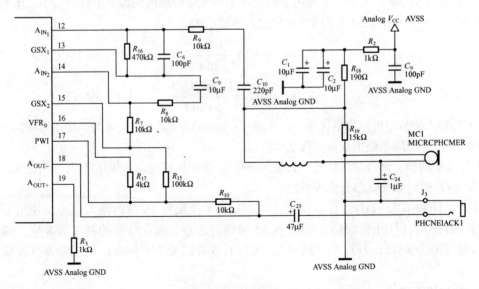

图 7.45　音频接口电路

（11）蓝牙电路板设计原则

最后，对蓝牙电路板做些特别的补充说明。人们在长期的设计实践中，已经总结出了不少规则。在电路设计的时候，如果能够遵循这些原则，那么将有利于电路板控制软件的准确调试和硬件电路的正常工作。

在元器件的布局方面，应该把相互有关的元件尽量放得靠近一些。例如，时钟发生器、晶振、CPU 的时钟输入端都易产生噪声，在放置的时候应把它们靠近些。对于那些易产生噪声的器件、小电流电路、大电流电路、开关电路等，应尽量远离蓝牙的逻辑控制电路和音频编解码电路。

尽量在关键元件如蓝牙模块、音频编解码芯片附近安放去耦电容。实际上，印制电路板走线、引脚连线和接线等都可能含有较大的电感效应，大的电感可能会在 V_{CC} 走线上引起严重的开关噪声尖峰。防止 V_{CC} 走线上开关噪声尖峰的唯一方法是，在 V_{CC} 与电源地之间安放一个 $0.1\mu F$ 的去耦电容。如果电路板上使用表面贴装元件，可以用片状电容直接紧靠元件，在 V_{CC} 引脚上固定。最好使用瓷片电容，因为这种电容具有较低的静电损耗（ESL）和高频阻抗，另外这种电容温度和时间上的介质稳定性也很不错。

放置去耦电容时，在印制电路板的电源输入端跨接 $100\mu F$ 左右的电解电容，如果体积容许，电容量大一些更好。原则上，每个芯片电路旁边应放置一个 $0.01\mu F$ 的瓷片电容。

电容的引线不要太长，特别是高频旁路电容。数据线的宽度尽可能宽，以减小阻抗。数据线的宽度至少不小于 0.3mm。在设计逻辑电路的印制电路板时，其地线应构成闭环形式，提高电路的抗干扰能力。地线应尽量粗。如果地线很细，则地线电阻将会较大，造成接地电位随电流的变化而变化，导致信号电平不稳，电路抗干扰能力下降，蓝牙语音通信效果不好。

① 连接过程（见图7.46）

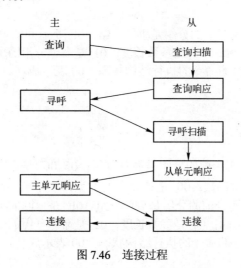

图7.46　连接过程

● 寻呼（Page）

该子状态被主单元用来激活和连接从单元。主单元通过在不同的跳频信道内传送从单元的设备访问码（DAC）来发出寻呼消息。

● 寻呼扫描（Page scan）

在该子状态下，从单元在一个窗口扫描存活期内侦听自己的设备访问码（DAC）。在该扫描窗口内，从单元以单一跳频侦听（源自其寻呼跳频序列）。

● 从单元响应（Slave response）

从单元在该子状态下响应其主单元的寻呼消息。如果处于寻呼扫描子状态下的从单元和主单元寻呼消息相关，即进入该状态。从单元接收到来自主单元的 FHS 数据包之后，即进入连接状态。

● 主单元响应（Master response）

主单元在收到从单元对其寻呼消息的响应之后即进到该子状态。如果从单元回复主单元，则主单元发送 FHS 数据包给从单元，然后主单元进入连接状态。

● 查询（Inquiry）

查询用于发现相邻蓝牙设备的身份。发现单元收集蓝牙设备地址和所有响应查询消息的单元的时钟。

● 查询扫描（Inquiry scan）

在该状态下，蓝牙设备侦听来自其他设备的查询。此时扫描设备可以侦听一般查询访问码（GIAC）或者专用查询访问码（DIAC）。

● 查询响应（Inquiry response）

对查询而言，只有从单元才可以响应，而主单元则不能。从单元用 FHS 数据包响应，该数据包包含了从单元的设备访问码、内部时钟和某些其他从单元信息。

② 实验参考数据及详细解释

a）主机端

```
reset
01 03 0C 00
04 0E 04 01 03 0C 00
```

输出命令分组：01 说明当前的分组是命令分组；03 0C 是命令事件操作码；00 是后面的参数长度。

返回事件分组：04 说明当前的分组是事件分组；0E 是返回的事件操作码，当前返回的时间为 Command Complete Event；04 是参数长度；01 是命令分组的个数；03 0C 是刚刚执行的命令操作码；00 是刚刚执行的命令的执行结构状态，00 表示成功。

```
seteventfilter
01 05 0C 01 00
04 0E 04 01 05 0C 00
```

输出命令分组：01 说明当前的分组是命令分组；05 0C 是命令事件操作码；01 是参数长度，说明后面跟 1 字节的参数；00 是该命令的参数，表示要清除所有的事件滤波器。

返回事件分组：04 说明当前的分组是事件分组；0E 是返回的事件操作码，当前返回的事件为 Command Complete Event；04 是参数长度；01 是命令分组的个数；05 0C 是刚刚执行的命令操作码；00 是刚刚执行的命令的执行结构状态，00 表示成功。

```
scan enable
01 1A 0C 01 03
04 0E 04 01 1A 0C 00
```

输出命令分组：01 说明当前的分组是命令分组；1A 0C 是命令事件操作码；01 是参数长度，说明后面跟 1 字节的参数；03 是该命令的参数，实际上就是 IS_ENA_PS_ENA，表示 Inquiry scan 和 Page scan 使能。

返回事件分组： 04 说明当前的分组是事件分组；0E 是返回的事件操作码，当前返回的事件为 Command Complete Event；04 是参数长度；01 是命令分组的个数；1A 0C 是刚刚执行的命令操作码；00 是刚刚执行的命令的执行结构状态，00 表示成功。

```
voice setting
01 26 0C 02 42 02
04 0E 04 01 26 0C 00
```

输出命令分组：01 说明当前的分组是命令分组；26 0C 是命令事件操作码；02 是参数长度，说明后面跟 2 字节的参数；42 02 是该命令的参数，实际上就是对音频的参数设置。

音频参数设置见表 7.57。

表 7.57　音频参数设置

值	参 数 描 述
00xxxxxxxx	输入编码：线性
01xxxxxxxx	输入编码：μ律输入编码
10xxxxxxxx	输入编码：A律输入编码
11xxxxxxxx	保留
xx00xxxxxx	输入数据格式：1 完成
xx01xxxxxx	输入数据格式：2 完成
xx10xxxxxx	输入数据格式：标记大小
xx11xxxxxx	保留
xxxx0xxxxx	输入采样大小：8bit（只用于线性 PCM）
xxxx1xxxxx	输入采样大小：16bit（只用于线性 PCM）
xxxxxnnnxx	Linear_PCM_Bit_Pos：采样总是从 MSB 开始（只用于线性 PCM）
xxxxxxxx00	广播编码格式 CVSD
xxxxxxxx01	广播编码格式μ律
xxxxxxxx10	广播编码格式A律
xxxxxxxx11	保留
00011000xx	默认条件（x 表示对应位没有默认值，厂商可以使用任意值）

返回事件分组：04 说明当前的分组是事件分组；0E 是返回的事件操作码，当前返回的事件为 Command Complete Event；04 是参数长度；01 是命令分组的个数；05 0C 是刚刚执行的命令操作码；00 是刚刚执行的命令的执行结构状态，00 表示成功。

```
set auto accept
01 05 0C 03 02 00 02
04 0E 04 01 05 0C 00
```

输出命令分组：01 说明当前的分组是命令分组；05 0C 是命令事件操作码；03 是参数长度，说明后面跟 3 字节的参数；02 00 02 是该命令的参数，表示设置 Create Connection 过滤器，02 表示过滤器的条件，00 表示新的连接，02 表示自动接收建立连接，并使能主/从的角色变换。

返回事件分组：这也是一个 Command Complete Events，具体的解释可以参考上面的叙述。

备注：这个命令从设备一定要设置，但对于主设备来说可设置，也可不设置。

inquiry

01 01 04 05 33 8B 9E 0A 01

04 0F 04 00 01 01 04 04 02 0F 01 14 3D 14 37 80 00 01 00 00 00 00 00 32 62 04 01 01 00

输出命令分组：01 说明当前的分组是命令分组；01 04 是命令事件操作码；05 是参数长度，说明后面跟 5 字节的参数；33 8B 9E 0A 01 是该命令的参数，33 8B 9E 是 LAP 值（一般有两种：0x9E8B33 和 0x9E8B00。0x9E8B33 是 Generic Inquiry LAP，0x9E8B00 是 Limited Inquiry LAP，通常用 Generic Inquiry LAP）；0A 是响应的时间；01 是响应的数目。

返回事件分组：

第一个分组 04 0F 04 00 01 01 04：04 说明当前的分组是事件分组；0F 是返回的事件操作码，当前返回的事件为 command status event；04 是参数长度；00 是刚刚执行的命令的执行结构状态，00 表示成功；01 是命令分组的个数；01 04 是刚刚执行的命令操作码。

第二个分组 04 02 0F 01 14 3D 14 37 80 00 01 00 00 00 00 00 32 62：04 说明当前的分组是事件分组；02 是返回的事件操作码，说明是 Inquiry Result 事件；0F 是参数长度，说明后面跟 15 字节的参数；01 是查询到的蓝牙设备的个数；14 3D 14 37 80 00 是查询到的蓝牙设备的地址；01 00 00 00 00 00 是对寻呼扫描的设置；62 32 是 Clockoffset。

第三个分组 04 01 01 00：04 说明当前的分组是事件分组；01 是返回的事件操作码，说明是查询完成事件；01 是参数的个数；00 是执行状态，00 表示成功。

connection acl

01 05 04 0D 14 3D 14 37 80 00 08 00 01 00 32 62 00

04 0F 04 00 01 05 04 04 03 0B 00 01 00 14 3D 14 37 80 00 01 00

输出命令分组：01 说明当前的分组是命令分组；05 04 是命令事件操作码；0D 是参数长度，说明后面跟 13 字节的参数；14 3D 14 37 80 00 08 00 01 00 32 62 00 是该命令的参数，14 3D 14 37 80 00 08 00 是蓝牙设备的地址，00 08 是所支持的分组的种类，01 00 是对寻呼扫描的设置，62 32 是 Clockoffset，00 是角色设置的标志。

返回事件分组：

第一个分组 04 0F 04 00 01 05 04：04 说明当前的分组是事件分组；0F 是返回的事件操作码，当前返回的事件为 Command Status Event；04 是参数长度；00 是刚刚执行的命令的执行结构状态，00 表示成功；01 是命令分组的个数；05 04 是刚刚执行的命令操作码。

第二个分组 04 03 0B 00 01 00 14 3D 14 37 80 00 01 00：04 说明当前的分组是事件分组；03 是返回的事件操作码，说明是 Connection 事件；0B 是参数长度，说明后面跟 11 字节的参数；00 01 00 14 3D 14 37 80 00 01 00 是参数，00 是命令执行的状态，01 00 是连接的句柄，14 3D 14 37 80 00 是查询到的蓝牙设备的地址。01 是连接的类型，00 是认证的标志。

acl data

例子 1：发送数据 HELLO

02 01 20 0A 00 06 00 01 00 48 45 4C 4C 4F 00

例子 2：发送数据 haaaaaaaaaaaaaaaaaaaaaaaa

02 01 20 1F 00 1B 00 01 00 68 61 61 61 61 61 61 61 61 61 61 61 61 61 61 61 61 61 61 61 61 61 61 61 61 61 61 0D 0A 00

例子 1 数据格式解析如下。

如图 7.47 所示是基本的 ACL 数据格式。

| 0 | 4 | 8 | 12 | 16 | 20 | 24 | 28 | 31 |

图 7.47　ACL 数据格式

例子 1 中，02 是 ACL 数据传输分组指示符，01 20 0A 00 是如图 7.47 所示的 0～31 位，00 06 00 01 是 L2CAP 协议里面规定的格式，00 06 是后面有效数据的长度，00 01 是 CID 码。48 45 4C 4C 4F 00 是传输的真正载荷，ASCII 码为：HELLO。

> sco connection
> 01 07 04 04 01 00 20 00
> 04 0F 04 00 01 07 04 04 03 0B 00 01 00 14 3D 14 37 80 00 01 00

输出命令分组：01 说明当前的分组是命令分组；07 04 是命令事件操作码；04 是参数长度，说明后面跟 4 字节的参数；01 00 20 00 是该命令的参数，00 01 是连接句柄，20 00 是分组种类。

返回事件分组：

第一个分组 04 0F 04 00 01 07 04：04 说明当前的分组是事件分组；0F 是返回的事件操作码，当前返回的事件为 Command Status Event；04 是参数长度；00 是刚刚执行的命令的执行结构状态，00 表示成功；01 是命令分组的个数；07 04 是刚刚执行的命令操作码。

第二个分组 04 03 0B 00 01 00 14 3D 14 37 80 00 01 00：04 说明当前的分组是事件分组；03 是返回的事件操作码，说明是 Connection 事件，0B 是参数长度，说明后面跟 11 字节的参数；00 01 00 14 3D 14 37 80 00 01 00 是参数，00 是命令执行的状态，01 00 是连接的句柄，14 3D 14 37 80 00 是被连接的蓝牙设备的地址，01 是连接的类型，00 是认证的标志。

b）从机端

> reset
> 01 03 0C 00
> 04 0E 04 01 03 0C 00

输出命令分组：01 说明当前的分组是命令分组；03 0C 是命令事件操作码；00 是后面的参数长度。

返回事件分组：　04 说明当前的分组是事件分组；0E 是返回的事件操作码，当前返回的时间为 Command Complete Event；04 是参数长度；01 是命令分组的个数；03 0C 是刚刚执行的命令操作码；00 是刚刚执行的命令的执行结构状态，00 表示成功。

> seteventfilter
> 01 05 0C 01 00
> 04 0E 04 01 05 0C 00

输出命令分组：01 说明当前的分组是命令分组；05 0C 是命令事件操作码；01 是参数长度，说明后面跟 1 字节的参数；00 是该命令的参数，表示要清除所有的事件滤波器。

返回事件分组：04 说明当前的分组是事件分组；0E 是返回的事件操作码，当前返回的事件为 Command Complete Event；04 是参数长度；01 是命令分组的个数；05 0C 是刚刚执行的命令操作码；00 是刚刚执行的命令的执行结构状态，00 表示成功。

```
scan enable
01 1A 0C 01 03
04 0E 04 01 1A 0C 00
```

输出命令分组：01 说明当前的分组是命令分组；1A 0C 是命令事件操作码；01 是参数长度，说明后面跟 1 字节的参数；03 是该命令的参数，实际上就是 IS_ENA_PS_ENA，表示 Inquiry scan 和 Page scan 使能。

返回事件分组：04 说明当前的分组是事件分组；0E 是返回的事件操作码，当前返回的事件为 Command Complete Event；04 是参数长度；01 是命令分组的个数；1A 0C 是刚刚执行的命令操作码；00 是刚刚执行的命令的执行结构状态，00 表示成功。

```
voice setting
01 26 0C 02 42 02
04 0E 04 01 26 0C 00
```

输出命令分组：01 说明当前的分组是命令分组；26 0C 是命令事件操作码；02 是参数长度，说明后面跟 2 字节的参数；42 02 是该命令的参数，实际上就是对音频的参数设置。

音频参数设置如表 7.57 所示。

返回事件分组：04 说明当前的分组是事件分组；0E 是返回的事件操作码，当前返回的事件为 Command Complete Event；04 是参数长度；01 是命令分组的个数；26 0C 是刚刚执行的命令操作码；00 是刚刚执行的命令的执行结构状态，00 表示成功。

```
set auto accept
01 05 0C 03 02 00 02
04 0E 04 01 05 0C 00
```

输出命令分组：01 说明当前的分组是命令分组；05 0C 是命令事件操作码；03 是参数长度，说明后面跟 3 字节的参数；02 00 02 是该命令的参数，表示设置 Create Connection 过滤器，02 表示过滤器的条件，00 表示新的连接，02 表示自动接收建立连接，并使能主/从的角色变换。

返回事件分组：这也是一个 Command Complete Events 事件，具体的解释可以参考上面的叙述。

备注：这个命令，对于从设备一定要设置，但对于主设备来说可设置，也可不设置。

在这些设置之后，从设备就处于扫描状态，当扫描到主设备建立 ACL 连接时自动接收建立连接，同时返回连接建立成功事件。

SCO 连接可以在主设备发起，也可以在从设备发起。发起之后，如果建立成功，则主、从设备都会返回连接建立成功事件。

自此，数据和语音通信都可以正常进行了，程序实现的主流程图如图 7.48 所示。

实验操作步骤

① 准备实验环境。连接好主机——Probe-ICE——目标板，启动 Multi-server 并配置好

ARM 内核（ARM920T），用串口连接线将主机板和蓝牙子板连接。

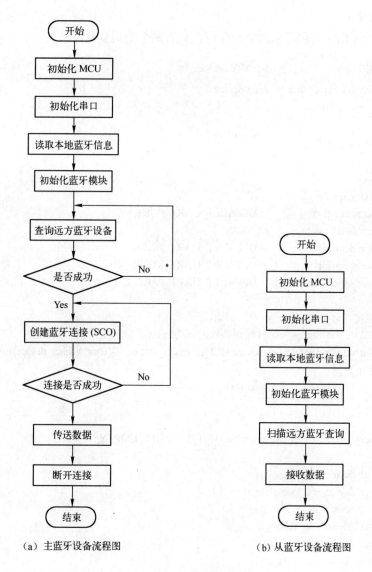

（a）主蓝牙设备流程图　　　　（b）从蓝牙设备流程图

图 7.48　程序实现的主流程图

② 启动 CodeWarrior，打开所需工程文件（\···\实验项目\蓝牙\ sourcecode\ HCI\HCI .mcp）。

③ 选择目标模板为 ReInRam。若源文件有改动或路径发生变化，则需要重新编译（make）。

④ 直接进入 AXD，单击 Go 按钮，然后单击 Stop 按钮，以初始化 CPU 及 SDRAM。

⑤ 使用 Load image 命令加载 image 文件。

⑥ 单击 AXD 环境中的 Go 按钮，全速运行。

⑦ 利用蓝牙系统的耳机和麦克风，进行语音通信。

⑧ 打开 AXD，Reload Image。

⑨ 设置断点，单步运行，观察串口缓冲发送的数据分组。

⑩ 如果有必要，可修改源代码，并重新编译，然后单击 Reload 按钮重新调试。

⑪ 退出系统。

⑫ 理解和掌握实验内容后，完成后面的问题与讨论。

实验参考程序

（1）全局变量

整个系统用到 UART 和蓝牙两个硬件层，只有两个全局变量：

```
SD_PORT  port;              //UART device
struct hci_dev hci_device;   //hci device
```

（2）主函数

```
void C_Entry(void)
{
    int i;
    char ch;
    port.com_port        = DEFAULT_UART_PORT;
    port.baud_rate       = 57600;
    port.data_bits       = DEFAULT_UART_DATA;
    port.stop_bits       = DEFAULT_UART•STOP;
    port.parity          = DEFAULT_UART_PARITY;

    SDC_Init_Port( &port );//串口初始化
    //SDC_Put_String("\n\r 接收到的数据\n\r",&port);
    for(i=0;i<((char*)(&hci_device.HCI_tx_buffer_status)+4-(char*)(&hci_device));i++)
    {
        *((char*)(&hci_device)+i)=0;
    }

    hci_device.HCI_tx_buffer_status=HCI_TX_BUFF_EMPTY;

    hci_device.auth_flags = 1;
    hci_device.cmd_complete_flags = 1;
    hci_device.cmd_status_flags = 1;
    hci_device.inqu_flags =1;
    hci_device.link_flags =1;
    //hci_device.scan_flags =1;

    hci_device.conn_accept_timeout = DEFAULT_HCI_CONN_ACP_TIMEOUT;
    hci_device.page_timeout = DEFAULT_HCI_PAGE_TIMEOUT;

    hci_device.voice_setting = DEFAULT_HCI_VOICE_SETTING;

    _bt_mem_cpy((void*)(hci_device.hci_device_info.name),"BT1",3);
    for(i=0;i<3;i++)
    {
        char ch;
        ch = (char)((DEFAULT_HCI_CLASS_OF_DEVICE>>(i*8))&0xff);
        hci_device.hci_device_info.class_device[i] = ch;
    }
    for(i=0;i<3;i++)
```

```
        {
            char ch;
            ch=(char)((DEFAULT_HCI_IAC_LAP>>(i*8))&0xff);
            hci_device.ic.lap[i] = ch;
        }
        hci_device.ic.length = DEFAULT_HCI_IAC_LEN;
        hci_device.ic.num_rsp = DEFAULT_HCI_IAC_NUM_RSP;
        hci_device.scan_enable = DEFAULT_HCI_SCAN_ENABLE;
        hci_device.authen_enable = DEFAULT_HCI_AUTHEN_ENABLE;
        hci_device.port=&port;
        hci_init_req1(&hci_device);
        _delay(1);
        hci_init_req2(&hci_device);
        _delay(1);
        #ifdef _MASTER_
        HCI_master_create_acl_conn(&hci_device);
        //HCI_Send_acl_demo(&hci_device);
        HCI_SCO_conn(&hci_device);
        #endif
        do
        {
            ;

        }while(1);
        hci_disconnect(&hci_device,REJECT_REASON);

    }//C_ENTRY
```

（注：限于篇幅，详细程序请参考 HCI 实验例程。）

问题与讨论

① 蓝牙主、从设备的区别？

② 除了蓝牙技术之外，你还了解哪些短距离无线通信技术？

7.8 步进电机驱动编程及实验

实验目的

● 通过实验了解步进电机控制原理

● 通过实验掌握 ARM 处理器的 PWM 控制方式和工作原理

● 熟悉 S3C2410X 定时器寄存器的使用

● 熟练掌握控制 PWM 定时器的软件编程方法

实验内容

● 学习和掌握 ARM 处理器对步进电机的控制方法

- 编写程序实现分别用定时器 2 和定时器 3 的 PWM 控制步进电机
- 改变定时器 2 和定时器 3 的计数器寄存器的值以改变步进电机的转动速率

实验原理

1. S3C2410X 定时器概述

S3C2410X 有 5 个 16 位定时器，其中定时器 0、1、2、3 具有脉冲宽度调制（PWM）功能，定时器 4 具有内部定时作用，但是没有输出引脚。定时器 0 具有死区生成器，可以控制大电流设备。

定时器 0、1 公用一个 8bit 预分频器，定时器 2、3、4 公用另一个 8bit 预分频器，每个定时器都有一个时钟分频器，信号分频输出有 5 种模式（1/2，1/4，1/8，1/16 和外部时钟 TCLK）。每个定时器模块都从时钟分频器接收它自己的时钟信号，时钟分频器接收的时钟信号来自于 8bit 预分频器。可编程 8bit 预分频器根据存储在 TCFG0 和 TCFG1 中的数据对 PCLK 进行预分频。

当时钟被允许后，定时器缓冲计数器寄存器（CTNTBn）把计数初值下载到减法计数器中。定时器比较缓冲寄存器（CMPBn）把初始值下载到比较寄存器中来和减法计数器值进行比较，这种 CTNTBn 和 CMPBn 双缓冲寄存器特性能使定时器产生稳定的输出，且占空比可变。

每一个定时器都有一个自己的用定时器时钟驱动的 16 位减法计数器。当减法计数器减到 0 时，就会产生一个定时器中断来通知 CPU 定时器操作完成。当定时器减法计数器减到 0 时，相应的 TCNTBn 的值被自动重载到减法计数器中继续下次操作。然而，如果定时器停止了，比如在运行的时候通过清除 TCON 中定时器使能位来中止定时器的运行，则 TCNTBn 的值不会被重载到减法计数器中。

TCMPBn 的值用于脉冲宽度调制（PWM）。当定时器的减法计数器的值和 TCMPBn 的值相匹配时，定时器输出电平改变。因此，比较寄存器决定了 PWM 输出的开关时间。

S3C2410X 定时器特性如下：

- 5 个 16bit 定时器；
- 两个 8bit 预分频器和两个 4bit 分频器；
- 可编程 PWM 输出占空比；
- 自动重载模式或者单个脉冲输出模式；
- 具有死区生成器；
- 自动重载与双缓冲。

因为 S3C2410X 具有双缓冲功能，能在不中止当前定时器运行的情况下，重载下次定时器运行参数，所以尽管新的定时器的值被设置好了，但是当前操作仍能成功完成。定时器值可以被写入定时器计数缓冲寄存器（TCNTBn），当前计数器的值可从重定时器计数观察寄存器（TCNTOn）读出。读出的 TCNTBn 值并不是当前的计数器的值，而是下次重载的计数器值。

当 TCNTn 的值等于 0 时，自动重载操作把 TCNTBn 的值装入 TCNTn，只有当自动重载允许并且 TCNTn 的值等于 0 的时候才会自动重载。如果 TCNTn 等于 0，自动重载禁止，则定时器停止运行。

如图 7.49 所示为双缓冲功能举例示意图。

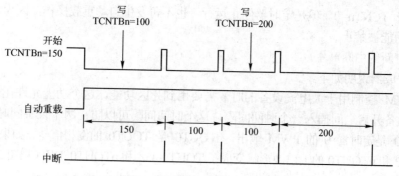

图 7.49 双缓冲功能举例示意图

使用手动更新完成定时器的初始化和倒相位。

当计数器的值减到 0 时会发生自动重载操作，所以 TCNTn 的初始值必须由用户提前定义好，在这种情况下就需要手动更新启动值。以下给出更新过程：

- 向 TCNTBn 和 TCMPBn 写入初始值；
- 置位相应定时器的手动更新位，不管是否使用倒相功能，推荐设置一下倒相位；
- 启动定时器，清除手动更新位。

注意：如果定时器被强制停止，则 TCNTn 保持原来的值；如果要设置一个新的值，则必须使用手动更新位。另外，手动更新位一定要在定时器启动后清除，否则不能正常运行。只要 TOUT 的倒相位改变，不管定时器是否处于运行状态，TOUT 都会倒相，因此在手动更新的时候需要设置倒相位。

如图 7.50 所示为定时器操作示例图。

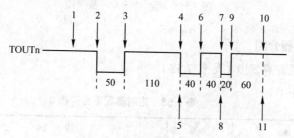

图 7.50 定时器操作示例图

详细操作步骤如下。

- 允许自动重载功能，TCNTBn=160（50+110），TCMPBn=110。置位手动更新位，配置倒相位。手动更新位被置位后，TCNTBn 和 TCMPBn 的值被自动装入 TCNTn 和 TCMPn。之后设置 TCNTBn 和 TCMPBn 分别等于 80（40+40）和 40。
- 启动定时器清零手动更新位，取消倒相功能，允许自动重载，定时器开始启动减法计数。
- 当 TCNTn 和 TCMPn 的值相等时，TOUT 输出电平由低变高。
- 当 TCNTn=0 时，产生中断，并在下一个时钟到来时把 TCNTBn 的值装入暂存器。
- 在中断服务子程序中，把 TCNTBn 和 TCMPBn 分别装入 80（20+60）和 60。
- 当 TCNTn 和 TCMPn 的值相等时，TOUT 输出电平由低变高。
- 当 TCNTn=0 时，把 TCNTBn 和 TCMPBn 的值分别自动装入 TCNTn 和 TCMPn，并触发中断。
- 在中断服务子程序中，禁止自动重载和中断请求来中止定时器运行。
- 当 TCNTn 和 TCMPn 的值相等时，TOUT 输出电平由低变高。

- 尽管 TCNTn=0，但是定时器停止运行，也不再发生自动重载操作，因为定时器自动重载功能被禁止。
- 没有新的中断产生。

死区生成器说明如下。

当 PWM 控制用于大电流设备的时候需要用到死区功能。这个功能允许在一个设备关闭和另一个设备开启之间插入一个时间间隔，这个时间间隔可以防止两个设备同时被启动。

TOUT0 是定时器 0 的 PWM 输出，nTOUT0 是 TOUT0 的倒相信号。如果死区功能被允许，TOUT0 和 nTOUT0 的输出波形就变成了 TOUT0_DZ 和 nTOUT0_DZ（见图 7.51）。

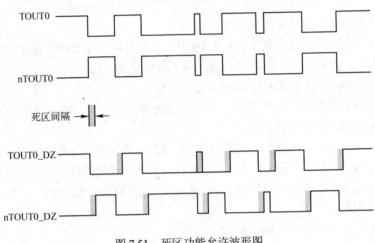

图 7.51　死区功能允许波形图

2．定时器寄存器介绍

（1）定时器配置寄存器 0（见表 7.58）

表 7.58　定时器配置寄存器 0

寄存器	地址	读/写	描述	复位值
TCFG0	0x51000000	读/写	配置两个 8 位预分频器	0x00000000

TCFG0	位域	描述	初始状态
保留	[31:24]		0x00
死区长度	[23:16]	确定死区的长度，其一个时间单位与定时器 0 的一个时间单位相等	0x00
预分频器 1	[15:8]	确定定时器 2、3、4 的预分频器的值	0x00
预分频器 0	[7:0]	确定定时器 0、1 的预分频器的值	0x00

定时器输入时钟频率（TCLK）=PCLK/（预分频值+1）/分频器分频值

预分频值：0～255

分频器分频值：2、4、8、16

PWM 输出时钟频率=定时器输入时钟频率（TCLK）/定时器计数缓冲寄存器值（TCNTBn）

PWM 输出信号占空比=定时器比较缓冲寄存器值（TCMPBn）/定时器计数缓冲寄存器值（TCNTBn）

（2）定时器配置寄存器 1（见表 7.59）

表 7.59　定时器配置寄存器 1

寄 存 器	地 址	读/写	描 述	复 位 值
TCFG1	0x51000004	读/写	5-MUX 和模式选择寄存器	0x00000000

TCFG1	位 域	描 述	初 始 状 态
保留	[31:24]		
DMA 模式	[23:20]	DMA 模式选择：0000=无 DMA 通道选择，0001=定时器 0 DMA 方式，0010=定时器 1 DMA 方式，0011=定时器 2 DMA 方式，0100=定时器 3 DMA 方式，0101=定时器 4 DMA 方式，0110=定时器 5 DMA 方式	00000000
MUX4	[19:16]	定时器 4 多路输入选择：0000=1/2，0001=1/4，0010=1/8，0011=1/16，01XX=外部时钟 1	0000
MUX3	[15:12]	定时器 3 多路输入选择：0000=1/2，0001=1/4，0010=1/8，0011=1/16，01XX=外部时钟 1	0000
MUX2	[11:8]	定时器 2 多路输入选择：0000=1/2，0001=1/4，0010=1/8，0011=1/16，01XX=外部时钟 1	0000
MUX1	[7:4]	定时器 1 多路输入选择：0000=1/2，0001=1/4，0010=1/8，0011=1/16，01XX=外部时钟 0	0000
MUX0	[3:0]	定时器 0 多路输入选择：0000=1/2，0001=1/4，0010=1/8，0011=1/16，01XX=外部时钟 0	0000

（3）定时器控制寄存器（见表 7.60）

表 7.60　定时器控制寄存器

寄 存 器	地 址	读/写	描 述	复 位 值
TCON	0x51000008	读/写	定时器控制寄存器	0x00000000

TCON	位 域	描 述	初 始 状 态
Timer4 自动重载开/关	[22]	定时器 4 自动重载开/关：0=定时器 4 运行 1 次，1=自动重载模式	0
Timer4 手动更新	[21]	定时器 4 手动更新位：0=无操作，1=更新 TCNTB4	0
Timer4 启动/停止	[20]	定时器 4 启动位：0=无操作，1=启动定时器 4	0
Timer3 自动重载开/关	[19]	定时器 3 自动重载开/关：0=定时器 3 运行 1 次，1=自动重载模式	0
Timer3 输出倒相位开/关	[18]	定时器 3 输出倒相位：0=倒相关闭，1=TOUT3 倒相	0
Timer3 手动更新	[17]	定时器 3 手动更新位：0=无操作，1=更新 TCNTB3	0
Timer3 启动/停止	[16]	定时器 3 启动位：0=无操作，1=启动定时器 3	0
Timer2 自动重载开/关	[15]	定时器 2 自动重载开/关：0=定时器 2 运行 1 次，1=自动重载模式	0
Timer2 输出倒相位开/关	[:14]	定时器 2 输出倒相位：0=倒相关闭，1=TOUT2 倒相	0
Timer2 手动更新	[13]	定时器 2 手动更新位：0=无操作，1=更新 TCNTB2	0
Timer2 启动/停止	[12]	定时器 2 启动位：0=无操作，1=启动定时器 2	0
Timer1 自动重载开/关	[11]	定时器 1 自动重载开/关：0=定时器 1 运行 1 次，1=自动重载模式	0
Timer1 输出倒相位开/关	[10]	定时器 1 输出倒相位：0=倒相关闭，1=TOUT1 倒相	0
Timer1 手动更新	[9]	定时器 1 手动更新位：0=无操作，1=更新 TCNTB1	0
Timer1 启动/停止	[8]	定时器 1 启动位：0=无操作，1=启动定时器 1	0
保留	[7:5]	保留	0
死区使能	[4]	确定死区的操作	0

TCON	位 域	描 述	初始状态
Timer0 自动重载开/关	[3]	定时器 0 自动重载开/关： 0=定时器 0 运行 1 次，1=自动重载模式	0
Timer0 输出倒相位开/关	[2]	定时器 0 输出倒相位：0=倒相关闭，1=TOUT0 倒相	0
Timer0 手动更新	[1]	定时器 0 手动更新位：0=无操作，1=更新 TCNTB0	0
Timer0 启动/停止	[0]	定时器 0 启动位：0=无操作，1=启动定时器 0	0

注：定时器 0、1、2、3、4 的手动更新位在下次写入的时候一定要清零。

（4）定时器 0 计数、比较缓冲寄存器（见表 7.61）

表 7.61　定时器 0 计数、比较缓冲寄存器

寄 存 器	地 址	读/写	描 述	复 位 值
TCNTB0	0x5100000C	读/写	定时器 0 计数缓冲寄存器	0x00000000
TCMPB0	0x51000010	读/写	定时器 0 比较缓冲寄存器	0x00000000

TCMPB0	位 域	描 述	初始状态
定时器 0 计数缓冲寄存器	[15:0]	为定时器 0 设置计数缓冲值	0x00000000

TCNTB0	位 域	描 述	初始状态
定时器 0 比较缓冲寄存器	[15:0]	为定时器 0 设置比较缓冲值	0x00000000

（5）定时器 0 计数观察寄存器（见表 7.62）

表 7.62　定时器 0 计数观察寄存器

寄 存 器	地 址	读/写	描 述	复 位 值
TCNTO0	0x51000014	读	定时器 0 计数观察寄存器	0x00000000

TCNTO0	位 域	描 述	初始状态
定时器 0 计数观察寄存器	[15:0]	为定时器 0 设置计数观察值	0x00000000

（6）定时器 1 计数、比较缓冲寄存器（见表 7.63）

表 7.63　定时器 1 计数、比较缓冲寄存器

寄 存 器	地 址	读/写	描 述	复 位 值
TCNTB1	0x51000018	读/写	定时器 1 计数缓冲寄存器	0x00000000
TCMPB1	0x5100001C	读/写	定时器 1 比较缓冲寄存器	0x00000000

TCMPB1	位 域	描 述	初始状态
定时器 1 计数缓冲寄存器	[15:0]	为定时器 1 设置计数缓冲值	0x00000000

TCNTB1	位 域	描 述	初始状态
定时器 1 比较缓冲寄存器	[15:0]	为定时器 1 设置比较缓冲值	0x00000000

（7）定时器 1 计数观察寄存器（见表 7.64）

表 7.64　定时器 1 计数观察寄存器

寄 存 器	地 址	读/写	描 述	复 位 值
TCNTO1	0x51000020	读	定时器 1 计数观察寄存器	0x00000000

TCNTO1	位 域	描 述	初 始 状 态
定时器1计数观察寄存器	[15:0]	为定时器1设置计数观察值	0x00000000

（8）定时器2计数、比较缓冲寄存器（见表7.65）

表7.65　定时器2计数、比较缓冲寄存器

寄存器	地 址	读/写	描 述	复 位 值
TCNTB2	0x51000024	读/写	定时器2计数缓冲寄存器	0x00000000
TCMPB2	0x51000028	读/写	定时器2比较缓冲寄存器	0x00000000

TCMPB2	位 域	描 述	初 始 状 态
定时器2计数缓冲寄存器	[15:0]	为定时器2设置计数缓冲值	0x00000000

TCNTB2	位 域	描 述	初 始 状 态
定时器2比较缓冲寄存器	[15:0]	为定时器2设置比较缓冲值	0x00000000

（9）定时器2计数观察寄存器（见表7.66）

表7.66　定时器2计数观察寄存器

寄存器	地 址	读/写	描 述	复 位 值
TCNTO2	0x5100002C	读	定时器2计数观察寄存器	0x00000000

TCNTO2	位 域	描 述	初 始 状 态
定时器2计数观察寄存器	[15:0]	为定时器2设置计数观察值	0x00000000

（10）定时器3计数、比较缓冲寄存器（见表7.67）

表7.67　定时器3计数、比较缓冲寄存器

寄存器	地 址	读/写	描 述	复 位 值
TCNTB3	0x51000030	读/写	定时器3计数缓冲寄存器	0x00000000
TCMPB3	0x51000034	读/写	定时器3比较缓冲寄存器	0x00000000

TCMPB3	位 域	描 述	初 始 状 态
定时器3计数缓冲寄存器	[15:0]	为定时器3设置计数缓冲值	0x00000000

TCNTB3	位 域	描 述	初 始 状 态
定时器3比较缓冲寄存器	[15:0]	为定时器3设置比较缓冲值	0x00000000

（11）定时器3计数观察寄存器（见表7.68）

表7.68　定时器3计数观察寄存器

寄存器	地 址	读/写	描 述	复 位 值
TCNTO3	0x51000038	读	定时器3计数观察寄存器	0x00000000

TCNTO3	位 域	描 述	初始状态
定时器3计数观察寄存器	[15:0]	为定时器3设置计数观察值	0x00000000

（12）定时器4计数缓冲寄存器（见表7.69）

表7.69　定时器4计数缓冲寄存器

寄 存 器	地 址	读/写	描 述	复 位 值
TCNTB4	0x5100003C	读	定时器4计数缓冲寄存器	0x00000000

TCMPB4	位 域	描 述	初始状态
定时器4计数缓冲寄存器	[15:0]	为定时器4设置计数缓冲值	0x00000000

（13）定时器4计数观察寄存器（见表7.70）

表7.70　定时器4计数观察寄存器

寄 存 器	地 址	读/写	描 述	复 位 值
TCNTO4	0x51000040	读	定时器4计数观察寄存器	0x00000000

TCNTO4	位 域	描 述	初始状态
定时器4计数观察寄存器	[15:0]	为定时器4设置计数观察值	0x00000000

3．步进电机工作原理

步进电机基本结构如图7.52所示。

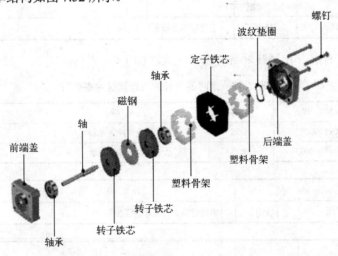

图7.52　步进电机基本结构图

步进电机是一种将电脉冲转化为角位移的执行机构。通俗地讲，当步进驱动器接收到一个脉冲信号，它就驱动步进电机按设定的方向转动一个固定的角度。可以通过控制脉冲个数来控制角位移量，从而达到准确定位的目的；同时可以通过控制脉冲频率来控制电机转动的速度和加速度，从而达到调速的目的。

（1）主要特点

本实验使用的电机驱动器是日本东芝公司的 TA8435H 芯片，TA8435H 是东芝公司生产的单片正弦细分二相步进电机驱动专用芯片，TA8435H 可以驱动二相步进电机，且电路简单，工作可靠。该芯片还具有以下特点：

- 工作电压范围宽（10～40V）；
- 输出电流可达平均 1.5A 和峰值 2.5A；
- 具有整步、半步、1/4 细分、1/8 细分运行方式可供选择；
- 采用脉宽调制式斩波驱动方式；
- 具有正/反转控制功能；
- 带有复位和使能引脚；
- 可选择使用单时钟输入或双时钟输入。

（2）引脚功能

TA8435H 采用 ZIP25 封装形式，如图 7.53 所示为 TA8435H 芯片引脚排列图。各引脚功能如下。

脚 1（S-GND）：信号地。

脚 2（$\overline{\text{RESET}}$）：复位端，低电平有效，当该端有效时，电路复位到起始状态，此时在任何激励方式下，输出各相都置于它们的原点。

引脚 3（$\overline{\text{ENABLE}}$）：使能端，低电平有效；当该端为高电平时电路处于维持状态，此时各相输出被强制关。

引脚 4（OSC）：该脚外接电容的典型值可决定芯片内部驱动级的斩波频率（15～80kHz），计算公式为：$f_{\text{OSC}}=1/5.15 \times C_{\text{OSC}}$，式中，$C_{\text{OSC}}$ 的单位为μF，f_{OSC} 的单位为 kHz。

脚 5（CW/CCW）：正、反转控制引脚。

脚 6、7（CK2、CK1）：时钟输入端，可选择单时钟输入或双时钟输入，最大时钟输入频率为 5kHz。

脚 8、9（M1、M2）：选择激励方式，00 表示步进电机工作在整步方式，10 为半步方式，01 为 1/4 细分方式，11 为 1/8 细分方式。

脚 10（REF-IN）：VNF 输入控制，接高电平时 VNF 为 0.8V，接低电平时 VNF 为 0.5V。

脚 11（$\overline{\text{MO}}$）：输出监视，用于监视输出电流峰值位置。

脚 13（V_{CC}）：逻辑电路供电引脚，一般为 5V。

脚 15、24（V_{MB}、V_{MA}）：B 相和 A 相负载电源端。

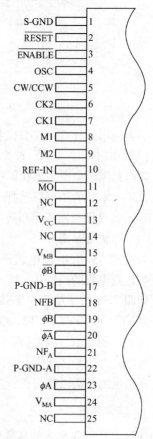

图 7.53　TA8435H 芯片引脚排列图

脚 16、19（$\overline{\phi\text{B}}$、ϕB）：B 相输出引脚。

脚 17、22（P-GND-B、P-GND-A）：B 相和 A 相负载地。

脚 18、21（NF_B、NF_A）：B 相和 A 相电流检测端，由该引脚外接电阻和 REF-IN 引脚控制的输出电流为：IO=VNF/RNF。

脚 20、23（$\overline{\phi\text{A}}$、ϕA）：A 相输出引脚。

（3）实际应用电路

如图 7.54 所示为本实验用 TA8435H 芯片实现步进电机驱动器的应用电路图。

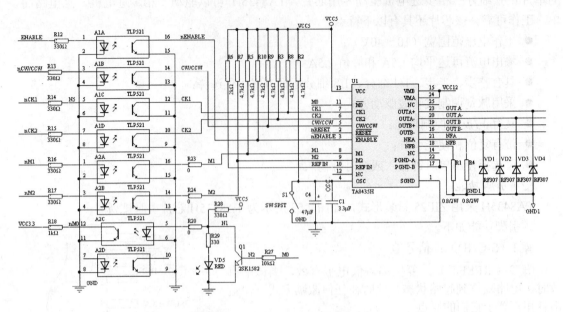

图 7.54　步进电机驱动器应用电路图

该电路用一片 TA8435H 来驱动一个步进电机，输入信号有使能控制、正反转控制、细分模式控制和时钟输入，通过光耦可将驱动器与输入级进行电隔离，以起到逻辑电平隔离和保护作用。

注意：本实验中可以选择 CK1 或 CK2 连接 TOUT2 或者 TOUT3，通过调整跳线可以选择不同的 PWM 输入。

（4）电机连接图

如图 7.55 所示是电机连接图，OUT1、OUT2、OUT3、OUT4 连到电机的控制端。

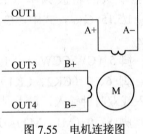

图 7.55　电机连接图

如图 7.56 所示是芯片 TA8435H 输出的相位信息，其中 I_A，I_B 分别对应 OUT1 与 OUT2、OUT3 与 OUT4 之间连线的电流。

注意：图 7.56 中相邻两个时间点的间隔等于 PWM 定时器输出的一个周期。占空比决定了定时器输出功率，一般占空比为 0.3～0.4，由于 PWM 输出信号 TOUTn 的高低电平时间长短是不确定的，所以建议正常工作的时候占空比为 0.5。

4．软件实现

步进电机的驱动主要靠软件来实现，需要编写软件实现程序。在启动步进电机之前首先需要对 CPU 进行初始化（主要是对所使用的中断进行初始化）。当定时器计数器向下计到 0 时，就引发了相应的中断服务程序（即定时器中断服务程序），如图 7.57 和图 7.58 所示是主要程序的流程图。

实验操作步骤

① 准备实验环境。连接好主机——Probe-ICE——目标板，启动 Multi-server 并配置好 ARM 内核（ARM920T）。

② 启动 CodeWarrior，打开所需工程文件（\…\实验项目\步进电机\pwm.mcp）。

③ 选择目标模板为 ReInRam。若源文件有改动或路径发生变化，则重新编译（make）。

④ 直接进入 AXD，单击 Go 按钮，然后单击 Stop 按钮，以初始化 CPU 及 SDRAM。

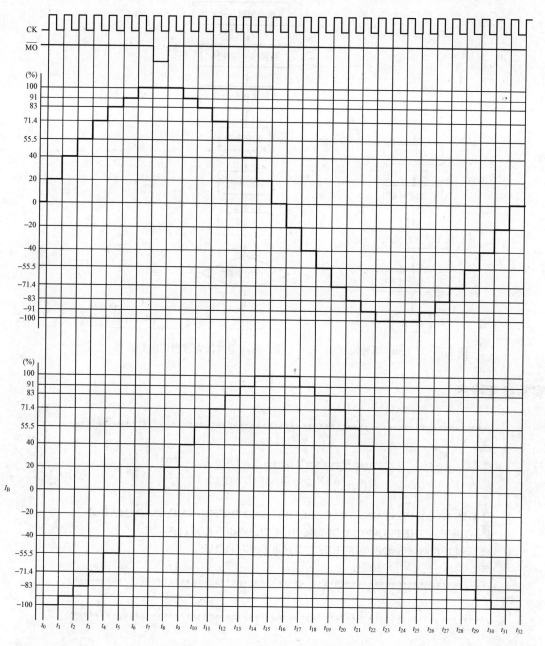

图 7.56　TA8435H 输出电机驱动电流示意图

⑤ 使用 Load image 命令加载 image 文件。

⑥ 单击 AXD 环境中的 Go 按钮，全速运行。

⑦ 设置不同的细分模式和脉冲频率，观察步进电机转动角度和速度的变化。

⑧ 如果有必要，可修改源代码，然后单击 Reload 按钮重新调试。

⑨ 退出系统。

⑩ 理解和掌握实验内容后，完成后面的问题与讨论。

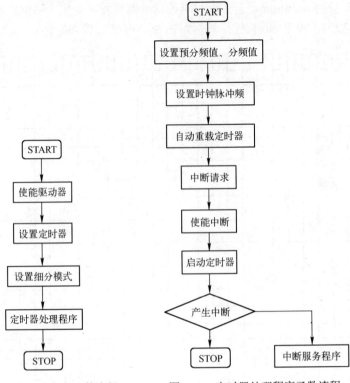

图 7.57　C_Entry 函数流程　　　图 7.58　定时器处理程序函数流程

实验参考程序

```
/******************************************************************/
/*                                                                */
/*          Copyright Shenzhen Watertek S.&T. Co.,Ltd    2002     */
/*                    All Rights Reserved.                        */
/*                                                                */
/* THIS WORK CONTAINS TRADE SECRET AND PROPRIETARY INFORMATION    */
/* WHICH IS THE PROPERTY OF MENTOR GRAPHICS CORPORATION OR        */
/* ITS LICENSORS AND IS SUBJECT TO LICENSE TERMS.                 */
/*                                                                */
/******************************************************************/


/******************************************************************/
/*                                                                */
/* FILE NAME                                          VERSION     */
/*                                                                */
/*    pwm.c                        S3c2410 stepping motor device 1.0  */
/*                                                                */
/*                                                                */
/* DESCRIPTION                                                    */
/*                                                                */
/*    This file contains macro and main routines                 */
```

```
/*                                                                    */
/* AUTHOR                                                             */
/*        Li-li zhang     shenzhen watertek                           */
/*                                                                    */
/*                                                                    */
/* DATA STRUCTURES                                                    */
/*                                                                    */
/*        Timer2Handler                 Timer2 interrupt handler      */
/*        Timer3Handler                 Timer3 interrupt handler      */
/*                                                                    */
/* FUNCTIONS                                                          */
/*                                                                    */
/*        None                                                        */
/*                                                                    */
/* DEPENDENCIES                                                       */
/*                                                                    */
/*        None                                                        */
/*                                                                    */
/* HISTORY                                                            */
/*                                                                    */
/*        DATE                          REMARKS                       */
/*                                                                    */
/*        2005-08-15      Created initial version 1.0                 */
/*********************************************************************/
#include <string.h>
#include "2410addr.h"
#include "pwm.h"


void C_Entry(void)
{
    EnableController();
    SetTimer(TIMER2);
    AngleCtrl(1);
    Timer2Proc();

    while(1);
}

void Timer2Proc(void)
{

    rTCFG0 = 0xff00;//set timer2 Prescaler=255

    rTCFG1 &= 0xffff0fff;//set timer2 mux    divider value=2

    SetClkFreq(50,TIMER2);

    rTCON |= (1<<15)|(1<<13);//auto load,manual update
```

```c
        rSRCPND = 0x1000;//Timer2 interrupt request

        rINTMSK &= ~(BIT_TIMER2);//enable Timer2 interrupt

        MotorOn(TIMER2);

}

void TIMER2_LISR(void)
{
    int i=0;

    for(i=0;i<1000000;i++);//delay

    AngleCtrl(2);
    SetClkFreq(100,TIMER2);
    for(i=0;i<1000000;i++);

    AngleCtrl(3);
    SetClkFreq(200,TIMER2);
    for(i=0;i<1000000;i++);

    AngleCtrl(4);
    SetClkFreq(25,TIMER2);
    for(i=0;i<1000000;i++);

    MotorOff(TIMER2);

}

void Timer3Proc(void)
{

    rTCFG0 = PRESCALE;//set timer3 Prescaler=255

    rTCFG1 &= 0xfff0ffff;              //set timer3 mux    divider value=2

    SetClkFreq(50,TIMER3);

    rTCON |= (1<<19)|(1<<17);//auto load,manual update

    rSRCPND = 0x2000;

    rINTMSK &= ~(BIT_TIMER3);//enable Timer3 interrupt

    MotorOn(TIMER3);
```

```
}

    void TIMER3_LISR(void)
    {
        int i=0;

        for(i=0;i<1000000;i++);

        SetClkFreq(100,TIMER3);

        for(i=0;i<1000000;i++);

        MotorOff(TIMER3);

    }

    void EnableController(void)
    {
        rGPFUP = 0x1;
        rGPFCON = rGPFCON & 0xfffd |1;//GPF0 OUTPUT
        rGPFDAT = 0x1;                              //enable TA8435H
        return;
    }

    void MotorOn(int flag)
    {
        switch(flag)
        {
            case TIMER2:
                rTCON = 0x9000;//auto reload;start for timer2;clear manual update bit;close inverter
                break;
            case TIMER3:
                rTCON = 0x90000;//auto reload;start for timer3;clear manual update bit;close inverter
                break;
            default:
                break;
        }
        return;
    }


    void MotorOff(int flag)
    {
        switch(flag)
        {
            case TIMER2:
                rTCON = 0x0;//stop timer
                rINTMSK |= BIT_TIMER2;//disable interrupt
```

```
                    break;
                case TIMER3:
                        rTCON = 0x0;
                        rINTMSK |= BIT_TIMER3;
                        break;
                default:
                        break;
        }
        return;
}


void AngleCtrl(int flag)
{
        rGPGUP |= 0x808;
        rGPGCON = rGPGCON & 0xff7fff7f |(1<<6)|(1<<22);
        switch(flag)
        {
                case 4:
                        rGPGDAT &= 0xf7f7;
                        break;
                case 3:
                        rGPGDAT = rGPGDAT & 0xfff7 |(1<<11);
                        break;
                case 2:
                        rGPGDAT = rGPGDAT & 0xf7ff |(1<<3);
                        break;
                case 1:
                        rGPGDAT |=0x808;
                        break;
                default:
                        break;
        }
        return;
}

void SetTimer(int flag)
{
        switch(flag)
        {
                case TIMER2:
                        rGPBUP |= 0x4;
                        rGPBCON = rGPBCON & 0xffff0f |(1<<5);//select timer2(GPB2)
                        break;
                case TIMER3:
                        rGPBUP |= 0x8;
                        rGPBCON = rGPBCON & 0xffff0f |(1<<7);//select timer3(GPB3)
                        break;
```

```
                default:
                        break;
        }

        return;
}

void SetClkFreq(int freq, int flag)
{
    int tclk=0,count=0;

        tclk = PCLK/(PRESCALE+1)/DIVIDER;
        count = tclk/freq;
    switch(flag)
        {
                case TIMER2:
                        rTCNTB2 = count;
                                rTCMPB2 = count/LEVEL;
                        break;
                case TIMER3:
                        rTCNTB3 = count;
                                rTCMPB3 = count/LEVEL;
                        break;
                default:
                        break;
        }
    return;
}
```

问题与讨论

① 熟悉 S3C2410X 的定时器 PWM 输出原理。
② 改变定时器参数,产生其他频率和占空比的 PWM 输出控制步进电机。

第 8 章   实时操作系统实验

本章是全书的最后一章，介绍实时操作系统的基本概念和实验。实时操作系统（RTOS）是一种支持嵌入式系统应用的操作系统软件，它是嵌入式系统（包括硬、软件系统）极为重要的组成部分，通常包括与硬件相关的底层驱动软件、系统内核、设备驱动接口、通信协议、图形界面、标准化浏览器等。嵌入式操作系统具有通用操作系统的基本特点：能够有效管理越来越复杂的系统资源；能够把硬件虚拟化，使得开发人员从繁忙的驱动程序移植和维护中解脱出来；能够提供库函数、驱动程序、工具集及应用程序。目前比较流行的嵌入式操作系统有：VxWorks、Nucleus、OSE、WinCE、嵌入式 Linux 等。本章首先介绍 Nucleus 操作系统的移植实验，再介绍 Nucleus 的应用实验，使读者了解 Nucleus 操作系统的通信机制。

8.1   RTOS 基础和 Nucleus 移植实验

实验目的

- 了解 RTOS 的原理及功能
- 了解 Nucleus 特点及功能
- 了解 Nucleus 的启动过程
- 了解 Nucleus 的移植方法及步骤

实验内容

- 移植 Nucleus 内核到 S3C2410 处理器中，并在 IDE 中观察其运行状态

实验原理

1. RTOS 的原理及功能

RTOS 负责嵌入式系统的全部软、硬件资源的分配、调度、控制、协调并发活动，它必须体现其所在系统的特征，能够通过装卸某些模块来达到系统所要求的功能。

在实时多任务系统中，内核负责管理各个任务，或者说为每个任务分配 CPU 时间，并且负责任务之间的通信。内核提供的基本服务是任务切换。之所以使用实时内核可以大大简化应用系统的设计，是因为实时内核允许将应用分成若干个任务，由实时内核来管理它们。内核本身也增加了应用程序的额外负荷，代码空间增加 ROM 的用量，内核本身的数据结构增加 RAM 的用量。但更主要的是，每个任务要有自己的栈空间。多数实时内核是基于优先级调度法的。每个任务根据其重要程度的不同被赋予一定的优先级。基于优先级的调度法是指，CPU 总是让处在就绪状态的优先级最高的任务先运行。

目前比较流行的嵌入式操作系统有：VxWorks、Nucleus、OSE、WinCE、嵌入式 Linux 等。它们都有各自的特点。例如，VxWorks 在路由器等通信设备中得到大量的应用，而

Nucleus 在手持设备终端中占领了主导地位。随着手机和数码产品及信息家电的大量面市，Nucleus 一直保持增长的态势。

2．Nucleus 的特点及功能

Nucleus 实时操作系统是 Accelerater Technology 公司开发的嵌入式 RTOS，只需一次性购买 Licenses 就可以获得操作系统的源代码，并且免产品版税。Nucleus 的另一大好处是，程序员不用编写板支持软件包 BSP，因为操作系统已经开放给程序员，不同的目标板在操作系统 BOOT 时可以通过修改源代码进行不同的配置。Nucleus 对 CPU 的支持能力比较强，支持当前流行的大多数 RISC、CISC、DSP 处理器，如：80x86 实时保护模式 68xxx、PowerPC、i960、MIPS、SH、ARM、ColdFire 等几百种 CPU。

Nucleus 实时操作系统内核非常小巧，在 4～20KB 之间，稳定性高。Nucleus 采用了软件组件的方法，每个组件具有单一而明确的目的，通常由几个 C 及汇编语言模块构成，提供清晰的外部接口，对组件的引用就通过这些接口完成。除了少数一些特殊情况外，不允许从外部对组件内的全局进行访问。由于采用了软件组件的方法，Nucleus 各个组件非常易于替换和复用。Nucleus 除提供功能强大的内核操作系统外，还提供种类丰富的功能模块，例如，用于通信系统的局域和广域网络模块，支持图形应用的实时化 Windows 模块，支持 Internet 的 Web 产品模块，工控机实时 BIOS 模块，图形化用户接口及应用软件性能分析模块等，用户可以根据自己的应用来选择不同的应用模块。另外 Nucleus 得到许多第三方工具厂商和方案提供商的支持，如 ARM、Lauterbach、TI、Infineon、高通、IAR、Tasking 等。

目前，Nucleus 在国内得到广泛的应用，特别是在手机制造行业，几乎所有的手机厂商都采用了 Nucleus 解决方案。

Nucleus 主要功能介绍如下。

（1）任务管理

实时任务的运行是 Nucleus 的主要目的。Nucleus 任务可以被动态创建或删除。一个应用程序所支持的任务数没有预设限制，每个任务请求控制块和堆栈。每个元素的内存由应用程序提供。

1）任务状态

每个任务都有 5 种状态：运行、就绪、挂起、中止、完成。

运行：任务正在运行。

就绪：任务就绪，但其他任务正在运行。

挂起：等待服务请求完成之前任务休眠状态。当响应结束后，任务转入等待状态。

中止：任务被禁止。一旦进入这种状态，任务直到复位之前都不能运行。

完成：任务完成并返回初始入口子程序。一旦进入这种状态，任务直到复位前都不能运行。

2）任务调度

① 优先级

用户分配，范围为 0～255，用来定义 Nucleus 任务的重要性。任务优先级在任务创建期间定义。另外，支持动态任务优先级的更改。0 优先级的任务高于 255 优先级的任务。Nucleus 在低优先级的任务之前运行更高优先级的任务。同等优先级的任务按照进入就绪状态的先后顺序运行。因此任务越重要，赋予的优先级应越高。

② 任务抢占

任务抢占是指当更高优先级的任务就绪时挂起低优先级的任务。例如，假设一个优先级为 150 的任务正在运行，如果一个任务优先级为 60 的中断发生，则优先级为 60 的任务在中断任务恢复前被运行。任务抢占也发生在低优先级任务调用 Nucleus 服务导致更高优先级任务就绪时。任务抢占可以在个别任务基础上被禁止。当任务抢占禁止时，没有任务允许执行，直到运行的任务挂起，放弃控制或者使能任务抢占模式。无论任务抢占使能还是禁止，任务都可以创建。在任务运行期间，任务抢占可以被使能或禁止。

③ 时间片

时间片提供了处于同一优先级的任务共享处理器的另一种方案。符合最大定时器节拍（定时器中断）的时间片，可能在其他所有就绪且在同一优先级的任务有机会运行之前发生。时间片行为就好像一个没有请求的任务被放弃了。注意，禁止任务抢占也可以禁止时间片。

结论：Nucleus 的任务调度方式为不同优先级的任务基于优先级的抢占式的任务调度，而同一优先级的任务基于时间片的轮循的任务调度。挂起和恢复任务的处理时间是恒定的，它不受任务数的影响。另外，每个任务运行的方式不仅可以预料，也能保证。高优先级已就绪任务在低优先级已就绪任务之前运行。同等优先级就绪的任务按照就绪顺序执行。

（2）任务通信

Nucleus 提供邮箱（Mailbox）、队列（Queues）、管道（Pipes）等实现任务之间的通信。

邮箱、队列、管道是独立的公共对象。任务之间和其他系统设备之间的联系由应用程序确定。这些通信设备之间的主要差别是数据通信的类型，所以下面仅以邮箱为例说明 Nucleus 任务之间的通信。

邮箱为传输简单数据提供低消耗方案。每个邮箱可以保持 4 个 32 位大小的单一消息。消息以（数）值方式发送和接收。一个发送消息要求复制消息到邮箱，一个接收消息要求从邮箱中把消息复制出来。Nucleus 邮箱可以动态创建和删除。一个应用程序在邮箱数量上没有预先限制。每个邮箱需要一个控制块，控制块的内存由应用程序提供。

任务在邮箱内可能因为几种原因挂起。一个试图从空邮箱中接收消息的任务可以被挂起；同样，一个试图发送消息至满邮箱的任务也可以被挂起。当邮箱能够确保任务请求时挂起的任务恢复。例如，假设一个任务在邮箱等待接收消息时挂起，当一个消息发送到邮箱中时，挂起的任务就恢复了。

多任务能在一个邮箱上挂起。依靠创建邮箱的任务可以以 FIFO 或优先级顺序被挂起。如果邮箱支持 FIFO 挂起，任务就按它们挂起的顺序恢复。另外，如果邮箱支持优先级挂起，则任务按从高优先级到低优先级的顺序恢复。

邮箱的消息可以被广播。这种服务类似于发送请求，但所有从邮箱等待消息的任务改成了等待广播消息。

结论：发送和接收邮箱消息的处理时间请求为常量。然而，按优先级顺序挂起任务所需的处理时间受当前在邮箱上挂起的任务数影响。

（3）任务同步

Nucleus 提供信号量（Semaphores）、事件集（Event groups）和信号（Signals）解决信号同步问题。信号量和事件集都是独立的对象。任务和其他系统对象的联系由应用程序决定。

1）信号量

信号量提供控制应用程序临界区运行的机制。Nucleus 提供了在 0～4 294 967 294 范围内的计算信号量。信号量的两个基本操作是获得和释放。获得信号量请求消耗信号量，释放信号量请求增加信号量。

信号量最普通的应用是资源配置。另外，带初始值信号量的创建可以用来指示事件，一个试图获得当前计数值为零信号量的任务可以被挂起。当释放信号量请求发生时，任务恢复是可能的。

多任务可以挂起，试图获得一个信号量。依靠信号量创建方式，任务既可以 FIFO 顺序挂起，也可以优先级顺序挂起。如果信号量支持 FIFO 挂起，任务按照它们试图获得信号量的顺序恢复。另外，如果信号量支持优先级挂起，则任务按从高优先级到低优先级的顺序恢复。

2）事件集

事件集提供一个机制来描述一个指定系统事件的发生。事件由事件集中单个位来描述。该位称为事件标志。每个事件集有 32 个事件标志。事件标志可以通过逻辑 AND/OR 组合被设置和清除。事件标志也可以以逻辑 AND/OR 组合接收。另外，事件标志可以在接收完后自动复位。应用程序可能拥有的事件集数没有预先限定。每个事件集需要一个控制块。控制块的内存由应用程序提供。

事件集是用来实现任务同步的。

3）信号

信号以异步的方式运行。当信号出现时，任务中断，并且任务提前指定的信号处理子程序运行。每个任务可以处理 32 个信号，每个信号对应一个描述位。

任务信号处理子程序必须在任何信号运行之前提供。信号处理子程序中的处理实际上和高级中断子程序有同样的强制性。一旦信号处理子程序开始运行，任务的信号将被清除。信号处理子程序不能被新信号中断。任何新信号的处理必须在当前信号处理完成后进行。在第一个信号被验证之前发送的同样的信号被放弃。

（4）存储器管理

Nucleus 提供分区和动态内存管理。分区内存管理具有确定性但不是非常灵活，动态内存管理非常灵活但是具有不确定性。大多数应用程序对这两种类型的内存管理都有需要。

1）分区内存管理

一个分区内存池包含一个指定固定尺寸的内存分区数。池的内存位置、池的字节数和在每个分区中的字节数都由应用程序决定。单个的分区从分区内存池中分配和收回。

2）动态内存管理

一个动态内存池包含一个用户指定的字节数。内存在池中的位置由应用程序决定。Nucleus 为动态内存池提供可变长度的分配和释放服务。分配以最适合的方式（first_fit_manner）运行。例如，满足要求的第一个有效内存被分配。如果分配的块比要求的大得多，则没有使用的内存返回动态内存池，先前释放的块在分配搜索期间又重新合并了。

（5）中断管理

中断是为外部和内部事件提供立即响应的机制。当中断发生时，处理器挂起当前运行的程序，并且转移控制权到适当的中断服务子程序（ISR）。

Nucleus 提供两种中断服务程序：低级中断服务程序（LISR）和高级中断服务程序（HISR）。

1）LISR

低级中断服务子程序（LISR）和正常的 ISR 一样运行，包括使用当前堆栈。Nucleus 在调用 LISR 之前保存上下文，在 LISR 返回之后恢复上下文。因此，LISRS 可以用 C 语言编写，也可以被其他的 C 语言子程序调用。然而，只有很少的一部分 Nucleus 服务可以被 LISR 访问。如果中断处理需要附加的 Nucleus 服务，一个更高级的中断服务处理子程序（HISR）必须被激活。Nucleus 支持多个 LISR 的嵌套。

2）HISR

高级中断服务子程序（HISR）支持动态创建和删除。每个 HISR 有它自己的堆栈空间和控制块。控制块的内存由应用程序提供。当然，HISR 必须在 LISR 激活之前被创建。一旦 HISR 有自己的堆栈和控制块，如果它试图进入一个已经被访问 Nucleus 数据结构，就会被临时封锁。

HISR 允许访问大多数的 Nucleus 服务，除了自挂起服务（Self-Suspension）之外。另外，一旦 HISR 不能在 Nucleus 服务时挂起，挂起参数必须总是设置为 NU_NO_ SUSPEND。HISR 有三个优先等级。在一个低优先级的 HISR 处理期间，如果一个更高优先级的 HISR 被激活，则低优先级的 HISR 以与任务抢先方式相同的方式抢先。相同优先级的 HISR 以它们最初激活的顺序运行。所有激活的 HISR 在正常任务调度恢复之前运行。

一个激活的计数器维护着每个 HISR。这个计数器用于确保每个 HISR 每次激活运行一次。注意，一个已经激活的 HISR 的每次附加触发都通过连续调用 HISR 来处理。

（6）定时器管理

大多数实时应用需要在周期性的时间间隔内运行。每个 Nucleus 任务都有一个内建定时器。这个定时器用来提供任务休眠和服务调用的时间。

Nucleus 提供三种类型的时钟：系统时钟、任务时钟和应用程序时钟。

1）系统时钟

Nucleus 维持一个连续的技术节拍时钟。这个时钟的最大值为 4 294 967 294。时钟在到达节拍最大值后自动复位。这个连续时钟为应用程序的使用专门保留，它可以在任何时间由应用程序读出或写入。

2）任务时钟

每个任务都有一个内建定时器。这个定时器为任务休眠请求和挂起时间间隙请求而准备。

3）应用程序时钟

Nucleus 为应用程序提供可编程定时器。这些定时器在它们到时运行指定的用户提供子程序。用户提供时间到子程序作为一个高级中断服务子程序运行。因此，自挂起请求被禁止。另外，运行必须保持最小化。

下面以 S3C2410 为例，列出 Nucleus 的启动过程。

① start:(int.S)
- 定义中断向量及程序入口。
- 交权初始化线程给 INT_Initialize。

② INT_Initialize: (int.s)
- 禁止看门狗
- 初始化 SDRAM
- 初始化目标板
- 初始化 C Memory（copy initialized data from ROM to RAM）
- 清 BSS 段
- 设置堆栈
- 初始化中断寄存器
- 设置 MPLL 及 UPLL
- 设置硬件定时中断
- 获得应用程序可用内存的首地址
- 把系统控制权交给 INC_Initialize()

③ INC_Initialize(): (inc.c)

- 系统初始化

初始化出错处理，历史信息，线程控制，邮箱，队列，管道，信号量，事件组，分区内存，动态内存，定时器，I/O 驱动。

- Application_Initialize()

创建动态内存池：	NU_Create_Memory_Pool( )
创 建 任 务:	NU_Allocate_Memory( )
	NU_Create_Task( )
其 他:	NU_Allocate_Memory( )
	NU_Create_Queue( )
	NU_Create_Semaphore( )

...

- 将系统控制权交给 TCT_Schedule()

④ TCT_Schedule()：线程调度（TCT.S）

尽管 Nucleus 启动要经过一系列的步骤，但因为 Nucleus 本就包含 BSP，许多代码已经包含在 Nucleus 内，所以作为用户，只需要以下两个步骤：

- 配置链接定位文件（Scatter）

- 初始化 SDRAM

（注：Nucleus 在中国的代理商为旋极公司，如果从旋极公司 www.watertek.com 购买，那么以上两步将由旋极公司提供技术支持。）

- 配置链接定位文件

Scatter 文件是一个文本文件，它可以用来描述 ARM 连接器生成映像文件时需要的信息。具体来说，在 Scatter 文件中可以指定下列信息：

a）各个加载时域（Load Region）的加载时起始地址（Load Address）和最大尺寸；

b）各个加载时域的属性；

c）从每个加载时域中分割出的执行时域；

d）各个执行时域的执行时起始地址（Execution Address）；

e）各个执行时域存储访问属性；

f）各个执行时域的属性。

各个编译器的 Scatter 文件的格式可能不一定相同，但包含的信息应该是一样的。下面采用 MCU 为 S3C2410，编译器为 ADS，举例说明：

```
LOAD_Flash 0x00000000                           //定义加载时域
{
    text 0x0                                    //代码段
    {
        int.o (vectors, +First)                 //将向量表放在最前面 0x0
        *(+RO)                                  //RO 属性
    }
    data 0x30000000                             //数据段
    {
        *(+RW)                                  //RW 属性
    }
    bss + 0                                     //ZI 段
    {
        *(+ZI)                                  //ZI 属性
    }
}
```

- 初始化 SDRAM

S3C2410 复位后存储器对应图如图 8.1 所示。

S3C2410 总共有 8 个 Bank，其中 Bank 6，7 可接 SDRAM，而且带宽可编程。另外，要求 Bank6 和 Bank 7 的大小应一致。Bank6，7 地址对应表见表 8.1。

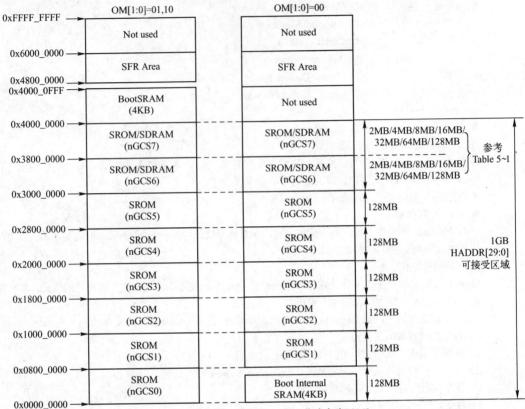

注：
1. SROM 表示 ROM 或 SRAM 类型的内存。
2. SFR 表示特殊功能寄存器。

图 8.1　S3C2410 复位后存储器对应图

表 8.1　Bank 6，7 地址对应表

地　　址	2MB	4MB	8MB	16MB	32MB	64MB	128MB
Bank6							
开 始 地 址	0x3000_0000	0x3000_0000	0x3000_0000	0x3000_0000	0x3000_0000	0x3000_0000	0x3000_0000
结 束 地 址	0x301f_ffff	0x303f_ffff	0x307f_ffff	0x30ff_ffff	0x31ff_ffff	0x33ff_ffff	0x37ff_ffff
Bank7							
开 始 地 址	0x3020_0000	0x3040_0000	0x3080_0000	0x3100_0000	0x3200_0000	0x3400_0000	0x3800_0000
结 束 地 址	0x303f_ffff	0x307f_ffff	0x30ff_ffff	0x31ff_ffff	0x33ff_ffff	0x37ff_ffff	0x3fff_ffff

而且 Scatter 文件的设置与 S3C2410 的 Bank 的定义有关系，因为在实验教学系统 SUPER-ARM9 中，两片 HY57V561620BT 并联，然后再和 LnGCS6 连接，则 SDRAM 的地址范围为 0x30000000~0x34000000，所以 Scatter 文件的 data 段的起始地址为：0x30000000。

相关的内存寄存器的设置，可参考 5.1 节的相关内容及 S3C2410 用户手册。

实验参考程序

结合 Nucleus Plus 的启动过程，限于篇幅，列出部分重要的代码如下。

（1）定义代码的入口及中断向量表

```
        ENTRY
INT_Vectors
        LDR      PC, INT_Reset_Addr
        LDR      PC, INT_Undef_Addr
        LDR      PC, INT_Software_Addr
        LDR      PC, INT_Prefetch_Addr
        LDR      PC, INT_Data_Addr
        LDR      PC, INT_Reserved_Addr
        LDR      PC, INT_IRQ_Addr
        LDR      PC, INT_FIQ_Addr
```

（2）禁止看门狗

```
        LDR      r0, =WTCON          ; Load address of watchdog register
        MOV      r1, #0
        STR      r1, [r0]            ; Store zero for disabled timer
```

（3）初始化 SDRAM

```
        LDR       r0, = SMRDATA
        LDMIA     r0, {r1-r13}
        LDR       r0, =BWSCON        ; BWSCON Address 0x48000000
        STMIA     r0, {r1-r13}
```

（4）初始化目标板

```
        BL       INT_Target_Initialize
```

（5）初始化 C Memory（从 ROM 复制初始化数据到 RAM 中）

```
; Get start address of data in ROM
        LDR      r0,INT_rom_data_start
; Get start and end addresses of where data needs to be placed in RAM
        LDR      r1,INT_ram_data_start
        LDR      r2,INT_ram_data_end
; Copy data from ROM memory to RAM
INT_ROM_Vars_Copy
        CMP      r1,r2               ; Is start and end of RAM equal?
        LDRCC    r3, [r0], #4        ; If not done copying, get another value from ROM
        STRCC    r3, [r1], #4        ; If not done copying, put another value in RAM
        BCC      INT_ROM_Vars_Copy   ; Keep looping until done
```

（6）清 BSS 段

```
        LDR      r0,INT_bss_start
        LDR      r1,INT_bss_end
```

```
                ; Get a value to clear BSS
        MOV         r2,#0
                ; Clear the entire memory range
        INT_BSS_Clear_Loop
        CMP         r0,r1                       ; Are the start and end equal?
        STRNE       r2,[r0],#4                  ; Clear 4-bytes and move to next 4-bytes
        BNE         INT_BSS_Clear_Loop          ; Continue clearing until done
```

（7）设置堆栈

```
                ; Set-up INT_Loaded_Flag (1 vectors loaded, 0 vectors not loaded)
        MOV         r0,#1                       ; All vectors are assumed loaded
        LDR         r1,INT_Loaded_Flag1         ; Build address of loaded flag
        STR         r0,[r1]                     ; Initialize loaded flag
                ; Set-up the system stack
        LDR         r2,INT_System_Stack         ; Get address of global variable for system stack
        STR         sp,[r2]                     ; Save system stack pointer
                ; Set-up the system stack limit (used for stack checking by ARM tools)
        SUB         r1,sp,#SYSTEM_STACK_SIZE    ; Adjust stack pointer to get stack limit
        BIC         r1,r1,#0x03                 ; Align on 4-byte boundry
        MOV         r10,r1                      ; Put stack limit in stack limit register
        LDR         r2,INT_System_Limit         ; Get address of global variable for system stack limit
        STR         r1,[r2]                     ; Save system stack limit
                ; Switch to IRQ mode
        MRS         r0,CPSR                     ; Pickup current CPSR
        BIC         r0,r0,#MODE_MASK            ; Clear the mode bits
        ORR         r1,r0,#IRQ_MODE             ; Set the IRQ mode bits
        MSR         CPSR_cxsf,r1                ; Switch to IRQ mode
                ; Set-up IRQ stack
        LDR         sp,=INT_Irq_SP              ; Get address of IRQ stack pointer
                ; Switch to FIQ mode
        ORR         r1,r0,#FIQ_MODE             ; Set the FIQ mode bits
        MSR         CPSR_cxsf,r1                ; Switch to FIQ mode
                ; Set-up FIQ stack
        LDR         sp,=INT_Fiq_SP              ; Get address of FIQ stack pointer
                ; Switch to Abort mode
        ORR         r1,r0,#ABT_MODE             ; Set the ABT mode bits
        MSR         CPSR_cxsf,r1                ; Switch to ABT mode
                ; Set-up Abort stack
        LDR         sp,=INT_Abort_SP            ; Get address of Abort stack pointer
                ; Switch to Undefined mode
        ORR         r1,r0,#UNDEF_MODE           ; Set the UNDEF mode bits
        MSR         CPSR_cxsf,r1                ; Switch to UNDEF mode
                ; Set-up UNDEF stack
        LDR         sp,=INT_Undefined_SP        ; Get address of Undefined stack pointer
                ; Switch to Undefined mode
        ORR         r1,r0,#SYS_MODE             ; Set the System mode bits
        MSR         CPSR_cxsf,r1                ; Switch to System mode
                ; Set-up System/User stack
```

```
        LDR      sp,=INT_System_User_SP        ; Get address of System/User stack pointer
        ; Switch back to supervisor mode
        IF NU_SUPERV_USER_MODE
         ORR     r1,r0,#SYS_MODE               ; Set the Supervisor mode bits
        ELSE
          ORR    r1,r0,#SUP_MODE               ; Set the Supervisor mode bits
        ENDIF
        MSR      CPSR_cxsf,r1                   ; Switch to Supervisor mode
        ; Get address of HISR stack memory
        LDR      r0,=INT_HISR_Stack_Start       ; Get start address of HISR stack
        LDR      r1,INT_HISR_Stack_Ptr          ; Pickup global variable's address
        STR      r0,[r1]                        ; Setup timer HISR stack pointer variable
        ; Get size of HISR stack
        MOV      r0,#HISR_STACK_SIZE            ; Get size of HISR stack
        LDR      r1,INT_HISR_Stack_Size         ; Get address of HISR stack size variable
        STR      r0,[r1]                        ; Store HISR stack size
        ; Get priority of HISR
        MOV      r0,#HISR_PRIORITY              ;//Pickup timer HISR priority 为 2
        LDR      r1,INT_HISR_Priority           ; Get address of HISR priority variable
        STR      r0,[r1]                        ; Store HISR priority
```

（8）初始化中断寄存器

```
        LDR      r0,=INT_BASE_ADDRESS           ; Get Interrupt base register address
        MOV      r1,#0                          ; Set all interrupts for IRQ operation
        STR      r1,[r0,#INTMOD_OFFSET]         ; Store in internal intrerupt mode register
                                                ;//参见 2410 用户手册第 61 页、第 361 页
        ; Mask all internal interrupts
        MVN      r1,#0                          ; Build value to mask all interrupts
        STR      r1,[r0,#INTMASK_OFFSET]        ; Disable All Internal Interrupt
        ; Clear any pending interrupts
        STR      r1,[r0,#INTSRCPND_OFFSET]      ; Clear Source Pending bits
        STR      r1,[r0,#INTPND_OFFSET]         ; Clear Int Pending bits
        STR      r1,[r0,#INTSUBSRCPND_OFFSET]         ; Clear sub source pending bits
        LDR      r1, =INTSUBMSK_RESET           ; all sub interrupt disable
        STR      r1, [r0,#INTSUBMSK_OFFSET]
        MOV      r1, #0                         ; Clear the hardware priority
        STR      r1, [r0,#INTPRIORITY_OFFSET]
```

（9）设置 MPLL 及 UPLL

```
        ldr r1,=((M_MDIV<<12)+(M_PDIV<<4)+M_SDIV)     ; Get value for MPLL
        STR      r1,[r0,#CLKMPLL_OFFSET]        ; Change Clock value
```

（10）设置硬件定时中断

```
        ; Get base address of timer registers
        LDR      r0,=TIMER_BASE_ADDRESS
        ; Setup Timer configuration registers
        LDR      r1, =TCFG0_VALUE                        ; Load configuration
```

```
STR       r1, [r0,#TCFG0_OFFSET]          ; Write configuration
LDR       r1, =TCFG1_VALUE               ; Load configuration
STR       r1, [r0,#TCFG1_OFFSET]          ; Write configuration
; Setup the counter
LDR       r1, =TIMER0_VALUE              ; Load compare and counter value
STR       r1, [r0,#TCNTB0_OFFSET]         ; Write counter value
STR       r1, [r0,#TCMPB0_OFFSET]         ; Write compare value
; Setup the timer controller
; Reset the timer control
LDR       r1,=TCON_RESET                 ; Load timer configuration for reset
STR       r1,[r0,#TCON_OFFSET]            ; Load configuration in TCON
; Start the timer control
LDR       r2,=TCON_START                 ; Load timer configuration for start
ORR       r1,r1,r2                       ; Place configuration with TCON
BIC       r1,r1,#TIMER0_MANUAL_BIT        ; Clear the manual update bit
STR       r1,[r0,#TCON_OFFSET]            ; Load configuration in TCON
; Set-up vector for PLUS to handle this interrupt
MOV       r0,#INT_TIMER0_VECTOR           ; Get vector number (first parameter)
LDR    *  r1,=INT_Timer_Interrupt        ; Get interrupt handler address
BL        INT_Setup_Vector                ; Call set-up vector function
; Enable the timer
LDR       r0,=INT_BASE_ADDRESS           ; Get base for interrupt controller
LDR       r1,=TIMER0_MASK_BIT            ; Build value to mask all interrupts
LDR       r2,[r0,#INTMASK_OFFSET]         ; Read the current value
BIC       r1,r2,r1                       ; Clear the timer 0 bit
STR       r1,[r0,#INTMASK_OFFSET]         ; Set the timer bit
```

（11）获得应用程序可用内存的首地址，并将系统控制权交给 INC_Initialize

```
LDR       r0,INT_First_Avail_Mem         ;可用内存位置是|Image$$bss$$ZI$$Limit|
; Call INC_Initialize to finish PLUS initialization，利用 R0 虚实对应的原则
LDR       r3,=INC_Initialize              ;//汇编里调用 C 语言程序
BX        r3
```

（12）系统初始化

```
/* Indicate that initialization is starting.   */
INC_Initialize_State =   INC_START_INITIALIZE;
/* Call release information function.   */
RLC_Release_Information();
/* Call license information function.   */
LIC_License_Information();
/* Initialize the Error handling (ER) component.   */
ERI_Initialize();
/* Initialize the History (HI) component.   */
HII_Initialize();
#if defined(NU_MODULE_SUPPORT) && (NU_MODULE_SUPPORT > 0)
MRC_Initialize();                    /* Initialize Memory Region component */
MSC_Initialize();                    /* Initialize Module Support component */
```

```
#endif
/* Initialize the Thread Control (TC) component. */
TCI_Initialize();
/* Initialize the Mailbox (MB) component. */
MBI_Initialize();
/* Initialize the Queue (QU) component. */
QUI_Initialize();
/* Initialize the Pipe (PI) component. */
PII_Initialize();
/* Initialize the Semaphore (SM) component. */
SMI_Initialize();
/* Initialize the Event Group (EV) component. */
EVI_Initialize();
/* Initialize the Partition memory (PM) component. */
PMI_Initialize();
/* Initialize the Dynamic memory (DM) component. */
DMI_Initialize();
/* Initialize the Timer (TM) component. */
TMI_Initialize();
/* Initialize the I/O Driver (IO) component. */
IOI_Initialize();
```

（13）应用程序初始化

```
/* Invoke the application-supplied initialization function. */
Application_Initialize(first_available_memory);
/* Indicate that initialization is finished. */
INC_Initialize_State = INC_END_INITIALIZE;
```

（14）任务调度

```
/* Start scheduling threads of execution. */
TCT_Schedule();
```

问题与讨论

① Nucleus 有什么特点？与其他的 RTOS 有什么区别？
② 简述 Nucleus 的启动过程，它和 ARM 的启动有什么区别？

8.2 Nucleus 应用实验

实验目的

● 通过实验掌握 Nucleus 的任务的管理
● 通过实验掌握 Nucleus 的应用程序的编程
● 通过实验了解 Nucleus 的任务间的通信、同步和存储管理等功能

实验内容

● 运行 Nucleus，在 IDE 中观察其运行状态，并了解 Nucleus 的通信机制。

实验原理

Nucleus 提供下列 API 进行任务的管理：

NU_Create_Task()	建立任务
NU_Resume_Task()	恢复任务
NU_Terminate_Task()	终止任务
NU_Change_Time_Slice()	改变时间片
NU_Change_Preemption()	改变抢占方式
NU_Current_Task_Pointer()	返回当前任务的指针
NU_Task_Pointers()	建立连续的任务指针列表
NU_Task_Information()	获得任务的信息
NU_Delete_Task()	删除任务
NU_Suspend_Task()	挂起任务
NU_Reset_Task()	Reset 任务
NU_Change_Priority()	改变任务优先级
NU_Sleep()	使任务睡眠
NU_Check_Stack()	检查任务
NU_Established_Tasks()	返回已建立的任务的数量

① Nucleus 通信方式：邮箱、队列、管道、信号灯、事件组、信号

● 邮箱

NU_Create_Mailbox()	创建邮箱
NU_Delete_Mailbox()	删除邮箱
NU_Send_To_Mailbox()	发送
NU_Broadcast_To_Mailbox()	广播
NU_Receive_From_Mailbox()	接收
NU_Reset_Mailbox()	Reset 邮箱
NU_Mailbox_Information()	获得邮箱信息
NU_Established_Mailboxes()	获得建立邮箱的个数
NU_Mailbox_Pointers()	获得所有已建立的邮箱的指针列表

● 队列

NU_Create_Queue()	创建队列
NU_Delete_Queue()	删除队列
NU_Send_To_Queue()	发送消息到队尾
NU_Send_To_Front_Of_Queue()	发送消息到队首
NU_Broadcast_To_Queue()	广播
NU_Receive_From_Queue()	接收
NU_Reset_Queue()	Reset 队列
NU_Queue_Information()	获得队列消息
NU_Established_Queues()	获得建立队列的个数
NU_Queue_Pointers()	获得建立队列的列表

● 管道

NU_Create_Pipe()	建立管道
NU_Delete_Pipe()	删除管道
NU_Send_To_Pipe()	发送消息到管尾

NU_Send_To_Front_Of_Pipe()	发送消息到管首
NU_Broadcast_To_Pipe()	广播消息
NU_Receive_From_Pipe()	接收消息
NU_Reset_Pipe()	reset 管道
NU_Pipe_Information()	获得管道的信息
NU_Established_Pipes()	获得已建立管道的个数
NU_Pipe_Pointers()	获得已建立管道的指针列表

● 信号灯

NU_Create_Semaphore()	建立信号灯
NU_Delete_Semaphore()	删除信号灯
NU_Obtain_Semaphore()	获得信号灯
NU_Release_Semaphore()	释放信号灯
NU_Reset_Semaphore()	Reset 信号灯
NU_Semaphore_Information()	获得信号灯的信息
NU_Established_Semaphores()	获得已建立的信号灯的个数
NU_Semaphore_Pointers()	获得已建立的信号灯的列表

● 事件组

NU_Create_Event_Group()	建立事件组
NU_Delete_Event_Group()	删除事件组
NU_Set_Events()	设置事件组
NU_Retrieve_Events()	接收事件组
NU_Event_Group_Information()	获得已建立的事件组的信息
NU_Established_Event_Groups()	获得已建立的事件组的个数
NU_Event_Group_Pointers()	获得已建立的事件组的指针列表

● 信号

NU_Register_Signal_Handler()	注册信号处理程序
NU_Control_Signals()	使能/禁止任务的信号
NU_Receive_Signals()	接收信号
NU_Send_Signals()	发送信号

② Nucleus 内存管理

● 分区内存管理

NU_Create_Partition_Pool()	建立分区内存池
NU_Delete_Partition_Pool()	删除分区内存池
NU_Allocate_Partition()	分配内存
NU_Deallocate_Partition()	释放内存
NU_Partition_Pool_Information()	获得分区内存信息
NU_Established_Partition_Pools()	获得建立的分区内存池的信息
NU_Partition_Pool_Pointers()	获得分区内存的指针列表

● 动态内存管理

NU_Create_Memory_Pool()	建立动态内存池
NU_Delete_Memory_Pool()	删除动态内存池
NU_Allocate_Memory()	分配内存
NU_Deallocate_Memory()	释放内存
NU_Memory_Pool_Information()	获得分区内存池信息
NU_Established_Memory_Pools()	获得分区内存池的个数
NU_Memory_Pool_Pointers()	获得分区内存池的指针

实验参考程序

样例系统包含一个应用程序初始化（Application_Initialize）函数和 6 个任务。所有任务都在初始化期间创建。除了任务运行外，任务通信和同步在系统中都有实例。

在样例系统代码列表中，数据结构在第 3～19 行之间定义。Nucleus 控制结构在第 3～12 行之间定义。Application_Initialize 在第 27 行开始，在第 55 行结束。

在这个例子中，所有系统对象（任务、队列、信号量和事件标志集）都在初始化期间创建。样例系统的任务在第 30～48 行之间创建。通信队列在第 51 行创建。同步信号量在第 53 行创建。最后，系统事件标志集在第 55 行创建。注：由第一个有效内存参数指定开始地址的 20 000 字节内存池在第 30 行首次创建。这个内存池用于分配所有的任务堆栈和真正的队列区。

任务 0 是系统启动后第一个运行的程序，因为任务 0 是系统中优先级最高（priority 1）的任务。任务 3（priority 5）在任务 0 挂起后运行。任务 4 在任务 3 挂起后执行。认识到为什么任务 3 在任务 4 之前运行非常重要，尽管它们有相同的优先级。原因就是，任务 3 创建且第一个启动（看 Application_Initialize）。同样优先级的任务按它就绪运行的顺序运行。在任务 4 挂起后，任务 5（priority 7）运行。在任务 5 挂起后，任务 1（priority 10）运行。最后任务 2（priority 10）在任务 1 因队列满条件挂起后运行。任务 0 在第 57～67 行之间定义。和所有样例系统中的任务一样，任务 0 做一些预备的初始化之后开始执行一个无限循环。任务 0 无限循环的处理包括连续调用 NU_Sleep 和 NU_Set_Events。因为 NU_Sleep 的调用，任务 0 循环每 18 个定时器节拍运行一次。

注意：任务 5 在每次调用 NU_Set_Events 函数时进入就绪状态。一旦任务 5 优先级低于任务 0，在任务 0 再次运行 NU_Sleep 调用之前，任务 5 不会运行。

任务 1 在第 69～80 行之间定义。任务 1 连续发送单个 32 位消息到队列 0。

当管道充满时，任务 1 挂起，直到队列 0 空间有效（有可用空间）。任务 1 的挂起允许任务 2 恢复运行。

任务 2 在第 82～98 行之间定义。任务 2 连续从队列 0 接收单个 32 位消息。当队列为空时，任务挂起，直到队列 0 空间有效（有可用消息）。任务 1 的挂起允许任务 2 恢复运行。

任务 3 和任务 4 共享同样的指令代码。然而，每个任务有它自己的唯一堆栈。任务 3 和任务 4 在第 100～109 行之间定义。每个任务竞争一个二进制的信号量。一旦信号量被获得，在再次释放信号量之前任务休眠 100 个时钟节拍。这种行为允许其他尝试获得同一信号量的任务运行和挂起。当信号量被释放时，等待信号量的挂起任务运行。

任务 5 在第 111～119 行之间定义。此任务在一个死循环中等待事件标志被置位。被等待的事件标志被任务 0 置位。因此，任务 5 和任务 0 以同样的频率运行。

下面是样例系统的源代码列表。注：左边的行号不是真正的文件中的一部分。这里的代码仅供参考。

```
1    #include "nucleus.h"
2    /*定义应用程序数据结构*/
3    NU_TASK Task_0;
4    NU_TASK Task_1;
5    NU_TASK Task_2;
6    NU_TASK Task_3;
7    NU_TASK Task_4;
8    NU_TASK Task_5;
9    NU_QUEUE Queue_0;
```

```
10    NU_SEMAPHORE Semaphore_0;
11    NU_EVENT_GROUP Event_Group_0;
12    NU_MEMORY_POOL System_Memory;
13    /*分配全局计数器*/
14    UNSIGNED Task_Time;
15    UNSIGNED Task_2_message_received;
16    UNSIGNED Task_2_invalid_messages;
17    UNSIGNED Task_1_messages_sent;
18    NU_TASK *Who_has_the_resource;
19    UNSIGNED Event_Detections;
20    /*定义引用函数的原型*/
21    void task_0(UNSIGNED argc,VOID *argv);
22    void task_1(UNSIGNED argc,VOID *argv);
23    void task_2(UNSIGNED argc,VOID *argv);
24    void task_3_and_4(UNSIGNED argc,VOID *argv);
25    void task_5(UNSIGNED argc,VOID *argv);
26    /*定义应用程序初始化子程序，初始化子程序决定初始化 Nucleus 应用程序环境*/
27    void Application_Initialize(void *first_available_memeory)
28    {   VOID *pointer;
29        /*创建一个系统内存池将用于分配任务堆栈，队列区域等*/
30        NU_Create_Memory_Pool(&System_Memory,"SYSTEM",first_available_memory, 2000,50,
          NU_FIFO);
31        /*创建任务 0*/
32        NU_Allocate_Memory(&System_Memory,&pointer,1333,NU_NO_SUSPEND);
33        NU_Create_Task(&Task_0,"TASK_0",task_0,0,NU_NULL,pointer, 1000,1,20,NU_PREEMPT,
          NU_START);
34        /*创建任务 1*/
35        NU_Allocate_Memory(&System_Memory,&pointer, 1000,NU_NO_SUSPEND);
36        NU_create_Task(&Task_1,"TASK_1",task_1,3,NU_NULL,pointer, 1000,10,5,NU_PREEMPT,
          NU_START);
37        /*创建任务 2*/
38        NU_Allocate_Memory(&System_Memory,&pointer,1333,NU_NO_SUSPEND);
39        NU_Create_Task(&Task_2,"TASK_2",task_2,0,NU_NULL,pointer,1000,13,5,NU_PREEMPT,
          NU_START);
40        /*创建任务 3。注意，任务 4 使用同样的指令区*/
41        NU_Allocate_Memory(&System_Memory,&pointer,1000,NU_NO_SUSPEND);
42        NU_Create_Task(&Task_3,"TASK_3",task3_and_4,0,NU_NULL,pointer,1000,5,0,NU_PREEMPT,
          NU_START);
43        /*创建任务 4。注意任务 3 使用同样的指令区*/
44        NU_Allocate_Memory(&System_Memory,&pointer,1000,NU_NO_SUSPEND);
45        NU_Create_Task(&Task_4,"TASK_4",task_4,3,NU_NULL,pointer,1000,5,0,NU_PREEMPT,
          NU_START);
46        /*创建任务 5*/
47        NU_Allocate_Memory(&System_Memory,&pointer,1000,NU_NO_SUSPEND);
48        NU_Create_Task(&Task_5,"TASK_5",task_5,0,NU_NULL,pointer,1000,7,0,NU_PREEMPT,
          NU_START);
49        NU_Allocate_Memory(&System_Memory,&pointer,100*sizeof(UNSIGNED),NU_NO_SUSPEND);
50        /*创建通信队列*/
```

```
51      NU_Create_Queue(&Queue_0,"QUEUE_0",pointer,100,NU_FIXED_SIZE,1,NU_FIFO);
52      /*创建同步信号量*/
53      NU_Create_Semaphore(&Semaphore_0,"SEM_0",1,NU_FIFO);
54      /*创建事件标志集*/
55      NU_Create_Event_Group(&Event_Group_0,"EVGROUP0");}
56      /*定义任务0。任务0每18个时钟节拍递增一次Task_Time变量。另外，任务0置位，任务
        正在等待的事件标志集，每个循环一次反复*/
57   void task_0(UNSIGNED argc,VOID *argv)
58   {   STATUS status;
59      /*访问argc和argv只是为了避免编译警告*/
60      status = (STATUS) argc + (STATUS)argv;
61      /*设置时钟为0。这个时钟每18个系统定时器节拍为一拍。*/
62      Task_Time = 0;
63      while(1)
64      {/*休眠18个定时器节拍。在ind.asm中，时钟节拍值可编程，且与目标系统速度有关*/
65          NU_Sleep(18);
66          Task_Time++;/*递增次数*/
67          NU_Set_Events(&Event_Group_0,1,NU_OR);/*设置事件标志来消除任务5的挂起*/}}
68      /*定义任务1*/
69   void task_1(UNSIGNED argc,void *argv)
70   {   STATUS status;
71      UNSIGNED Send_Message;
72      status = (STATUS)argc + (STATUS)argv;/*访问argc和argv是为了避免编译警告*/
73      Task_1_messages_send = 0; /*初始化消息计数器*/
74      Send_Message = 0;/*初始化消息内容。接收器将检查消息内容是否错误。*/
75      while(1)
76      {/*发送消息到Queue_0，任务2读。如果目标队列满，则这个任务挂起直到空间有效*/
77          status = NU_Send_To_Queue(&Queue_0,&Send_Message,1,NU_SUSPEND);
78          if (status == NU_SUCCESS)/*确定消息是否发送成功*/
79              Task_1_message_sent++;
80          Send_Message++;/*修改下一个发送消息的内容*/}}
81      /*定义任务2*/
82   void task_2(UNSIGNED argc,VOID *argv)
83   {   STATUS status;
84      UNSIGNED Receive_Message;
85      UNSIGNED received_size;
86      UNSIGNED message_expected;
87      status = (STATUS)argc + (STATUS)argv;
88      Task_2_message_received = 0;
89      Task_2_invalid_messages = 0;/*初始化消息错误计数器*/
90      message_expected = 0; /*初始化消息内容为期望值*/
91      while(1)
92      {/*从Queue_0重新获得任务1的消息，源队列为空，这个任务挂起直到有东西可用*/
93          status = NU_Receive_From_Queue(&Queue_0,&Receive_Message,1, & received_size,
            NU_SUSPEND);
94          if (status == NU_SUCCESS) /*确定消息是否接收正确*/
95              Task_2_message_received++;
96          /*检测消息内容是否与任务期望一致*/
```

97 if((received_size!=)||(Receive_Message!=message_expected)) Task_2_invalid_messages++;

98 message_expected++;}}

99 /*Task_3_and_4 只需要单个资源。一旦其中一个任务获得资源，它将在释放它之前保持 33 个时钟节拍。在这期间，其他任务挂起等待这个资源*/

100 void task_3_and_4(UNSIGNED argc,VOID *argv)

101 {   STATUS status;

102   status = (STATUS)argc + (STATUS)argv;

103   while(1)/*循环分配和收回资源*/

104   {   /*分配资源，挂起直到它变得有效*/

105   status = NU_Obtain_Semaphore(&Semaphore_0,NU_NU_SUSPEND);

106   if (status == NU_SUCCESS) /*如果 status 为成功，则显示这个任务拥有资源*/

107   {   Who_has_the_resource = NU_Create_Task_Pointer();

108   NU_Sleep(100);/*休眠 100 个时钟节拍导致其他任务挂起等待资源*/

109   NU_Release_Semaphore(&Semaphore_0);/*释放信号量*/}}}

110 /*定义等待任务 0 设置事件的任务*/

111 void task_5(UNSIGNED argc,VOID *argv)

112 {   STATUS status;

113   UNSIGNED event_group;

114   status = (STATUS)argc + (STATUS)argv;

115   Event_Detections = 0;/*初始化事件跟踪计数器*/

116   while(1) /*永远继续这个处理*/

117   {   /*等待一个事件且消耗它*/

118   status = NU_Retrieve_Events(&Event_Group_3,1,NU_OR_CONSUME,event_group, NU_SUSPEND);

119   if (status == NU_SUCCESS) Event_Detections++;/*如果 status 成功，则递增计数器*/}}

问题与讨论

① 在 Nucleus 中，邮箱、队列、管道各有什么区别？

② 在 Nucleus 中，有几种方法可以改变任务的执行顺序？

参 考 文 献

[1] 刘卫光. 嵌入式系统原理及应用. 西安: 西安电子科技大学出版社，2010.

[2] 贺丹丹, 张帆, 刘峰. 嵌入式 Linux 系统开发教程. 北京: 清华大学出版社，2010.

[3] 弓雷. ARM 嵌入式 Linux 系统开发详解. 北京: 清华大学出版社，2010.

[4] 侯殿有, 才华. ARM 嵌入式 C 编程标准教程. 北京: 人民邮电出版社，2010.

[5] 何永琪. 嵌入式 Linux 系统实用开发. 北京: 电子工业出版社，2010.

[6] 周航慈. 嵌入式系统软件设计中的常用算法. 北京: 北京航空航天大学出版社，2010.

[7] 王洪辉. 嵌入式系统 Linux 内核开发实战指南: ARM 平台. 北京: 电子工业出版社，2009.

[8] 张勇. ARM 原理与 C 程序设计. 西安: 西安电子科技大学出版社，2009.

[9] 赵克坤. 基于 ARM 和嵌入式 Linux 的图形编程: NanoGTK. 北京: 清华大学出版社，2009.

[10] 邱铁. ARM 嵌入式系统结构与编程. 北京: 清华大学出版社，2009.

[11] 孙弋. ARM-Linux 嵌入式系统开发基础. 西安: 西安电子科技大学出版社，2008.

[12] 赖晓晨, 原旭, 孙宁. 嵌入式系统程序设计. 北京: 清华大学出版社，2009.

[13] 李新峰, 何广生, 赵秀文. 基于 ARM9 的嵌入式 Linux 开发技术. 北京: 电子工业出版社，2008.

[14] 赵刚. 32 位 ARM 嵌入式系统开发技术: 流程、技巧与实现. 北京: 电子工业出版社，2008.

[15] 王宇行. ARM 程序分析与设计. 北京: 北京航空航天大学出版社，2008.

[16] 张绮文, 谢建雄, 谢劲心. ARM 嵌入式常用模块与综合系统设计实例精讲. 北京: 电子工业出版社，2006.

[17] 田泽. ARM7 嵌入式开发实验与实践. 北京: 北京航空航天大学出版社，2006.

[18] 孙红波, 陶品, 李莉, 刘瑾. ARM 与嵌入式技术. 北京: 电子工业出版社，2006.

[19] 胥静. 嵌入式系统设计与开发实例详解: 基于 ARM 的应用. 北京: 北京航空航天大学出版社，2005.

[20] 杨恒. ARM 嵌入式系统设计及实践. 西安: 西安电子科技大学出版社，2005.

[21] 黄燕平. μC/OS ARM 移植要点详解. 北京: 北京航空航天大学出版社，2005.